LEUGENAAR

ANDER WERK VAN KIM FABER EN JANNI PEDERSEN

Winterland
Hoogzomer
Stikdonker
Schaduwrijk

KIM **FABER &**
JANNI **PEDERSEN**

LEUGENAAR

Vertaling Corry van Bree

HarperCollins

Voor het papieren boek is papier gebruikt dat onafhankelijk is gecertificeerd door FSC®
om verantwoord bosbeheer te waarborgen.
Kijk voor meer informatie op www.harpercollins.co.uk/green.

HarperCollins is een imprint van Uitgeverij HarperCollins Holland, Amsterdam.

Oorspronkelijke titel: *Løgner*

Vertaling: Corry van Bree
Omslagontwerp: Islington Design
Bewerking: Pinta Grafische Producties
Omslagbeeld: © Shutterstock; © AdobeStock
Foto auteurs: © Les Kaner
Zetwerk: Mat-Zet B.V.
Druk: ScandBook UAB, Lithuania, met gebruik van 100% groene stroom

ISBN 978 94 027 1614 6
ISBN 978 94 027 7284 5 (e-book)
NUR 330
Eerste druk januari 2025

Originele uitgave verschenen bij Politikens Forlag, Kopenhagen.

HarperCollins Holland is een divisie van Harlequin Enterprises ULC.

www.harpercollins.nl

Durven is even je evenwicht verliezen.
Niet durven is jezelf verliezen.

SØREN KIERKEGAARD

8 JUNI

1

De jongen heette Lukas. Hij was elf en werd iets langer dan een etmaal, maar niet langer, vermist.

Hij lag op de betonnen vloer naast een oud bureau in een kelderkamer met een laag plafond, en zonder de wond op zijn linkerslaap en de roodbruine plas bloed die in een bijna perfecte cirkel rond zijn hoofd was gestold, zou je kunnen denken dat hij sliep. Een tl-buis wierp een flikkerend koud licht op het tafereel, wat het nog troostelozer maakte.

'Arme jongen,' fluisterde Signe Kristiansen.

Martin Junckersen keek naar zijn collega. De twee moordonderzoekers stonden als zoutpilaren in hun witte overalls in de deuropening. Signe keek strak voor zich uit. Juncker kon de blik in haar ogen niet zien. Dat was ook niet nodig, want haar hese stem verried dat het levenloze lichaam van de jongen op de vieze vloer de ervaren moordonderzoeker veel meer raakte dan de aanblik van moordslachtoffers normaal gesproken deed.

De twee technisch rechercheurs deden een stap opzij zodat Signe en Juncker vrij zicht hadden.

'Mogen we naar hem toe?' vroeg Juncker.

'Als jullie voorzichtig zijn.'

Ze zagen nog geen tekenen van ontbinding en roken evenmin iets, ook al was het benauwd in de kelder. Juncker bukte zich en bestudeerde de wond, waarna hij zeker wist dat de conclusie van de forensisch arts 'geweld met een stomp voorwerp' zou zijn, dus zochten ze naar een zwaar moordwapen. Theoretisch kon dat alles zijn, van een hamer tot een steen, maar de autopsie zou hun waarschijnlijk meer duidelijkheid verschaffen.

Signe ging op haar hurken zitten en stak haar hand uit alsof ze de halfopen ogen van de jongen wilde sluiten. Een van de technisch rechercheurs schraapte zijn keel. Ze kwam overeind en mompelde: 'Sorry.'

Hij kon zich niet herinneren hoe oud Signes zoon Lasse precies was, maar waarschijnlijk ongeveer even oud als Lukas.

Zeven jaar geleden keken Signe en Juncker naar een dode jongen in de kelder onder een flatgebouw op Amager. Vijf jaar en elf maanden geleden werd de destijds tweeëndertigjarige Robert Danius schuldig bevonden aan de moord en veroordeeld tot een gevangenisstraf van zestien jaar. Bijna een halfjaar geleden besloot de Hoge Raad dat de rechtszaak tegen Danius heropend moest worden omdat er nieuwe informatie naar voren was gekomen. En als de planning klopt, dan duurt het nog één minuut voordat de deur schuin achter de officier van justitie, haar assistent en Juncker opengaat en drie rechters de grootste rechtszaal van de eerste afdeling van het Oostelijk Gerechtshof betreden.

Juncker kijkt om zich heen. De tribune voor pers en belangstellenden zit vol, met inachtneming van de afstand van twee meter in verband met de coronaregels. De media-aandacht is groot vanwege het bijzondere karakter van de rechtszaak. Het gebeurt niet elke dag dat een moordzaak wordt heropend. Een paar van de ervarenste rechtbankverslaggevers kijken nieuwsgierig naar Juncker en een van hen glimlacht naar hem. Hij antwoordt met een gereserveerd knikje. Op de publieke tribune zitten een aantal familieleden van de verdachten, onder wie zijn moeder, die hem regelmatig boze blikken toewerpen.

Robert Danius en zijn advocaat zitten schuin tegenover Juncker en de officieren van justitie. Juncker kan maar een deel van zijn gezicht zien omdat een van de vier slanke ijzeren pilaren waarop het hoge plafond van de grote zaal rust het zicht belemmert. In tegenstelling tot zijn moeder kiest Danius ervoor om Juncker te negeren, op de ene keer na dat de blikken van de twee mannen elkaar kruisen. Danius kijkt hetzelfde als tijdens de verhoren van zeven jaar geleden. Hij knippert vrijwel niet met zijn ogen. Een psychiater heeft een keer aan Juncker uitgelegd dat mensen die systematisch liegen geen oogcontact vermijden als ze liegen, zoals veel mensen denken. Integendeel, ze letten extreem goed op of hun leugen overtuigt of dat ze een nieuwe moeten bedenken, en daarom staren ze geconcentreerd naar de persoon met wie ze praten.

Robert Danius glimlacht, buigt zich naar zijn advocaat en fluistert iets tegen hem. De advocaat kijkt naar Juncker, glimlacht eveneens en knikt naar zijn cliënt.

Juncker heeft de officier van justitie in de heropende rechtszaak tegen Robert Danius bijgestaan. Hij was er destijds volledig van overtuigd dat Danius de jongen had vermoord en dat ze de juiste man hadden gearresteerd. En dat is hij nog steeds, ongeacht de nieuwe informatie die naar voren is gekomen.

Precies om tien uur gaat de deur achter Juncker open en alle aanwezigen staan op. De president van de rechtbank en de twee andere rechters gaan achter de rechterstafel zitten. In hun zwarte toga's lijken ze op deelnemers aan een rollenspel. Dat zijn ze eigenlijk ook, denkt Juncker. Op hetzelfde moment gaat er een andere deur open en betreden de negen juryleden de zaal. Ze gaan onder een groot abstract schilderij staan, dat met zijn heldere kleuren bijna frivool lijkt in deze woestijn van spierwitte muren, licht fineer en grijs linoleum.

Van alle gortdroge rechters is deze president de ergste. Hij kijkt over de rand van zijn bril, die naar het puntje van zijn neus is gegleden, naar de publieke tribune. 'Voordat ik uitspraak doe, wil ik benadrukken dat ik geen emotionele uitbarstingen tolereer, in geen enkele vorm. Is dat duidelijk?'

Sommige journalisten knikken onderdanig, maar verder reageert niemand en het blijft doodstil in de rechtszaal. De rechter werpt voor alle zekerheid nog een scherpe blik op het publiek.

'Er wordt uitspraak gedaan in de zaak tegen Robert Danius,' zegt hij vervolgens.

Hij laat een stilte vallen.

Schiet op, verdomme, denkt Juncker.

De rechter kijkt op. 'Bij dezen wordt de verdachte vrijgesproken.'

Het blijft heel even doodstil in de rechtszaal. Daarna barst de moeder van Robert Danius in huilen uit. Danius klopt zijn advocaat op de rug terwijl de journalisten hun telefoons tevoorschijn halen.

'Mag ik verzoeken om stilte in de zaal?' zegt de president met stemverheffing en de nadruk op 'stilte'. Danius' moeder droogt haar ogen en snuit haar neus luidruchtig. De president vraagt de aanwezigen om te gaan zitten en begint de motivatie van het vonnis voor te lezen. De woorden dringen niet tot Juncker door. Het enige waaraan hij denkt zijn de beschrijvingen in het psychiatrisch rapport over Danius, die er in principe op neerkomen dat hij aan verschillende persoonlijkheidsstoornissen lijdt, waarvan de belangrijkste een verontrustende combinatie van paranoia en narcisme is. De onheilspellende conclusie van de deskundigen is dat niet kan worden uitgesloten dat Danius opnieuw ernstige misdrijven, zoals een moord, zal plegen.

Hij zal opnieuw toeslaan, denkt Juncker. Dit is krankzinnig.

Als de rechter klaar is met het verkondigen van het vonnis en de motivatie, verlaten de drie rechters en de juryleden de rechtszaal via dezelfde deur waardoor ze zijn binnengekomen. De toeschouwers en journalisten staan op, en de officier van justitie en haar assistent zoeken hun papieren bij elkaar.

Petra Hagen draait zich om. 'Wat denk je ervan, Juncker, zullen we naar buiten gaan om de roofdieren tegemoet te treden?'

'We zullen wel moeten. Tenslotte kunnen we niet ongezien wegglippen, of wel soms?'

'Nee, maar ik doe het woord wel.'

De journalisten hebben zich verzameld voor de uitgang naar de Fredericiagade en niemand houdt zich nog aan de afstandsregels. Er zijn veel meer journalisten dan de tien van de grootste media die op de publieke tribune zaten. De rest heeft de uitspraak in een andere ruimte via een videoverbinding gevolgd. De journalisten van de twee grootste televisiezenders hebben zich zoals gewoonlijk een weg naar de voorste rij gebaand. Daarachter vechten de gedrukte media en de kleinere televisiezenders om de secundaire plekken. Dit komt waarschijnlijk heel dicht bij de definitie van een superverspreidingsevenement, denkt Juncker.

'Officier van justitie Petra Hagen, dit is een enorme nederlaag voor het Openbaar Ministerie en de politie,' constateert de verslaggever van de staatstelevisie, waarna hij blijkbaar beseft dat hij hier eigenlijk is om vragen te stellen. 'Nietwaar?' voegt hij er daarom voor de goede orde aan toe.

Petra Hagen schudt energiek haar hoofd. 'Het Openbaar Ministerie behandelt zaken, en dit is geen sportwedstrijd met een winnaar en een verliezer. Er zijn nieuwe feiten aan het licht gekomen, waarvan we natuurlijk graag op de hoogte hadden willen zijn toen de zaak destijds behandeld werd, en de rechtbank heeft nu geoordeeld dat deze voldoende zwaarwegend zijn om de schuldigverklaring te herroepen. Ik wil graag benadrukken dat deze feiten op geen enkele manier afbreuk doen aan het werk van het Openbaar Ministerie en de politie in deze zaak. Verder heb ik geen commentaar. Dus als jullie ons nu willen laten passeren –'

De journalisten in de achterste rijen schreeuwen door elkaar. De vrouwelijke verslaggever van de op een na grootste televisiezender overstemt het kabaal en richt zich tot Juncker.

'Inspecteur Junckersen, u was destijds betrokken bij het onderzoek. Het moet voor u een grote nederlaag zijn dat de man van wiens schuld u overtuigd was nu vrijgesproken is.'

'Geen commentaar,' zegt Juncker terwijl hij zich een weg door de groep journalisten begint te banen en tegelijkertijd zoveel mogelijk afstand probeert te houden.

De verslaggever houdt vol. 'Denkt u nog steeds dat Robert Danius schuldig is?'

Hij werpt haar een boze blik toe. Normaal gesproken heeft hij een vrij goede relatie met haar.

De verslaggever dringt aan. 'Junckersen, de vrijspraak kan maar één ding betekenen, namelijk dat de echte moordenaar nog vrij rondloopt, toch?'

Ja, daar heb je volkomen gelijk in, denkt Juncker. En de echte moordenaar heet Robert Danius. Dat kan hij echter niet zeggen, dus kiest hij ervoor om geen antwoord te geven.

Het lukt Petra Hagen en Juncker met enige moeite om zich te bevrijden van de fotografen die elkaar verdringen om hun foto's te kunnen maken. Ze blijken echter van de regen in de drup te belanden, want als ze het terrein via de poort verlaten, zien ze een groep mensen – een aantal familieleden van Robert Danius, onder wie zijn moeder, en nog een handvol journalisten en cameramensen – in hoog tempo naderen. Heel even overweegt Juncker om er gewoon vandoor te gaan – zijn auto staat een paar honderd meter verderop – maar sinds zijn prostaatoperatie is zijn renvermogen niet meer wat het geweest is, dus de groep zou hem vermoedelijk vrij snel inhalen. Bovendien zou het nogal onwaardig zijn als er foto's in het nieuws verschijnen van een oudere inspecteur die er op stramme benen vandoor gaat in een poging te ontkomen aan een verbale confrontatie met de moeder van een net benoemd slachtoffer van een gerechtelijke dwaling. Hij blijft dus staan, samen met Petra Hagen en haar assistent, die nogal onder de indruk lijkt van de situatie.

De groep wordt aangevoerd door Danius' moeder. Zoals ze door de Fredericiagade naderen doen ze Juncker denken aan de scène uit de film *The Simple-Minded Murderer*, waarin een nog heel jonge Stellan Skarsgård aan het hoofd van een groep engelen en begeleid door Verdi's *Requiem* vastberaden op weg gaat om gerechtvaardigd wraak op de tiran te nemen.

De moeder draagt een elegant turquoise broekpak. Ze runt een kapsalon in Østerbro en is bij alle rechtszittingen aanwezig geweest. Af en toe heeft ze door met haar hoofd te schudden haar ongenoegen over getuigenverklaringen geuit, maar het grootste deel van de tijd heeft ze zwijgend naar haar zoon gekeken. In Junckers ogen heeft ze vanaf het allereerste moment iets kwetsbaars gehad. Ze heeft hem en zijn collega's er na de rechtszittingen een paar keer mee geconfronteerd dat ze haar zoon de moord in de schoenen probeerden te schuiven omdat de politie niet in staat was de echte moordenaar te vinden, maar Juncker voelde zich nooit geïntimideerd door haar. Hij beschouwt haar eerder als een leeuwin die vecht voor haar kind, en wie zou dat niet doen?

De vastberaden groep heeft hen bereikt. De moeder blijft abrupt op anderhalve meter van Juncker staan en staart onder haar weelderige bos blonde krullen naar hem. Gedurende een paar seconden is het tafereel bevroren in een tableau, afgezien van de fotografen die zich op jacht naar de beste positie verder langs de groep haasten.

'Je had het mis, Martin Junckersen,' zegt ze. 'Je had het helemaal mis.'

Juncker voelt het zweet over zijn rug lopen. Hij overweegt iets te zeggen over de taakverdeling tussen de politie, het Openbaar Ministerie en de rechtbank als het om strafzaken gaat. Dat de politie onderzoek doet en het bewijsmateriaal dat ze vindt presenteert. Dat het Openbaar Ministerie besluit of het materiaal zwaarwegend genoeg is voor een aanklacht en dat de rechtbank uiteindelijk beslist of de verdachte schuldig is of niet. Het is heel eenvoudig en gemakkelijk te begrijpen. Dit is echter niet het juiste moment om de betweter uit te hangen.

'Je gelooft nog steeds dat hij het gedaan heeft, hè? Dat mijn zoon die jongen vermoord heeft,' zegt ze.

Inderdaad, denkt hij. Maar dat kan hij net zomin tegen de journalisten als tegen Danius' moeder zeggen. Dus houdt hij zijn mond en Petra Hagen komt hem opnieuw te hulp.

'We hebben niets toe te voegen aan wat we al gezegd hebben. Het spreekt voor zich dat we de beslissing van de rechtbank voor honderd procent respecteren. Robert Danius is vrijgesproken, zo eenvoudig is het, en er zijn geen bezwaren van onze kant.'

Danius' moeder kijkt argwanend naar Juncker. Daarna gaat ze vlak voor hem staan en buigt zich naar voren. Hij ruikt haar parfum en doet een stap naar achteren, waarna zij opnieuw een stap naar voren doet.

'Je bent mijn zoon zeven jaar verschuldigd,' fluistert ze in zijn oor. 'Zeven jaar, Martin Junckersen. Dat is een lange tijd.'

2

Erik Merlin leunt zo krachtig naar achteren op zijn bureaustoel dat het zwaarbeproefde meubelstuk kraakt en piept. 'Verdomme, Juncker,' zegt het hoofd van de afdeling Zware Criminaliteit. Zijn grote bulldoghoofd ziet er vermoeider uit dan ooit.

Juncker staat op zijn vaste plek naast de deur met zijn rug tegen de muur. Wanneer trekt Merlin de stekker eruit en gaat hij met pensioen? Die vraag zingt al geruime tijd rond.

'Wat is er aan de hand?' vraagt hij.

'Wat er aan de hand is? Heb je de filmpjes op NEWS en social media niet gezien?'

'Nee, ik zit niet op Facebook.'

Merlin pakt zijn telefoon, opent hem en begint te scrollen. 'Dit mag je niet missen. Luister... *De zwijgende inspecteur*, heet een van de filmpjes. *Denkt de Politie Kopenhagen nog steeds dat Robert Danius schuldig is?*, luidt de vraag in een andere clip. En er zijn video's waarop je met een open mond van verbazing niet in staat lijkt een duidelijk antwoord te geven op de vraag van Danius' moeder of je nog steeds vindt dat de vrijgesproken man schuldig is aan de moord. Wil je het zien?'

'Nee, dat is niet nodig,' mompelt Juncker.

'Was het echt zo moeilijk om "nee" op die vraag te antwoorden, Juncker?' Zonder op antwoord te wachten gaat Merlin verder. 'Het spreekt voor zich dat er geen enkele twijfel over mag bestaan dat we een gerechtelijke uitspraak respecteren, vooral niet als het gaat om een zaak als deze, die door de Hoge Raad behandeld is.'

'Dus je vindt dat ik voor de camera's had moeten liegen?'

'Ja, je weet verdomd goed dat je dat had moeten doen. Als je er tenminste nog steeds koppig van overtuigd bent dat Danius schuldig is.'

Juncker kijkt lichtelijk verbaasd naar zijn chef. Merlin heeft nog nooit op deze manier tegen hem gepraat en hij realiseert zich dat hij op dit moment getuige is van iets wat maar heel zelden in zijn carrière is voorgekomen: hij krijgt een flinke uitbrander van Merlin.

De twee andere mensen in Merlins kantoor zijn Kai Åkesson, hoofd van het parket van Zware Criminaliteit, en Geir Jensen, hoofd van een van de drie moordsecties van de afdeling Zware Criminaliteit.

Åkesson schraapt zijn keel. 'Misschien kunnen we...'

'Wat? Ja, natuurlijk, laten we beginnen.' Merlin rolt zijn stoel naar de tafel, zodat een niet onaanzienlijk deel van zijn buik op het tafelblad rust. 'Door de vrijspraak van Danius moeten we van voren af aan beginnen. Lukas' moordenaar loopt nog steeds vrij rond. We moeten hem vinden en het kan geen kwaad als dat snel gebeurt.'

'Dat spreekt vanzelf.' Geir woelt door zijn rode bos haar, die doet denken aan het haar van popproducent Phil Spector op een badhairday. 'Maar we weten allemaal hoe moeilijk het is om onderzoek te doen naar een zaak die zo oud is als deze.'

'Dat zijn nu eenmaal de omstandigheden. We moeten de mouwen opstropen, zoals wijlen Eefsen op 18 mei tegen zijn mensen gezegd heeft.'

'Heeft hij dat echt gezegd?' vraagt Geir.

'Ja,' antwoordt Juncker.

Geir kijkt hem aan. 'Was jij er die avond bij?'

'Ja.'

Tijdens de rellen in Nørrebro die na de stemming over het Edinburgh-akkoord op 18 mei 1993 waren uitgebroken, was het voor de eerste keer in vredestijd gebeurd dat de Deense politie met scherp op een menigte schoot. Wonder boven wonder vielen er geen doden.

'Jezus,' zegt Geir. 'Heb jij ook geschoten?'

Juncker kijkt met een uitdrukkingsloos gezicht naar zijn jongere collega.

'Tja, niet dat het me iets aangaat –'

Daar heb je helemaal gelijk in, denkt Juncker.

'In feite is het heel eenvoudig,' onderbreekt Merlin hen. 'Of de moordenaar van Lukas maakt al deel uit van het onderzoek en is een van de verdachten die we niet diepgaand genoeg nagetrokken hebben, óf we hebben de dader nog niet gevonden. Dan hebben we dus geen idee wie het is.'

Juncker slaat zijn armen over elkaar en kijkt naar Merlin. 'Sorry dat ik het opwerp, maar er is dus ook – ongeacht wat je zegt, Merlin – een mogelijkheid dat we de juiste man te pakken hadden en dat hij nu vrijgelaten is.'

Merlin schudt zijn hoofd berustend. 'Wat begrijp je hier verdomme niet aan, Juncker?'

'Het psychiatrisch rapport was ondubbelzinnig. De combinatie van Danius' verschillende persoonlijkheidsstoornissen maakt het gevaarlijk om hem vrij rond te laten lopen.'

'Ik hoef je waarschijnlijk niet te vertellen dat het in dit land niet illegaal is om anders te zijn. We zetten mensen niet achter slot en grendel om te voorkomen dat ze iets crimineels doen, of wel soms?'

'Het enige wat ik vraag is een kans om discreet verder onderzoek naar Danius te doen.'

'Daar geef ik geen toestemming voor. Stel je voor wat een ophef er zou ontstaan als bekend wordt dat Zware Criminaliteit doorgaat met onderzoek doen naar een man die vrijgesproken is. Dan word ik meteen de laan uit gestuurd.'

Van zo'n dreiging zou je je normaal gesproken niets aantrekken, denkt Juncker, maar hij zegt niets meer. Het heeft geen zin.

'We zetten veel mensen op het onderzoek en ik stel natuurlijk het sterkst mogelijke team samen. Jij zit in het team, Juncker, maar Geir wordt de onderzoeksleider. Dat lijkt me in de huidige situatie het meest logisch. Geir, jij was niet betrokken bij het eerste onderzoek, dus kijk je met een frisse blik naar de zaak.'

Merlin kijkt over zijn leesbril naar Juncker.

Juncker haalt zijn schouders op. 'Daar heb ik absoluut geen probleem mee.' Als hij eerlijk is, voelt hij zich zelfs opgelucht.

3

Signe bijt afwezig op de bovenkant van haar balpen. 'Dat is verdomd klote,' zegt ze, en ze laat de pen op het bureau vallen.

Ze werkt nu bijna een jaar op de afdeling Georganiseerde Criminaliteit, afgekort GC, die zich in hetzelfde gebouw als Zware Criminaliteit bevindt, maar dan twee verdiepingen hoger. Ze deelt haar kantoor met drie collega's die op dit moment allemaal afwezig zijn, dus is Juncker achter het bureau tegenover haar gaan zitten.

Signe is van Zware Criminaliteit naar GC overgestapt om humanere werktijden te hebben en daarmee haar huwelijk te redden. Ze werkt nog steeds veel uren, maar haar werktijden zijn gemakkelijker te plannen en de overstap is geslaagd omdat het stel nog steeds bij elkaar is. Juncker heeft niet gevraagd hoe het echt met Signe en haar man gaat, maar sinds haar overstap lijkt ze meer ontspannen, minder… Het eerste woord dat Juncker te binnen schiet is het Engelse *uptight*, wat buitengewoon irritant is voor een fervent tegenstander van het uitgebreide gebruik van Engelse leenwoorden. Wat is er bijvoorbeeld mis met 'gespannen'? Niets. Ze lijkt minder gespannen.

'Tja, dat kun je wel zeggen.' Juncker verschuift op zijn stoel en probeert een houding te vinden waarbij zijn onderrug minder pijn doet.

'En wij zijn er volkomen zeker van dat Robert Danius de dader is, toch?'

'Ja.'

'Ik heb het verhoor van de nieuwe getuige niet gehoord. Was dat zijn ex?'

'Ja.'

'Vond je haar niet geloofwaardig?'

'Nee, helemaal niet.'

'En dat andere… De informatie van de zendmasten die plotseling niet meer gebruikt mag worden als bewijs waar iemand op een bepaald moment was?'

'Dat is een heel technisch verhaal, maar het komt erop neer dat het op dit moment onzeker is of de mastgegevens gebruikt mogen worden om een persoon op een bepaald tijdstip op een bepaalde plek te plaatsen. Maar dat pleit hem niet vrij en bewijst ook zijn schuld niet. Het kan beide kanten op gaan en die twijfel is gunstig voor hem.'

'En zo hoort het ook. Bottomline...'

Juncker huivert.

'Jij denkt dus dat Robert Danius net zo schuldig is als hij de hele tijd geweest is?'

'Ja.'

'Wat kun je daaraan doen, Juncker?'

'De opties zijn heel beperkt, want ik maak deel uit van het team dat aan het nieuwe onderzoek gaat werken. Ik heb Merlin toestemming gevraagd om verder te gaan met het onderzoek naar Danius, maar dat heeft hij geweigerd.'

'Dat is strikt genomen ook niet zo vreemd, toch?'

Juncker haalt zijn schouders op.

Signe leunt naar achteren, verstrengelt haar handen in haar nek en kijkt naar het plafond. Een halve minuut lang zegt geen van beiden iets, tot Juncker de stilte verbreekt. 'Waar denk je aan?'

'Dat ik nog een heleboel vrije dagen tegoed heb en op dit moment niet aan een belangrijke zaak werk. Ik denk dat ik een week vrij kan nemen en wat in het onderzoek kan wroeten, om te zien of ik meer rotzooi over Danius vind dan wat er al gevonden is. Ik kan niet inloggen op het onderzoek, dus als je een paar fotokopieën van de belangrijkste verhoren kunt maken... De dozen staan toch nog op de afdeling?'

'Ja. Dat moet geen probleem zijn.'

'En dan kun jij mij in jouw vrije tijd helpen.'

Juncker aarzelt even, maar knikt dan. 'Uiteraard.'

Ze zwijgen weer even, waarna Juncker opstaat.

'We kunnen hier een hoop problemen mee krijgen,' zegt Signe.

Hij kijkt haar aan. 'Dat klopt.'

9 JUNI

4

Geir Jensen is om zeven uur 's ochtends geen toonbeeld van schoonheid en Juncker is zich er pijnlijk van bewust dat hij dat evenmin is. De onderzoeksleider heeft Juncker gevraagd om vroeg te komen, zodat ze de zaak-Lukas voor de ochtendbriefing in alle rust kunnen bespreken.

'Juncker, kun je allereerst het onderzoek vanaf het begin voor me samenvatten?'

Hij knikt. 'Natuurlijk. Zoals je beslist weet –'

'Heb je je aantekeningen niet nodig?' Geir kijkt hem verbaasd aan.

'Nee. Zal ik beginnen of heb je meer vragen?'

'Ja, begin maar.' Geir doet geen moeite om zijn afkeurende toon te verbergen.

Jezus, wat een irritante vent, denkt Juncker.

'Lukas verdween vrijdagmiddag en werd ongeveer een etmaal daarna dood aangetroffen. De vindplaats, en tevens de plaats delict, was de kelderruimte die Robert Danius als kantoor en werkplaats gebruikte. Hij was conciërge bij de sociale woningbouw en –'

'Dat heet tegenwoordig gebouwbeheerder,' merkt Geir op. 'En algemene woningbouw.'

Juncker onderdrukt zijn irritatie over de onderbreking. Dit kan weleens een heel lange bespreking worden.

'De jongen was geraakt door minstens twee slagen met een stomp voorwerp. De forensisch arts ging uit van een voorhamer, maar die is nooit gevonden. De autopsie toonde eveneens aan dat geprobeerd is de jongen te wurgen, maar volgens het autopsieverslag was Lukas niet gewurgd, maar was hij bezweken aan de klappen op zijn hoofd. Het was niet duidelijk of de poging tot wurging vóór of na de klappen had plaatsgevonden.'

'Wie was de forensisch arts?'

'Markman.'

'Waren er aanwijzingen voor seksueel misbruik?'

'Nee, maar op het bureau naast het lijk werd vers sperma gevonden. De DNA-analyse bevestigde dat het sperma afkomstig was van Robert Danius.'

'Wat was zijn verklaring daarvoor?'

'Dat hij eerder op de dag waarop Lukas was vermoord had gemasturbeerd. Het tijdstip van overlijden werd overigens vastgesteld op ongeveer 16.35 uur.'

'Dat is heel precies.'

'Ja. Lukas had zijn telefoon in de achterzak van zijn spijkerbroek. Het scherm was kapot en de elektronica was om 16.35 uur vastgelopen, dus was het geen lastige gok dat hij op dat tijdstip aangevallen en vermoord is.'

'Dat klinkt logisch.'

'Dank je,' zegt Juncker kortaf.

'Wees er meer in de richting van Robert Danius?'

'Verschillende dingen. Getuigen hebben gezien dat Danius rond 16.00 uur op de binnenplaats met Lukas en twee andere jongens basketbalde. Toen ze daarmee stopten, ging Lukas volgens een getuige met Danius mee naar de kelder.'

'Wat was Danius' verklaring daarvoor?'

'Dat Lukas en hij elkaar goed kenden. Robert Danius was in zijn vrije tijd basketbaltrainer en was bezig met een project waarbij hij jongens uit de buurt trainde. Lukas was een bijzonder getalenteerde basketballer, dus kenden Robert en hij elkaar goed en hadden ze vaak samen op de binnenplaats getraind. Trouwens, dat werd door de rechter beschouwd als een verzwarende omstandigheid. Die bewuste middag was Lukas meegegaan naar de kelder omdat hij naar verluidt een basketbaltijdschrift van Danius wilde lenen. Danius heeft Lukas het tijdschrift gegeven en is daarna naar huis gegaan. Hij gaf Lukas toestemming om een tijdje in de kelderruimte te blijven om het tijdschrift te lezen, dat trouwens op de plaats delict aangetroffen werd. Lukas hoefde alleen de deur achter zich dicht te trekken als hij wegging.'

'Ik herinner me dat er ook iets in het verleden van Danius is geweest wat hem belastte.'

'Dat klopt,' beaamt Juncker. 'Danius was in de periode van 2005 tot 2010 trainer bij een basketbalclub in Herlev. In 2011 gingen twee tieners, Jens en Steffen, naar de Politie Vestegnen om aangifte te doen van het feit dat Robert Danius zich gedurende een periode van bijna een jaar, toen de jongens dertien waren, aan hen vergrepen had.'

'Wat kreeg hij daarvoor?'

'Vlak daarvoor was een padvindersleider veroordeeld tot anderhalf jaar onvoorwaardelijke gevangenisstraf wegens grensoverschrijdend gedrag tegen tien jongens gedurende een periode van drie jaar. Steffen had de rechtszaak, die bij de rechtbank in Glostrup diende, en andere rechtszaken op Seeland die over dit soort misbruik gingen nauwlettend gevolgd omdat hij nog steeds problemen had door het seksueel misbruik waaraan Danius hem had blootgesteld. Toen de padvindersleider werd veroordeeld wegens schennis van de eerbaarheid en andere seksuele handelingen dan geslachtsgemeenschap, gebeurde er iets met Steffen. Hij nam contact op met Jens, die hij niet meer had gezien sinds ze bij de basketbalclub waren gestopt, en ze gingen samen naar de politie.'

Juncker neemt een slok uit zijn beker koffie voordat hij verdergaat.

'Het onderzoek was kort, omdat het Openbaar Ministerie van mening was dat er niet voldoende bewijs was om Danius aan te klagen wegens seksueel misbruik, maar alleen wegens schennis van de eerbaarheid. In 2010 was de verjaringstermijn daarvoor vijf jaar, dus werd de zaak geseponeerd, en onze collega's in Vestegnen hebben Steffen en Jens nooit verhoord. Vlak daarna vertrok Robert Danius uit Herlev en kon hij als trainer bij een andere club ongestoord verdergaan met zijn praktijken.'

Geir schudt zijn hoofd. 'Dat hebben we eerder gehoord, hè?'

'Inderdaad. Er zijn veel plegers van seksueel misbruik die op zo'n manier door de mazen van het net glippen. Toen we onderzoek naar Danius deden wegens de moord op Lukas, hebben we navraag gedaan bij andere politiebureaus of zij iets over hem hadden. Vestegnen nam contact met ons op over de geseponeerde zaak in Herlev.'

'Maar die kon niet gebruikt worden in de zaak-Lukas omdat hij verjaard was?'

'Dat klopt, maar Signe en ik hebben toch een bezoek aan de twee jongens gebracht. Ze vertelden dat Robert hen gedurende langere tijd had gegroomd. In het begin was dat door hen na de training op te houden tot de andere teamleden vertrokken waren. Hij ging met hen onder de douche en begon over masturberen te praten. Dat ontwikkelde zich tot de situatie waarbij hij na elke training met hen onder de douche ging en hen liet zien hoe ze zichzelf moesten aanraken. Op een dag had hij een pot Nutella meegenomen. Hij smeerde hun penissen daarmee in en likte het eraf. Vervolgens probeerde hij de jongens zover te krijgen dat ze de Nutella van elkaars penis likten, maar dat weigerden ze. Jens en Steffen vertrokken daarna bij de club. Ze vertelden het aan niemand omdat ze zich schaamden voor wat er gebeurd was en voelden zich schuldig omdat ze in het begin nieuwsgierig waren en ermee ingestemd hadden om met hun trainer onder de douche te gaan.'

'Het klassieke verhaal,' zegt Geir hoofdschuddend.

'Absoluut. Toen Signe en ik met de jongens praatten beïnvloedde het hun leven nog steeds en toen ze hoorden dat er onderzoek naar Danius gedaan werd wegens de moord op een elfjarige jongen, werd hun frustratie omdat hun aanklacht niet tot vervolging had geleid nog groter.'

'Is er ander DNA aangetroffen?'

'Er werden een aantal haren van Lukas in de werkplaats gevonden en Roberts haar werd op het lichaam van de jongen aangetroffen. Er werden echter ook andere haren en ander DNA op het lijk gevonden. Niets daarvan leverde echter een match met de registers op. Robert verklaarde de aanwezigheid van zijn DNA met het verhaal dat Lukas vaker bij hem in de kelderruimte was geweest.'

Geir kijkt op zijn telefoon. 'Het is bijna tijd voor de ochtendbriefing. Kun je snel vertellen welke andere verdachten we hadden?'

'Dat waren er drie: Lukas' stiefvader, de voorzitter van de bewonersvereniging en een loodgieter die vaak bij Robert Danius op bezoek was en veel klussen in het flatgebouw deed. De laatste is ooit veroordeeld wegens verkrachting. De stiefvader en de loodgieter hadden een alibi, maar dat had de voorzitter van de bewonersvereniging niet. Er was echter niet voldoende dat naar hem wees, behalve dat hij zich bijzonder vreemd gedroeg toen hij verhoord werd.'

'Oké, bedankt, Juncker. Ik ben –'

'Het is Robert Danius.'

'Ja, dat beweer je, maar je hebt gehoord wat Merlin zei.'

'Inderdaad,' zegt Juncker.

'We gaan de andere drie verdachten dus opnieuw onder druk zetten. En ik zet drie of vier mensen op het doorspitten van de papieren – met inbegrip van het onderzoek op de plaats delict – om te zien of we iets over het hoofd gezien hebben.'

Dat hebben we niet, denkt Juncker.

5

Miljoenen kronen zijn in het zwaar getroffen Deense bedrijfsleven gepompt, en nu beginnen de eerste meldingen over fraude met betrekking tot de coronahulppakketten binnen te druppelen. Dat wordt bevestigd door het Functioneel Parket Economische Criminaliteit.

Journalist Charlotte Junckersen slaakt een zucht van opluchting en dankt haar gelukkige gesternte omdat ze vandaag vrij heeft genomen. Als ze dat niet had gedaan, dan was het zo goed als zeker geweest dat haar redacteur haar de opdracht had gegeven om verder te graven in het fraudeverhaal en dat zou ze gehaat hebben, zoals ze vrijwel alle reportages haat die ze haar laten maken. Vooral reportages over de coronapandemie.

Ze weet heel goed dat het aan haar ligt en niet aan de reportages. Ze stagneert. Ze kan niet langer doen alsof de laatste herstructurering van de redactie een zegen voor de journalistiek is, zoals de leiding bij elke gelegenheid beweert. Dat de ontbinding van het onderzoeksteam de juiste beslissing was en de herplaatsing van de zes voormalige onderzoeksjournalisten op de verschillende redacties de kwaliteit van de journalistiek van *Morgentidende* zou verhogen. Ze weet dat het een leugen is. Iedereen weet dat het een leugen is.

Dit is de derde grote herstructurering van de redactie binnen vijf jaar. Ze stond op het punt om te worden overgeplaatst naar de politieke redactie in Christiansborg, maar ontsnapte daaraan door hoog spel te spelen en ermee te dreigen ontslag te nemen als dat gebeurde. Een goedkope truc, inderdaad, maar het had effect en de hoofdredacteur had haar in plaats daarvan een plek op de binnenlandredactie aangeboden. Die had ze geaccepteerd.

Het afgelopen jaar heeft ze geen echt goede reportages geschreven. Ze heeft niet één keer de toon gezet sinds ze een Cavling won voor de onthulling waarom de terreuraanslag op de kerstmarkt in 2016 niet was voorkomen. Nog maar een paar jaar geleden zou ze het als volkomen ondenkbaar hebben beschouwd dat ze bang moest zijn voor de volgende ontslagronde. Nu is ze er tamelijk zeker van dat als die komt – en dat gebeurt binnenkort beslist, waarschijnlijk vermomd als 'de focus op de belangrijkste reportages leggen' – ze eruit vliegt.

Tenzij ze een belangrijk verhaal opgraaft.

Ze heeft slecht geslapen, zoals altijd wanneer het warm is. Ze was om 2.00 uur zwetend als een otter wakker geworden en had haar nachthemd uitgetrokken. Dat hielp niet veel. Uiteindelijk trok ze haar slipje eveneens uit en probeerde naakt opnieuw in slaap te vallen. Na twee uur lukte dat eindelijk en ze sliep onrustig tot haar telefoon haar om 7.30 uur wekte.

Nu gooit ze het koffiedik uit de cafetière in de zak van het restafval en voelt ze zich schuldig omdat ze het niet in de groene zak met bioafval doet, maar die wordt heel vies en gaat stinken nu het zo warm is.

Op de eettafel ligt een T-shirt. Ze trekt het aan, hoewel ze het liefst naakt blijft rondlopen, maar ze wil niet dat de buren haar zo zien. Dat is een van de weinige nadelen van het wonen in de wijk Kartoffelrækkerne: vanaf de straat kun je zo de woonkeuken in kijken. Tenzij je de gordijnen natuurlijk dichtdoet, maar wie wil dat op zo'n heerlijke zomerdag als vandaag?

Ze giet kokend water op de versgemalen bonen, drukt de stempel naar beneden en schenkt de koffie in een beker. Daarna gaat ze bij de eettafel zitten en haalt een notitieblok uit haar tas. Ze bladert een paar pagina's terwijl ze haar aantekeningen leest. Bijna vier maanden geleden is ze voor het eerst benaderd door Peter Rolf, de voormalige adviseur van de minister van Justitie die voor onbepaalde tijd in de gevangenis zit wegens de moord op drie vrouwen. Hij wil graag met haar praten. Hij schreef dat hij een goed verhaal had, een verhaal dat ze graag in de krant zou willen publiceren.

Peter Rolf was aangeklaagd voor in totaal vijf moorden. De eerste had tien jaar geleden plaatsgevonden. Het slachtoffer was Martina Jensen, een jonge veelbelovende sociaaldemocratische plaatselijke politicus uit Albertslund. Peter Rolf was vrijgesproken van die moord omdat het technisch bewijs te zwak was. Hij was ook vrijgesproken van de moord op politieagent Troels Mikkelsen, eveneens vanwege te zwak bewijs, maar hij was wel schuldig bevonden aan de moord op drie vrouwen die met elkaar gemeen hadden dat ze deskundig en succesvol waren. De officier van justitie had levenslang geëist. De rechtbank had echter geluisterd naar de Medische Raad, die op basis van het psychologisch onderzoek tot de conclusie was gekomen dat Peter Rolf weliswaar toerekeningsvatbaar was, maar aan de andere kant overduidelijk gefascineerd was door verstikking en daardoor zo'n enorm gevaar vormde voor het leven, de lichamelijke integriteit en de vrijheid van anderen dat er een medische beoordeling nodig was om vast te stellen of hij ooit weer op vrije voeten mocht komen. Daarom adviseerde de Raad tbs met dwangverpleging, en de rechters en jury hadden besloten dit advies op te volgen. Een halfjaar geleden was de zaak tegen hem gesloten. Mocht hij ooit worden vrijgelaten – wat niemand zich kon voorstellen – dan kan hij bovendien worden uitgeleverd aan de VS, omdat de FBI ervan overtuigd is dat hij verantwoordelijk is voor de moord op nog minstens twee vrouwen.

Signe was de eerste die contact met Charlotte had opgenomen om haar te vertellen over het aanbod van de seriemoordenaar om haar een goed verhaal te vertellen. De Cavling-prijs, die ze had gewonnen voor haar artikelen over de terreuraanslag op het Nytorv, had ze niet alleen aan zichzelf, maar net zo goed aan Signe te danken en hun relatie was daarna uitgegroeid tot een vriendschap. Daarom had het zwaar gewogen dat Signe haar ten sterkste had afgeraden om contact op te nemen met Peter Rolf. Er was geen enkele reden om die gestoorde psychopaat een podium te geven, had Signe gezegd. In eerste instantie had ze het advies opgevolgd, ook al verbaasde het haar hoe emotioneel haar vriendin reageerde. Het was alsof ze bang was dat Rolfs verhaal iets met haar te maken had.

Charlotte had dus naar haar vriendin geluisterd en reageerde niet op Rolfs poging om met haar in contact te komen. Zelfs toen Peter Rolf haar opnieuw schreef, antwoordde ze niet. Hij hield echter vol. Na de derde keer stemde ze ermee in om hem te ontmoeten en ze vroeg de Dienst Justitiële Inrichtingen toestemming voor een bezoek. Charlotte heeft dat nog niet aan Signe verteld, maar ze is nieuwsgierig, zo eenvoudig is het. En op dit moment zou ze bijna alles doen om een sensationeel artikel te kunnen schrijven.

In eerste instantie wees de Dienst Justitiële Inrichtingen haar verzoek af, met als reden dat het een duidelijke schending van het rechtsgevoel zou zijn als Peter Rolf toestemming zou krijgen om met een journalist te praten.

Daarop verwees Peter Rolf naar de Penitentiaire Beginselenwet waarin is bepaald dat een veroordeelde in principe het recht heeft om met de media te praten. En, benadrukte Peter Rolf, Charlottes bezoek had niets te maken met de misdaden waarvoor hij was veroordeeld, en daarom zou een bezoek van haar het rechtsgevoel van de bevolking of van de nabestaanden niet schenden.

Uiteindelijk had de Dienst Justitiële Inrichtingen toegegeven, op voorwaarde dat ambtenaren de artikelen die ze eventueel over het bezoek zou schrijven mochten lezen en hun goedkeuring moesten geven. Dat had Charlotte geaccepteerd. De formulering 'over het bezoek' was zo rekbaar dat ze die altijd kon omzeilen als dat nodig was.

Ze moet over twee uur in de Herstedvester-gevangenis zijn, waar Peter Rolf zijn straf uitzit. Ze drinkt haar beker koffie leeg en loopt naar de badkamer die aan de kleine achtertuin grenst en die is voorzien van een groot matglazen raam waardoor prachtig licht naar binnen stroomt. Te prachtig, heeft Charlotte jarenlang gedacht. Ze strijkt het rode haar uit haar gezicht. Dat haar is vrijwel het enige deel van haar uiterlijk dat nog standhoudt. Om de een of andere reden is het tot nu toe niet nodig geweest om het te verven, maar de rest…

Als ze tegenwoordig 's ochtends in de spiegel kijkt ziet ze een veranderd gezicht. Zoals de rimpel op haar linkerooglid, die er gisteren nog niet was – of wel soms? Het kost haar twintig minuten om zich op te maken. Het had erger gekund, denkt ze als ze het eindresultaat bekijkt. Aan de andere kant had het absoluut ook beter gekund. Ze heeft gezworen om nooit aan botox te beginnen, maar er zijn momenten waarop ze twijfelt en dit is zo'n moment. Ze kan de rimpels bij haar mondhoeken en de frons tussen haar wenkbrauwen proberen te verbergen, maar weghalen kan ze ze niet. En wat dan nog, heeft ze altijd gezegd tegen vriendinnen die wel voor de verleiding waren bezweken. Dat gebeurt nu eenmaal als je ouder wordt. Het is echter al een tijdje geleden dat ze dat voor het laatst heeft gedacht, want ze lijkt inmiddels een vermoeide en verbitterde oude vrouw en dat is ze helemaal niet.

6

Het was heel soepel gegaan. Signes chef Kristian Pagh, het hoofd van de afdeling Georganiseerde Criminaliteit, vond het logisch dat ze compensatieverlof opnam nu ze geen grote zaken hadden. Ze waren dus overeengekomen dat ze in eerste instantie een week vrij zou nemen.

'Dan kun je altijd nog zien of je een paar dagen extra nodig hebt. Heb je plannen? Gaan jij en je man op reis?' had haar chef gevraagd.

'Nope, ik heb geen plannen. Hoewel de kinderen het waarschijnlijk geweldig zouden vinden om het huis een paar dagen voor zichzelf te hebben. Nee, ik ben gewoon van plan wat achterstallige was weg te werken en misschien een keer grondig schoon te maken. Dat is hard nodig.'

Lasse en Anne zijn op school en zijn een tijd geleden al begonnen met het aftellen naar de zomervakantie, die over anderhalve week begint. Niels werkt op zijn kantoor in Vesterbro, dat hij een maand geleden heeft gehuurd nadat hij een grote adviesopdracht voor een gemeente op Seeland had gekregen. Door die opdracht is zijn humeur aanzienlijk verbeterd, en daarmee ook dat van Signe. Het was een serieus probleem aan het worden dat hij niets kon vinden nadat hij ontslag had genomen als hoofd van het kantoor van de Sociale Dienst in Nørrebro omdat het een enorme impact op hem had dat ze een aantal maanden van Signes salaris hadden moeten leven.

Ze haalt de yoghurtkommen en de bekers van de kleine eettafel in de keuken. Daarna gaat ze bij de tafel zitten en staart voor zich uit. Er is eigenlijk maar één ding dat haar momenteel zorgen baart: Peter Rolf heeft contact opgenomen met Charlotte. Hij beweert dat hij een goed verhaal heeft dat hij met haar wil delen en ze is doodsbang dat haar vriendin de verleiding niet kan weerstaan om een verhaal te schrijven met de kop: MOORDONDERZOEKER KNOEIT MET BEWIJSMATERIAAL OM COLLEGA DIE HAAR HEEFT VERKRACHT ERIN TE LUIZEN.

Ze kan daar echter niets aan doen, behalve hopen dat Charlotte doet wat ze haar heeft gevraagd, namelijk Peter Rolf negeren.

Ze dwingt zichzelf om in plaats daarvan te bedenken hoe ze een begin moet maken met het geheime onderzoek van Juncker en haar naar Robert Danius. Het is een bijzonder onaangenaam idee dat de man nu op vrije voeten is. Ze weet niet precies hoe de procedure is als iemand die onschuldig is veroordeeld wordt vrijgelaten, maar waarschijnlijk gebeurt dat onmiddellijk na de uitspraak. Theoretisch gezien kan ze hem dus zomaar op straat tegenkomen.

Ze belt Juncker en spreekt met hem af om elkaar over een paar uur in zijn lunchpauze te ontmoeten en een plan te bedenken. Hij klinkt moe en ongemotiveerd, en ze begint te twijfelen aan het project, want hoewel Juncker hopelijk fotokopieën van een aantal verhoren heeft gemaakt, wordt het lastig als ze geen volledige toegang tot alle documenten van de zaak heeft. En wat kan Juncker bijdragen nu Merlin hem uitdrukkelijk heeft verboden om onderzoek naar Danius te doen?

7

Charlotte is nog nooit in de Herstedvester-gevangenis geweest. Ze heeft nooit misdaadverslaggeving gedaan en is tijdens haar lange journalistieke carrière maar één keer in een gevangenis geweest. Dat was in Vestre, herinnert ze zich, maar de reden ervoor is ze gelukkig vergeten.

Een vrouwelijke gevangenisbewaarder begeleidt haar vanaf de hoofdingang naar de bezoekersruimte waar ze Peter Rolf zal ontmoeten. In het midden van de kamer staat een ovale tafel met een wit blad en zes stoelen. Aan een van de muren hangt een televisiescherm naast een whiteboard. Dat is alles.

'Alsjeblieft,' zegt de bewaarder en ze geeft haar een zwart apparaatje dat op een autosleutel lijkt.

'Wat is dit?'

'Een noodalarm. We zijn binnen enkele seconden binnen als je je bedreigd voelt.'

'Bedreigd? Hij doet me echt niets, hoor.'

'Pak het voor alle zekerheid gewoon aan.'

Charlotte aarzelt. Dan haalt ze haar schouders op, pakt het apparaatje aan en stopt het in haar jaszak.

'Hij komt zo. En zoals ik al zei, we zijn in de buurt als er iets is,' zegt de vrouw, waarna ze vertrekt.

Charlotte gaat zitten en haalt haar notitieblok en een pen tevoorschijn. Ze heeft besloten om geen opnameapparaat te gebruiken. Uit haar ervaringen met Peter Rolf toen hij nog als adviseur van de minister van Justitie werkte weet ze dat hij veel spraakzamer is als het gesprek niet wordt opgenomen. Bovendien is ze goed in het maken van aantekeningen; ze behoort tot de generatie journalisten die dat nog hebben geleerd voordat het gebruikelijk werd om vrijwel alle interviews op te nemen.

Na een paar minuten gaat de deur open. Peter Rolf glimlacht

breed als hij de kamer in loopt. Hij wordt gevolgd door een man van middelbare leeftijd die geen uniform maar een grijs kostuum draagt. De man stelt zich voor als Gorm Henriksen, het hoofd van de afdeling.

'Jullie kennen de voorwaarden voor dit bezoek, dus die hoef ik niet –'

'Inderdaad, Henriksen, dat hoeft niet,' onderbreekt Peter Rolf de man met een knipoog naar Charlotte.

'Goed dan. Ik kom over een uur even kijken. Charlotte, als jullie eerder klaar zijn kun je gewoon op de deur kloppen. Vragen?'

Charlotte schudt haar hoofd.

'Goed, dan laat ik jullie nu aan elkaars gezelschap over,' zegt Henriksen, waarna hij vertrekt.

Peter Rolf gaat aan de andere kant van de tafel zitten. Charlotte heeft besloten hem het initiatief te laten nemen. Tenslotte is het zijn idee om met haar te praten. Peter Rolf zegt echter niets. Hij kijkt naar haar en glimlacht op de kenmerkende manier die ze zich herinnert uit de tijd waarin ze in Christiansborg werkte. Ze heeft veel nagedacht over hoe het zou zijn om oog in oog met een seriemoordenaar te staan en stelde zich voor dat het niet anders zou zijn dan alle andere keren dat ze hem heeft gesproken toen ze een professionele relatie hadden. Maar het is wel degelijk anders. Heel anders.

Hij ziet er nog steeds hetzelfde uit en draagt een spijkerbroek en een spierwit T-shirt. Hij is goed in vorm en lijkt zelfs gespierder dan ze zich herinnert, maar hij heeft natuurlijk veel tijd om te trainen. En dan zijn glimlach. Die is oogverblindend als hij dat wil en begripvol als hij dat nodig vindt. Tolerant. Uitnodigend. Intiem. Jij en ik tegen de rest van de wereld, als hij dat wil uitstralen.

Hij zegt niets en glimlacht alleen.

'Wat wil je van me?' vraagt ze. Ze heeft geen zin om spelletjes te spelen.

Peter Rolf lijkt er niet klaar voor om zijn verhaal te vertellen. 'Hebben ze je een noodalarm gegeven?'

Ze kijken elkaar een paar seconden in de ogen. Daarna knikt ze.

'Dat zul je niet nodig hebben,' zegt hij. 'Hoe gaat het met je, Charlotte?'

Hij lijkt volkomen ontspannen, als een zelfverzekerde gastheer die de genodigden welkom heet tijdens een groot evenement. Ze is echter niet van plan haar tijd te verspillen aan zinloos geklets met een seriemoordenaar.

'Prima, dank je. Kunnen we nu ter zake komen? Ik heb niet de hele dag de tijd,' zegt ze, hoewel dat een leugen is. Ze heeft vandaag niets anders te doen. Hij reageert opnieuw met een glimlach, maar heeft ook een zweem irritatie in zijn blik. Dat herkent ze van eerdere ontmoetingen. Als iemand zijn rol als leider, degene die controle over de situatie heeft, in twijfel trekt, ontploft hij.

Dat duurt nooit langer dan een seconde. Daarna kruipt hij weer in zijn rol.

'Natuurlijk, je hebt het waarschijnlijk druk met je werk. Vertel, aan wat voor verhalen werkt de topjournalist van *Morgentidende* op dit moment? Ik lees de krant elke dag, maar kan me niet herinneren dat ik je naam de laatste tijd voorbij heb zien komen.'

Zijn poging om haar te intimideren is zo overduidelijk dat ze bijna in lachen uitbarst. 'Vertel op, anders kan ik net zo goed vertrekken.' Ze pakt haar notitieblok en steekt haar hand uit naar haar tas.

De glimlach van Peter Rolf vervaagt. Hij steekt zijn hand op, leunt naar achteren op zijn stoel en slaat zijn armen over elkaar. 'Hoe goed heb je mijn zaak gevolgd?' Zijn toon is neutraal.

Ze schudt haar hoofd. 'Niet bijzonder goed. Ik weet in grote lijnen wat er gebeurd is, maar dat is het wel zo'n beetje.'

'Oké.'

'Bovendien mogen we niet over je zaak praten. Dat is onderdeel van mijn afspraak met de Dienst Justitiële Inrichtingen.'

Hij snuift minachtend. 'Er is niemand die meeluistert, dus als jij het ze niet vertelt komen ze er nooit achter. En bovendien ben jij niet degene die de voorwaarden schendt, maar ik. Je hoeft je dus geen zorgen te maken.'

Daar heeft hij gelijk in. Technisch gezien in elk geval. 'Ga verder.'

Hij schuift naar voren op zijn stoel. 'Zegt de kwestie van de twee haren je iets?'

'Nee, niets.'

'Op het lichaam van Katja Lütsach zijn twee haren gevonden, die afkomstig zijn van dezelfde man, maar ze zijn niet van mij.' Hij glimlacht en wrijft een paar keer over zijn kaalgeschoren hoofd. 'De politie wist niet van wie die twee haren waren. Wat ze daarentegen wél konden vaststellen, was dat de haren overeenkwamen met een DNA-profiel in het register dat ze het sporenregister noemen. Er zijn twee DNA-registers: een van personen die aangeklaagd zijn in zaken met een gevangenisstraf van meer dan anderhalf jaar, dat is het personenregister, en een met onbekende DNA-profielen die zijn gevonden op plaatsen delict en slachtoffers, dat het sporenregister wordt genoemd. Het bleek dat de twee haren afkomstig waren van een onbekende man die achter twee onopgeloste verkrachtingen van een aantal jaar geleden in Kopenhagen zat. Mijn advocaat probeerde het vinden van die haren natuurlijk te gebruiken om twijfel te zaaien over wie er aanwezig waren toen Lütsach vermoord werd.'

'Je hebt voor wat betreft alle aanklachten toch beweerd dat je onschuldig bent?'

'Natuurlijk heb ik dat gedaan. Zo is het spel.'

Het spel? Hij heeft vijf mensen vermoord en toch is het voor hem niets meer dan een spel. Charlotte heeft zin om op te staan, te zeggen dat ze elkaar nooit meer zullen zien en te vertrekken, maar ze blijft zitten. Haar nieuwsgierigheid is gewekt. 'Wat zei je advocaat?'

'Dat er drie theoretische mogelijkheden zijn,' zegt Rolf en hij buigt zich over de tafel. 'De eerste is dat Katja Lütsach de persoon die de twee verkrachtingen gepleegd heeft kende, of dat ze toevallig in de buurt van die persoon geweest is en de haren daarom op haar terechtgekomen zijn. De tweede is dat er twee personen betrokken waren bij de moord op haar. De eerste mogelijkheid werd verworpen als te onwaarschijnlijk, nadat de politie haar familie- en kennissenkring had nagetrokken zonder iemand te vinden die aan de twee verkrachtingen gelinkt kon worden. De onderzoekers besteedden ook veel tijd aan het onderzoeken van de tweede mogelijkheid, maar verwierpen die uiteindelijk omdat niets erop wees dat er meer dan één dader aanwezig geweest was.' Hij glimlacht breed.

'Waarom lach je?' vraagt Charlotte.

'Ik kan alleen zeggen dat ik kan garanderen dat er maar één dader bij de moord op Katja Lütsach aanwezig was, wat trouwens ook voor de andere vrouwen geldt. Dat heb ik natuurlijk niet in de rechtbank gezegd, want dat zou min of meer op een schuldbekentenis neerkomen.'

Het lijkt plotseling heel warm en benauwd in de kleine bezoekerskamer. Charlotte voelt het zweet onder haar oksels en op haar rug uitbreken. Ze vecht tegen de behoefte om op te staan en haar jas uit te trekken. Peter Rolf lijkt nergens last van te hebben.

'En de derde?'

'Sorry?'

'Je zei dat er drie mogelijkheden waren.'

'Inderdaad. De derde mogelijkheid, de interessantste, is dat iemand de twee haren op het lichaam geplaatst heeft om de persoon van wie de haren zijn te compromitteren.' Rolf leunt tevreden naar achteren.

Charlotte denk na. 'Jij kunt die haren strikt genomen natuurlijk ook op het lichaam geplaatst hebben.'

'Maar dat heb ik niet gedaan,' zegt hij ietwat geïrriteerd.

'Oké... Je zegt dus dat iemand anders dan jij, die toegang tot het lichaam had, de haren erop heeft geplaatst?'

'Dat is precies wat ik zeg.'

'Waarschijnlijk zijn er maar een beperkt aantal mensen in de buurt van het lichaam geweest, nietwaar?'

'Dat was de conclusie van mijn advocaat ook. Een jogger heeft het lichaam gevonden en is op een paar meter afstand gebleven. De agenten van de surveillancewagen die het eerst ter plaatse was zijn ook niet dichtbij gekomen omdat het duidelijk was dat de vrouw morsdood was. Er is niets wat erop wijst dat een van die drie de haren geplaatst heeft. Daardoor blijven er twee onderzoekers, een patholoog en drie technisch rechercheurs over. De patholoog en de drie technisch rechercheurs zijn niet alleen bij het lichaam geweest, dus zij konden ook uitgesloten worden. Daarmee blijven...'

'...de twee onderzoekers over.'

'Precies. Twee mensen die je vrij goed kent.'

'Signe en Martin, hè?'

'Aha, noem je hem Martin? Maar inderdaad, dat is volkomen correct. Je vriendin en je ex-man.'

Charlotte krijgt een knoop in haar maag. 'Iemand wilde de bewuste persoon dus in de problemen brengen, maar wie was het? Wat weet je? Je houdt iets achter.'

Hij kijkt recht in haar ogen en zwijgt een hele tijd voordat hij verdergaat. 'Ik weet wie die man is.'

'Oké. Wie dan?'

'Je kent hem. En je man... Sorry, je ex-man en Signe kennen hem ook. Heel goed zelfs.'

'Kom terzake. Wie is het?'

'Troels Mikkelsen.'

'Wacht even. Je zegt dus dat de haren die op het lichaam van Lütsach gevonden zijn van hem zijn? En dat hij dus degene is die de twee onopgeloste verkrachtingen gepleegd heeft? Is dat niet een beetje vergezocht? Ik bedoel... Een politieagent met een lange en glansrijke carrière... Was hij niet, om het nog absurder te maken, het hoofd van de sectie Zedenmisdrijven bij Zware Criminaliteit?'

Peter Rolf haalt zijn schouders op. 'Inderdaad, dat was hij, maar in de rechtbank werd bewezen dat hij eerder een verkrachting gepleegd had, samen met ondergetekende, toen we op de Politieacademie zaten. Een vrouw die bij ons in de klas zat getuigde achter gesloten deuren dat wij haar verkracht hadden.'

'Wacht even... Is er een DNA-analyse uitgevoerd op Troels Mikkelsen nadat hij was vermoord?'

'Dat is een goede vraag. Je kunt proberen daarachter te komen, waarmee de vraag uiteindelijk beantwoord is, toch?'

'Ja, de vraag of Troels Mikkelsen destijds de twee vrouwen verkracht heeft, maar niet wie de twee haren geplaatst heeft. Waarom zou ik geloven dat jij die haren niet achtergelaten hebt om je voormalige verkrachtingsmaatje erin te luizen?'

Rolf staat op en loopt naar het raam dat uitzicht biedt op de muur die de oude gevangenis omringt.

Daarachter bevindt zich een glimp van het gewone leven. Hopelijk maakt hij daar nooit meer deel van uit, denkt Charlotte.

Hij draait zich naar haar om. 'Dit is wat ik je tot nu toe te vertellen heb. Je zult me moeten vertrouwen en je moet zelf ook onderzoek doen...'

Ze schudt haar hoofd hevig. 'Zo werkt het niet. Als ik hier een artikel van ga maken, moet je me alles vertellen wat je weet. Anders stoppen we er nu mee. We zijn niet bezig met een quizshow.'

Hij gaat weer zitten. 'Dat is jouw beslissing. Ik weet zeker dat er andere journalisten zijn die geïnteresseerd zijn in mijn verhaal.'

'Tot nu toe bestaat je verhaal alleen uit een reeks ongefundeerde veronderstellingen. Er moet echt veel meer op tafel komen voordat *Morgentidende* het publiceert. Dus als je meer weet...'

'Wat ik je nu verteld heb, is zoals ik al zei alles wat je voorlopig krijgt om mee te werken. Als de tijd er rijp voor is, vertel ik meer. Als je dat tenminste wilt. Ik bedoel... Je ex-man en je vriendin zijn hierbij betrokken.'

Inderdaad, en dat is op zich een probleem, denkt Charlotte. Ze is overduidelijk niet objectief genoeg om dit artikel zelf te schrijven, maar daar kan ze zich later altijd nog zorgen over maken. 'Wat is je motivatie om dit verhaal naar buiten te brengen? Gerechtigheid?' vraagt ze sarcastisch.

Hij glimlacht. 'Ik moet mijn tijd hierbinnen toch ergens mee vullen.'

Charlotte gaat meteen naar huis en is net binnen als de hevige hoofdpijn, die de hele terugreis al dreigde, losbarst. Ze gaat op de bank liggen en doet haar ogen dicht. Ze heeft een heel dubbel gevoel. Aan de ene kant vertelt haar intuïtie haar dat er een bijzonder goed artikel in Peter Rolfs verhaal verborgen zit. Waarom zou hij liegen? Het heeft geen invloed op zijn zaak. Ja, hij doet het voor de aandacht, daar twijfelt ze geen seconde aan. De man is een gestoorde psychopaat. Aan de andere kant… Als het allemaal een verzinsel blijkt te zijn, zal hij voor lange tijd, misschien voor de rest van zijn ellendige leven, geen aandacht meer krijgen. Maar als hij wel gelijk heeft… Stel je voor dat een rechercheur vals bewijsmateriaal op het lichaam van een moordslachtoffer heeft geplaatst. Dat zou een fantastisch verhaal zijn.

Er is maar één probleem: misschien zijn twee mensen die heel dicht bij haar staan hier verantwoordelijk voor.

8

Signe is er al en zit in een van de achterste boxen van de Mozarts Bodega, een van de weinige bruine kroegen in Sydhavnen die de café latte-vloedgolf van het afgelopen decennium heeft overleefd. Juncker is hier een paar keer geweest en is vrij enthousiast over de plek, die in veel opzichten lijkt op de Seringen-bar, zijn stamkroeg in Nordvest. Hij bestelt een spa citroen bij de ober, die in zijn spierwitte overhemd en zwarte gabardine broek lijkt op iemand die uit een ver verleden hiernaartoe is geteleporteerd. Tot zijn verbazing biedt de ober aan om de 'verfrissing' naar zijn tafeltje te brengen. In eerste instantie begrijpt Juncker niet wat de man bedoelt, maar ineens realiseert hij zich dat de ober zijn werk gewoon serieus neemt.

Signe zit in een hoek van de box en Juncker gaat op een stoel tegenover haar zitten.

'Hoeveel tijd hebben we?' vraagt ze.

'Ik heb tegen Geir gezegd dat ik een uur wegblijf.'

De ober brengt Junckers drankje, schenkt het in een glas, zegt 'meneer en mevrouw' en trekt zich met een buiging terug.

'Kun je de tijdlijn van de moord voor me samenvatten?' vraagt Signe. 'Ik herinner me de grote lijnen, maar de details niet meer.'

'Ja, natuurlijk. Rond 16.00 uur speelt Lukas basketbal in de basketbalkooi op de binnenplaats van een flatgebouw in de Nordlandsgade op Amager, waar hij woont. Hij speelt samen met twee jongens, Liam en...' Juncker bladert in zijn papieren. '...Magnus. Zij wonen ook in het flatgebouw. Dan komt Robert Danius erbij. Hij kent de drie jongens omdat ze meedoen aan een basketbalproject dat Danius leidt, waarvoor hij de kinderen uit de buurt traint. Om 16.15 uur stoppen ze met basketballen. Een getuige ziet hen vanaf zijn balkon. Daarna verschijnt er een journalist van een plaatselijke weekkrant die een artikel over het project schrijft en een paar foto's van Danius en de jongens maakt. Als dat achter de rug is, blijven Liam en Magnus in de basketbalkooi terwijl Danius en Lukas samen naar de kelder van het flatgebouw gaan. Danius verklaarde achteraf dat Lukas een basketbaltijdschrift wilde lenen dat hij in zijn werkplaats had liggen. Daarna vertelde hij dat hij naar huis was gegaan. Lukas mocht in de kelder blijven om het tijdschrift te lezen, wat Danius al vaker toegestaan had omdat hij wist dat Lukas een slechte relatie met zijn stiefvader had en soms behoefte had aan een rustige plek.'

Juncker neemt een slok spa.

'Om 16.27 uur belt Lukas' moeder hem om te vragen of hij naar huis kan komen om op zijn zusje te passen zodat zij boodschappen kan doen. De stiefvader is bier drinken met vrienden. De moeder vraagt waar Lukas is en de jongen vertelt dat hij op de binnenplaats gebasketbald heeft en onderweg naar huis is. Hij vertelt niets over de kelder. Daarna valt Lukas' telefoon om 16.35 uur uit, waardoor we aannemen dat dit het tijdstip van de moord is. Robert Danius beweert dat hij op dat moment naar huis fietste. Hij woonde destijds in de Borups Allé. We hebben twee collega's dezelfde route op zijn oude versleten Raleigh laten fietsen. Het duurde respectievelijk zesentwintig minuten en dertig seconden en achtentwintig minuten om deze afstand te overbruggen. Robert heeft zijn bewering dat hij rond 16.20 uur naar huis fietste nooit kunnen bewijzen en het is ons evenmin gelukt om getuigen te vinden die hem onderweg gezien hebben. Om 16.53 uur wordt hij gebeld door zijn baas en naar eigen zeggen zet hij op dat moment zijn fiets op de stoep voor de deur van het appartementencomplex waar hij woonde. Maar volgens de gegevens van een telefoonmast vlak bij de Nordlandsgade bevindt Danius zich op dat moment nog steeds in het flatgebouw waar Lukas inmiddels dood – of in elk geval bijna dood – op de grond ligt.'

Juncker kijkt op.

'Er waren dus sterke aanwijzingen dat Danius Lukas vermoord heeft. Totdat er twijfel ontstond over de mastgegevens en een getuige, Danius' ex-vriendin, zes jaar na de rechtszaak verklaarde dat ze hem om 16.54 uur zijn appartementencomplex heeft zien binnengaan terwijl hij aan het telefoneren was. Ze is zeker van dat tijdstip omdat ze te laat was voor een afspraak om 17.00 uur met een vriendin en daarom meteen na het zien van Danius op haar telefoon keek hoe laat het was. Ze herinnert zich dat ze bedacht dat ze onmogelijk over vijf tot zes minuten bij haar vriendin kon zijn. Als dat waar is, dan moet Danius de jongen om 16.35 uur vermoord hebben en negentien minuten later thuis geweest zijn, wat onmogelijk lijkt.'

'Voor zover ik me herinner hebben we ook gekeken naar de mogelijkheid dat hij met de auto of een taxi naar huis gegaan is.'

'Inderdaad.' Juncker knikt. 'En we ontdekten dat je je in die tijd bijna net zo snel met de fiets als met de auto door het centrum van Kopenhagen kon verplaatsen. Bovendien vertelde zijn ex-vriendin dat ze hem zijn fiets had zien neerzetten.'

'Hm. Als we gelijk hebben en Danius de jongen inderdaad vermoord heeft, dan betekent het dat de ex-vriendin liegt, maar kunnen we haar benaderen? Stel dat we haar verhoren en stevig aanpakken – wat op zich al problematisch is omdat ze terminaal ziek is – lopen we dan geen enorm risico dat ze onze chefs benadert om over onze intimidatiepogingen te klagen?'

'Ja.'

Signe woelt met twee handen door haar haar. 'Als we terugkijken op ons onderzoek van destijds, is er dan iets wat we over het hoofd gezien hebben omdat we er zeker van waren dat we onze dader hadden?'

Juncker denkt na. 'Er is inderdaad iets wat me altijd verbaasd heeft. We hebben zijn computer in beslag genomen, maar de forensisch rechercheurs hebben daar helemaal niets verdachts op gevonden. Zelfs geen zoekopdracht naar een pornosite.'

'Heeft hij zijn zoekgeschiedenis niet gewoon gewist?'

'Nee, er was helemaal niets op de computer te vinden. Zo schoon is tegenwoordig bijna niemand, en zeker niet iemand als Robert met zijn voorkeur voor jonge jongens.'

'Hoe grondig hebben we het appartement destijds doorzocht?'

'Redelijk grondig. Het was al snel duidelijk dat het de plaats delict niet was, dus hebben we het niet volledig uitgekamd, maar we hebben wel degelijk goed gezocht,' zegt Juncker terwijl hij op zijn stoel naar achteren wipt en naar het plafond kijkt.

'Waar denk je aan?' vraagt Signe nadat het even stil is geweest.

'Dat we misschien opnieuw moeten proberen zijn appartement te doorzoeken.'

'Opnieuw? Wat denk je daar aan te treffen?'

Juncker zet zijn stoel weer op vier poten. 'Robert had nog een computer die we niet gevonden hebben,' zegt hij. 'Ik ben ervan overtuigd dat hij ergens in zijn appartement een laptop verborgen had.'

'Dat kan, maar toen Robert de gevangenis in ging, kwamen er waarschijnlijk andere mensen in het appartement wonen en die kunnen de laptop gevonden en weggegooid hebben.'

'Misschien wel, maar dat hoeft niet.'

'Dan zou er een of andere geheime, goed verborgen ruimte in het appartement moeten zijn. Is dat wat je denkt?'

'Ja.'

Signe schudt enigszins moedeloos haar hoofd. 'Ik hoop echt dat we gelijk hebben.'

'Twijfel je daaraan?'

'Niet aan het feit dat Danius te gevaarlijk is om hem vrij rond te laten lopen, maar kunnen we na zoveel jaar bewijzen dat hij Lukas vermoord heeft?'

'Dat moeten we proberen, Signe.' Juncker staat op. 'En nu moet ik terug.'

9

Als ze de trap naar het werkplein op loopt, moet Nabiha Khalid zichzelf eraan herinneren om kalm te blijven. Alles hier irriteert haar mateloos. Het gebouw, met zijn horizontale lijnen van kleurloze aluminium ramen en vieze betonnen oppervlakken, geeft de indruk dat niemand er ooit ook maar een beetje van heeft gehouden. Het logo lijkt in de jaren tachtig te zijn blijven hangen. En dan de afgestompte blik van de receptioniste, die eerst naar haar moeder en vervolgens naar Nabiha kijkt. Ongeveer vier maanden geleden is haar moeder vanwege een te hoog ziekteverzuim ontslagen als caissière bij Kvickly. De artrose is het afgelopen jaar erger geworden en ze heeft een steeds hogere dosis medicijnen nodig om de pijn te bestrijden.

De manager van de supermarkt heeft nog geprobeerd een baan voor haar te vinden die ze aankon, maar dat is niet gelukt en uiteindelijk had hij geen andere keuze dan haar te ontslaan. Dat heeft Nabiha geaccepteerd, maar de manier waarop haar moeder vervolgens door het systeem van het kastje naar de muur is gestuurd... Dit is het vijfde gesprek bij het werkplein. Nabiha is bij twee ervan aanwezig geweest. Vandaag heeft haar moeder dezelfde casemanager als de vorige keer, dus moeder en dochter weten de weg naar haar kantoor. De vrouw begroet hen vriendelijk. 'Ga zitten, Muna en...' Ze kijkt op haar papieren. '...Nabiha, toch?'

Nabiha knikt.

'Vandaag gaan we het hebben over "Mijn Plan", Muna. Het plan voor je toekomstige traject dus,' zegt de vrouw als inleiding op een lange monoloog waarin de woorden proactief, waardige dossierbehandeling en oplossingsgericht meerdere keren voorkomen.

Muna kijkt af en toe zenuwachtig naar haar dochter.

'Hoe gaat het met het maken van je online cv?' vraagt de casemanager zonder het antwoord af te wachten. 'Het is belangrijk om ervoor te zorgen dat de werkloosheid niet blijvend is.'

Nabiha klemt haar tanden stevig op elkaar. 'Je weet toch hoe oud mijn moeder is?' vraagt ze zachtjes terwijl ze de vrouw aan de andere kant van het bureau strak aankijkt met haar zwarte ogen.

'Ja, ze is...' De casemanager aarzelt en kijkt naar beneden.

'Ze is zestig. Ze is door twee specialisten onderzocht en beiden hebben haar arbeidsvermogen vanwege de artrose in haar handen sterk verminderd verklaard. Wat voor soort baan denk je dat ze aankan nu ze haar handen nauwelijks kan gebruiken? Professioneel voetballen?'

'Ik zeg niet dat het –'

'Afgezien van de eerste jaren na onze aankomst in Denemarken, toen mijn moeder voor mijn broer en mij zorgde, heeft ze altijd gewerkt. Ze heeft jarenlang schoongemaakt voordat ze bij Kvickly begon. Ze is vrijwel nooit ziek geweest voordat ze problemen met haar handen kreeg. Ze heeft zich kapotgewerkt en alles gedaan wat de samenleving van haar vroeg. Ze heeft zichzelf redelijk goed Deens aangeleerd. En nu verwachten jullie dat ze een digitaal cv maakt en links en rechts banen gaat zoeken terwijl iedereen met een beetje gezond verstand ziet dat ze nooit meer zal kunnen werken?'

'Dat kunnen we op voorhand niet weten. We hebben veel voorbeelden van –'

Nabiha komt half overeind, buigt zich naar voren en slaat met haar vuist op het bureau. Een foto in een zwarte lijst valt om. 'Zijn jullie helemaal gek geworden? Wat begrijpen jullie hier niet aan? Mijn moeder is kapot, verdomme!'

Haar moeder legt een hand op haar arm. 'Nabiha...'

Nabiha haalt diep adem en gaat zitten. Er wordt op de deur geklopt en een jonge man met rode wangen kijkt naar binnen. 'Is alles in orde, Helle?'

De casemanager knikt. 'Ja, hoor, niets aan de hand.'

'Mooi, ik wilde het gewoon zeker weten...' Hij trekt zijn hoofd terug en doet de deur dicht.

De casemanager zet de foto rechtop en verzekert zich ervan dat hij stevig staat. 'Zo, de kinderen staan weer netjes rechtop,' zegt ze met een vriendelijke glimlach naar Nabiha.

'Sorry,' mompelt Nabiha en ze vervloekt haar opvliegendheid. Ze moet verdomme toch echt eens leren zichzelf onder controle te houden.

Twintig minuten later staan moeder en dochter op het trottoir voor het werkplein.

'*Habibi*, eigenlijk is ze heel erg vriendelijk en behulpzaam,' zegt Nabiha's moeder. 'Veel behulpzamer dan sommige anderen die ik hier gesproken heb.'

Haar moeder heeft gelijk. De vrouw is heel aardig en doet niet neerbuigend, maar op de een of andere manier irriteert het Nabiha dat er te midden van al die bureaucratische onzin ineens iemand verschijnt die niet alleen maar over regels en voorschriften praat. Als ze allemaal idioten waren, wist je tenminste waartegen je vocht. En wat heb je aan die vriendelijke en behulpzame mensen? Het uiteindelijke doel is immers hetzelfde, of de casemanager nu aardig of een enorme klootzak is. Het gaat erom Muna Khalid af te vinken. Digitaal cv gemaakt, check. Cursus over het schrijven van een goede sollicitatiebrief, check. 'Mijn Plan' bijgewerkt, check.

'Inderdaad, ze is aardig,' zegt Nabiha in het Deens. Ze spreekt slecht Arabisch, dus vaak eindigen moeder en dochter ermee dat ze allebei in hun eigen taal praten. 'Het spijt me dat ik... Ga mee, dan breng ik je naar huis.'

Ze zet haar moeder af in Mjølnerparken, slaat haar uitnodiging om mee naar boven te gaan af en rijdt in plaats daarvan naar haar appartement in Nordvest, dat hemelsbreed ongeveer een kilometer van haar ouderlijk huis af ligt.

Ze zet een pot thee, loopt de woonkamer in, ploft op de bank en staart naar het plafond.

Door alle toestanden met haar moeder en Mascha is het een afschuwelijke lente geweest.

Mascha werkte ook als rechercheur bij Zware Criminaliteit. Nabiha en zij werden verliefd op elkaar en kregen in het geheim een relatie.

Maar vier maanden geleden, tijdens de arrestatie van een verdachte, trok Mascha volkomen onnodig haar wapen en lokte een situatie uit die Nabiha dwong om de verdachte met een schot in de arm te neutraliseren. Toen Nabiha vervolgens een verklaring moest afleggen bij de DUP, de Onafhankelijke Politieklachten Autoriteit, vertelde ze de waarheid. De situatie was volledig onder controle geweest, maar Mascha had die verkeerd ingeschat. Veel agenten zouden tijdens zo'n verhoor het verhaal op zo'n manier aan de onderzoekers van de DUP vertellen dat hun partner uit de wind werd gehouden. Niet per se door te liegen, maar door de gebeurtenissen een beetje te verdraaien en hier een detail en daar een ondoordachte handeling weg te laten. Zo was Nabiha niet. Toen ze ruim tien jaar geleden voor het eerst een voet in de Politieacademie zette, had ze gezworen nooit mee te werken aan het verdoezelen van fouten die zijzelf of haar collega's tijdens hun dienst maakten. Ongeacht wie het was.

De eerste paar keren dat Mascha en zij elkaar na het incident zagen, probeerden ze beiden de olifant in de kamer te vermijden, maar toen ze op een avond een afhaalmaaltijd aten vertelde Mascha dat ze had gesolliciteerd naar een functie bij de afdeling Zware Criminaliteit van de Politie Vestegnen. Oké, zei Nabiha. Was dat nu echt nodig? Konden ze het niet uitpraten? Ze had haar bestek neergelegd en had een hand over de tafel naar Mascha uitgestoken. Mascha had die niet gepakt, maar had naar beneden gekeken. Vervolgens had ze zachtjes gezegd dat ze vond dat ze een punt achter hun relatie moesten zetten.

Ze hadden even gezwegen en elkaars blik vermeden, tot Mascha in Nabiha's ogen had gekeken. 'Hoe kon je?' zei ze.

Nabiha gaf geen antwoord. Het voelde alsof de grond onder haar begon te bewegen, alsof ze last van een jetlag had.

'We moeten toch altijd aan elkaars kant staan, Nabiha. Als we dat niet doen…' Mascha schudde haar hoofd. 'Dan hebben we echt een probleem.'

Nabiha vond dat het precies andersom was. Het korps had pas echt een probleem als je niet voor honderd procent eerlijk was over de fouten die je maakte. Ook de kleine fouten. De DUP stelde vast dat

Nabiha volledig volgens de richtlijnen had gehandeld en had slechts milde kritiek op de actie van Mascha. Een kleine smet op haar dossier, niets wat haar carrière aanzienlijk zou schaden, als dat überhaupt aan de orde was.

Nabiha gaf opnieuw geen antwoord. Ze stond op, liep naar de hal en opende de voordeur, waarna ze naar de keuken ging. Even later hoorde ze Mascha's voetstappen en de deur die achter haar dichtging.

Ze heeft zich in haar leven maar één keer zo verdrietig gevoeld als tijdens die avond en dat was toen ze haar vader verloor. Toen had ze gehuild en gehuild, maar nu niet. Niet één keer. Ze kan het niet.

Mascha is niet de enige die haar de rug heeft toegekeerd. Veel collega's maken nare opmerkingen. Kleine, sarcastische toespelingen. Stilte als ze ergens binnenkomt. Blikken.

Juncker doet dat niet. Hij is afstandelijk vriendelijk en respectvol ironisch, zoals hij altijd is. Toen ze elkaar na het schietincident voor het eerst zagen vroeg hij of alles goed met haar was en toen het rapport van de DUP haar volledig vrijpleitte, prees hij haar zonder enige reserve. 'Goed werk geleverd, Nabiha.'

Ze weet ook zeker dat Merlin haar nog steeds vertrouwt. 'Je hebt het juiste gedaan,' zei hij, en daarna werd er niet meer over gesproken. Ze twijfelt er niet aan dat hij, als ze hem zou vertellen over de kilte waarmee haar collega's haar nu behandelen, ze allemaal bij elkaar zou roepen en hun een enorme uitbrander zou geven. Wat natuurlijk nooit zal gebeuren, want ze zou hen nooit verraden. Zolang Juncker en Merlin haar steunen, kan de rest haar gestolen worden.

De klootzakken.

Haar telefoon gaat. Als je het over de duivel hebt…

'Wat is er, Merlin?'

'Kun je hiernaartoe komen?'

'Ik ben vrij. Wat is er aan de hand?'

'Volg je het nieuws helemaal niet?'

'Ik zei toch dat ik vrij ben? Wat is er aan de hand?'

'Robert Danius is vrijgesproken.'

'Dat heb ik natuurlijk gehoord. En?'

'Dat is verdomme toch niet zo moeilijk te begrijpen? Als Robert Danius die jongen niet vermoord heeft, dan heeft iemand anders het gedaan. Er loopt dus een kindermoordenaar vrij rond en die moeten we oppakken.'

'Je hebt op dit moment de hele afdeling toch tot je beschikking? Sinds de moord op Karl Jæger is er geen moordzaak meer in Kopenhagen geweest.'

'Ik wil jou erbij hebben. Moet ik je een formeel bevel geven, Nabiha?'

'Nee, spaar je energie, chef. Ik plaag je maar. Ik ben er over... drie kwartier.'

Haar hartslag versnelt en ze heeft moeite om niet te glimlachen.

10

Erland Kristensen zegt geen woord tijdens de rit van Teglholmen naar de Nordlandsgade. Hij werkt al zijn hele leven bij Zware Criminaliteit, al in de tijd toen de afdeling nog Moordzaken heette. Nabiha kent hem niet zo goed; hij staat bekend als een stabiele, maar niet bijzonder bekwame rechercheur en is duidelijk een van degenen die het afkeurt dat Nabiha Mascha's fout bij de DUP heeft gemeld.

Ze vindt het kinderachtig dat ze niet openlijk tegen haar durven te zeggen dat ze volgens hen een ongeschreven regel heeft overtreden. Dan zou ze hun haar beweegredenen kunnen uitleggen. In plaats daarvan kiezen ze ervoor haar te negeren, wat in elk geval duidelijk maakt dat ze haar heel slecht kennen.

Ze worden op het trottoir voor het flatgebouw waar Lukas is vermoord opgewacht door de conciërge, of de gebouwbeheerder, zoals dat tegenwoordig heet. Hans Nielsen blijkt de opvolger van Danius te zijn. En de man is meer dan dat.

'Destijds werkte ik bij een grote woningcorporatie niet ver hiervandaan. Robert en ik waren goede collega's, min of meer kameraden van elkaar,' zegt hij tegen Erland.

Nabiha voelt de woede in zich opborrelen. Het is eerder regel dan uitzondering dat mannen van een bepaalde leeftijd zich uitsluitend tot haar mannelijke collega's richten, ook als ze antwoord geven op een vraag die zij heeft gesteld.

'Was je destijds betrokken bij het onderzoek?' vraagt de man aan haar collega.

Erland knikt. 'Ja, ik zat bij het team dat de moord op Lukas onderzocht.'

'Dan zaten jullie er flink naast, hè? Ik heb nooit geloofd dat het Robert was, dat hij tot zoiets in staat zou zijn.'

'Ik was er niet bij,' zegt Nabiha met een luide stem. Luider dan de bedoeling is, wat haar irriteert.

Hans schrikt en kijkt enigszins verbaasd naar beneden, alsof hij nu pas beseft dat zij er ook is. 'Zozo, jij was er dus niet bij, eh…' Hij staat op het punt om 'meisje' te zeggen, daarvan is ze overtuigd, maar de blik in haar ogen en de frons op haar voorhoofd zorgen ervoor dat hij van gedachten verandert. 'Misschien moet ik jullie de kelderruimte waar de jongen vermoord is nu laten zien.'

'Dat zou fijn zijn,' zegt Nabiha met geforceerde vriendelijkheid.

Hans haalt een sleutel tevoorschijn en opent de deur.

'Het is de tweede deur aan de rechterkant,' zegt hij nadat hij hen heeft meegenomen naar de kelder. Ze lopen door een gang. 'De deur is niet op slot en de lichtschakelaar zit aan de binnenkant van de deur.'

Nabiha doet het licht aan en loopt de kamer in, gevolgd door Erland. Hans blijft in de deuropening staan en Nabiha draait zich naar hem om. 'Bedankt voor je hulp,' zegt ze.

'Dat is het minste wat ik kan doen. Als er verder nog iets is –'

'Dan laten we het je weten.'

'Ja, want ik ken het gebouw vanbinnen en –'

'Bedankt,' herhaalt Nabiha.

Hans trekt zich terug en de twee rechercheurs kijken om zich heen. De ruimte wordt niet langer gebruikt als kantoor of werkplaats, maar als een soort opslagruimte. Langs twee muren staan open stalen kasten vol zakken, tassen, jerrycans en blikken. Nabiha vermoedt dat het verschillende soorten schoonmaak- en onderhoudsmiddelen zijn. Ze haalt een paar foto's van de plaats delict uit haar tas en bestudeert ze. De ruwe betonnen vloer. De plas bloed. Het oude bureau. De geperforeerde plaat met al het gereedschap aan de muur boven de werkbank. Erland kijkt met over elkaar geslagen armen naar haar.

'Er is niets meer van over. Het ziet er volkomen anders uit,' zegt ze min of meer tegen zichzelf.

'Dat had ik je ook wel kunnen vertellen,' zegt Erland.

Nabiha gaat op haar hurken zitten en strijkt met haar hand over de vloer die lijkt te zijn geëgaliseerd en met een glanzende, lichtgrijze verf is geschilderd. Er is geen spoor van de bloedvlek meer te zien. Niet dat het verschil zou hebben gemaakt voor het onderzoek als het bloed nog zichtbaar was geweest, maar ze vindt het gewoon een vreemd gevoel. Alsof de toch al zinloze dood van de jongen nog zinlozer is geworden nu alle sporen zijn gewist.

'Het moordwapen is nooit gevonden, toch?'

'Nee, maar het was waarschijnlijk een moker.'

'Wat is een moker?'

'Een grote, zware hamer.'

'Oké.' Nabiha bestudeert een foto van de muur met het gereedschap. 'Ontbrak er meer gereedschap?'

'Nee. Eigenlijk heeft Danius er zelf op gewezen dat de moker ontbrak.'

'Vertelde hij dat uit zichzelf?'

'Dat zei ik daarnet toch?'

Nabiha's telefoon gaat.

'Hebben jullie iets gevonden?' vraagt Juncker.

'Nee. Er valt hier niets te halen.'

'Oké. Ik ben naar je onderweg. We gaan de getuigen samen opnieuw verhoren. Eerst degenen die nog steeds in het flatgebouw wonen. En Geir zegt dat je Erland naar Teglholmen moet terugsturen.'

Erland is woedend als Nabiha hem de boodschap overbrengt. 'Wat moet ik in Teglholmen?' vraagt hij nors.

'Dat weet ik ook niet. Oude verhoren doornemen. Surveillancevideo's bekijken. Zoiets, vermoed ik.'

Het is heel primitief van haar, maar ze kan het niet laten om ervan te genieten.

11

'Waarom besteden we eigenlijk zoveel tijd aan het opnieuw verhoren van de getuigen?' Nabiha zoekt in haar tas, haalt een flesje handgel tevoorschijn, knijpt een beetje in haar handpalm en houdt Juncker het flesje voor, die zijn hoofd schudt.

'Dat moet je Geir vragen,' zegt hij.

'Het lijkt niet heel waarschijnlijk dat ze zich nog iets anders kunnen herinneren dan wat ze zeven jaar geleden al aan de politie verteld hebben, of wel soms?'

'Nee.'

'Ik snap dus niet waarom –'

'Er is altijd iets wat we kunnen doen,' zegt Geir. 'Soms herinneren getuigen zich ineens iets wat ze eerder niet verteld hebben. Of misschien hebben de onderzoekers die hen destijds verhoorden niet alle vragen gesteld.'

Hij haalt een lijst met getuigen uit zijn zak. Sommigen van hen wonen niet meer in het flatgebouw, zoals de twee jongens met wie Lukas en Robert Danius hebben gebasketbald.

De eerste persoon die ze gaan bezoeken is een gepensioneerde basisschoolleraar die op de derde verdieping woont. Juncker zoekt de naam Ole Madsen bij de intercoms en belt aan. Als ze op de eerste verdieping zijn horen ze de man al naar adem snakken, wat om de tien seconden wordt afgewisseld door een onaangename, natte hoest.

'Welkom,' zegt de man schor tussen twee hoestbuien door. 'Mijn longen zijn niet meer wat ze geweest zijn. De artsen zeggen dat het COPD is en ik kan niet veel meer doen dan wachten tot het licht voor de laatste keer uitgaat.' Hij glimlacht en loopt voor hen uit naar de woonkamer, waar hij zich op een versleten fauteuil laat vallen. 'Sorry dat ik jullie niets kan aanbieden, maar sinds mijn vrouw een jaar geleden overleden is, heb ik niet veel voorraad meer.'

Opnieuw een hoestbui.

'Goed, ik begrijp dat de vorige conciërge, ik kan me zijn naam niet meer herinneren, de jongen uiteindelijk toch niet vermoord heeft en dat jullie nu op zoek zijn naar de man die het wel gedaan heeft. Hoewel het natuurlijk net zo goed een vrouw geweest kan zijn, nietwaar?'

'Hij heet Robert Danius. En dit soort moorden op kinderen wordt vrijwel altijd door mannen gepleegd,' zegt Nabiha. 'Maar het klopt dat we min of meer opnieuw beginnen en daarom willen we nogmaals vragen wat u destijds gezien hebt. Als u zich dat nog kunt herinneren.'

Ole Madsen glimlacht. 'Dat kan ik zeker. Hier mankeert niets aan,' zegt hij terwijl hij met zijn vinger tegen zijn slaap tikt. 'Het gebeurt natuurlijk ook niet elke dag dat je op deze manier bij een moordzaak betrokken raakt.'

'Goed, vertel.'

'Ik stond op het balkon een sigaret te roken en daarvandaan heb ik een perfect uitzicht op de basketbalkooi. Een paar jaar geleden speelden daar meestal veel kinderen en dat was leuk om naar te kijken. Het was, voor zover ik me herinner, het 16.00 uur geweest.'

Nabiha kijkt naar een print van het eerste verhoor. 'Dat is in elk geval wat u zeven jaar geleden verklaard hebt.'

'En ik kan me herinneren dat Darius om 16.15 uur –'

'Danius'

'Danius dus... De jongens stopten met basketballen omdat er een man kwam die, zoals ik later hoorde, een journalist was die een paar foto's van hen maakte. Toen hij daarmee klaar was, gingen Danius en de jongen die vermoord werd –'

'Hij heette Lukas.'

'Ja, die twee liepen samen naar de keldertrap en verdwenen naar beneden terwijl de twee andere jongens verder gingen met basketballen. Ik ben zeker van die tijdstippen omdat mijn telefoon ging op het moment dat ze naar de kelder liepen, dus zag ik hoe laat het was.'

'Is er verder nog iets wat u opviel?'

'Ik herinner me dat ik onder de indruk was omdat Lukas zo fantastisch speelde. Hij was echt heel goed. Hij veegde de vloer aan met de anderen en zette ze min of meer voor schut.'

'Hebt u verstand van basketbal?'

Ole Madsen glimlacht weer. 'Een beetje. Ik ben jarenlang gymleraar geweest. Ik herken in elk geval een basketbaltalent als ik het zie.'

'Oké. Nog iets anders?'

'Tja. Dat was het zo'n beetje.'

Juncker, die tot nu toe zwijgend en ineengezakt op de stoel heeft gezeten, schuift rechtop. 'Kende u Robert Danius?'

'Ach, kennen... Ik kende hem zoals je de conciërge in het flatgebouw waar je woont kent. Hij repareerde verstopte afvoeren en dat soort dingen.'

'Hoe was hij?'

Ole Madsen hoest. Als de hoestbui voorbij is, wiegt hij even met zijn hoofd. 'Hij was mijn type niet. Ik weet niet... Er was iets... Hoe moet ik het zeggen... Iets onvoorspelbaars aan hem. Ik besef dat het misschien onnozel klinkt, maar ik herinner me een keer dat ik een klacht had en hem niet kon bereiken, dus belde ik het vastgoedkantoor en daar werd hij heel boos over. Ik kreeg een flinke uitbrander van hem.'

'Hm. Nog iets anders?'

Ole Madsen zwijgt even voordat hij weer begint te praten. 'Tja... Ik weet niet of ik dit moet zeggen nu hij vrijgesproken is, maar ik vond het nogal vreemd dat hij zo vaak bij die jongens in de basketbalkooi was. Als ik buiten stond te roken, deed hij vaak mee of stond hij toe te kijken.'

Nabiha kijkt naar de gepensioneerde leraar.

'Misschien hield hij gewoon van balsporten. Net als u,' zegt ze.

'Dat kan natuurlijk. Maar als je jarenlang met kinderen gewerkt hebt, ontwikkel je een bepaalde intuïtie voor volwassen mannen die een bijzondere belangstelling hebben voor... hoe zal ik het zeggen... jongens in korte broeken. Of het nu gaat om collega's of mannen die bij sportvelden rondhangen.'

'En was Danius' belangstelling... opvallend groot?' vraagt Juncker.

Ole Madsen krijgt een hevige hoestbui. 'Ja,' zegt hij half stikkend. 'Dat kun je wel zeggen.'

'Dat heeft hij destijds niet verteld,' zegt Nabiha als ze voor het flatgebouw op de stoep staan. 'Het staat in elk geval niet in de verslagen van de verhoren.'

'Waarschijnlijk hebben we het niet gevraagd,' zegt Juncker.

Zijn telefoon gaat. Hij loopt een stukje weg, draait zijn rug naar Nabiha toe, neemt op en merkt dat zijn zoon flink in de put zit.

'Wat is er gebeurd?' vraagt hij.

'Ik heb een brief gekregen dat de rechtszaak op 17 augustus om 10.00 uur plaatsvindt.'

Kasper wordt beschuldigd van het verkopen van cocaïne ter waarde van twintigduizend kronen tijdens zijn werk als ober in een café in Vesterbro. Zijn zoon heeft bekend, dus het enige wat er in de rechtszaal zal gebeuren is dat de rechter de straf bepaalt.

'Dat is goed, Kasper. Dan is het eindelijk voorbij.'

'Ik ga naar de gevangenis, pa. Wat is daar goed aan?'

'We hopen op een milde straf omdat je bekend hebt en meegewerkt hebt. Bovendien heb je geen strafblad. Misschien mag je de straf thuis met een enkelband uitzitten.'

'Dat is helemaal niet zeker.'

'Ik ben over een uurtje bij je. Ik haal boodschappen voor het avondeten. Waar heb je zin in?'

'Kies jij maar iets.'

12

De rit van het flatgebouw in de Nordlandsgade naar Robert Danius' voormalige appartement in de Borups Allé is net geen negen kilometer. Volgens Google Maps duurt het negenentwintig minuten om die afstand te fietsen en hoewel twee collega's de route destijds al hebben gereden om te controleren hoelang dat duurt, heeft Signe besloten het zelf ook te proberen. Als ze eerlijk is doet ze dit ook omdat ze niet goed weet wat ze anders moet doen.

In tegenstelling tot de twee collega's, die allebei op Danius' oude verroeste Raleigh hadden gereden, fietst Signe de route op haar goed onderhouden stadsfiets met tien versnellingen. En ze rijdt flink door. De eerste keer gaat het bijna mis op het kruispunt van de Amager Boulevard en de Amagerfælledvej, waar ze met een flinke vaart door oranje rijdt en op een haar na door een taxi wordt geschept. Een kilometer verder is het weer bijna raak: op de Radhuspladsen komt ze bijna in botsing met een jonge vrouw die een kinderwagen voortduwt.

Ik had een helm moeten opzetten, denkt ze. Ze is blij dat haar kinderen haar nu niet zien.

Als ze eindelijk de Borups Allé in rijdt, is ze zo uitgeput dat ze haar telefoon bijna laat vallen als ze die uit haar heuptasje haalt. Terwijl ze worstelt om haar ademhaling onder controle te krijgen kijkt ze op de stopwatch en ziet ze dat ze de route in vijfentwintig minuten en veertig seconden heeft afgelegd. Ze zet haar fiets tegen het appartementencomplex en gaat op de trap zitten terwijl het zweet van haar gezicht op haar T-shirt en legging druppelt.

Het is gewoonweg onmogelijk om deze route veel sneller af te leggen dan zij daarnet heeft gedaan. Ja, misschien kan een getrainde wielrenner op een racefiets dat wel, en dan alleen als hij onderweg geen rode verkeerslichten tegenkomt, maar dat geldt niet voor een normaal mens op een normale fiets die moet stoppen voor verkeerslichten. De conclusie blijft dus dezelfde: als Lukas om 16.35 uur werd vermoord en Danius' ex-vriendin hem om 16.54 uur bij zijn appartementencomplex heeft gezien, zoals ze in haar getuigenis heeft verklaard, dan kan Danius de moordenaar niet zijn. Ongeacht wat Juncker en zij aan nieuwe aanwijzingen ontdekken.

Er zit met andere woorden niets anders op dan met de ex-vriendin te gaan praten. Ze opent haar telefoon en scrolt door haar contacten. De vriendin heet Pernille Pedersen en woont in de Saxogade. Misschien moet ze het meteen maar afhandelen. Ze hoeft Juncker nog niet te vertellen wat ze van plan is. Hij is degene die het verbod heeft gekregen om zich met de zaak bezig te houden, niet zij. Technisch gezien is er dus niets aan de hand als ze bij haar op bezoek gaat. Technisch gezien.

Pernille Pedersen is thuis en is duidelijk verbaasd om onaangekondigd bezoek te krijgen van een agent in sportkleding, wat op zich begrijpelijk is. De vrouw heeft in de rechtbank verklaard dat ze borstkanker heeft en ziet er inderdaad slecht uit: ingevallen wangen, mager, kort slordig haar. Signe stelt zich voor en mompelt iets over een paar technische kwesties met betrekking tot de schadevergoeding die Robert Danius zal ontvangen. Ze brengt ook heel subtiel ter sprake dat Pernille formeel gezien misschien niet heeft gelogen, maar in elk geval belangrijke informatie tegenover de politie heeft achtergehouden, wat Danius zeven jaar gevangenisstraf had kunnen besparen.

De vrouw ziet er geschrokken uit. 'Kan ik daarvoor gestraft worden?' vraagt ze.

'Daar hoef je niet bang voor te zijn,' stelt Signe haar gerust. 'Maar kun je me iets meer vertellen over je relatie met Robert Danius? Hoe hebben jullie elkaar ontmoet?'

'We leerden elkaar toen ik negenentwintig was via Tinder kennen. Ik heb een zoon, Tore, die destijds vier was. Twee jaar daarvoor waren Tores vader en ik uit elkaar gegaan.'

Haar blik wordt even afwezig, maar na een paar seconden vermant ze zich.

'Ik schreef eerlijk in mijn profiel dat ik moeder was en Robert vertelde dat hij dol was op kinderen en zelf graag kinderen wilde, hoe meer, hoe beter. We spraken met elkaar af. Ik was ongelofelijk zenuwachtig omdat het mijn eerste Tinderdate was, maar hij was uitermate charmant en overdonderde me volkomen. We bleven elkaar zien en hij vertelde me dat we samen iets heel bijzonders hadden en hij graag een toekomst met me wilde. Hij wilde het hele pakket. Ik had veel last van angstaanvallen en voor het eerst in lange tijd voelde ik me veilig. In het begin was het net alsof ik een personage in een doktersromannetje was. Hij overlaadde me met bloemen, complimenten en aandacht.'

Ze staat op, loopt naar een lichtblauwe ladekast en pakt een e-sigaret, waarna ze weer op de bank gaat zitten.

'Maar al snel kreeg ik een onaangenaam gevoel als we bij elkaar waren. Hij gaf mijn zoon een vreemde vorm van aandacht, maar als ik probeerde dat ter sprake te brengen, werd hij woedend.'

'Wat was er vreemd aan zijn gedrag?'

Ze schudt haar hoofd langzaam. 'Tja, dat vraag ik me ook af. Het was niet iets... Op het eerste gezicht leek het heel onschuldig, maar ik kreeg gewoon een onprettig gevoel als ik die twee samen zag. Hij wilde alles controleren. Wat we aten en wanneer, en waar Tore mee speelde. Hij begon hem naar de kleuterschool te brengen en weer op te halen. Hij nam het bedritueel zelfs van me over.' Ze neemt een trekje van haar e-sigaret. 'Ik besef dat het heel overdreven klinkt.'

'Absoluut niet,' antwoordt Signe. 'Ik heb dit soort verhalen vaker gehoord.'

'Is dat zo? Het is namelijk heel moeilijk om hierover te praten. Voor mij in elk geval.' Pernille zwijgt even en gaat rechtop zitten. 'Ik ben woedend op mezelf dat ik het zover heb laten komen. Hij beweerde dat ik stapelgek was, volledig doorgedraaid. Hij viel me verbaal aan om vervolgens te zeggen dat we voor elkaar gemaakt waren, dezelfde waarden deelden en voor altijd bij elkaar zouden blijven. Uiteindelijk gingen we samenwonen, waarna hij me langzaam begon af te breken en ik al mijn zelfvertrouwen kwijtraakte. Hij nam mijn leven volledig over. Hij bepaalde welke kleding ik droeg en maakte lijsten met taken die ik elke dag na mijn werk moest doen... Ik was afdelingsmanager in een bouwmarkt. Hij sloot me in zijn wereld op en zorgde ervoor dat ik afspraken met vriendinnen afzegde. Hij maakte voortdurend opmerkingen over mijn gewicht en schreef me in bij een sportschool, waar ik drie keer per week na mijn werk moest trainen. Op de dagen dat ik niet naar de sportschool ging, dwong hij me om vijf kilometer te joggen.'

Signe ziet dat het haar veel moeite kost om haar verhaal te vertellen.

'Op een bepaald moment werd hij gewelddadig. Tijdens een ruzie greep hij me bij mijn keel en wurgde me tot ik het bewustzijn verloor. En weet je wat? Ik was er zo slecht aan toe dat ik, toen ik weer bijkwam, zijn voeten begon te masseren om hem te kalmeren. Hij had me ervan overtuigd dat ik het probleem was. Dat er iets mis was met me.'

'Hoe ben je daaraan ontsnapt?'

'We woonden een halfjaar samen toen mijn familie ontdekte wat er aan de hand was. Robert had twee kanten, en de kant die mijn familie en vrienden zagen was heel anders dan wat ik meemaakte. Ze beschouwden hem als lief en zorgzaam. Maar uiteindelijk kon ook mijn familie niet meer ontkennen dat er iets grondig mis was en dat ik er bijzonder slecht aan toe was. Mijn broer en mijn vader confronteerden Robert hiermee en dwongen hem te vertrekken. Mijn oudere broer, die commando is, zei tegen Robert dat hij hem zou vermoorden als hij me niet met rust zou laten.' Ze glimlacht. 'Kortom, toen ik hoorde dat Robert van de moord op die jongen was beschuldigd, was ik niet eens verrast. Ik dacht eerder dat het vroeg of laat moest gebeuren omdat hij gevaarlijk was. Ik was natuurlijk nieuwsgierig en volgde de zaak op de televisie en op internet, en toen besefte ik dat ik iets wist waardoor Robert misschien vrijgesproken zou worden. Dat wilde ik absoluut niet. Integendeel... Ik wilde dat hij zwaar gestraft werd voor wat hij me had aangedaan. Hij had me al mijn onafhankelijkheid en zelfvertrouwen afgenomen, dus hield ik mijn mond.'

Haar ogen lijken onnatuurlijk groot in het smalle gezicht. De vrouw doet Signe denken aan een slachtoffer van een onopgeloste verkrachtingszaak met wie ze tijdens de jacht op Peter Rolf had gepraat. Het is alsof de pijn van het misbruik dat ze hadden meegemaakt nooit helemaal verdwijnt, zelfs niet als ze glimlachen.

'Begrijp je waarom ik niets gezegd heb? Ik weet dat het verkeerd was, maar begrijp je het?'

Signe knikt. 'Ik begrijp het.'

Beter dan je denkt.

'Toch was er iets waardoor je na al die jaren van gedachten veranderd bent. Wat was dat?'

'Ik werd ziek en weet dat ik doodga.'

'Heb je in al die jaren dat Robert in de gevangenis zat nooit aan iemand verteld dat je hem die middag bij zijn appartementencomplex gezien hebt?'

'Nee. Aan niemand. Dat heb ik voor mezelf gehouden.'

'Niemand heeft je dus onder druk gezet om te vertellen dat je hem op dat tijdstip gezien hebt?'

'Absoluut niet. Wat bedoel je daar trouwens mee? Suggereer je dat ik gelogen heb om hem vrij te krijgen?'

Signe maakt een afwerend gebaar. 'Nee, nee. Vergeet dat ik dat vroeg.'

Pernille legt haar e-sigaret op de tafel. 'Hoewel hij zich tegenover mij als een enorme klootzak gedragen heeft, en waarschijnlijk ook tegenover veel andere mensen, wil ik dit niet op mijn geweten hebben als ik doodga. Ik wil niet dat hij nog langer in de gevangenis moet zitten voor iets wat hij niet gedaan heeft.' Ze slaat haar armen over elkaar. 'Begrijp je dat ook?'

Het komt niet vaak voor dat Signe het volkomen oneens met Juncker is, in elk geval niet over iets wat met hun werk te maken heeft, maar deze keer is dat wel zo. Juncker omschreef Pernille Pedersen als een bijzonder onbetrouwbare getuige. Hij is ervan overtuigd dat iemand haar onder druk heeft gezet om te vertellen dat ze haar ex-vriend op een bepaalde tijd en plaats heeft gezien, waardoor hij een alibi heeft voor de moord op Lukas, maar Signe is er vrij zeker van dat Juncker het bij het verkeerde eind heeft.

Ze gelooft dat de zieke vrouw de waarheid spreekt, wat betekent dat Juncker en zij zich hebben vergist. Ik moet hem spreken, denkt ze terwijl ze haar fiets van het slot haalt. Op dat moment voelt ze haar telefoon in haar heuptasje trillen. Het is Charlotte.

'Kunnen we afspreken? Ik wil je iets vragen,' zegt haar vriendin.

'Ja, dat kan. Maar kun je je vraag niet gewoon nu stellen?'

'Nee, dat gaat niet via de telefoon.'

'Goed, ik ben morgen vrij. Kom je naar mij toe?'

'Graag. Wat dacht je van 9.00 uur? Ik neem croissants mee.'

'Afgesproken,' zegt Signe, waarna ze op haar fiets stapt.

Ze weet dat het maar over één ding kan gaan.

13

Hij denkt elke dag terug aan het moment, nu vier maanden geleden, waarop hij de intensive care van het Rigshospitalet binnenstormde. 'Je moet meteen hiernaartoe komen,' had Charlotte aan de telefoon gezegd en hij had niet durven vragen waarom dat was.

De rit van Teglholmen naar het grote ziekenhuis in Østerbro leek eindeloos te duren, net als het moment op de intensive care toen hij dacht dat zijn zoon dood was en nog niet wist dat Kasper bij bewustzijn was gekomen. Waarom duiken juist die seconden telkens weer in zijn hoofd op en niet wat er echt is gebeurd? Namelijk dat Kasper uit zijn coma was ontwaakt en al snel bleek dat hij niet was verlamd omdat een van de twee kogels die zijn ex-vriendin Franziska Donsberg in zijn borstkas had geschoten een paar millimeter voor zijn ruggengraat was blijven steken.

Maar blijkbaar moeten de twijfel en angst hem blijven kwellen en dat kruis draagt Juncker graag. Het enige wat echt belangrijk is, is dat Kasper hierdoorheen komt. Dat Kaspers lichaam herstelt en weer is zoals het was voordat hij werd neergeschoten, dat hij zijn gokverslaving en drugsgebruik overwint en niet in de laatste plaats dat hij de rechtszaak op een goede manier doorstaat en zijn straf voor drugshandel krijgt. Daarbij vergeleken zijn de dagelijks terugkerende nachtmerries van zijn vader volkomen onbelangrijk.

Juncker heeft zichzelf beloofd om zijn zoon minstens drie keer per week te bezoeken en tot nu toe heeft hij zich aan die belofte gehouden. Als hij eerlijk is, is dat niet zo moeilijk geweest, want de afgelopen maanden waren uitzonderlijk rustig op zijn werk. Hoe dan ook, hij is vastbesloten om deze keer niet te falen, ondanks de eventuele drukte op zijn werk en ook niet als het moeilijk wordt, wat vaak zo is omdat het niet eenvoudig is om de gevolgen van tientallen jaren verwaarlozing en gebrek aan contact goed te maken.

Gelukkig bleek Kaspers cocaïnegebruik relatief beheersbaar te zijn.

Juncker durft er niet eens aan te denken hoe de situatie zou zijn geweest als zijn zoon, naast het fysieke en mentale herstel, ook nog een ontwenningskuur had moeten volgen. Kasper is helemaal gestopt met het snuiven van cocaïne en het roken van wiet. Dat heeft hij in elk geval beloofd en Juncker heeft geen andere keuze dan zijn zoon te vertrouwen, hoewel hij weet hoe gemakkelijk het is om terug te vallen en dat liegen onlosmakelijk verbonden is met een verslaving.

Hij klopt op de deur terwijl hij zijn ademhaling probeert te beheersen nadat hij de trappen naar Kaspers appartement op is gelopen.

'De deur is open!' roept Kasper.

Het appartement van zijn zoon is veel netter dan dat van hemzelf en Juncker heeft aan de positieve kant genoteerd dat Kasper, ondanks alle problemen waarmee hij worstelt, niet is weggezakt. Het is over het algemeen goed onderhouden en schoon, en voor zover hij kan beoordelen gaat zijn zoon regelmatig onder de douche. Aan de negatieve kant staat dat er soms maar een kleinigheid nodig is om Kasper extreem boos op zijn vader te maken, vaak zonder dat Juncker daar een duidelijke reden voor ziet. Maar misschien is dat gewoon omdat hij de grenzen van zijn zoon niet goed kent.

Kasper ligt in de woonkamer op de zwartleren Arne Jacobsen-bank die hij van zijn opa heeft geërfd. Het lijkt veel beter met hem te gaan dan een uur geleden, toen ze elkaar via de telefoon spraken. Juncker loopt naar de keuken en zet de boodschappentas op het aanrecht.

'Heb je vandaag al iets gegeten?' vraagt hij terwijl hij op de Wegner-fauteuil gaat zitten, die eveneens een erfstuk is.

'Ja, pa,' antwoordt Kasper enigszins sarcastisch zonder op te kijken van zijn telefoon.

Juncker hoort dat de stem van zijn zoon vriendelijk klinkt, dus probeert hij verder te gaan. 'Ben je nog buiten geweest?'

'Voornamelijk op de stoep.'

'Heel grappig.'

'Ja, toch? Ik heb een wandeling in het Fælledpark gemaakt en ging kapot van de hitte. Wat eten we vanavond?'

'Pasta met bolognesesaus.'

'Alweer?'

Pasta bolognese is Junckers culinaire paradepaardje. Eigenlijk is het het enige gerecht waarvan hij redelijk zeker weet dat hij het goed kan klaarmaken.

'Ach, dat is alweer een tijdje geleden...'

'Vorige week twee keer, maar het geeft niet. En ik zal het niet aan Karoline vertellen.'

Kaspers oudere zus woont met haar gezin in Aarhus en belt hem vrijwel elke dag sinds hij is neergeschoten. Ze is veganist en beschouwt gehakt als het werk van de duivel, bijna het symbool van de voortschrijdende klimaatcrisis en de totale mislukking van de boomers om de planeet te redden. Ze zou compleet uit haar dak gaan als ze hoorde wat ze vanavond gaan eten.

'Daar ben ik dankbaar voor,' zegt Juncker, waarna hij terug naar de keuken loopt.

Een uur later is de pasta klaar. Vader en zoon besluiten voor de televisie te eten. Ze zijn bezig met een gezamenlijk project, het kijken naar alle westerns van Sergio Leone, en nu zijn ze bij *Once Upon a Time in the West* aanbeland. Ze zijn het erover eens dat dit waarschijnlijk de beste western is die ooit is gemaakt. De film duurt twee uur en drie kwartier, dus is het bijna 23.00 uur als Juncker vertrekt.

Afgezien van het gesprek over de bolognesesaus hebben ze vanavond niet veel woorden gewisseld. Ze zijn samen en dat is voldoende. Ze leren elkaar eindelijk kennen en voor dat proces zijn geen lange gesprekken nodig. Bij Juncker ontbreekt daarnaast de behoefte om zijn fouten onder woorden te brengen. Dat komt nog wel. Hij hoopt alleen dat Kasper kan houden van de man die zich nu aan hem presenteert als zijn vader – iets waarvoor geen garanties zijn, denkt Juncker terwijl hij zijn appartement in loopt. Zou hij zijn eigen vader gemogen hebben als hij hem beter had gekend? Hij weet vrijwel zeker van niet.

10 JUNI

14

Ze heeft verschrikkelijk slecht geslapen, is elk uur wakker geworden en heeft liggen woelen. Ze is er vrij zeker van wat Charlotte haar te vertellen heeft en weet niet wat ze daarmee aan moet.

Een paar maanden nadat Troels Mikkelsen haar zes jaar geleden na het kerstfeest van het werk had verkracht, was ze begonnen met het verzamelen van zijn haar en ander materiaal met zijn DNA. Toen de eerste schok was weggeëbd, begon ze te bedenken hoe ze wraak kon nemen. Ze raakte geobsedeerd door het idee om zijn DNA op een plaats delict of een slachtoffer achter te laten. Niet per se om hem voor die misdaad te laten opdraaien, maar misschien om erachter te komen of hij meer vrouwen had verkracht. De manier waarop hij haar die nacht in de hotelkamer in Vesterbro had behandeld, zijn hele werkwijze, maakte haar duidelijk dat het niet de eerste keer was dat hij een vrouw had gedwongen zich aan hem te onderwerpen. Dat bleek te kloppen: de DNA-analyse van de twee haren die ze op Katja Lütsach had achtergelaten leverde niet één, maar twee matches in het sporenregister op. Met andere woorden, Troels Mikkelsen had twee onopgeloste verkrachtingen in respectievelijk het Valbypark en Utterslev Mose gepleegd en de enige twee mensen die dat wisten waren Signe en Troels Mikkelsen.

Maar toen werd hij doodgeschoten.

De vondst van de twee haren op Lütsachs lijk veroorzaakte natuurlijk enige verwarring bij de onderzoekers. Niemand kon verklaren hoe die haren daar terecht waren gekomen en het is altijd een mysterie gebleven. Signe maakt zich zorgen dat de vondst van de twee haren van Troels Mikkelsen de richting van het onderzoek zou verstoren, maar naarmate het onderzoek vorderde constateerde ze tot haar opluchting dat dit niet het geval was. Ja, er waren wat middelen verspild aan het bedenken van verschillende theorieën waar de haren vandaan konden komen, maar daardoor werd het onderzoek niet verstoord. Uiteindelijk werd Peter Rolf opgepakt, maar Signe was zich er pijnlijk van bewust dat haar persoonlijke vendetta het onderzoek op een dwaalspoor had kunnen brengen.

Er wordt aangebeld en ze opent de deur. Charlotte omhelst haar een beetje onhandig.

'Ben je hier weleens geweest?' vraagt Signe.

'Nee, dit is mijn debuut,' antwoordt Charlotte glimlachend.

Eigenlijk zou Signe haar een rondleiding door haar huis moeten geven, maar ze heeft de energie niet om te doen alsof alles in orde is. Ze lopen naar de keuken en Signe wijst naar de eettafel. 'Laten we hier gaan zitten.'

'Gezellig.'

'De koffie is over vijf minuten klaar.'

'Heerlijk.'

Charlotte haalt een witte papieren zak uit haar tas en geeft die aan Signe. 'De croissants, zoals beloofd.'

'Lekker.' Ze legt de twee broodjes in een gevlochten broodmandje, maar weet zeker dat ze geen hap door haar keel krijgt.

'Waar is Niels?'

'Hij is naar zijn kantoor en de kinderen zijn op school.'

'Mooi, dan hebben we het huis voor onszelf.' Charlotte glimlacht een beetje gespannen.

Signe merkt dat haar vriendin eveneens zenuwachtig is én heeft geen zin om nog langer om de hete brij heen te draaien. 'Je zei gisteren dat je me iets wilt vragen. Vertel.'

Charlotte schraapt haar keel. 'Ik ben bij Peter Rolf in Herstedvester op bezoek geweest.'

Signe voelt een combinatie van zenuwen en woede vanuit haar maag opborrelen. Ze probeert uit alle macht kalm te blijven. 'Ik heb je afgeraden om dat doen. Waarom ben je in vredesnaam naar hem toe gegaan?'

'Ik dacht dat het geen kwaad kon om te horen wat hij te vertellen had.'

'Jezus, Charlotte! Wat verwacht je? Die man is absoluut niet te vertrouwen! Hij heeft vijf mensen in koelen bloede vermoord.' Signe legt haar hand op haar voorhoofd en wacht op een reactie van haar vriendin, maar Charlotte blijft zwijgen. 'Oké,' zegt ze na een tijdje. 'Wat had die psychopaat te vertellen?'

Charlotte doet Rolfs theorie uit de doeken: dat er een verband zou zijn tussen de twee haren en Troels Mikkelsen en dat iemand de haren op het lichaam van Lütsach heeft achtergelaten om Mikkelsen in diskrediet te brengen.

Verdomme, denkt Signe. Peter Rolf weet dat Troels Mikkelsen haar heeft verkracht. 'Heeft hij verteld wie de haren volgens hem op het lichaam geplaatst heeft?'

Charlotte staart naar de tafel. Als ze opkijkt ontmoet ze Signes blik. 'Hij zegt dat Martin of jij dat gedaan moet hebben. Jullie zijn de enigen die alleen zijn geweest met het lichaam.'

Fout, denkt Signe. Ik ben de enige die alleen met het lichaam is geweest. 'Is de mogelijkheid dat hij die haren zelf heeft geplaatst niet bij je opgekomen?'

'Jawel,' antwoordt Charlotte aarzelend. 'Ik snap alleen niet goed wat hij daarmee wilde bereiken.' Ze zwijgt even voordat ze verdergaat. 'Signe, heb jij iets met die twee haren te maken?'

Signe kijkt in Charlottes ogen. Ze weet niet wat ze moet zeggen. Blijven liegen? Ze staat op, pakt de koffiepot en schenkt in. 'Ben je van plan om hiermee verder te gaan?'

'Dat weet ik nog niet. Voorlopig heb ik alleen wat onrealistische vermoedens van een psychopathische seriemoordenaar. Er is meer nodig voordat ik er een artikel van kan maken.'

Signe knikt. 'Maar kun je dat überhaupt? Ben je niet bevooroordeeld in deze kwestie? Ik bedoel... Je ex-man en je vriendin?'

'Misschien. Dat moeten we afwachten.'

Signe stelt zich het moment voor waarop Peter Rolf aan Charlotte vertelt dat Troels Mikkelsen haar heeft verkracht en ze dus misschien wel het beste motief ter wereld heeft om hem zoveel mogelijk in diskrediet te willen brengen.

Ze praten een paar minuten over de kinderen en de kleinkinderen, maar de sfeer blijft gespannen. Als ze afscheid van elkaar nemen, doet

Signe haar uiterste best om niet zo van streek over te komen als ze zich voelt. Nadat Charlotte is vertrokken, dwingt ze zichzelf om die verdomde zaak te vergeten en zich in plaats daarvan op de zaak-Lukas te concentreren. Ze denkt terug aan haar gesprek met Pernille Pedersen. Ze heeft Juncker de vorige avond niet gebeld omdat ze de energie er niet voor had. Hij wordt waarschijnlijk woedend als ze hem vertelt hoe betrouwbaar ze de ex-vriendin van Robert Danius vindt.

Ze heeft veel respect voor Juncker. Hij is ongetwijfeld degene van wie ze het meest over het politiewerk heeft geleerd, maar hij kan ongelofelijk koppig zijn als hij zich eenmaal ergens in heeft vastgebeten. Ze pakt haar telefoon en kiest zijn nummer.

15

In de loop van de ochtend komen er vijf nieuwe ziekmeldingen ten gevolge van corona binnen en Geir lijkt nog gestrester dan anders. Hij is eveneens verkouden, maar beweert bij hoog en bij laag dat zijn test negatief is. Het is zo langzamerhand eerder regel dan uitzondering dat het hoofd van de afdeling hoest en niest, en het is een terugkerende grap dat het immuunsysteem van de man net zo waardeloos is als zijn kapper.

'Verdomme, deze pandemie begint echt heel lastig te worden,' klaagt hij tegen Juncker, die blij is dat hij geen enkele verantwoordelijkheid met betrekking tot de personeelsbezetting meer heeft.

'Ja, het is goed waardeloos,' zegt Juncker in de hoop meelevend te klinken.

Geir hoest hevig in zijn elleboog. Zoals gewoonlijk is het een spectaculaire hoestbui en Juncker wacht af hoe de situatie zich ontwikkelt. Geir scheurt een stuk keukenpapier af en snuit zijn neus luidruchtig. 'Sorry,' mompelt hij.

Juncker maakt een afwerend gebaar met zijn hand.

'Kunnen Nabiha en jij beginnen met het opnieuw verhoren van de drie verdachten die we naast Danius hadden?' vraagt Geir.

'Natuurlijk. We kunnen beginnen met Lukas' stiefvader. Ik bel hem meteen om een afspraak te maken.'

Voordat hij dat kan doen, trilt zijn telefoon. Het is Signe en hij loopt naar het keukentje.

'Ik ben bij zijn ex-vriendin op bezoek geweest,' zegt ze.

'O, oké. Gewoon zomaar?'

'Ik wist niet goed wat ik anders moest doen.'

'Dat is toch goed? Wat vond je van haar?'

Het blijft stil aan de andere kant van de lijn.

'Signe?'

'Tja... Eigenlijk vond ik haar vrij geloofwaardig.'

Nu is Juncker degene die zwijgt.

'Dus je denkt dat ze de waarheid spreekt?' vraagt hij uiteindelijk. 'Geloof je dat ze Robert Danius bij zijn appartementencomplex gezien heeft en dat ze niet onder druk gezet is om dat te zeggen?'

'Inderdaad, dat geloof ik. Ik bedoel... Ze heeft kanker en is terminaal. Waarmee zou hij haar kunnen bedreigen?'

'Bijvoorbeeld dat hij haar zoon iets aandoet.'

'Dat is waar, maar zo kwam het niet op me over.'

Juncker voelt een zweem van verraad, hoewel hij weet dat dat onzin is. Het is volkomen legitiem dat er verschillende meningen over de betrouwbaarheid van een getuige zijn, maar toch...

De moeder en stiefvader van Lukas wonen nog in hetzelfde appartement als toen de jongen werd vermoord en het ziet er nog precies zo uit als Juncker in zijn herinnering heeft. De stiefvader heet Jens Otto Nielsen. Hij klonk chagrijnig toen Juncker hem een uur geleden aan de telefoon had, maar bevestigde dat hij thuis was en dat ze langs mochten komen als het echt niet anders kon. Lukas' jongere zusje is op school en zijn moeder is aan het werk, vertelt Jens Otto Nielsen, die zelf werkloos is. Dat was hij destijds ook.

Op de vrijdagmiddag waarop de jongen was vermoord, zat Jens Otto Nielsen naar eigen zeggen bier te drinken met zijn vrienden op een bankje dat een paar honderd meter van de plaats delict af stond. De rechercheurs hadden de andere aanwezigen op het bankje ondervraagd. Zij bevestigden het tijdstip waarop Jens Otto Nielsen was gearriveerd en dat hij een paar uur bij hen was gebleven. Aan de andere kant waren de drie mannen en de vrouw zo dronken geweest dat niet kon worden uitgesloten dat hun tijdsbesef was beïnvloed, maar desondanks had Jens Otto Nielsen een alibi voor het tijdstip van de moord.

Nog voordat Nabiha en Juncker hun eerste vraag kunnen stellen, begint hij aan een hevige tirade tegen het rechtssysteem en de politie omdat ze die klootzak hebben vrijgelaten. 'Misschien heeft die man Lukas niet vermoord, maar hij heeft verdomme genoeg smerige dingen met andere jongens uitgehaald,' schreeuwt hij bijna. Zijn ogen zijn bloeddoorlopen en als hij een sigaret opsteekt ziet Juncker dat zijn handen trillen. Zijn gezicht is gezwollen en zijn lichaam is mager, behalve zijn buik die als een halve basketbal onder zijn overhemd zit waardoor de knopen los dreigen te springen. Het zijn allemaal tekenen van alcoholisme, net als zeven jaar geleden, maar nu zijn ze veel duidelijker aanwezig.

'Over wat voor smerige dingen heb je het? Iets wat je weet of wat je denkt?' vraagt Nabiha.

'Dat weet iedereen toch,' snauwt hij.

'En hoe weet iedereen dat?' dringt Nabiha verder aan.

'Alle tijd die hij met allerlei jongens in die basketbalkooi doorbracht... Het stonk een uur in de wind.' Hij kijkt haar minachtend aan. 'Luister, meisje, dat snap je zelf toch –'

'Ik ben je meisje niet. Beantwoord mijn vraag gewoon. Weet je het of roep je maar wat?'

Juncker werpt een blik op Nabiha. Ze lijkt de situatie volledig onder controle te hebben.

'Er waren allerlei geruchten over hem. En hoe zeggen ze dat ook alweer? Als er rook is, is er ook vuur.'

Bijna goed, denkt Juncker en hij besluit het verhoor in een andere richting te sturen. 'Ik herinner me ons gesprek vlak nadat Lukas was gevonden. Toen gaf je toe dat je soms een enigszins moeizame relatie met de jongen had. Kun je dat toelichten?'

'Nee, dat denk ik niet. Het was zoals het was. Lukas mocht me niet. Je bent mijn vader niet, zei hij elke dag wel een keer, en daar kreeg ik weleens genoeg van.'

'En dan sloeg je hem?' vraagt Nabiha.

'Niet vaak, maar het kwam voor. Dat heb ik nooit ontkend. Het was nodig.'

'Je weet toch dat het verboden is, ook als ouder, om kinderen te slaan?'

'Ik was zijn vader niet.'

'De wet geldt ook voor stiefvaders.'

'O, en willen jullie me daarvoor straffen of zo? Wat is het doel van dit gesprek eigenlijk?'

'De moordenaar van Lukas vinden nu Danius vrijgesproken is. Heb jij een idee wie dat kan zijn?'

'Niemand anders dan de vent die jullie net vrijgelaten hebben.'

Juncker overweegt heel even om te zeggen dat de rechtbank en niet de politie Robert Danius heeft vrijgelaten, maar besluit het niet te doen. Hij bedenkt ook dat het onnozel zou klinken als hij zou vertellen dat hij het eens is met Jens Otto Nielsen over wie de jongen heeft vermoord.

'Zeg... Jullie denken toch niet dat ik Lukas vermoord heb? Als jullie dat denken zijn jullie niet goed bij jullie hoofd.'

'We denken niets,' antwoordt Nabiha koeltjes.

'Wat een ongelofelijke eikel,' zegt ze onderweg naar de auto. 'Een kille alcoholist. Hij zou onze moordenaar kunnen zijn, denk je niet?'

Juncker reageert er niet op.

'Misschien moeten we die gasten van het bankje proberen te traceren en hun vragen of ze zijn alibi nog steeds bevestigen,' oppert Nabiha.

'Statistisch gezien is minstens de helft van hen dood en de anderen hebben hun hersenen waarschijnlijk kapotgezopen. Ze konden zich destijds al nauwelijks iets herinneren, dus is het misschien een beetje optimistisch om te hopen dat hun geheugen er mettertijd beter op geworden is.'

De volgende verdachte is een loodgieter die regelmatig in het flatgebouw kwam en meerdere keren per week bij Robert Danius in zijn gecombineerde kantoor en werkplaats in de kelder langsging. Sterker nog, Danius en hij hadden een paar uur voor de moord nog een biertje gedronken. De man, Jacob Paulsen, woont met zijn gezin in een villa in Glostrup en kwam in het vizier van de politie omdat hij vijftien jaar eerder wegens de verkrachting van zijn ex-vriendin tot een gevangenisstraf van een halfjaar was veroordeeld.

Ze zijn ruim op tijd omdat het verkeer midden op de dag redelijk rustig is. Tijdens het eerste deel van de rit van Amagerbro naar de voorsteden ten westen van Kopenhagen wisselen ze geen woord.

'Ik heb de oude verkrachtingszaak van Jacob Paulsen er gisteren bij gepakt,' zegt Nabiha uiteindelijk. 'Je weet dat ik sceptisch ben over de manier waarop we verkrachtingszaken aanpakken. Het komt vaak voor dat de vrouwen die aangifte doen bijna in de beklaagdenbank terechtkomen, maar ik moet toegeven dat dat in deze zaak niet zo was. Ik kreeg in elk geval het gevoel dat de vrouw op wraak uit was en vond dat de man een wel erg zware straf kreeg.'

'Wat was zijn alibi?'

'Zijn vrouw bevestigde dat hij op het moment van de moord in hun woning in Glostrup was. Dat kon niet worden bevestigd door de gps- of telefoonmastgegevens, maar hij verklaarde dat zijn telefoon leeg was en dat hij dat later op de avond pas merkte.'

'Dat is niet bepaald een geloofwaardig excuus. Ik bedoel... Het is toch vrij ongebruikelijk dat je je telefoon urenlang niet gebruikt?'

'Dat klopt inderdaad, maar het kan natuurlijk. Niet iedereen is een slaaf van zijn telefoon.'

Het huis van het gezin Paulsen, een grote rode zogenaamde metselaarswoning, ligt in een rustige woonwijk. Zowel het huis als de tuin is goed onderhouden en hetzelfde geldt voor het interieur. Het gaat blijkbaar goed in de loodgietersbranche en Jacob Paulsen ziet er dan ook uit alsof hij geen gebrek aan geld heeft. Hij heeft een gemiddelde lengte, is slank en zorgt duidelijk net zo goed voor zichzelf als voor zijn huis en tuin. Zijn vrouw stelt zich vriendelijk glimlachend voor als Karen en na de begroeting trekt ze zich in de kelder terug.

'We hebben daar een kantoor en ik moet de administratie doen. Roep maar als jullie me nodig hebben.'

Juncker bedenkt dat het ideale beeld van het perfecte Deense gezin compleet zou zijn als er nu een paar blonde, blozende kinderen zouden opduiken.

Nabiha en hij nemen plaats op een bruine leren bank terwijl Jacob Paulsen tegenover hen op een fauteuil gaat zitten. Juncker kijkt om zich heen. Alles straalt kwaliteit en goede smaak uit. 'Jullie wonen mooi,' zegt hij.

'Dat is Karens verdienste. Ze heeft een opleiding tot interieurarchitect gevolgd, maar is een paar jaar geleden gestopt met dat werk. Nu doet ze de administratie voor ons kleine bedrijf.' Hij glimlacht. 'Ik zou niet weten wat ik zonder haar zou moeten. Sterker nog, ik weet niet eens waarom ze me wilde. Maar goed, dat is niet waarom jullie hier zijn, neem ik aan.'

'Inderdaad,' zegt Juncker. 'Zoals ik aan de telefoon al uitlegde is een gevolg van de vrijspraak van Robert Danius dat we weer op zoek moeten naar de persoon die Lukas vermoord heeft. Daarom praten we opnieuw met de verschillende getuigen en –'

'Met mensen zoals ik.' Jacob Paulsen glimlacht. 'Natuurlijk doen jullie dat. En met mijn achtergrond... De veroordeling wegens verkrachting, bedoel ik... Wat kan ik voor jullie doen?'

'Je kwam destijds vaak in het flatgebouw.'

'Dat doe ik eigenlijk nog steeds.'

'Oké. Kende je Lukas? Heb je hem ooit ontmoet of met hem gepraat?'

'Dat vroegen jullie destijds ook al. Misschien heb ik hem wel gezien, maar er waren veel kinderen in het flatgebouw en ik kan me hem eerlijk gezegd niet herinneren.'

'Je verklaarde dat je telefoon leeg was en dat je 's avonds pas ontdekte. Het verbaast ons een beetje dat een man als jij, die zijn telefoon waarschijnlijk veel voor zijn werk gebruikt, niet merkte dat hij urenlang leeg was.'

'Dat begrijp ik, maar zo was het toch echt. Ik heb mijn telefoon niet bewust uitgezet om te verbergen waar ik was, als dat is wat je insinueert. Ik ben de moordenaar die jullie zoeken niet.'

In tegenstelling tot Lukas' stiefvader is Jacob Paulsen kalm en vriendelijk. Hij beantwoordt alle vragen bereidwillig, en wanneer Nabiha en Juncker opstaan om afscheid te nemen, roept hij zijn vrouw, die vanuit de kelder naar boven komt om hen eveneens gedag te zeggen.

‘Ik hoop dat jullie degene die de moord op zijn geweten heeft deze keer wel te pakken krijgen,’ zegt Karen Paulsen.

‘Dat doen we meestal,’ antwoordt Nabiha.

De twee rechercheurs stappen in Junckers auto, een zwarte Volvo xc90, die hij in 2016 bij wijze van troost heeft gekocht nadat hij gedwongen was overgeplaatst naar zijn geboorteplaats Sandsted. Hij houdt veel van zijn auto, ook al slurpt hij nogal veel diesel en is hij een doorn in het oog van zijn milieubewuste dochter, die maar niet kan begrijpen waarom een alleenstaande man die in het centrum van Kopenhagen woont in een grote suv moet rondrijden.

‘Wat een bijzonder vriendelijk en sympathiek stel is dat,’ zegt Nabiha.

‘Dat kun je wel zeggen.’ Juncker kijkt op zijn horloge. ‘We wachten tot morgen met het verhoor van de voorzitter van de bewonersvereniging. Ik heb iets anders wat ik eerst wil afhandelen.’

16

De Borups Allé, de weg tussen de verkeersbrug Bispeengbuen en de Hillerød-snelweg, is een sterke kandidaat voor de titel van de drukst bereden weg van Denemarken en als het klopt dat verkeerslawaai dodelijk is, zoals de experts zeggen, dan is het levensgevaarlijk om hier, in de verder keurige met rode bakstenen opgemetselde appartementencomplexen van drie verdiepingen, te wonen.

Juncker vindt de juiste portiek en bestudeert de namen op het belpaneel. Hij knijpt zijn ogen tot spleetjes en weigert koppig zijn leesbril tevoorschijn te halen. Het kan toch niet waar zijn dat hij midden op de dag zulke relatief grote letters niet kan lezen, maar zo is het helaas wel. Hij geeft zich gewonnen, haalt zijn bril uit de binnenzak van zijn jas en drukt op de bel naast het bordje waarop H & L OLSEN staat.

Het stel heeft het appartement ruim zes jaar geleden overgenomen van Robert Danius. Juncker schat dat ze hooguit eind twintig zijn en vermoedt dat ze het appartement hebben gekregen omdat hun ouders zo verstandig zijn geweest om hen al vanaf de geboorte op een wachtlijst te laten plaatsen. De ontwikkelingen op de woningmarkt in de hoofdstad hebben het voor jonge mensen de laatste jaren bijna onmogelijk gemaakt om een betaalbare woning te vinden – wat trouwens ook voor veel ouderen geldt.

Ze lopen de woonkamer in. De vrouw is zwanger. Ze stelt zich voor als Henriette en haar man als Lars. Zij is degene die het woord voert. 'Ik begrijp dat je mijn telefoonnummer van de woningcorporatie gekregen hebt.'

Juncker knikt.

'We begrijpen alleen niet helemaal wat jij, of… nou ja, de politie van ons wil.'

'In principe wil ik niets van jullie. Weten jullie wie er in dit appartement woonde voordat jullie het overnamen?'

'Ja. Ik kan me zijn naam niet herinneren, maar het was de man die in de gevangenis gezeten heeft voor het vermoorden van de jongen, maar die het toch niet gedaan bleek te hebben en nu vrijgelaten is. Dat klopt toch?'

'Helemaal.'

'Ik begrijp alleen niet goed wat de politie nu in ons appartement wil,' zegt Henriette Olsen zichtbaar sceptisch.

Juncker aarzelt. Moet hij vertellen dat het appartement zeven jaar geleden tijdens het onderzoek niet grondig is doorzocht en hij nu op zoek is naar een voorwerp dat hier verborgen kan zijn? Is er een reden om te vrezen dat het stel contact opneemt met Merlin en vertelt wat hij hier heeft gedaan? Waarschijnlijk niet. Hij heeft zich voorgesteld als commissaris van politie en dat klinkt redelijk indrukwekkend, alsof hij met een zeker gezag handelt, dus waarom zouden ze daaraan twijfelen? Hoewel... De jonge vrouw maakt wel een vastberaden indruk.

'We vermoeden dat er een laptop in jullie appartement verborgen kan zijn die we nodig hebben om de zaak tegen Robert Danius te kunnen afsluiten. Hebben jullie die gevonden nadat jullie hier zijn komen wonen?'

'Nee, natuurlijk niet,' zegt Henriette Olsen, die nu nog verbaasder lijkt. 'Dat zouden we uiteraard aan de politie verteld hebben. Maar waarom vragen jullie hem niet gewoon of hij iets verborgen heeft? En als dat zo is, waar die laptop dan is. Ik bedoel... Hij is onschuldig, toch?'

Een goede vraag, denkt Juncker. Hij besluit hem te negeren.

'Als jullie het geen probleem vinden, dan wil ik graag even rondkijken. Als ik het goed heb zijn er twee woonkamers aan de straatkant en een slaapkamer, een keuken en een badkamer die op de binnenplaats uitkijken, nietwaar?'

'Inderdaad,' bevestigt Lars.

Juncker loopt de woonkamer in, die door middel van een dubbele deur in verbinding staat met de kleinere woonkamer. De vloeren zijn keurig geschuurd en gelakt, en Juncker begint met onderzoeken of er een verborgen ruimte onder de vloer of achter de plinten is. Na tien minuten zorgvuldig zoeken, waarbij hij onder meer een paar kleden oprolt en de bank en een dressoir verschuift, concludeert hij dat er niets onder de planken verborgen zit. Dat zou hem ook verbaasd hebben, want een geheime ruimte onder de vloer zou de bewoners waarschijnlijk opgevallen zijn toen ze hier kwamen wonen, maar nu is die mogelijkheid in elk geval uitgesloten.

In de slaapkamer aan de achterkant ligt geen kleed en het kost Juncker niet veel tijd om vast te stellen dat ook hier niets onder de vloer verborgen is. Een garderobekast neemt het grootste deel van een muur in beslag, maar hij besluit die over te slaan omdat de kast destijds al heel grondig is doorzocht. De badkamer bevindt zich tussen de slaapkamer en de keuken. Hij is niet erg groot en Henriette Olsen blijft in de deuropening staan terwijl Juncker rondkijkt.

'Hebben jullie een schroevendraaier?' vraagt hij.

De vrouw ziet eruit alsof niets haar nog kan verbazen. Ze loopt naar de keuken en haalt een gereedschapskist. Gewapend met een oude groen-zwarte Bahco-schroevendraaier wipt hij de spoelknop van het toilet met enige moeite los. Hij rommelt wat aan een plastic moer, draait hem los en haalt het deksel van het waterreservoir. Dan doet Juncker zijn jack uit, stroopt zijn mouw op en steekt zijn hand in het koude water, maar hij voelt niets anders dan het mechanisme dat het doorspoelen van het toilet regelt.

Als laatste blijft de keuken over, die zeven jaar geleden ook al systematisch is doorzocht. Als er iets verborgen is, dan moet het hier ergens zijn.

'Ik vind dit echt heel vreemd,' zegt Henriette Olsen.

Dat is heel begrijpelijk, denkt Juncker. Want dit is inderdaad een wilde gok. 'Ik ben bijna klaar,' zegt hij.

Het kwartier erna opent hij kastdeurtjes, trekt laden open, klopt op de achterkant van kasten en op muren, verwijdert het filter van de afzuigkap. Kortom, hij zoekt overal maar vindt niets. Hij trekt zijn jack weer aan. Heeft hij zich vergist? Nee. Er moet ergens in dit appartement iets zijn. Hij kan het alleen niet vinden en dat maakt hem stapelgek.

Het stel staat in de gang met over elkaar geslagen armen naar hem te kijken. Hij haalt zijn telefoon tevoorschijn en ziet dat hij al een uur binnen is. 'Ik wil jullie niet langer ophouden. Bedankt voor jullie geduld.'

'Geen probleem,' zegt Henriette met een scherpe klank in haar stem.

Het verkeer in de Borups Allé is inmiddels iets minder hectisch. Hij begint in de richting van de Mågevej te lopen, waar zijn auto geparkeerd staat, als er plotseling een gedachte bij hem opkomt waardoor hij abrupt stopt en een paar seconden onbeweeglijk blijft staan. Daarna draait hij zich om, loopt naar het appartement terug en belt opnieuw aan. Lars doet open.

'Sorry dat ik jullie weer stoor. Ik weet dat het vervelend is, maar ik kreeg ineens een ingeving,' legt hij uit. 'Hebben jullie de vaatwasser zelf gekocht of stond die er al toen jullie het appartement overnamen?'

'We hebben hem overgenomen, dus hij is vrij oud en we hebben het er al over gehad om hem te vervangen.'

'Oké. Hebben jullie misschien een oude handdoek of zoiets die ik mag lenen?'

Lars Olsen verdwijnt in de slaapkamer en komt terug met een roze laken. 'Is dit goed?'

'Ja, dat is prima, dank je wel.'

Juncker spreidt het laken op de vloer voor de vaatwasser uit, opent de deur en controleert of de vaatwasser met beugels aan de keukenkastjes vastzit. Dat is niet zo. Hij pakt de vaatwasser beet en probeert hem naar voren te trekken, maar het apparaat beweegt geen centimeter.

'Kun je me helpen?' vraagt hij aan de jongeman. 'Als jij hem hierboven vastpakt en trekt, dan proberen we hem op het laken te tillen zodat we de vloer niet beschadigen. Vooruit... Eén, twee, drie.' De vaatwasser glijdt soepel over de vloer naar voren, alsof hij op ijs staat. En daar, boven op het grijze isolatiemateriaal, ziet Juncker een zwarte laptop en een witte router liggen.

Hij voelt een golf van tevredenheid door zijn lichaam stromen.

'Ik heb zelf een paar maanden geleden een nieuwe vaatwasser laten installeren,' legt hij het verbaasde stel uit.

Hij heeft Lars en Henriette gevraagd om een boodschappentas om de twee elektronische apparaten in te vervoeren. Die ligt nu naast hem op de passagiersstoel. Normaal gesproken zou hij de router en de laptop aan de eigen IT-experts van de afdeling Zware Criminaliteit geven, maar er is de laatste tijd veel verloop onder het personeel geweest en hij kent de nieuwe werknemers, die vrij jong zijn, niet. Hij is bang dat ze alles volgens de regels doen en Merlin over zijn vondst vertellen. En dat is op dit moment – met het oog op het duidelijke verbod van zijn chef om verder onderzoek naar Danius te doen – nogal voorbarig. Juncker wil eerst zeker weten wat er op de laptop staat voordat hij dat risico neemt. Hij belt Signe en vertelt haar wat hij heeft gevonden.

'Goed gedaan, Juncker,' zegt ze nadrukkelijk. 'Wat gaan we ermee doen?'

'Dat weet ik nog niet. Ik wil de laptop liever niet door onze eigen mensen laten onderzoeken.'

'Geef hem maar aan mij. Ik ken iemand die ons kan helpen.'

'Goed, dan kom ik nu naar je toe.'

'Het is trouwens vreemd...' Ze zwijgt midden in haar zin.

'Wat?'

'Dat Danius er geen belangstelling voor heeft om zijn oude laptop terug te krijgen nu hij vrijgelaten is.'

'Dat is pas twee dagen geleden en wat had hij moeten doen? Inbreken in het appartement? Het is niet eenvoudig om zoiets ongemerkt te doen. Of had hij moeten aanbellen en het stel vertellen dat hij voor hen in het appartement gewoond heeft en iets in de keuken verstopt heeft wat hij graag terug wil hebben? Dan hadden ze ons waarschijnlijk meteen gebeld.'

'Ja, maar voordat wij hem destijds arresteerden, had hij genoeg tijd om van de laptop af te komen. Maar goed, dat doet er nu niet meer toe. Wij waren eerder. Of liever gezegd: jij was eerder, Juncker.'

17

Als Juncker bij Signe is geweest, gaat hij voordat hij naar huis rijdt bij Kasper langs. Het gaat duidelijk slechter met zijn zoon dan de vorige avond en dat is niet voor het eerst. Zijn gemoedstoestand schommelt hevig van dag tot dag, en soms zelfs van uur tot uur. Juncker is amper binnen of Kasper gaat al tegen hem tekeer. Hij is altijd een waardeloze vader geweest en volgens Kasper is het grotendeels zijn schuld dat alles zo is verlopen.

Juncker kan het daar gedeeltelijk mee eens zijn, want hij is inderdaad een afwezige vader geweest, maar verklaart dat echt alles? Is het de reden dat zijn zoon drugs heeft gedeald? Dat hij gokverslaafd is en schulden bij een stel gangsters heeft? Is dat echt allemaal zijn schuld?

Juncker heeft zich voorgenomen er voor Kasper te zijn terwijl hij worstelt om weer op de been te komen, ook als dat pijnlijk is. Maar op dit moment is hij uitgeput en hij heeft een afspraak met Malene, die heeft beloofd om eten voor hem te maken. Hij heeft haar gezelschap nodig. Ze heeft een sleutel van zijn appartement en hoewel het al laat is, is ze aan het koken als hij thuiskomt. Ze is psycholoog en profiler, ze kennen elkaar sinds de jacht op Peter Rolf van anderhalf jaar geleden en ze zijn bijna net zo lang samen. Samen is Malenes woord voor hun relatie. Juncker weet niet precies welk woord hij moet gebruiken. Soms zien ze elkaar een paar keer per week, maar sinds Kasper vier maanden geleden is neergeschoten, zijn er ook weken waarin ze elkaar helemaal niet zien. Dus samen?

Als ze elkaar – zoals nu – een paar dagen niet hebben gezien, is het patroon meestal hetzelfde. Juncker heeft in de tussenliggende tijd een intense bezorgdheid over de duidelijke ongelijkheid in hun relatie opgebouwd. Hij is vijftien jaar ouder dan zij. Zij is aantrekkelijk, hij is fysiek aan het aftakelen. Maar zoals altijd verdwijnen zijn zorgen – of in elk geval het grootste deel ervan – zodra ze een paar minuten bij elkaar zijn.

Hij geeft een kus in haar nek. Ze roert in een pan met iets erin wat Juncker niet kan identificeren, maar wat lekker ruikt.

'Het is dal,' zegt ze. 'Je weet wel, met linzen.'

Juncker weet helemaal niets over linzen. Hij gaat bij het klaptafeltje zitten.

'Ik heb wortelgroenten en zoete aardappel in de oven staan, en we eten er brood bij. Oké? Wil je een glas wijn?'

Juncker begint langzamerhand aan dagen zonder vlees te wennen. Malene schenkt een glas in.

'Hoe gaat het met Kasper?'

'Gisteren hebben we een fijne avond gehad, maar vandaag is hij boos op me. Hij vindt dat ik een slechte vader geweest ben.'

'Het is niet zo vreemd dat zijn humeur schommelt,' zegt ze. 'Het tegenovergestelde zou een teken kunnen zijn dat hij iets verbergt.'

Kasper heeft Malene voor het schietincident een keer ontmoet en dat was meteen een groot succes. Juncker had niet anders verwacht, want hij heeft nog nooit iemand ontmoet die Malene niet mag, en Kasper heeft een natuurlijke charme. Sindsdien hebben ze elkaar nog een paar keer gezien. Ze heeft Juncker regelmatig subtiel advies gegeven over de manier waarop hij de moeilijke situatie volgens haar moet aanpakken. Bij ieder ander zou hij gek worden van de bemoeienis met iets wat hij als bijzonder privé beschouwt, maar dat geldt niet voor Malene. Niet alleen omdat ze het tactvol doet, maar ook omdat ze voor zover hij dat kan beoordelen bijzonder bekwaam is. Ze doorziet wat er in de beschadigde relatie tussen vader en zoon speelt en legt verbanden met Junckers relatie met zijn eigen vader. Ze heeft hem meerdere keren verder geholpen, vooral als Kasper zich boos en afwijzend gedroeg, en Juncker met zijn eigen koppigheid worstelde.

'Ik bespaar je een hoop geld, Juncker. Psychologen zijn duur. En bovendien kook ik voor je en geef ik je ook nog eens gratis blowjobs. Die service bieden niet veel zelfstandig gevestigde psychologen,' zegt ze lachend terwijl ze de schaal uit de oven haalt.

Ze eten in de keuken. Malene vertelt over een gewelddadige moordzaak in Odense. Op dit moment helpt ze de plaatselijke politie met het onderzoek. Juncker luistert naar haar verhaal zonder er veel van op te nemen, maar hij geniet van het geluid van haar stem en het vooruitzicht dat ze, zodra ze klaar zijn met eten en de fles wijn leeg is, samen in slaap zullen vallen. En als hij morgenochtend wakker wordt, ligt ze naast hem. Zelfs als hij probeert heel stil uit bed te sluipen om haar niet wakker te maken, staat ze toch op en ze wijkt er niet van af dat ze samen ontbijten voordat ze naar hun werk gaan.

Halverwege de maaltijd gaat zijn telefoon. Die ligt in de woonkamer en in eerste instantie blijft hij zitten. Ze kijkt naar hem en glimlacht. 'Neem gewoon op, schat.'

Hij zucht, staat op en loopt de woonkamer in om de vervelende stoorzender te pakken. Het is Kasper en hij krijgt een knoop in zijn maag.

'Ja?'

Hij hoort Kaspers moeizame ademhaling. 'Pa, ik heb moeite met ademhalen. Ik… krijg bijna geen lucht.'

'Ik ben net nog bij je geweest. Wat is er gebeurd? Heb je iets gegeten waarvoor je misschien allergisch bent?'

'Nee. Ik heb niets gegeten.'

Juncker vraagt zich af of zijn zoon iets gebruikt heeft, maar kan het niet over zijn hart verkrijgen om ernaar te vragen.

Malene kijkt hem vragend aan. 'Wat is er aan de hand?' vraagt ze zachtjes.

'Hij krijgt geen lucht,' fluistert hij met een hand over de microfoon.

Ze staat op. 'Zeg tegen hem dat we meteen komen.'

Ze zijn er binnen een kwartier. De voordeur is niet op slot. Kasper ligt met gesloten ogen in foetushouding op zijn bed. Malene gaat naast hem zitten en legt een hand op zijn schouder. Juncker blijft in de deuropening van de slaapkamer staan.

'Wat is er gebeurd, Kasper?' vraagt Malene zachtjes.

Hij opent zijn ogen. 'Ik weet het niet. Ik keek op mijn telefoon en ineens voelde ik een enorme druk op mijn borstkas en kon ik nauwelijks nog ademhalen. Het werd zwart voor mijn ogen en ik werd doodsbang.'

Ze strijkt de haren uit zijn gezicht. 'Hoe voel je je nu?'

'Beter.' Hij glimlacht even. 'De druk op mijn borstkas is weg. Nu ben ik alleen nog bang.'

Ze beantwoordt zijn glimlach. 'Het is niet zo vreemd dat je lichaam en je hersenen reageren na alles wat je meegemaakt hebt. Probeer een beetje te slapen.'

Ze lopen samen naar de woonkamer.

'Wat is er met hem aan de hand?' vraagt Juncker zachtjes.

'Het lijkt op PTSS, maar er is natuurlijk een grondig onderzoek voor nodig om daar zeker van te zijn.' Ze legt een hand op Junckers arm. 'Bel Charlotte.'

Juncker aarzelt even, maar knikt dan.

Een halfuur later komt zijn ex-vrouw binnen, die de regie onmiddellijk overneemt. Ze begroet Juncker koel en Malene nog iets koeler. Ze vraagt wat er gebeurd is en Malene legt uit dat Kasper een paniekaanval heeft gehad, dat hij misschien aan PTSS lijdt en dat het een goed idee zou zijn om professionele hulp te zoeken.

'Misschien wel,' zegt Charlotte. 'Daar neem ik morgen een beslissing over, afhankelijk van hoe hij zich dan voelt.'

Juncker wordt woedend over de dominante houding van zijn ex. Hij staat op het punt te zeggen dat Kasper hem gebeld heeft toen hij zich zo beroerd voelde en niet haar, maar slikt zijn woorden in. Hij heeft geen zin in ruzie met Charlotte, en al helemaal niet als Malene erbij is en Kasper in de kamer ernaast ligt.

'Ik blijf vannacht hier, dus jullie kunnen wel gaan,' zegt Charlotte.

Het is laat als Malene en Juncker in zijn appartement terug zijn en hij protesteert niet als ze voorstelt om meteen naar bed te gaan, maar hoewel hij erg moe is lukt het hem niet om in slaap te vallen. Hij heeft dit niet zien aankomen. Integendeel, het leek erop dat Kasper zich langzamerhand beter begon te voelen. Zijn zoon lijkt normaal gesproken nagenoeg onkwetsbaar, dus is het een haast surrealistische ervaring om hem op deze manier te zien instorten.

Rond 2.00 uur geeft hij het op en schuift hij zo zachtjes mogelijk uit bed. Als hij de afgelopen paar maanden moeite had om in slaap te vallen, ging hij een wandeling maken. Het helpt hem om zijn gedachten te ordenen.

Het is een warme, lichte en onbewolkte nacht, en de maan boven Nordvest is bijna vol. Zijn doel van deze wandeling is hetzelfde als tijdens al zijn nachtelijke wandelingen: het Lersøpark, de plek waar Kasper is neergeschoten. Waarom hij daarnaartoe gaat weet hij niet. Misschien omdat hij zich thuis voelt op plaatsen delict, wat net zo'n bizarre realiteit is als het feit dat hij zich het meest in zijn element voelt als hij met een moordonderzoek bezig is.

De Frederikssundsvej is verlaten. Bij station Nørrebro slaat hij af naar Lygten en passeert het winkelcentrum, dat net zo saai is als alle andere winkelcentra in het land. Bij het tankstation ziet hij iets waardoor hij langzamer gaat lopen. Op het trottoir aan de overkant van de straat komt een dier aanlopen. Als het een kat is, dan is het een heel grote kat, en als het beest dichterbij komt lijkt het eerder een hond. Het is echter ook geen hond, maar een vos. Toen Juncker nog een jonge man was huurde hij een kamer in de buurt van Østre Anlæg en daar had hij ze meerdere keren gezien, maar hij had gehoord dat de meeste vossen in Kopenhagen waren uitgeroeid door een uitbraak van schurft. Deze vos lijkt echter helemaal niet ziek.

Juncker blijft staan, overweldigd door de magie van het moment. Het roodbruine roofdier met zijn lange, volle staart doet dat niet. Hij passeert Juncker onverstoorbaar terwijl hij hem een nieuwsgierige blik toewerpt. Het kan natuurlijk niet waar zijn, dat weet hij rationeel, maar toch is hij – terwijl hij absoluut geen natuurliefhebber is en alle disneyficatie haat – bereid om te zweren dat het echt gebeurt: de vos glimlacht naar hem terwijl hij hem passeert. Dan verdwijnt hij in een zijstraat.

11 JUNI

18

Telkens als Signe hier is, valt het haar op hoe troosteloos de omgeving is. Vroeger bevond het Nationaal Onderzoeksondersteuningscentrum van de Rijkspolitie, oftewel het NEC, zich in het centrum van Kopenhagen, om de hoek van het hoofdbureau van politie, in een gebouw met scheve trappen waar je het gegil vanaf de achtbaan in Tivoli kon horen als de ramen openstonden en de wind uit de juiste richting kwam. Maar NC3, het Nationaal Cybercrime Centrum, dat een onderdeel van het NEC is, is overgeplaatst naar een industriegebied in Vestegnen, preciezer gezegd in de wijk Ejby in het noorden van Glostrup, met aan een kant Ringweg 3 en aan de andere kant levensmiddelengroothandel Inco.

De gebouwen lijken te zijn ontworpen door een groep depressieve architecten op een regenachtige maandag in november.

Haar waardering voor moderne architectuur is minimaal.

Als ze haar auto heeft geparkeerd, belt ze Rasmus Eskildsen. 'Ik sta bij de mierenneukers,' zegt ze.

'Prima. Ik kom je halen.'

Twee minuten later komt hij aangelopen en laat hij haar binnen via de sluis achter het hoge hekwerk dat het gebouw omringt. Signe kent hem van de Politieacademie en hij is een van de weinige collega's die ze een knuffel geeft. Hij is bovendien een van de nog kleinere hoeveelheid collega's met wie ze naar bed is geweest. Tijdens hun studietijd hebben ze een halfjaar een relatie gehad. Tegenwoordig is Rasmus een van de toonaangevendste onderzoekers op het gebied van kindermisbruik in Europa.

'Ik begrijp dat je hulp wilt hebben bij iets wat enigszins van de gebaande paden afwijkt. Klopt dat?'

'Inderdaad,' antwoordt Signe.

'Het is dus niet bekeken door jullie eigen experts in Teglholmen?'

'Nee. Dat is omdat –'

Hij legt een hand op haar arm om haar te onderbreken. 'Luister, Signe, hoe minder ik weet, hoe beter. Maar welkom in Ragnarok,' zegt hij terwijl hij de deur opent naar het kantoor dat hij met drie anderen deelt. Op elk bureau staan drie grote computerschermen.

'Wat bedoel je daarmee?'

'Als we hier aan het werk gaan, weten we dat we gruwelijke dingen te zien krijgen. Als we weer naar buiten gaan, laten we alles achter ons.'

Signe schudt haar hoofd. 'Ik begrijp niet hoe je dit kunt volhouden. Ik heb er heel veel respect voor, maar hoe kun je het verdragen om die afschuwelijke beelden te bekijken? Ik zou nooit met kinderporno kunnen werken.'

'We noemen het geen kinderporno meer, maar kindermisbruik. Dat is het tenslotte in plaats van pornografie. De valuta in die kringen is eenvoudigweg misbruik. Maar goed, we steunen elkaar. We praten veel over de beelden die we onder ogen krijgen en we gaan twee keer per jaar naar een psycholoog. Dat is verplicht.' Hij aarzelt even. 'Het is misschien een cliché, maar niet minder waar: iemand moet het doen.'

Er klinkt een pling en het middelste computerscherm van Rasmus licht op. Een dikke man met rode wangen en een kaal hoofd verschijnt en begroet Rasmus met een zwaar Australisch accent. *'Hi, mate. Are you ready to celebrate? Miami-Charles will be with us in a moment.'*

'Paul, say hi to my colleague Signe. She just came to get some help. Give me ten minutes and I will be back.'

'All right, mate, see ya.'

'Sorry daarvoor, maar Paul, Charles – dat is onze collega in Florida – en ik hebben afgesproken om vandaag de afronding van een zaak waaraan we samen gewerkt hebben te vieren.'

Voordat Signe hem kan tegenhouden, begint Rasmus te vertellen. Ze heeft er eigenlijk geen behoefte aan om het te horen, maar uit respect voor Rasmus en zijn collega's probeert ze geïnteresseerd te kijken.

'Drie weken geleden stuitte ik op nieuw materiaal. We krijgen normaal gesproken oude foto's die gedeeld worden binnen, maar deze waren helemaal vers.'

Signe fronst haar voorhoofd en Rasmus ziet het.

'Tja, vers is een ongelukkig woord als het gaat om een kind dat verkracht is, maar er zijn veel woorden en uitdrukkingen die volkomen verkeerd klinken als we ze gebruiken voor het werk dat we doen. Het is natuurlijk duidelijk dat we, als er foto's opduiken die we nog niet eerder gezien hebben, in actie komen. Paul en ik hebben die foto's een paar weken geleden tot diep in de nacht zorgvuldig bekeken. Kijk hier eens naar.' Rasmus klikt op een map. 'Je mag wegkijken, maar ik wil je zo meteen iets laten zien.'

Signe staart uit het raam terwijl Rasmus een paar opdrachten intypt.

'Kijk eens wat we hier hebben.'

Rasmus heeft ingezoomd op een volle prullenbak aan de rand van de foto. Op de prullenbak liggen verschillende enveloppen en papieren.

'Door de foto te vergroten konden we de afzender van de envelop die op de prullenbak ligt identificeren: familie Court in Fort Lauderdale en daarnaast het tijdstip van verzending van de brief, die half verfrommeld is. Gisteren kregen we bericht. Charles uit Florida heeft de man die de foto gemaakt heeft gevonden. De afzender is de vader van een klein meisje, die met haar moeder in een rechtszaak rond de omgangsregeling verwikkeld is. De vader is nu gearresteerd en het meisje is bij haar moeder. Dat gaan we vieren met respectievelijk een Tuborg, een Budweiser en een Spitfire. Zodra jij weg bent natuurlijk. Maar vertel, waarmee kan ik je helpen?'

Signe haalt de laptop en de router van Robert Danius uit de tas en geeft ze aan Rasmus. 'Het is heel eenvoudig. We moeten deze laptop openen en bekijken wat erop staat. Hoelang denk je dat je daarvoor nodig hebt?'

'Dat hangt ervan af. Als het wachtwoord maar twaalf karakters bevat, kunnen we geluk hebben en het binnen een uur doen. Als het zestien karakters zijn kan het dagen duren. Als je me zijn naam, burgerservicenummer, beroep en adres geeft, dan sluis ik dat door naar de jongens van de dataverzameling. Daarna laten zij hun *brute force* erop los en dan moeten we maar zien. Hoeveel tijd heb je hiervoor?'

‘Ik heb het zo snel mogelijk nodig.’

‘Natuurlijk.’

‘Kun je dit doen zonder iemand te vertellen waarmee je bezig bent?’

Rasmus glimlacht. ‘We hebben hier zoveel verschillende zaken lopen dat niemand zal vragen waarmee ik bezig ben. Je zit nu toch bij GC?’

Ze knikt.

‘Die laptop heeft niets met GC te maken, of wel soms?’

Ze schudt haar hoofd.

‘Oké, dat is ook niet belangrijk. Zolang we de badguys maar te pakken krijgen.’

‘Dat gaat deze keer ook gebeuren,’ zegt Signe. ‘In elk geval deze badguy. Ik stuur je alle gegevens die we over hem hebben.’

19

Toen de onderzoeksgroep werd opgeheven en Charlotte op de binnenlandredactie terechtkwam, zag ze ertegen op dat ze in een kantoortuin moest werken. Het geluidsniveau bleek echter aanvaardbaar en ze realiseerde zich weer dat ze in wezen heel sociaal is. Toch is ze blij met een van de veranderingen die de coronapandemie met zich heeft meegebracht: de mogelijkheid om thuis te werken. Ze houdt ervan haar dag zelf in te kunnen delen en allerlei klusjes te doen terwijl ze daarnaast het werk doet waarvoor ze wordt betaald. Zoals op dit moment, nu ze haar zoon kan verzorgen en tegelijkertijd kan werken.

Kasper slaapt. Dat doet hij nu al meer dan tien uur, dus ze heeft geen idee hoe het met hem gaat. Ze heeft er spijt van dat ze de vorige avond zo kortaf tegen Juncker en zijn vriendin – of wat ze ook is – is geweest. Malene heeft waarschijnlijk gelijk dat Kasper professionele hulp nodig heeft, maar het is alsof ze door de duivel bezeten raakt als ze haar ex-man en Malene samen ziet, ook al lijkt de vrouw haar best sympathiek. Bovendien haat Charlotte het feit dat Kasper contact met zijn vader en niet met haar heeft opgenomen toen hij er zo slecht aan toe was, maar ze gaat liever dood dan dat aan iemand toe te geven.

Ze is van plan Juncker later vandaag te bellen. Misschien kunnen ze ergens met elkaar afspreken om te bespreken wat er met Kasper moet gebeuren. Ze zou het liefst naast haar zoon in bed gaan liggen, zijn hoofd strelen en zeggen dat alles weer goed komt, maar ze weet dat wat er met Kasper aan de hand is niet genezen kan worden met de onvoorwaardelijke liefde van zijn moeder en een pleister van Winnie de Poeh.

Tijdens de Zoom-vergadering van een halfuur geleden kreeg ze, met het oog op haar huidige werksituatie, een droomopdracht. Ze moet een portret schrijven over een van de vele virus- en epidemie-experts die tijdens de pandemie in de media zijn verschenen, een vrouwelijke chef de clinique van de Deense volksgezondheidsdienst. Het is een stuk dat met een paar telefoontjes en wat googelen geschreven kan worden.

Maar voordat ze daarmee aan de slag gaat, moet ze eerst iets anders regelen. Ze pakt haar telefoon en belt haar dochter. Karoline neemt op en begint te lachen. 'Mam, ik bel je wel als er iets gebeurt. En als ik dat niet kan, dan belt Majid.'

Het gesprek volgt hetzelfde script als alle gesprekken tussen moeder en dochter van de afgelopen weken. Alles is goed, ze heeft alleen oefenweeën, maar wel heel veel vocht in haar benen en er is nog geen echte wee in zicht. En nee, Charlotte hoeft niet te komen. De ouders van Majid, die ook in Aarhus wonen, zorgen voor Malik als ze gaat bevallen.

'Oké.' Het blijft even stil. 'Heb je nog iets van je vader gehoord?'

'Dat is alweer een paar dagen geleden.'

Dan is het waarschijnlijk minstens een week geleden, en misschien zelfs langer, denkt Charlotte. Karoline beschermt haar vader altijd.

'Het geeft niet, mam. Je kent hem.'

Ja, dat is absoluut zo.

Het artikel over de hoofdarts is na drie uur klaar. Het heeft niet bepaald de potentie om een prijs te winnen, maar het is goed. Zo goed als zo'n routineopdracht kan zijn. Ze stuurt het op en belt de redactie.

'Bedankt, Charlotte. We nemen contact met je op als we meer hebben,' bedankt de redacteur haar.

'Doe dat,' zegt ze terwijl ze oprecht hoopt dat dit niet het geval zal zijn.

Ze haalt een notitieblok, een potlood en een gum uit haar tas. Als ze overzicht over iets wil krijgen, zweert ze nog steeds bij ouderwetse analoge hulpmiddelen. Bovenaan het blok schrijft ze: PETER ROLF EN DE TWEE HAREN. Wat weet ze eigenlijk over de mysterieuze vondst op het lichaam van Katja Lütsach?

Charlotte staart een tijdje naar de zes woorden op het notitieblok terwijl ze op het potlood kauwt. Dan zoekt ze het nummer van Trine Gregersen in haar telefoon en belt haar. Trine neemt vrijwel meteen op. Ze is stagiair geweest tijdens het eerste jaar dat Charlotte stagebegeleider bij *Morgentidende* was. Dat is inmiddels twintig jaar geleden en tegenwoordig is Trine misdaad- en rechtbankverslaggever bij *NEWS*.

'Hallo, Charlotte. Dat is een hele tijd geleden. Wat kan ik voor je doen?'

'Ik ben op iets gestuit en vraag me af of jij me kunt helpen het te verifiëren. Het gaat over de zaak-Peter Rolf. Mag ik je een paar vragen stellen?'

'Natuurlijk, maar je maakt me wel nieuwsgierig. Waarom stort je je opeens op die zaak? Ben je misdaadverslaggever geworden?'

'Nee, nee, het is gewoon... Er is iets wat me verbaast, een paar details over de DNA-registratie waarover ik misschien een artikel wil schrijven. Ik heb de zaak-Rolf alleen vanaf de zijlijn gevolgd en er zijn een paar dingen die ik graag met je wil bespreken. Heb je tijd?'

'Vraag maar raak.'

'Dank je wel. Het gaat over de twee haren die op Lütsachs lichaam gevonden zijn en die niet van Rolf afkomstig waren.'

'Ik dacht al dat het daarover zou gaan.'

'Wat is er in dat verband naar voren gebracht?'

'De advocaat richtte zich natuurlijk op die twee haren omdat een van de mogelijke verklaringen voor de aanwezigheid ervan had kunnen zijn dat ze van een andere dader dan Rolf afkomstig waren. Zijn advocaat had alleen het probleem dat de politie in het appartement op Amager, dat zijn uitvalsbasis was, zoveel bewijsmateriaal aantrof dat Rolf in verband bracht met de moord op Lütsach en de andere vrouwen, dat het niet logisch was om te beweren dat hij onschuldig was.'

'Werden er andere theorieën over de haren opgeworpen?'

'Ja, onder meer dat ze afkomstig konden zijn van een man met wie Lütsach contact had gehad voordat ze vermoord werd. Maar alle mensen met wie ze in de dagen voor de moord contact had gehad, zowel familie, collega's als vrienden, hebben DNA afgestaan en de haren waren niet van hen. En dat Lütsach toevallig nauw contact zou hebben gehad met een verkrachter, vlak voordat ze werd vermoord door een andere verkrachter, werd als een te vergezochte theorie beschouwd. Die theorie werd dus van tafel geveegd.'

'Oké. Was er verder nog iets wat je verbaasde?'

'Dat was wat ons het meest bezighield. Van wie waren de twee haren? We kwamen niet verder dan puur giswerk. Bijvoorbeeld dat iemand de haren bewust op het lichaam zou hebben achtergelaten, maar wie had dat moeten doen? En waarom?' Trine aarzelt. 'Er was echter nog iets anders…'

'Wat was dat dan?'

'Er was een getuige die achter gesloten deuren een verklaring aflegde. Tijdens de pleitnota van de officier van justitie kregen we iets te horen over wat deze persoon had verteld, namelijk dat Peter Rolf en een andere man het slachtoffer jaren geleden samen hadden verkracht. Hoewel de naam van deze andere man niet genoemd werd, was het niet moeilijk te raden dat het om Troels Mikkelsen ging. Uit het politieonderzoek naar de moord op hem bleek dat hij bezig was met zijn eigen privé-onderzoek naar de rol van Peter Rolf bij de vrouwenmoorden en vermoed werd dat dit de reden was waarom Peter Rolf Mikkelsen vermoord heeft. Ze konden het alleen niet bewijzen, want Rolf zweeg als het graf.'

'Had de verkrachting van de geheime getuige iets met de vrouwenmoorden te maken?'

'Niet rechtstreeks. Ik vermoed dat de vrouw eerder een karaktergetuige was. De misdaad tegen haar was jaren geleden gepleegd en was strafrechtelijk verjaard, maar de officier van justitie gebruikte de zaak om aan te tonen dat Peter Rolf al jarenlang bijzonder gevaarlijk was en hij en deze andere man een zieke club hadden waarin het om het misbruiken van vrouwen ging. Het mysterie van de twee haren raakte simpelweg ondergesneeuwd in de zaak tegen Peter Rolf. Het ging tenslotte om de spectaculairste seriemoordzaak in de recente Deense geschiedenis. Maar laat het me weten als je iets nieuws ontdekt. Dan werk ik graag met je samen.'

Charlotte bedankt Trine voor haar hulp en verbreekt de verbinding. Verdomme, dit is ingewikkeld. Ze pakt haar aantekeningen van haar bezoek aan Peter Rolf erbij. Hij is er zeker van dat de twee haren van Troels zijn en heeft gezegd dat ze Signe en Martin moest vragen hoe het zat. En haar bezoek aan Signe heeft de verdenking dat haar vriendin veel meer weet dan ze vertelt op z'n zachtst gezegd niet weggenomen.

Zou het DNA van Troels Mikkelsen geanalyseerd zijn voordat hij was gecremeerd? Iemand moest verdomme toch bedacht hebben dat Troels iets te maken zou kunnen hebben met de twee onopgeloste verkrachtingszaken in Utterslev Mose en het Valbypark? Niet dat het iets uitgemaakt zou hebben voor de mogelijkheid om hem voor die misdaden te straffen, want hij is natuurlijk morsdood, maar de politie is het in elk geval aan het slachtoffer, dat nog in leven is, verschuldigd om de persoon die haar zo gekweld heeft een gezicht te geven. Bovendien, als Troels zowel het geheime slachtoffer als de twee vrouwen uit de onopgeloste zaken heeft verkracht... Zou hij dan niet ook achter andere verkrachtingen kunnen zitten?

Als dat zo is, dan is er ongetwijfeld iemand met een heel goede reden om wraak op hem te nemen.

20

De eerste paar keren vond hij het bijzonder ongemakkelijk om aan te bellen als hij om welke reden dan ook bij Charlotte op bezoek ging in het huis in de Kartoffelrækkerne. Het duurde een hele tijd voordat hij gewend was aan het idee dat hij daar niet meer thuishoorde en dat dit waarschijnlijk nooit zou veranderen. Maar dat hoofdstuk is afgesloten en eigenlijk vindt hij het nu, op een enigszins weemoedige manier, best prettig om in zijn oude huis terug te zijn. Meestal, in elk geval.

'Kom binnen!' roept Charlotte vanuit de keuken.

Ze zit aan de eettafel met een notitieblok en een glas witte wijn voor zich. Het gebruikelijke glas. Hij speurt naar fysieke tekenen van een eventuele verslaving, maar zonder resultaat. Hoewel zijn ex-vrouw de zestig nadert, is ze nog steeds opmerkelijk mooi en ze lijkt absoluut niet dronken. 'Hoe gaat het met Kasper?' vraagt Juncker.

'Beter dan gisteravond, maar hij is moe.' Ze neemt een slok wijn. 'Ik ga weer naar hem toe zodra wij hier klaar zijn.'

'Goed. Wat gaan we doen?'

Charlotte haalt zwijgend haar schouders op.

'Ik denk dat we professionele hulp voor hem moeten zoeken,' zegt Juncker.

Ze glimlacht. 'Ja, dat dacht ik wel. Dat is natuurlijk ook wat je... Wat zij voorstelt.'

Hij schudt geïrriteerd zijn hoofd. 'Ze heet Malene en ja, dat stelt ze voor. Maar je hoeft geen psycholoog te zijn om te zien dat Kasper het zwaar voor z'n kiezen heeft gekregen en meer hulp nodig heeft dan wij hem kunnen geven.'

Charlotte pakt een sigaret uit het pakje dat op de tafel ligt en gaat bij de deur naar de kleine achtertuin staan.

Juncker weet precies waar de scepsis van zijn ex-vrouw rond psychiatrische hulpverlening vandaan komt. Haar vader was manisch depressief en pleegde zelfmoord toen ze zeventien was, en haar jongere zus heeft de ziekte van hun vader geërfd. Volgens Charlotte heeft geen van beiden ooit de juiste hulp van het systeem gekregen.

'Wat er met Kasper aan de hand is, is niet te vergelijken met de ziektes van je vader en je zus. PTSS kan behandeld worden en Malene zegt dat de prognose goed is als er snel ingegrepen wordt.'

Charlotte drukt haar sigaret uit en gaat weer bij de tafel zitten. 'Oké, laten we het dan maar doen.'

'Wat?'

'Een psycholoog inschakelen. Of een psychiater... Of wat dan ook. Ik zal de mogelijkheden bekijken.'

'Malene kan je vast helpen als dat nodig is.'

'Dank je, dat is aardig van haar. Ik laat het je weten als ik het zelf niet kan regelen.'

Juncker voelt de woede van de vorige avond over haar eigenzinnigheid en aversie tegen Malene weer opkomen, maar voordat hij kan reageren is Charlotte hem voor.

'Heb je Karoline pasgeleden nog gesproken?'

Juncker hoort aan haar toon dat ze heel goed weet dat hij al dagenlang niet met zijn hoogzwangere dochter heeft gepraat. Plotseling heeft hij geen zin meer om hier te zijn en hij staat op. 'Ik moet ervandoor.'

Ze kijkt met een glimlach naar hem. 'Het gaat goed met haar. Als de bevalling niet vanzelf begint leiden ze haar overmorgen in.'

'Prima.'

Hij is bijna bij de deur.

'Trouwens...' Haar toon is niet langer vriendelijk.

Hij draait zich om. 'Wat?'

'Ik wil je iets vragen.'

'Wat dan?'

'Het gaat over de zaak-Peter Rolf, specifieker gezegd over de twee haren die op het lichaam van Katja Lütsach aangetroffen zijn. Ik heb met Peter Rolf gepraat en hij –'

Juncker steekt zijn hand op. 'Wacht even. Hoe kun je in godsnaam met hem gepraat hebben?'

'Ik ben bij hem op bezoek geweest in Herstedvester. Hij nam contact met me op omdat hij een goed verhaal voor me heeft. Het bleek te gaan over de manier waarop die twee haren op het lichaam van Katja Lütsach terechtgekomen zijn. Zijn theorie is dat ze daar geplaatst zijn om Troels Mikkelsen in diskrediet te brengen... En dat het dus zijn haren zijn. En dat alleen jij en Signe dat gedaan kunnen hebben.'

Hij kijkt verbaasd naar zijn ex-vrouw en schudt zijn hoofd. 'Waarom zouden we dat in vredesnaam doen? Wat kan het motief daarvoor zijn?'

'Dat weet ik niet. En dat wilde Rolf ook niet zeggen. Voorlopig niet in elk geval.'

'Het is krankzinnig dat je denkt dat je een man als Peter Rolf kunt vertrouwen. Jezus, Charlotte, hij is een psychopaat. Een pathologische leugenaar.'

'Ik zeg ook niet dat ik hem geloof. Ik probeer alleen te begrijpen hoe het in elkaar zit. Weet je of het DNA van Troels geanalyseerd is?'

Juncker denkt een paar seconden na. 'Nee, geen idee.'

'Is het niet een beetje vreemd als dat niet gebeurd is?'

Juncker haalt zijn schouders op. 'Ik zou het niet weten. Troels is vermoord en we analyseren het DNA van slachtoffers normaal gesproken niet.'

'Peter Rolf beweert dat Troels ook vrouwen verkracht heeft.'

'Ik doe niet mee aan die raadspelletjes. En bovendien, zelfs politieagenten zijn onschuldig tot het tegendeel bewezen is.'

Charlotte heeft een sceptische blik in haar ogen.

Juncker denkt terug aan de novembernacht in zijn auto een paar jaar geleden, toen Signe en hij het appartement van Peter Rolf in Nordhavn in de gaten hielden en ze hem vertelde wat Troels haar had aangedaan, wat natuurlijk een sterk motief was om wraak op hem te nemen. 'Charlotte, ik kan je niet helpen en moet nu echt gaan.'

Tijd voor een ernstig gesprek met Signe, denkt hij terwijl hij de voordeur achter zich dichttrekt.

12 JUNI

21

Hey hey mama said the way you move
Gonna make you sweat, gonna make you groove

Robert Plants hoge tenor snijdt door de stilte. Signe schrikt wakker met een schreeuw die in haar keel blijft steken.

'Kun je verdomme niet onthouden om dat ding op stil te zetten?' mompelt Niels slaperig terwijl Signe in een race tegen de iconische 'Black Dog'-riff van Jimmy Page probeert haar telefoon van het nachtkastje te pakken. Ze redt het niet. De gitaarlegende en zijn Les Paul dreunen nog drie seconden door voordat ze over het scherm kan swipen. Niels bromt geïrriteerd.

'Met Signe,' mompelt ze met een hese stem terwijl ze uit bed stapt en naar de gang strompelt.

'We hebben iets gevonden. Kun je hiernaartoe komen?'

Haar hersenen werken nog op halve kracht en kunnen de droom die Led Zeppelin een paar seconden geleden onderbrak niet helemaal loslaten. Die was heftig, dat weet ze nog. Het was iets over haar dochter Anne, die op een feest was en opgesloten zat in een schuur waar ze door meerdere mannen werd verkracht terwijl Signe buiten stond. Ze hoorde Anne schreeuwen, maar kon niet naar binnen om haar te helpen. Ze probeert de droom van zich af te schudden. 'Met wie spreek ik?'

'Met Rasmus.'

'Rasmus wie?'

'Met mij. Rasmus, verdomme.'

Natuurlijk. Rasmus van NC3. 'O ja, Rasmus. Sorry. Ik ben nog niet helemaal wakker. Vertel, hoe laat is het?'

'Jezus, het is net na 2.00 uur. Sorry daarvoor. We hebben toegang tot zijn laptop gekregen. Kun je hiernaartoe komen?'

Tweeëntwintig minuten later haalt Rasmus haar weer op bij de mierenneukers. Ze heeft zelfs nog tijd gehad om een paar warme croissants bij een tankstation in de Jyllingevej te kopen.

Ze halen koffie uit de automaat in het keukentje. Rasmus opent de deur naar een ruimte waar de temperatuur aanzienlijk lager dan in de gang is.

'Databeveiliging,' zegt hij. 'Hier openen we de harde schijven. En dit is Jesper, een van onze technici. Jesper, dit is Signe van GC.'

Jesper begroet haar. Met het oog op het tijdstip is hij opmerkelijk alert, denkt Signe, die nog steeds het gevoel heeft alsof ze net uit bed is gerold. Op Jespers bureau ligt een zak Piratos. Signe steekt haar hand ernaar uit. 'Mag ik?' vraagt ze voor alle zekerheid.

'Natuurlijk,' antwoordt Jesper. 'Mijn brein functioneert 's nachts niet zonder.'

Signe stopt twee dropjes in haar mond. 'Wat hebben jullie gevonden?'

'Eigenlijk best veel. Zijn wachtwoord was relatief eenvoudig te kraken. Het had maar dertien karakters en bevatte de geboortedatum van zijn moeder en de naam van haar kapsalon.' Rasmus schudt zijn hoofd. 'Het is verbazingwekkend dat mensen zoveel moeite doen om hun laptop te verbergen en dan toch zulke zwakke wachtwoorden kiezen. Maar goed, ons hoor je niet klagen.'

'Inderdaad,' beaamt Jesper. 'En normaal gesproken kraken we ze allemaal, ook als ze moeilijker zijn. Dan kost het alleen meer tijd.'

'Goed. Wat hebben jullie gevonden?' herhaalt Signe iets ongeduldiger.

'Weet je wat *hurtcore* is?'

'Niet heel precies, maar ik kan wel raden waar dit naartoe gaat.'

'Twee jaar geleden kreeg een negenentwintigjarige Engelse onderzoeker niet minder dan tweeëndertig jaar gevangenisstraf voor een enorme berg tenlasteleggingen, waaronder verkrachting, seksueel misbruik van kinderen, chantage en voyeurisme. Het opzienbarende was dat hij zijn slachtoffers nooit fysiek ontmoette, maar er toch in slaagde hun diepe wonden op de ziel toe te brengen.'

'Hoe deed hij dat?'

'Hij nam contact met hen op via internet en deed alsof hij een kunstenares was die hen wilde tekenen. Zodra hij eenmaal naaktfoto's van zijn slachtoffers had, chanteerde hij ze daarmee om ze denigrerende en vernederende seksuele handelingen te laten verrichten. Hij kreeg een vrouw onder meer zover om aan een gebruikte tampon en de wc-bril te likken, en hondenvoer te eten. Ik zal je de details van het ernstigste seksueel misbruik besparen.'

'Hoe wist hij zijn slachtoffers in vredesnaam over te halen zoiets te doen?'

'Als ze weigerden te doen wat hij wilde, dreigde hij hun foto's naar vrienden of familie te sturen, en op die manier dreef hij hen steeds verder in het nauw. En iets wijst erop dat onze man dit ook doet.'

'Dus Danius houdt zich bezig met hurtcore?'

'Dat kun je wel zeggen. Hij maakte gebruik van min of meer dezelfde tactiek als de Engelse onderzoeker. Hij heeft meerdere methoden gebruikt om toegang tot zijn slachtoffers te krijgen, onder meer door zich uit te geven voor een jonge fitnesstrainer, en hij heeft zowel jonge meisjes als jonge jongens zover gekregen om hem foto's van zichzelf te sturen zodat hij een trainingsprogramma voor hen kon ontwikkelen. Langzamerhand haalde hij hen over om naaktfoto's te sturen en als ze dat eenmaal hadden gedaan, zaten ze in de val. Jesper, kun je proberen de handleiding die we hebben gevonden te openen?'

De IT-technicus klikt op een Word-document en schuift een stukje opzij zodat Signe op het scherm kan kijken.

> Personal trainer.
> Geef als eerste een compliment.
> Geld voor foto van billen.
> Intieme gesprekken, mijn vader is dood, dus ik begrijp je heel goed, ik was ook nog maar twaalf toen hij stierf.

'Dit is bijzonder belastend,' zegt ze.

'Inderdaad,' beaamt Rasmus. 'En als dit niet voldoende is om hem te pakken, dan moet je iets van de communicatie zien die hij gehad heeft met de jongeren die hij in de val gelokt heeft en die hij eveneens verborgen heeft.'

Jesper scrolt een stukje naar beneden en klikt op een map. Hij maakt opnieuw ruimte voor Signe. Ze leest met ongelovige ontzetting.

Luister, als je me blokkeert, dan deel ik je naaktfoto's met iedereen.
Als je me een foto van je kontgat stuurt, dan verwijder ik ze.
Bedenk dat ze je een enorme homo zullen vinden omdat je naaktfoto's van jezelf stuurt. Dat gebeurt op dit moment.
Ik deel niets zolang je doet wat ik zeg. Je hebt precies een minuut om me een kont en een pik te sturen, anders deel ik je foto's.
Doe wat ik zeg, anders stuur ik je foto's naar de Facebookpagina van je school.

Ondanks de koele kamer voelt Signe haar wangen branden. Het zouden haar eigen kinderen kunnen zijn die aan dit soort smerige praktijken worden blootgesteld. Ze had altijd gevonden dat Niels en zij er veel aandacht aan hadden besteed om hun kinderen sociaal verantwoordelijkheidsgevoel en fatsoenlijk, rechtvaardig en acceptabel gedrag bij te brengen. Dat lukte tot ze dertien of veertien waren, en daarna hadden ze niet veel meer kunnen doen dan duimen dat die bagage hun kinderen redelijk goed door hun jeugd heen zou helpen, tot het moment waarop hun frontale kwabben volledig ontwikkeld waren. Maar hoe leerde je ze in vredesnaam om zieke figuren als Robert Danius te vermijden, die met gladde praatjes en valse aandacht uitsluitend op zoek zijn naar bevrediging van hun eigen zieke behoeften door kinderen en jongeren kwaad te doen?

Ze moet constateren dat ze eigenlijk geen idee heeft hoe het leven van haar kinderen op social media eruitziet. Daarover moeten Niels en zij absoluut eens serieus praten.

Ze wijst naar het scherm. 'Wat zit er in die mappen?'

'Dat lijkt een beetje op de doos van Pandora,' antwoordt Rasmus.

'Telkens als je een map opent, komen er nieuwe, bijzonder onaangename mappen en foto's tevoorschijn. Kijk maar eens onder Amalie.'

De eerste foto waarop Jesper klikt is van een jong meisje in ondergoed dat onschuldig naar de camera glimlacht. Op de volgende foto is haar gezichtsuitdrukking angstig en gekweld. Signe probeert zich op het gezicht van het meisje te concentreren en niet op datgene wat er in haar zit. Ze steekt haar hand op. 'Bedankt, ik hoef niet meer te zien.'

'Oké.' Hij sluit het scherm. 'Er staan honderden foto's en video's op de laptop,' zegt Rasmus. 'Robert Danius is toch degene die net is vrijgesproken van moord?'

Signe knikt.

'Dus nu loopt hij vrij rond?'

'Ja.'

'Hopelijk duurt dat niet lang meer met wat we hier hebben. En er kan nog meer verborgen zijn. Weet je wat een verborgen partitie is?'

'Ik heb geen idee.'

'Kort gezegd heeft een computer normaal gesproken een zichtbare c-schijf, maar er kan ook een verborgen schijf op staan die niet verschijnt als je naar "Deze computer" gaat. Daar kan van alles op verborgen zijn, dus daar gaan we nu naar op zoek.'

'Oké, maar wat we nu hebben moet toch voldoende zijn om hem te arresteren en in voorlopige hechtenis te nemen?'

'Ja, het zou voldoende moeten zijn. Het gaat wat tijd kosten om alle foto's en video's te documenteren. Ik heb al drie van de kinderen en jongeren die hij misbruikt heeft opgespoord, maar er is heel veel materiaal en dat moet gecategoriseerd worden voordat je het aan de officier van justitie kunt overhandigen.'

'Ga je dat zelf doen?'

'Nee, we hebben een paar gepensioneerde rechercheurs die al het materiaal dat we vinden doornemen en in verschillende categorieën indelen, van geposeerde foto's van seksuele aard tot regelrechte verkrachtingen.'

'Heftige klus.'

Signe kijkt op haar mobiel. Het is 4.08 uur. Als ze snel naar huis gaat, kan ze nog een paar uur in bed liggen voordat haar gezin opstaat. Niet dat ze verwacht te kunnen slapen nadat ze deze beelden heeft gezien. Die staan op haar netvlies gebrand.

Ze krijgt een ingeving. 'Kunnen jullie zien op welke data hij zijn computer aangezet heeft?'

'Jazeker,' zegt Jesper. 'Is er een specifieke dag waarin je geïnteresseerd bent?'

'Vrijdag 15 april 2013.'

Jesper typt een halve minuut, waarna hij naar achteren leunt. 'Ja, toen was hij online.'

'Kun je het tijdstip zien?'

'Ja, hij logde in om... even zien... 16.59 uur.'

Signes hart begint sneller te kloppen. Dat was maar vierentwintig minuten nadat Lukas was vermoord. Robert Danius kon in zo'n korte tijd onmogelijk vanaf de plaats delict naar het appartement in de Borups Allé zijn gefietst. Er is natuurlijk een theoretische mogelijkheid dat zijn ex-vriendin liegt of dat hij zijn laptop mee naar zijn werk had genomen en daar had ingelogd nadat hij Lukas had vermoord.

'Kunnen jullie zien op welke plek in de stad hij ingelogd heeft?'

Rasmus kijkt naar Jesper, die sceptisch lijkt. 'Dat is waarschijnlijk moeilijk na al die tijd, maar ik kan proberen te kijken of er iets opgeslagen is in de log van de router.'

Het is eigenlijk ook niet zo belangrijk, denkt Signe. Het is namelijk volkomen onwaarschijnlijk dat Robert Danius een laptop met zo'n inhoud mee naar zijn werk zou nemen. Zo'n groot risico om zijn materiaal te verliezen of gepakt te worden zou hij nooit nemen. Ze is ervan overtuigd dat zijn laptop nooit buiten zijn appartement is geweest; net zo overtuigd als ze er nu van is dat Robert Danius Lukas niet heeft vermoord.

Juncker had het mis. Zij had het mis. Ze waren allebei zo verblind door hun afkeer van Danius dat ze weigerden in de onschuld van de man te geloven. En het is geen troost dat Danius in zoveel andere zaken schuldig blijkt te zijn. Hun fout is bijna onvergeeflijk.

22

'Ik zou je het liefst schorsen.' Merlins stem klinkt onheilspellend zachtjes.

Juncker, die zijn chef al meer dan twee decennia kent en het grootste deel van die tijd met hem heeft samengewerkt, weet dat deze zachte toon betekent dat hij niet alleen heel boos, maar ook heel teleurgesteld is.

'Het ergste is eigenlijk niet eens dat je een rechtstreeks bevel van me genegeerd hebt. Nee, het ergste is dat juist jij zo'n beginnersfout gemaakt hebt. Ik heb geen idee hoe vaak je je collega's ervoor gewaarschuwd hebt om persoonlijke antipathieën en sympathieën niet mee te laten spelen bij het onderzoek. En dat is precies wat je gedaan hebt in het geval van Robert Danius. Omdat jij hem een bijzonder onaangename man vindt, weigerde je te geloven dat hij onschuldig kon zijn aan de moord op Lukas, zelfs toen een getuigenverklaring dat duidelijk ondersteunde. Het is echt ongelofelijk,' fluistert Merlin bijna.

Juncker zegt niets, want er valt niets te zeggen. Zijn chef heeft gelijk.

Merlin kijkt naar Signe. 'En jij...' gaat hij met een kille klank in zijn stem verder. 'Formeel ben ik je chef niet, dus laat ik het aan Pagh over of dit gevolgen voor je heeft, omdat jij je ook beziggehouden hebt met een onderzoek naar een man die door de rechter volledig vrijgesproken is van moord. Je hebt vanochtend toch Pagh gesproken?'

'Inderdaad, en hij was ook niet vrolijk.'

'Dat begrijp ik verdomd goed. Het is gewoon onacceptabel dat onze rechercheurs zelfstandige parallelle onderzoeken uitvoeren. Dat gepensioneerde rechercheurs hun tijd besteden aan onopgeloste zaken is prima, maar dat twee ervaren mensen zoals jullie, die in actieve dienst zijn, doorgaan met een zaak die voor ons afgesloten is... Goed, daar hoef ik verder niets over te zeggen, of wel soms?'

Nee, denkt Juncker. 'Wat ga je tegen de media zeggen?' vraagt hij. Hij is bepaald niet jaloers op Merlin, die de taak heeft om uit te leggen hoe een man, die is vrijgesproken van de moord op een jongen, een paar dagen later plotseling schuldig blijkt te zijn aan allerlei seksuele misdrijven tegenover minderjarigen. Het zal in elk geval moeilijk worden te ontkennen dat iemand na Danius' vrijspraak verder onderzoek naar hem heeft gedaan.

'Ik verzin wel iets. Ik kan altijd zeggen dat we een tip gekregen hebben die ons in de juiste richting leidde.'

Geir Jensen schraapt zijn keel. Juncker is bijna vergeten dat de onderzoeksleider ook aanwezig is. Hij kent niemand die het ene moment als het ware in het behang kan opgaan en het volgende moment zo nadrukkelijk aanwezig kan zijn, haast verontwaardigd omdat niemand hem opmerkt.

Dat is nog wel het pijnlijkste. Niet dat Merlin hem een uitbrander geeft, want dat is volkomen terecht, maar dat het in het bijzijn van Geir gebeurt.

'Ja, Geir?'

Juncker kan aan Merlin zien dat de onderzoeksleider hem net zo irriteert.

'Misschien kunnen we wat tijd besteden aan de vraag hoe we nu verder moeten gaan en waar de zaak thuishoort. Niet de zaak-Lukas, maar de nieuwe zaak tegen Robert Danius,' zegt Geir.

'Voorlopig ligt die bij NC3 en zodra zij hun werk gedaan hebben neemt Zedendelicten het waarschijnlijk over,' zegt Merlin.

'Wordt dat onze sectie Zedendelicten of die van een ander district? Volgens de bevoegdheidsregels hoort zo'n zaak thuis op de plek waar de misdrijven gepleegd zijn en dat weten we niet.'

'Ja, of op de plek waar de verdachte woont, maar dat moeten anderen uitzoeken,' zegt Merlin. 'Vlak voor deze vergadering heb ik met Pagh gesproken om te vragen of de sectie Zedendelicten jou mag lenen, Signe, en hij heeft daarmee ingestemd.'

'Oké. Ik heb een sms van Rasmus Eskildsen gekregen. Hij is van NC3 en heeft samen met een van hun technici Danius' laptop geopend. Daar hebben ze de hele nacht aan gewerkt en hij is naar huis gegaan om een paar uur te slapen. Zodra hij terug is, schrijft hij een rapport over wat ze tot nu toe gevonden hebben, en dat is niet weinig. Rasmus twijfelt er niet aan dat er meer dan genoeg is om hem in voorlopige hechtenis te nemen. De vraag is dus of we hem meteen gaan ophalen.'

Merlin tikt zachtjes met zijn wijsvinger tegen het puntje van zijn neus, het zichtbare teken dat hij nadenkt en niet gestoord wil worden. Na ongeveer tien seconden is hij klaar met nadenken. 'Ik vind dat we even moeten wachten tot we meer weten over wat er allemaal op zijn laptop staat. Het is niet uitgesloten dat we iets vinden waardoor anderen dan alleen hij hierbij betrokken worden, en het is beter om ze niet vooraf te waarschuwen.'

Signe knikt. 'Het zou me niet verbazen als dat inderdaad zo is. Ik heb me al afgevraagd waarom Danius tijdens de eerste rechtszaak tegen hem niet gezegd heeft waar zijn laptop was, want die zou hem vrijgepleit hebben van de moord op Lukas. Toch hield hij zijn mond en dat kan zijn omdat er materiaal op staat dat hem min of meer dezelfde straf zou opleveren... Of dat het materiaal mensen belast die Danius niet in de problemen wil brengen.'

'Dat heb ik ook bedacht,' zegt Juncker. 'Misschien heeft hij de schuld op zich genomen om anderen te beschermen.'

'Dat moet dan wel een heel grote zaak zijn. Zestien jaar achter de tralies is echt heel lang. Is de zwaarste straf voor pedofilie niet twaalf jaar?' vraagt Signe.

'Ja. Weten we überhaupt waar hij zich bevindt?' vraagt Merlin.

'Hij heeft bij zijn vrijlating beslist een verblijfadres aan de Reclasseringsdienst opgegeven. Ik zoek het uit.'

'Goed. Laat het me weten als je het vindt. Dan neem ik contact op met de sectie Zedendelicten en bekijk ik of we hem in de gaten moeten houden.'

Signe staat op. 'Afgesproken.'

Als de deur achter haar is dichtgevallen, gaat Merlin rechtop zitten. 'Op dit moment heb ik niet veel zin om je een compliment te geven, Juncker. Maar toch... Als je voorbijgaat aan het feit dat je mijn bevel volkomen genegeerd hebt, is het knap speurwerk dat je Danius' laptop gevonden hebt.'

Juncker haalt zijn schouders op. 'Maar het was slecht speurwerk dat ik hem destijds niet gevonden heb. Helemaal omdat er in het inventarisatierapport van de huiszoeking van zijn appartement zelfs een lader voor een laptop vermeld staat.'

Geir glimlacht. 'Inderdaad, dat klinkt als een ernstige fout.'

Juncker negeert hem. 'Hoe zit het nu? Ben ik geschorst of niet?' vraagt hij aan Merlin.

'Nee, dat ben je niet. Je gaat door met de zaak-Lukas. Nietwaar, Geir?'

'Jazeker,' zegt de onderzoeksleider opvallend weinig enthousiast.

23

Er is maar één manier om achter het verhaal van de twee verdomde haren te komen, beseft Charlotte. Dat is via de voordeur, en op die voordeur staat de naam Erik Merlin. Ze heeft het hoofd van de afdeling Zware Criminaliteit meerdere keren ontmoet tijdens feestelijke gelegenheden, zoals recepties vanwege jubilea, ronde verjaardagen en dergelijke. Ze mag hem graag en heeft de indruk dat dat wederzijds is. Toen ze hem belde, was het dan ook helemaal geen probleem om al voor dezelfde dag een afspraak te maken. Hij vertelde dat zijn agenda uitzonderlijk leeg was, dus kon ze gewoon langskomen.

'Kun je zeggen waarover het gaat?' had hij gevraagd en zij had geantwoord dat ze dat liever persoonlijk aan hem wilde vertellen.

En nu zit ze hier, in Merlins eenvoudige kantoor in het saaie modulaire gebouw in Sydhavnen, waar verschillende afdelingen van de Politie Kopenhagen zijn gevestigd. Ze hebben elkaar vijf à zes jaar geleden voor het laatst gezien en in die tijd is hij een flink aantal kilo's aangekomen. Martin heeft haar verteld dat Merlin serieus overweegt om met pensioen te gaan, een idee dat haar ex-man bijna met afgrijzen vervult omdat niemand Merlin volgens hem kan vervangen.

God weet of hij denkt dat zij er net zo versleten uitziet als zij vindt dat hij eruitziet.

'Voordat je me vertelt waarom je hier bent, wil ik weten of ik tegenover de journalist Charlotte of de privépersoon Charlotte zit.'

'De journalist. Ik werk aan een verhaal en wil je daar graag een paar vragen over stellen. Maar voor de goede orde, je praat off the record. Als ik je ergens over wil citeren, neem ik contact met je op.'

'Goed,' zegt hij. Hij leunt naar achteren en verstrengelt zijn handen op zijn dikke buik.

Ze vertelt dat ze is benaderd door Peter Rolf, over haar ontmoeting met hem in de Herstedvester-gevangenis, dat de beruchte seriemoordenaar haar heeft verteld over het mysterie van de twee haren die op het lichaam van een van zijn slachtoffers zijn aangetroffen, dat die volgens de DNA-analyse afkomstig waren van een onbekende verkrachter en dat de politie daar kennelijk geen verklaring voor heeft kunnen vinden.

'Dat is toch geen volkomen verkeerde conclusie?'

Merlins gezicht verraadt niet wat hij denkt. 'Dat we de twee haren niet kunnen verklaren? Nee, dat klopt wel, maar zo gaat het soms. Het is niet de eerste keer dat we iets op een plaats delict vinden wat we niet kunnen verklaren en het zal ook zeker niet de laatste keer zijn.'

'Peter Rolf denkt dat de twee haren op het lichaam geplaatst zijn en dat iemand van de politie dat gedaan heeft.'

Nog steeds geen scheuren in het versteende gezicht.

'Dat is een absurde bewering,' zegt hij. 'Waar baseert hij dat op?'

'Het uitsluitingsprincipe. Hij zegt dat het de enig mogelijke verklaring is.'

'Er is natuurlijk ook een mogelijkheid dat hij ze zelf op het lichaam achtergelaten heeft. Vertelt hij ook wie van de politie dat gedaan zou moeten hebben?'

Charlotte kijkt strak in zijn ogen. 'Hij zegt dat ik het aan Martin en Signe moet vragen.'

'Ik neem aan dat je dat gedaan hebt?'

'Ja. Beiden ontkennen dat ze er iets mee te maken hebben.'

'Natuurlijk doen ze dat. En daarmee is de zaak afgedaan, toch?'

'Niet helemaal. In de zaak tegen Peter Rolf heeft een getuige achter gesloten deuren verklaard dat Troels Mikkelsen haar jaren geleden verkracht heeft. Is zijn DNA op basis van deze getuigenverklaring geanalyseerd?'

Merlin kijkt uit het raam. 'Charlotte, je weet heel goed dat er dingen zijn die ik je niet kan vertellen.'

'Zou het niet vreemd zijn als jullie weten dat Troels eerder iemand verkracht heeft en zijn DNA vervolgens niet geanalyseerd wordt om te kijken of hij verantwoordelijk geweest is voor andere verkrachtingen? Zoals de twee onopgeloste zaken in het Valbypark en Utterslev Mose?'

Merlin schudt zijn hoofd, maar zegt niets.

'Het is een relatief eenvoudige vraag. Is het wel of niet gebeurd?'

Merlin denkt even na. 'Voor zover ik weet niet.'

'Echt, Merlin... Als dat niet gebeurd is, dan was daar waarschijnlijk maar één reden voor.'

'En die is?'

'Omdat Troels een politieagent was, natuurlijk.'

'Dat denk ik niet,' zegt Merlin.

Ze kijkt een paar seconden naar hem en buigt zich dan naar voren. 'Als ik je vraag of het DNA van Troels Mikkelsen geanalyseerd is en je antwoordt dat dat voor zover jij weet niet gebeurd is, suggereer je dan dat iemand het DNA van Troels kan hebben laten analyseren zonder dat jij dat weet?'

Merlin geeft geen antwoord en haalt zijn schouders op.

24

Nabiha zucht teleurgesteld en laat het vel papier dat ze aan het lezen was op haar bureau vallen. 'Verdomme, dit is echt waardeloos.'

Juncker kijkt op. 'Waar ben je mee bezig?' vraagt hij.

'Met de verhoren van de twee jongens, Magnus en Liam, die met Lukas en Robert Danius in de kooi basketbalden.'

'Wie heeft de jongens destijds verhoord?'

Ze keek naar beneden. 'Troels. De moord vond op vrijdagmiddag plaats en het lichaam werd zaterdagmiddag gevonden, maar de jongens werden pas maandagmiddag verhoord.'

'In het begin lag de focus voornamelijk op Robert Danius. Het lichaam werd immers in zijn werkplaats gevonden. En met zijn verleden...'

'Ja.' Nabiha glimlacht. 'Dat is op zich begrijpelijk, maar achteraf gezien lag de focus misschien wel heel erg op hem.'

'Wat bedoel je?'

'Jullie hebben vrijwel al jullie energie gestoken in het jacht maken op de verkeerde man. Hoe noem je het ook alweer als onderzoekers zich blindstaren op een bepaalde verdachte en andere mogelijkheden vergeten te onderzoeken?'

Juncker overweegt heel even om boos te worden. Wat verbeeldt die betweterige snotneus zich wel niet? Maar dan beheerst hij zich, want ze heeft gelijk en hij kan niet alleen maar bewondering hebben voor haar moed. Niet veel jonge rechercheurs op de afdeling zouden zo tegen een oudere en veel ervarener collega durven te praten. 'Dat noemen ze tunnelvisie,' zegt hij.

'O ja. Ik heb nooit met Troels te maken gehad. Hij was goed, hè?'

Juncker en Troels Mikkelsen hebben jarenlang samengewerkt en in de maanden voorafgaand aan Troels dood leek het alsof hij dichter bij Juncker probeerde te komen en ook buiten het werk om wilde afspreken. Juncker had daar niet onwelwillend tegenover gestaan; des te groter was zijn verbijstering en afkeer toen Troels' na zijn overlijden als verkrachter werd ontmaskerd. Maar professioneel gezien...

'Ja, hij was goed. Een van de besten. Al was het verhoren van getuigen niet zijn sterkste kant. Mag ik het zien?'

Nabiha geeft hem de verslagen van de verhoren van de jongens. Ze zijn inderdaad heel beknopt en bijna identiek: de twee jongens, destijds respectievelijk dertien en veertien, hadden ongeveer een halfuur samen met Lukas gebasketbald toen Danius met hen mee ging doen. Ze speelden nog een paar minuten verder, maar toen moest Danius weg en Lukas en hij verdwenen samen via de buitentrap naar de kelder. Vlak daarna gingen Liam en Magnus naar huis. In totaal waren er tweeëntwintig getuigen die de drie jongens en de conciërge op de binnenplaats hadden gezien. Juncker onderdrukt een geeuw en legt het laatste verhoor op de stapel terug.

'Er is eigenlijk niet veel in te vinden. Ben je het daarmee eens?' vraagt ze.

Hij knikt.

Ze woelt geïrriteerd met twee handen door haar dikke bos zwarte krullen, die min of meer in een paardenstaart zijn gebonden. 'Naast Robert Danius deden jullie onderzoek naar drie andere verdachten, toch?'

'Ja.'

'Was er helemaal niemand anders?'

'Er waren een paar mensen die in het begin in beeld waren, maar die hadden allemaal een waterdicht alibi, dus werden ze vrij snel uitgesloten.'

'Hm... Zijn die twee jongens alleen door Troels verhoord?'

'Voor zover ik me kan herinneren wel.'

'En dat kun je nauwelijks verhoren noemen. Geef ze eens terug.'

Juncker geeft haar de verhoren.

Ze begint voor te lezen. 'En toen ging Magnus naar huis, en dat deed ik ook. En Liam zegt: toen ze waren vertrokken, gingen wij naar huis. Beide jongens woonden toch in hetzelfde gebouw?'

'Ja, maar in tegenovergestelde uiteinden van het flatgebouw.'

'Het is dus logisch dat ze, zoals Magnus vertelt, apart van elkaar naar huis gingen. Maar is er ook maar één getuige die bevestigt dat het zo ging?'

'Nee, volgens mij niet.'

'Het zou dus kunnen dat ze na Lukas en Danius naar de kelder gegaan zijn.'

'Theoretisch gezien niet, maar... Ze waren nog maar dertien en veertien.'

'Ach, Juncker... Waar ik vandaan kom, vind je genoeg jongens van die leeftijd die tot van alles in staat zijn. Zal ik die twee proberen op te sporen om een afspraak met ze te maken?' vraagt Nabiha.

Hij denkt een paar seconden na. 'Ja, doe dat. Maar laten we eerst met de moeder van Magnus gaan praten. Zij was aanwezig toen haar zoon thuiskwam en dat was Liams moeder niet. Misschien herinnert ze zich of er die middag iets vreemds aan het gedrag van haar zoon was.'

Nabiha pakt een papiertje dat op haar bureau ligt. 'Wat is deze screendump?'

'Een artikel op de website van een plaatselijke weekkrant. Het gaat over Robert Danius en zijn project om de jongens uit de buurt te leren basketballen.'

'Ik zie aan het bijschrift dat Lukas, Magnus en Liam samen met Danius op de foto staan. Is die foto die dag genomen?'

'Ja, in principe een paar minuten voordat Lukas werd vermoord. De journalist die het artikel schreef en de foto maakte werd eveneens verhoord.'

25

Ruim dertig jaar geleden is de directeur van het Forensisch Instituut, Gösta Valentin Markman, naar Denemarken geëmigreerd. Vanuit Zweden, zouden de meesten zeggen, maar dat geldt niet voor Markman. Hij benadrukt altijd dat hij destijds uit Skåne is vertrokken. Net als veel andere bewoners van het zuidelijkste deel van Zweden is de forensisch arts in de eerste plaats een Skåner en pas daarna een Zweed, en het is dan ook geen toeval dat hij ervoor heeft gekozen om zijn carrière in Kopenhagen en niet in Stockholm voort te zetten. Markman zou liever een arm breken dan in de Zweedse hoofdstad te moeten wonen.

'Hallo, Charlotte,' begroet hij haar. Markman is minstens een kop kleiner dan zij, waardoor hij bijna op ooghoogte met haar borsten is als hij haar een knuffel geeft die zo lang duurt dat Charlotte het als bijna onfatsoenlijk zou beschouwen als ze niet wist dat Markman op mannen valt en gelukkig samenwoont met een vijftien jaar jongere, bijzonder knappe architect.

'Bedankt dat ik zo snel langs mag komen,' zegt ze en ze neemt plaats bij de kleine ronde eettafel op de stoel die hij galant voor haar naar achteren schuift. Met zijn kaalgeschoren hoofd, kromme neus en hazelnootbruine ogen achter de ronde bril doet hij Charlotte altijd aan Mahatma Gandhi denken.

'Je bent van harte welkom,' zegt hij met een glimlach. 'Hoe gaat het met Kasper? Het is alweer een paar dagen geleden dat ik Juncker voor het laatst gesproken heb.'

Charlotte weet dat Markman en haar ex-man de afgelopen jaren iets hebben opgebouwd wat op een echte vriendschap lijkt. Voor zover zij weet is Markman de enige die haar ex-man als een vriend beschouwt, dus is hij waarschijnlijk redelijk goed op de hoogte van Kaspers situatie.

'Het gaat met ups en downs. Hij heeft net iets meegemaakt waarover

Junckers vriendin... Ze is psycholoog en denkt dat het een paniekaanval was.'

Markman knikt. 'Hoewel veel van mijn patiënten dood zijn als ik ze behandel, weet ik genoeg van de levenden om te zeggen dat het vreemd zou zijn als er geen psychische reactie zou volgen op wat hij meegemaakt heeft. Jullie zorgen er toch wel voor dat hij hulp krijgt?'

'Natuurlijk.'

'Het is fijn om te merken dat Juncker zoveel verantwoordelijkheid voor zijn zoon neemt, vind je ook niet?'

'Inderdaad, maar je zou ook kunnen zeggen dat het tijd werd.'

'Dat klopt natuurlijk, maar beter laat dan nooit.'

Charlotte kijkt om zich heen. Markmans uiterlijk is extreem goed verzorgd, maar hij lijkt minder aandacht te besteden aan het opgeruimd houden van zijn kantoor. Met het oog op de vergevorderde digitalisering van de gezondheidszorg is het indrukwekkend hoeveel papieren er in stapels op alle horizontale oppervlakken liggen, met inbegrip van de vloer.

'Wat kan ik voor je doen?' vraagt Markman.

Ze heeft vooraf besloten om meteen ter zake te komen. 'Weet jij of er een DNA-analyse op Troels Mikkelsen uitgevoerd is?'

De forensisch arts leunt naar achteren en kijkt met een ondoorgrondelijke blik naar zijn gast. Charlotte zoekt naar tekenen dat Markman verrast is door de vraag, maar ziet die niet.

'Waarom heb je daar belangstelling voor?' vraagt hij.

Charlotte vertelt over haar bezoek aan Peter Rolf en zijn tip over de twee haren. 'In dat verband kan het interessant zijn om te controleren of er misschien een verband tussen die haren en Troels is, en of zijn haren op het lichaam van Lütsach gevonden zijn. Vind je ook niet?'

'Waarom vraag je dit aan mij?'

'Ik bedacht dat jij daar misschien van op de hoogte bent.' Ze zwijgt even. 'Merlin weet het niet,' voegt ze er vervolgens aan toe.

'Hm.' Hij staat op, loopt naar zijn bureau, opent een lade en haalt er een USB-stick uit die hij voor Charlotte op de spreektafel legt.

'Wat is dit?' vraagt ze.

'Het DNA-profiel van Troels Mikkelsen.'

Dit is heel opmerkelijk. Het lijkt alsof Markman gewoon heeft gewacht tot iemand ernaar zou vragen.

'Heb jij zijn DNA laten analyseren?'

Markman knikt.

'Officieel? Ik bedoel...'

'Nee. Ik heb het op eigen initiatief gedaan.'

'Heb je de analyse zelf betaald?'

'Ja.'

'Maar... waarom?'

Markman denkt even na. 'Ik heb Troels altijd een zeer bekwame onderzoeker gevonden en daarnaast was hij een prettige collega, maar er was altijd iets aan hem wat ik niet helemaal kon doorgronden. Iets... Tja, iets gevaarlijks. En hoewel tijdens de rechtszaak tegen Peter Rolf bleek dat Troels een meedogenloze verkrachter was, werd hij in die zaak vooral als slachtoffer gezien omdat hij vermoord was. Het is geen standaardprocedure om het DNA van moordslachtoffers te analyseren. Iemand moet specifiek om zo'n analyse vragen en dat heeft niemand gedaan, dus besloot ik ervoor te zorgen dat het toch gebeurde.'

'Waarom?'

'Omdat het niet uitgesloten is dat Troels meer verkrachtingen gepleegd heeft. En als ik zijn DNA-profiel niet veiliggesteld had, zou waarschijnlijk nooit aan het licht komen of dat inderdaad zo is.'

'Maar waarom heeft niemand om die analyse gevraagd?'

Markman haalt zijn schouders op. 'Het was niet bepaald een prettige zaak voor de Politie Kopenhagen. Het was al bijzonder onaangenaam dat Troels tijdens zijn opleiding bij de politie in elk geval één vrouw verkracht had, maar het zou nog veel erger voor het korps geweest zijn als zou blijken dat hij daarna gewoon doorgegaan is met verkrachten. De man was verdomme het hoofd van de sectie Zedendelicten van de afdeling Zware Criminaliteit, dus ik denk dat niemand zin had om nog meer olie op het vuur te gooien.'

'Je zou ook kunnen zeggen dat dit juist een kans was om echt schoon schip te maken.'

'Dat zou je inderdaad ook kunnen zeggen.'

Charlotte pakt de USB-stick. 'En nu? Wat ga je ermee doen?'

'Ik?' Markman lacht droog. 'Het is eerder de vraag wat jij ermee gaat doen, Charlotte. Wat voor verhaal wil je eigenlijk schrijven?'

'In eerste instantie wil ik gewoon weten wat er waar is aan deze ongewone zaak. Van wie zijn die twee haren? We weten dat ze afkomstig zijn van iemand die al in het DNA-register van de politie staat. Is het Troels? De slachtoffers van de twee wrede verkrachtingen en hun families hebben het recht om te weten wie hun zoveel leed en verdriet aangedaan heeft. Vind je ook niet?'

Markman knikt langzaam. 'Ja, absoluut.'

'Dus wat doen we? Ik neem aan dat ik geen toegang tot het DNA-register krijg.'

'Nee, en ik ook niet. Er zijn maar weinig mensen bij het NKC die daarin mogen.'

'Het NKC?'

'Het Nationaal Forensisch Centrum.'

'Ken je daar niemand?'

'Ik ken daar heel veel mensen.'

'Werkt er iemand die je een gunst verschuldigd is?'

'Er zijn daar voldoende mensen die me eeuwig dankbaar zijn.' Hij glimlacht, maar wordt al snel weer serieus. 'Maar het is natuurlijk ten strengste verboden om die registers te gebruiken tenzij je geautoriseerd bent en het plaatsvindt in het kader van een goedgekeurd onderzoek. Als je de regels overtreedt, kan dat gemakkelijk tot ontslag leiden.'

'Dus wat je eigenlijk zegt...'

'...is dat ik ga zien wat ik kan doen.'

26

De moeder van Magnus krijgt een zenuwachtige blik in haar ogen als Juncker en Nabiha zich aan haar voorstellen. Juncker schat de vrouw rond de vijftig, hoewel ze qua leeftijd moeilijk te plaatsen is. Ze ziet er vermoeid uit, zowel fysiek als mentaal.

'Ik neem aan dat je gehoord hebt dat Robert Danius vrijgelaten is omdat hij niet de moordenaar van Lukas blijkt te zijn,' zegt Juncker.

De vrouw knikt.

'Dat betekent dus dat er een moordenaar vrij rondloopt en daarom hebben we het onderzoek weer geopend en praten we onder meer met de getuigen die we destijds hebben ondervraagd om te informeren of ze zich misschien iets kunnen herinneren wat ze destijds niet verteld hebben.'

De vrouw kijkt nu nog bezorgder. 'Ik denk niet dat ik dat kan. Mijn geheugen is niet zo goed.'

'Vertel gewoon wat je je kunt herinneren,' zegt Nabiha. 'Hoe laat kwam Magnus thuis op de vrijdag waarop Lukas vermoord is?'

'Ik kan me echt niet herinneren hoe laat dat was. Alleen dat het aan het eind van de middag was.'

'Weet je nog of er iets... ongewoons was aan de manier waarop Magnus zich gedroeg?'

'Iets ongewoons? Nee, hij was zoals hij altijd was. Ik heb hem maar heel even gezien. Hij zei gedag en ging naar zijn kamer om op zijn computer te spelen. Dat deed hij bijna altijd als hij thuis was.'

'Zo zijn jongens nu eenmaal,' zegt Nabiha met een glimlach. 'En wat gebeurde er –'

Juncker onderbreekt haar. 'Heeft Magnus de computer waarop hij destijds speelde nog steeds?'

'Nee. Of ja. Hij heeft hem niet meegenomen toen hij uit huis ging omdat hij een nieuwe gekocht heeft. Ik ben alleen heel slecht in het weggooien van dingen. Mijn man wordt er gek van. De computer staat dus in de kelder, samen met een hoop andere spullen, zoals kleding en zo.'

'Oké.'

Nabiha kijkt hem vragend aan. 'Juncker, is er misschien iets wat je wilt –'

'Zouden we even naar de kelder mogen om de computer op te halen zodat we hem mee naar het bureau kunnen nemen?'

De moeder van Magnus kijkt hem verbaasd aan. 'Ja, maar waarom?'

'Als we geluk hebben, kunnen we precies zien hoe laat Magnus op de computer speelde.'

De vrouw kijkt zo mogelijk nog bezorgder. 'En waarom is dat belangrijk?'

'Omdat we het tijdsverloop zo nauwkeurig mogelijk willen vaststellen,' legt Juncker uit.

'Goed dan... Gaan we hem nu dan halen?'

'Graag.'

Ze staat aarzelend op. 'Dan pak ik de sleutel.'

De kelder lijkt precies op de ruimte waar Lukas is vermoord. Magnus' moeder rommelt wat met het hangslot, maar krijgt het uiteindelijk open. Ze loopt naar binnen en verplaatst een paar zwarte vuilniszakken om bij de computer te komen, die achter in de kleine ruimte op een stellingkast staat. Ze pakt hem en geeft hem aan Juncker. 'Willen jullie de monitor ook hebben?'

'Dat is niet nodig.' Hij loopt achteruit naar de gang, en de vrouw volgt hem. 'Wat zit er in die zwarte zakken?' vraagt hij.

'Oude kleding. Een groot deel ervan is van Magnus. Hij groeide zo snel dat veel van de kleren bijna nieuw zijn en hij is de jongste, dus was er niemand meer die ze na hem kon dragen. Ik kon het alleen niet over mijn hart verkrijgen om ze weg te gooien.'

Juncker blijft een paar seconden roerloos staan, waarna hij de computer in de gang op de grond zet. 'Mag ik zien wat er precies voor kleding in die zakken zit?'

De vrouw kijkt hem verbaasd aan. 'Tja, dat... is waarschijnlijk geen probleem. Maar is dit echt nodig?'

Juncker pak de eerste zak en leegt hem op de vloer.

'Dit zijn volgens mij allemaal kleren van mij,' zegt ze.

Juncker bekijkt ze snel, stopt alles in de zak terug, pakt de tweede zak en leegt die ook op de vloer.

'Dit is allemaal van Magnus.'

Nabiha kijkt sceptisch toe terwijl Juncker de stapel bekijkt. Hij haalt een rood T-shirt met lange mouwen tevoorschijn. Op het voorpand staat BULLS 23 en op het rugpand JORDAN.

'Ik weet nog dat dit T-shirt heel duur was. Magnus was er ontzettend blij mee, maar op een gegeven moment wilde hij het ineens niet meer dragen, dus heb ik het opgeborgen.'

'Oké, mogen we dit shirt ook meenemen? Je krijgt het natuurlijk terug, net als de computer.'

Eh… Tja… Ja, dat is geen probleem, denk ik.' De vrouw heeft een verwarde blik in haar ogen. 'Wat heeft Magnus' oude shirt met de moord op de jongen te maken? Ik begrijp er niets van.'

'Waarschijnlijk helemaal niets,' antwoordt Nabiha.

'Waarom willen jullie het T-shirt meenemen als het niets met de moord te maken heeft?' Ze spert haar ogen open. 'Jullie denken toch niet dat Magnus –'

Nabiha legt een hand op de arm van de vrouw. 'Bedankt dat je ons te woord wilde staan. Het is mogelijk dat we nog een keer langskomen om meer vragen te stellen.'

'Vertel, hoe zit het met dat T-shirt?' vraagt Nabiha als Juncker en zij een paar minuten later in de auto zitten.

'De foto,' zegt hij.

'Welke foto?'

'Die bij het krantenartikel.'

Ineens beseft ze waar het om gaat. 'O ja, natuurlijk. Dat is het shirt dat Magnus die dag droeg. Jezus, wat ben ik traag van begrip.'

Juncker vouwt het shirt open en wijst naar iets wat een vlek en spatten op de binnenkant van de rechtermouw lijken te zijn.

'Bloed?' vraagt ze.

'Misschien wel,' antwoordt Juncker en hij vouwt het shirt netjes op. Daarna start hij de motor.

In Teglholmen gaan ze meteen naar Merlin en Juncker vertelt over de vondst van het rode Chicago Bulls-T-shirt.

Zijn chef buigt zich naar voren en bekijkt de donkere plek zorgvuldig. 'Als dit bloed blijkt te zijn, is het dan mogelijk om te bepalen of het Lukas' bloed is? Het is inmiddels jaren geleden dat de jongen vermoord is en het shirt zal beslist gewassen zijn, of niet soms?'

Juncker knikt.

'Onderweg hiernaartoe hebben we Peter Lundén gesproken en hij zegt dat de kans vrij klein is, maar dat het wel kan, vooral als het shirt niet al te grondig gewassen is. Ik zorg ervoor dat het naar Ejby gaat. Volgens Lundén kunnen ze daar snel vaststellen of het inderdaad bloed is. Is dat zo, dan moeten we afwachten hoe Magnus dat gaat verklaren.' Hij zucht. 'En verder kunnen we er alleen op hopen dat het materiaal goed genoeg is om er een DNA-analyse van te maken.'

'Magnus' moeder belt op dit moment ongetwijfeld met haar zoon om te vertellen dat we zijn shirt meegenomen hebben.'

'Ja, en daarom rijden we meteen door naar zijn kamer in Ballerup als we het shirt in Ejby afgegeven hebben.'

'Is er geen risico dat hij ervandoor gaat als hij met zijn moeder gepraat heeft?'

'Ja, maar dat is bijna hetzelfde als toegeven dat hij iets met de moord te maken heeft. Als blijkt dat er bloed op het shirt zit, is het verstandigste wat hij kan doen erop hopen dat het te oud is voor een DNA-analyse. Want als dat zo is, staan we nog steeds met lege handen.'

Nabiha spreidt haar armen. 'Laten we dan maar snel gaan.'

27

Hoeveel rechercheurs zouden hebben gevraagd om de kelder van Magnus' moeder te mogen zien? Zou ze dat zelf hebben gedaan? Ze hoopt van wel. Ze is er iets minder zeker van of ze ook zou hebben gevraagd of ze de zakken met oude kleding mocht zien om een shirt te zoeken dat een veertienjarige jongen zeven jaar geleden op een noodlottige dag had gedragen. Dat deed Juncker echter wel. Omdat hij de geestelijke gesteldheid van de vrouw goed interpreteerde, maar ook omdat je beslist niets vindt als je niet zoekt.

Geluk is niet iets wat je bezit. Het is iets wat je afdwingt.

Magnus woont in een kamer in een bijgebouw in de achtertuin van een eengezinswoning. Of kamer… Het heeft een kitchenette en een badkamer en is eerder een klein eenkamerappartement.

'Je woont hier mooi,' zegt Nabiha terwijl ze om zich heen kijkt. Het is verrassend netjes en verzorgd als je bedenkt dat de bewoner een jongeman van eenentwintig is die een paar jaar geleden een halfjaar in een gesloten jeugdinrichting heeft gezeten wegens een gewelddadige overval op een andere jongeman in een kroeg en hij meerdere keren met hasj op zak door de politie is opgepakt, maar altijd in zulke kleine hoeveelheden dat hij alleen een boete kreeg. Toch komt hij regelmatig in Pusher Street in Christiania en de politie is er daarom van overtuigd dat hij op grotere schaal dealt.

'Bedankt,' zegt Magnus kortaf.

'Mogen we gaan zitten?'

Hij knikt, en Nabiha en Juncker gaan bij de kleine eettafel zitten terwijl Magnus met over elkaar geslagen armen op de leuning van de bank plaatsneemt.

'Mooie schoenen,' zegt Nabiha terwijl ze naar de gloednieuwe Nikes van de jongeman wijst. Ze weet dat die schoenen een fortuin kosten. 'Waar leef je eigenlijk van, Magnus?'

'De bijstand,' antwoordt hij, waarna hij van onderwerp verandert.

'Wat deden jullie bij mijn moeder? En wat willen jullie met mijn oude shirt?'

Nabiha vertelt over de vrijspraak van Robert Danius en de taak van de politie om erachter te komen wie Lukas dan wel heeft vermoord.

'Daarom praten we nu met jou en gaan we ook met Liam praten. Jullie zijn waarschijnlijk de laatsten die Lukas in leven hebben gezien. Jullie verklaarden destijds dat jullie naar huis gingen nadat jullie waren gestopt met basketballen met Lukas en Robert. Blijf je daarbij?'

'Dat weet ik echt niet meer, maar als we dat destijds gezegd hebben, dan is het natuurlijk waar.'

'Je weet dus zeker dat jullie Lukas en Robert niet achterna zijn gegaan naar de kelder?'

'Daar ben ik helemaal zeker van, want dat had ik wel onthouden,' zegt hij kalm. 'Waarom hebben jullie mijn shirt meegenomen?'

Nabiha kijkt naar Juncker. 'Je droeg dat shirt op die bewuste dag, toch?' vraagt Juncker.

'Dat kan ik me echt niet herinneren. Kun jij je nog herinneren wat je zeven jaar geleden op een bepaalde dag droeg? Dat kan niemand, toch?'

'Kun je je dan wel herinneren dat er, terwijl jullie basketbalden, een journalist kwam die foto's van jullie maakte voor een krantenartikel?'

'Nee.'

'Dat is wel gebeurd. En een uur nadat hij die foto's had genomen, werd het artikel online gezet, dus daarom weten we dat je die dag je rode Chicago Bulls-shirt droeg. Je moeder vertelde dat je heel blij was met het shirt, maar dat je het na de dood van Lukas helemaal niet meer droeg en dat ze het daarom in de kelder opgeborgen heeft. Waarom was dat?'

Magnus haalt zijn schouders op. 'Dat weet ik ook niet meer. Ik had er waarschijnlijk genoeg van.'

'Hoewel het shirt gewassen is, zitten er een vlek en een paar spatten op de binnenkant van de rechtermouw. Kun je uitleggen waar die vandaan komen?'

Magnus schudt zijn hoofd langzaam. 'Nee, dat kan ik niet. Willen jullie meer weten? Ik heb zo meteen een afspraak, namelijk.'

Nabiha glimlacht naar hem. 'Nee, dat was het geloof ik wel. Als we nog iets bedenken, komen we gewoon weer langs.'

Nabiha leunt naar achteren op de passagiersstoel en staat op het punt om uit gewoonte haar rechtervoet op het dashboard te zetten, maar ze bedenkt zich als ze Juncker ziet kijken. In plaats daarvan doet ze het raam naar beneden.

'Ik heb de airco aan staan, dus doe het raam maar weer dicht,' zegt Juncker kortaf.

'Natuurlijk,' zegt ze terwijl ze op de knop drukt om het raam te sluiten. 'Goed, je kunt wel zeggen dat we in elk geval een paar serieuze verdachten gevonden hebben.'

'We moeten ook nog met Liam praten, maar ja...'

Zijn telefoon gaat. Het is Peter Lundén. Juncker drukt op de knop op het stuur om op te nemen.

'Hallo, Peter. Wat heb je te vertellen?'

'Dat het klopt. Het is bloed,' zegt de forensisch technicus.

'Oké. Stuur het shirt dan maar door voor een DNA-analyse in de hoop dat die uitgevoerd kan worden.'

'Daar ben ik vrij optimistisch over. De vlek is in elk geval niet zo beschadigd dat we de bloedgroep niet kunnen vaststellen. Het gaat om bloedgroep A, wat bijna de helft van de bevolking heeft, dus daar hebben jullie niet zoveel aan. Laten we maar afwachten wat de DNA-analyse oplevert.'

'Ik ben benieuwd,' zegt Juncker. 'Alvast bedankt.'

Juncker heeft de verbinding nog maar net verbroken als zijn telefoon weer gaat.

'Ja, Merlin?'

'Waar zijn jullie?'

'In Ballerup, op weg naar Teglholmen.'

'Kom meteen hiernaartoe. GC wil zo snel mogelijk een bespreking met jou en mij.'

'GC? Waarom?'

'Ik heb geen idee, maar Pagh klonk alsof het belangrijk is.'

28

Kristian Pagh staat op als Merlin en Juncker zijn kantoor in komen. Ze begroeten hem en de vierde aanwezige persoon, hoofdofficier van justitie Markus Ravn. Juncker kent hem alleen van naam. Ze gaan zitten. Het is benauwd in het kantoor, maar Juncker onderdrukt de neiging om een raam open te zetten. Hij overweegt in plaats daarvan zijn colbert uit te doen, maar doet dat evenmin. Hij heeft het gevoel dat er enorme zweetplekken onder zijn oksels zitten. Het enige wat hij kan doen om het ongemak te verminderen is het zweet met de rug van zijn hand van zijn bovenlip vegen.

'Wat is er aan de hand?' vraagt Merlin.

Ravn knikt naar Pagh, die zijn keel schraapt. 'Asser is verdwenen,' zegt hij.

Asser Larsen is senior officier van justitie bij het parket van de afdeling GC. Juncker is hem al heel vaak tegengekomen. Hij is jarenlang een bijzonder bekwame advocaat geweest, irritant bekwaam volgens Juncker wanneer hij verdachten verdedigde in zaken die Juncker had onderzocht. Drie jaar geleden veranderde Larsen plotseling van koers en werd hij tot ieders verrassing officier van justitie bij de afdeling GC. Normaal gesproken gaat het verkeer juist de andere kant op, van het Openbaar Ministerie naar een – meestal – beter betaalde baan als advocaat. Juncker had een paar keer, in zaken waarin de afdelingen GC en Zware Criminaliteit samenwerkten, vergaderingen met Asser Larsen bijgewoond, wat zijn indruk had bevestigd dat de man bekwaam was en daarnaast sympathiek en prettig in de omgang.

'Wat bedoel je ermee dat hij verdwenen is?' vraagt Juncker.

'Hij is al ruim een dag niet meer gezien. Gisteravond om 21.23 uur heeft hij zijn toegangspas gebruikt om het hek van het parkeerterrein te openen en hij staat op de bewakingsvideo terwijl hij het terrein af rijdt. Sindsdien heeft niemand iets van hem gehoord en is hij niet meer gezien. Zijn vrouw belde ons vanochtend om te vragen of wij wisten waar hij was, omdat hij vannacht niet thuis geweest is. Ze wonen in Sorø.'

'Ze hebben toch ook een appartement in Frederiksberg?' vraagt Juncker.

'Inderdaad, in de Smallegade. Daar overnacht Asser vaak als hij tot laat werkt. Maar daar is hij niet, dat hebben we natuurlijk gecontroleerd, en hij vertelt het zijn vrouw altijd als hij daar overnacht.'

'Is de plaatselijke politie met de zaak bezig?'

'Ja, Midden- en West-Seeland heeft met zijn vrouw gepraat en heeft contact opgenomen met alle ziekenhuizen op Seeland.'

'Zijn bankpas?'

'We hebben nog niets van zijn bank gehoord.'

'En zijn telefoon?'

'Hij heeft er twee. Beide zijn sinds gisteravond uitgeschakeld.'

'Hebben jullie gecontroleerd of zijn auto ergens op nummerplaatherkenning vastgelegd is?'

'Daar zijn we mee bezig,' zegt Kristian Pagh. 'Hij is verdwenen,' concludeert hij vervolgens.

Juncker haalt zijn schouders op. 'Strikt genomen is het nog steeds een vermissing of verdwijning en daar houdt de plaatselijke politie zich mee bezig. Als het om een volwassen persoon gaat, halen we pas alles uit de kast als er ruim een etmaal geen teken van leven is geweest, tenzij er bijzondere omstandigheden zijn.'

'En die zijn er in dit geval. Zoals je weet was Asser de advocaat van Robert Danius,' zegt Pagh. 'Misschien herinner je je dat Danius destijds nogal ontevreden was over het werk van Asser. En er is momenteel veel aandacht voor die zaak.'

'Ja, dat is me niet ontgaan,' mompelt Juncker. 'Dus jullie denken dat de vrijlating van Robert Danius iets te maken kan hebben met Assers… mogelijke verdwijning?'

'Dat weten we natuurlijk niet, maar we moeten die mogelijkheid onderzoeken.'

'Moeten wij dat doen? Die zaak hoort op een andere afdeling thuis.'

'Daar zijn we het niet over eens,' zegt Markus Ravn. 'Waar we het wel over eens zijn, is dat de afdeling GC geen onderzoek moet doen naar wat er gebeurd kan zijn, maar de afdeling Zware Criminaliteit. En daarom zitten jullie hier.'

Hij glimlacht naar Juncker, die het gevoel krijgt dat er iets niet helemaal klopt. 'Is de hoofdcommissaris hiervan op de hoogte gesteld?' vraagt hij.

Beide mannen knikken verwoed.

'Uiteraard,' zegt Ravn.

'En de nationale politiecommissaris?'

Junckers vraag levert twee versteende gezichten op. Het is net Mount Rushmore, denkt hij terwijl zijn gevoel van onbehagen groeit. Hij kijkt naar Merlin, die naar zijn handen staart.

'Ik ben met de zaak-Lukas bezig. Het heeft een hoge prioriteit om te achterhalen wie de jongen vermoord heeft, of niet soms?'

Pagh maakt een achteloos handgebaar. 'Merlin vindt wel iemand anders om die zaak af te ronden. Of een paar anderen, als dat nodig is om jou te vervangen.' Hij glimlacht. 'Voor zover ik begrepen heb, heb je een doorbraak bereikt, dus je collega's kunnen de zaak waarschijnlijk wel zonder jou oplossen.'

'Is het de bedoeling dat ik Asser alleen ga vinden?'

'Natuurlijk niet. Nabiha Khalid werkt met je samen. Nietwaar, Merlin?'

Merlin knikt.

'Goed, als het niet anders kan, dan –'

'Dat kan inderdaad niet,' onderbreekt Ravn hem met een glimlach die zijn ogen niet bereikt.

'Ik moet natuurlijk toegang hebben tot het materiaal van alle zaken die de afdeling GC behandelt.'

'Natuurlijk.'

'Ook als jullie met iets geheims bezig zijn.'

'Uiteraard.'

'Is de PET betrokken bij een van de zaken waaraan GC momenteel werkt?'

Pagh kijkt verbaasd. Juncker kan niet inschatten of de verbazing echt of gespeeld is, maar het valt hem op dat Ravn er absoluut niet verbaasd uitziet.

'Nee, waarom zouden ze dat zijn? We zijn niet met zaken bezig die met terrorisme of iets wat daarop lijkt te maken hebben. Heb je nog meer vragen?'

'Ja. Wat verwachten jullie eigenlijk van me? Wat kan ik doen dat de plaatselijke politie, eventueel in samenwerking met de wijkpolitie van Bellahøj, niet net zo goed of zelfs beter kan? Ik begrijp dat alles al uit de kast gehaald is.'

'We bemoeien ons niet met de manier waarop je het aanpakt, dat zou niet gepast zijn. We willen alleen dat je met al je ervaring naar Asser Larsen en zijn leven kijkt en dat Nabiha en jij een gesprek met de familie hebben en een blik werpen op de zaken die hij behandeld heeft nadat hij voor ons is komen werken. Probeer iets te ontdekken waarmee zijn verdwijning verklaard kan worden.'

Paghs lichaamstaal geeft aan dat de vergadering bijna afgelopen is. 'Het is tegenwoordig heel moeilijk om spoorloos te verdwijnen in Denemarken, dus is het niet zo vreemd dat we flink bezorgd zijn. Ook omdat een officier van justitie niet de eerste de beste is.'

Juncker staat op. Zijn rug protesteert tegen de beweging en hij probeert rechtop te gaan staan zonder het geïrriteerde lichaamsdeel nog meer te belasten. 'We beginnen morgenochtend. Het is minstens 23.00 uur voordat we in Sorø zijn en dat is te laat,' zegt hij.

'Dat is goed.' Pagh knikt. 'Het is heel belangrijk dat we zo snel mogelijk ontdekken of er iets met Asser gebeurd is.'

Halverwege de deur blijft Juncker staan en hij draait zich om naar Pagh. 'Vertel, aan wie breng ik verslag uit in deze zaak?' vraagt hij, hoewel hij het antwoord al weet.

'Formeel gezien aan het hoofd van de afdeling Zware Criminaliteit, maar in de praktijk aan mij.'

29

Hij moet twintig minuten rondjes door de buurt rijden voordat hij een parkeerplek vindt. Laat die auto toch staan, zou Karoline zeggen. Je kunt prima met de fiets of het openbaar vervoer naar je werk, en dan gebruik je een dienstauto als je overdag moet rijden.

Dat gaat niet gebeuren.

Als hij bijna bij de portiekdeur van zijn appartementencomplex is, krijgt hij het gevoel dat hij wordt gevolgd. Hij haalt zijn sleutelbos tevoorschijn en steekt de sleutel in het slot. Terwijl hij de sleutel omdraait kijkt hij opzij. Hij denkt iets in de schaduw bij een hek te zien verdwijnen, een meter of vijftig verderop in de straat. Hij duwt de portiekdeur half open en kijkt opnieuw een paar seconden naar links, maar er is niets. Hij begint waarschijnlijk oud te worden.

Het ruikt bedompt in het appartement en hij opent een paar ramen. Ondanks het late tijdstip belt hij Charlotte. Ze neemt bijna meteen op. Charlotte is bij Kasper, die slaapt en zich nog steeds niet goed voelt. Juncker vraagt of ze al professionele hulp voor hun zoon heeft geregeld en ze heeft inderdaad met een paar psychologen gepraat, maar er is een lange wachttijd als het via de verzekerde zorg gaat en in eerste instantie moet hij onderzocht worden, waarna een heel traject volgt.

'Dan moeten we buiten de verzekerde zorg om gaan en de kosten zelf betalen,' zegt Juncker.

'Daar komt het waarschijnlijk wel op neer,' antwoordt Charlotte. Ze klinkt vermoeider en brozer dan Juncker zijn ex-vrouw ooit heeft gehoord. 'Ik ga er morgen mee verder.'

'Het is morgen zaterdag,' zegt Juncker.

'O ja, dan wordt het maandag.'

Juncker belooft dat hij dit weekend langsgaat bij Kasper en bidt in stilte dat hij die belofte kan nakomen.

Charlotte vertelt dat er nog geen nieuws uit Aarhus is. Karoline is nog steeds niet bevallen en ze gaan haar dit weekend waarschijnlijk niet inleiden.

'Dat denk ik ook niet,' zegt Juncker en hij verbreekt de verbinding.

Het gesprek heeft zijn humeur niet bepaald verbeterd, hoewel het een opluchting is dat hij in elk geval geen ruzie met Charlotte hoeft te maken over wat het beste voor Kasper is. Juncker overweegt een glas wijn te nemen, het is tenslotte vrijdagavond. Hij aarzelt even, maar loopt dan naar de keuken en pakt de halfvolle fles pinot noir uit de koelkast. Hij gaat op de bank zitten en verlangt naar Malene, maar zij is met een paar vriendinnen naar een vakantiehuisje. Heel even voelt hij zich verbitterd omdat ze hem zo harteloos in de steek laat op het moment dat hij haar het meest nodig heeft, maar die gedachte is zó onredelijk dat hij zich schaamt dat hij die überhaupt heeft gehad. Als iemand er voor hem is geweest, dan is zij het wel.

Zijn blik valt op een zwarte archiefdoos op de bovenste plank van de boekenkast. Naast de doos ligt een notitieboek dat er net zo uitziet als de boeken die in de doos zitten. Het zijn de dagboeken van zijn vader.

Hij heeft het notitieboek een paar weken geleden van Malene gekregen. 'Schrijf je gedachten op,' had ze gezegd. 'Dat helpt soms.' Waartegen dan, had hij gedacht, en hij had het boek op de plank naast de zwarte doos gelegd. Nu staat hij op, pakt het notitieboek en een pen en gaat weer zitten. Hij opent het en kijkt even naar het gelinieerde papier. Dan schrijft hij een woord op: VERDRIETIG. Hij kijkt ernaar en voegt eraan toe: IK BEN.

Maar is dat niet gelogen? Hij is niet verdrietig. Hij proeft de woorden en ze smaken onaangenaam naar berustend zelfmedelijden, dus streept hij VERDRIETIG door. In plaats daarvan schrijft hij: SOMBER. Maar is dat beter? Komt dat dichter in de buurt van het beschrijven van zijn gemoedstoestand? Nee, eigenlijk niet. Hij tekent een rechthoek rond het woord en arceert het vakje eerst vanaf de ene en dan vanaf de andere kant, tot het niet meer leesbaar is. Alleen IK BEN blijft staan. Daar heb je in elk geval niet te veel mee gezegd, denkt hij en hij glimlacht. Hij drinkt zijn glas leeg en legt het notitieboek weer op de kast naast de zwarte doos met de dagboeken van zijn vader.

13 JUNI

30

Ze is absoluut niet van plan er iets over te zeggen. Niet tegen Juncker en al helemaal niet tegen haar collega's, die klootzakken. Maar ze is ongelofelijk trots dat ze voor deze taak is uitgekozen. Juncker was de eerste keuze, dat spreekt voor zich, maar daarna hebben de leidinggevenden, die vrij kunnen kiezen uit alle getalenteerde rechercheurs van de afdeling Zware Criminaliteit – en van wie de meesten aanzienlijk meer ervaring hebben dan zij – toch besloten om Nabiha Khalid te kiezen. Niet omdat ze een tweedegeneratie-immigrant of een vrouw is, maar omdat ze de juiste persoon voor deze taak is. Misschien niet de uitdagendste taak op onderzoeksgebied, maar de zaak is daarentegen – hoe noemde Merlin het ook alweer? – nogal delicaat.

Haar trots zorgt er bijna voor dat ze vergeet dat de dag enorm rot is begonnen. Haar moeder belde iets na zeven uur al. Nabiha moest naar haar moeders appartement in Mjølnerparken komen om te bemiddelen tussen haar broer Mussa en zijn vrouw Nawal, die al langere tijd op het randje van een scheiding balanceren. Haar broer heeft nog nooit iets verstandigs ondernomen. Het afgelopen jaar heeft hij een broodjeszaak geopend in de Fiolstræde, die na drie maanden alweer sloot. Sindsdien dobbert hij wat rond en nu is hij bezig met een koffiezaak in de Nørrebrogade. Als Nabiha hem vroeg waar het geld voor deze zakelijke avonturen vandaan kwam was het antwoord altijd vaag en onduidelijk, en ze is heel bang dat een onderdeel van de deal met degenen die hem geld hebben geleend inhoudt dat er in de achterkamer wiet wordt verkocht. Nawal is begonnen aan een studie pedagogiek en een maand geleden heeft ze haar man eindelijk uit huis gezet. Want, zoals ze zegt, het is gemakkelijker om een alleenstaande moeder te zijn die studeert en tegelijkertijd voor haar twee kleine kinderen zorgt dan een alleenstaande moeder van drie kinderen te zijn, waarbij het derde kind een volwassen man is.

Nabiha beloofde later op de dag bij haar moeder langs te gaan, als het werk het toeliet, maar ze weet nu al dat het niet gaat lukken en bovendien kan ze er toch niets aan doen. Liever gezegd: ze wíl er niets aan doen, want ze staat voor honderd procent achter haar schoonzus. Als zij met haar broer was getrouwd, had ze hem al lang uit huis gegooid.

Ze sturen een oprit met grind op – op een bord staat in gouden letters SØLUND – en rijden om een cirkelvormig grasveld met een vlaggenmast in het midden heen. Juncker stopt voor de hoofdingang van een paleisachtig, witgeschilderd gebouw met zwarte dakpannen. Terwijl ze rond het grasveld rijden zien ze een stukje van de tuin achter het huis, met statige loofbomen verspreid op een groot grasveld dat glooiend afloopt naar een meer. Het valt Nabiha op dat het een makelaar, als het huis te koop zou staan, voor één keer vergeven zou zijn als hij los zou gaan met superlatieven zoals 'een uniek en fantastisch, exclusief pand, omringd door een ongekend mooi, parkachtig landgoed'.

De voordeur gaat open en een vrouw verschijnt bovenaan de trap in gezelschap van twee grote bruine labradors die gehoorzaam kwispelend aan weerszijden van haar gaan zitten. De vrouw lijkt zelfs op deze afstand keurig verzorgd op een discrete, enigszins ouderwetse manier. Ze draagt een spijkerbroek, een spierwit T-shirt en een paars vest. Geen enkel lichtblond haartje in haar kortgeknipte kapsel zit verkeerd.

Het is verdomme net *Downton Abbey*, denkt Nabiha terwijl Juncker en zij de trap op lopen. Asser Larsens vrouw, Benedikte, chef de clinique op de maag-darmafdeling van het ziekenhuis in Slagelse, ontvangt hen met een stevige handdruk.

'Laten we op het terras gaan zitten,' zegt ze en ze loopt voor hen uit door twee grote kamers die zorgvuldig zijn ingericht met een combinatie van antieke meubels en moderne klassiekers.

Alles straalt geld uit. Een chef de clinique verdient natuurlijk goed, net als een officier van justitie, die ook niet bepaald honger hoeft te lijden, maar verdienen ze echt genoeg om dit allemaal te kunnen bekostigen?

Het is alsof Benedikte Larsen Nabiha's gedachten kan lezen. 'Ik heb het huis en veel van de meubels van mijn ouders geërfd,' zegt ze terwijl ze hen voorgaat naar een enorm terras met witgeschilderde tuinmeubels onder een grote parasol.

'Het is hier prachtig,' zegt Juncker.

'Het kan er inderdaad mee door,' zegt Benedikte en ze glimlacht heel even.

Op de tafel staan koffie, thee, limonade en vers fruit. Ze gaan zitten. Benedikte schenkt thee in voor Nabiha en koffie voor Juncker. Nabiha ziet dat de hand van de vrouw bijna onmerkbaar trilt. Waarschijnlijk is dat niet normaal omdat ze chirurg is, en is het eerder een teken dat ze ondanks haar kalme uiterlijk heel bezorgd is.

'Wanneer heb je contact met de politie opgenomen?' vraagt Juncker.

'Gisteren aan het eind van de ochtend. Toen had ik sinds donderdagmiddag niets meer van hem gehoord.'

'Het heeft dus relatief lang geduurd voordat je in actie kwam.'

'Ja, maar we hebben een appartement in Frederiksberg en daar overnacht Asser vrij vaak als hij tot laat moet werken of vroeg moet beginnen. Het verkeer op de Køge Bugt-snelweg is moordend tijdens de spits. Dus in eerste instantie dacht ik dat hij daar was blijven slapen.'

'Maar was je bezorgd?'

'Ja, want Asser belt altijd als hij in Kopenhagen overnacht. Over het algemeen bellen we meerdere keren per dag met elkaar. Eergisteren hoorde ik 's avonds niets van hem, maar ik werd pas echt zenuwachtig toen ik hem de volgende ochtend niet kon bereiken.'

'Dat is begrijpelijk,' zegt Juncker.

'Hebben jullie kinderen?' vraagt Nabiha.

'Ja, drie jongens. Malte van dertien, Lasse van vijftien en Lukas van zeventien. Lukas zit in de tweede klas van de middelbare school in Slagelse. Hij rijdt 's ochtends meestal met me mee.'

'Slagelse? Is er geen middelbare school in Sorø?'

'Jawel, de Sorø Academie. Maar Lukas had een paar vrienden die naar de middelbare school in Slagelse gingen en hij had behoefte aan verandering van omgeving. Daar waren we het helemaal mee eens. De schooluniformen zijn lang geleden al afgeschaft op de Sorø Academie, maar toch is er iets... Ik weet niet precies hoe ik het moet uitleggen.

Hoe dan ook, het is goed voor onze kinderen om bevriend te zijn met jongeren die minder bevoorrecht zijn dan wij.'

Nabiha neemt een slok thee. 'Dat klinkt verstandig. Waar zijn de jongens nu?'

'In hun kamers. Ze hebben het natuurlijk ook moeilijk omdat we niet weten waar Asser is.'

'Dat snap ik heel goed.' Nabiha schraapt haar keel. 'We moeten je een onaangename vraag stellen.'

Benedikte glimlacht zwakjes. 'Natuurlijk. En naar mijn beste weten is het antwoord daarop dat Asser geen verhouding met een andere vrouw heeft. Ik weet natuurlijk dat ik dat niet kan garanderen, maar er zijn gewoon geen tekenen geweest. Hij was vrolijk en attent, zoals hij altijd is. Sterker nog, ik zou zeggen dat we het samen nog nooit zo goed gehad hebben als de afgelopen paar jaar.'

'En hoe zit het met jou?'

De vrouw pakt een paar druiven, stopt er een in haar mond en kijkt een paar seconden naar het meer. 'Asser weet dit niet, dus ik wil jullie vragen het vertrouwelijk te behandelen, maar ik heb vijf jaar geleden inderdaad een affaire gehad met een Zweedse arts die ik op een congres heb ontmoet. We waren waanzinnig verliefd op elkaar, maar hij was ook getrouwd. Ik hou van Asser, maar was volkomen overweldigd door hem. We zagen elkaar als dat mogelijk was, wat vrij vaak was omdat hij in Malmö woonde en in het Rigshospitalet werkte terwijl ik destijds in het ziekenhuis in Hvidovre werkte. Ik heb zelfs een tijdlang overwogen om van Asser te scheiden, want ik hield zielsveel van Lasse, maar toen er borstkanker bij zijn vrouw werd vastgesteld hebben we onze affaire beëindigd. Dat was het juiste om te doen.'

'De Zweedse arts kan dus niets te maken hebben met Assers verdwijning?'

'Nee. Asser weet niets over mijn affaire. Hij heeft er in elk geval nooit iets over gezegd. Tijdens het jaar waarin het speelde had hij veel grote zaken, onder meer over een paar net teruggekeerde IS-strijders. Hij was ook de advocaat van de man die jullie net vrijgelaten hebben. We zaten destijds niet helemaal op dezelfde golflengte.'

'Heb je nog steeds contact met die arts?'

'Ik kwam Lasse twee jaar geleden op een congres in Berlijn tegen, maar daarna heb ik hem niet meer gezien. En nadat ik hem daar gesproken had, was ik ervan overtuigd dat het de juiste beslissing van me was om bij Asser te blijven.'

Nabiha knikt en kijkt even naar Juncker, die volkomen in zichzelf gekeerd lijkt. 'Juncker, hebben we meer vr–'

'Heb je echt geen idee waar je man zou kunnen zijn?' vraagt hij terwijl hij recht in Benediktes ogen kijkt.

Ze bijt op haar lip en schudt haar hoofd.

'Echt niet? Kan hij bij familie zijn? Of bij vrienden?'

'Ik heb alle mensen die ik ken gebeld.'

'Zijn er tekenen geweest dat hij de laatste tijd gestrest was?'

'Absoluut niet. Integendeel zelfs. Sinds hij bij jullie werkt, is hij gelukkiger dan ooit.'

Benedikte Larsen heeft tijdens het hele gesprek rechtop gezeten en was kalm genoeg om af en toe te glimlachen, maar nu verdwijnt haar stoïcijnse houding. De tranen springen in haar ogen en ze slaat een hand voor haar mond.'Ik blijf maar zeggen dat er niemand is die Asser kwaad wil doen, maar in werkelijkheid ben ik doodsbang. Wat kan er volgens jullie met hem gebeurd zijn?' zegt ze snikkend.

'Benedikte, het is niet meer dan logisch dat je bang bent,' zegt Nabiha. 'Gelukkig werkt je man op een plek waar we vrij gespecialiseerd zijn in het ontdekken van wat er aan de hand kan zijn, dus denk ik dat we hem wel zullen vinden.'

'Levend?'

'Verreweg de meeste mensen die verdwijnen worden levend teruggevonden,' zegt Juncker.

De eerste twintig kilometer op de snelweg zeggen ze geen woord tegen elkaar.

Uiteindelijk verbreekt Nabiha de stilte. 'Ik hoop echt dat hij opduikt en een goede verklaring voor zijn verdwijning heeft.'

Juncker knikt.

'Ik ken Asser Larsen niet, maar hij lijkt verantwoordelijk en bekwaam te zijn,' gaat Nabiha verder.

'Dat is hij ook. Er is geen enkele reden om ervan uit te gaan dat hij uit vrije wil en zonder iets tegen zijn vrouw te zeggen spoorloos verdwenen is. Alles wijst erop dat hij het slachtoffer van een misdrijf is, een ongeluk gehad heeft of zelfmoord gepleegd heeft,' zegt Juncker. 'We moeten met zowel zijn collega's uit zijn advocatentijd als zijn huidige collega's gaan praten. Wat vind je ervan als jij in eerste instantie contact opneemt met het parket van GC en ik naar zijn zaken kijk?'

'Dat is prima.'

Ze verhoort tien keer liever mensen dan achter een scherm te moeten zitten.

'Ik ga naar huis om daar verder te werken,' zegt Juncker.

'Ga je naar Kasper toe?'

Hij knikt.

'Oké. Doe hem de groeten.'

'Dat zal ik doen. Vertel... Geloof jij haar verhaal over die Zweedse arts?'

'Tja...' Nabiha denkt na. 'Ja, waarom niet?'

'Ik weet het niet... Er was iets aan de manier waarop ze erover vertelde.'

'Het is niet zo gek dat ze het een beetje ongemakkelijk vond om met twee wildvreemde mensen over haar verhouding te praten. Het is duidelijk dat niet veel mensen ervan afweten.'

'Wellicht is dat juist het punt. Waarom vertelde ze het ons dan?'

'Misschien denkt ze dat we er hoe dan ook achter komen. Het kan ook zo zijn dat ze niet kan liegen, en daarom eerlijk antwoord gaf op de vragen die we haar stelden.'

Juncker draait zijn hoofd opzij en kijkt even naar Nabiha. 'Hm,' bromt hij.

31

Tijdens de rit naar Sorø heeft haar moeder vijf keer gebeld, maar ze heeft niet opgenomen. Nabiha kan het op dit moment niet opbrengen om naar haar gezeur te luisteren omdat haar dochter op een zaterdag aan het werk is in plaats van de familie te helpen. Haar telefoon gaat opnieuw. Ze zucht en haalt hem uit haar jaszak om het gesprek weg te drukken, maar ziet dan dat het haar moeder deze keer niet is.

Het is Mascha.

Haar hart slaat een slag over terwijl ze zich afvraagt wat ze moet doen, waarna ze op de groene knop drukt.

'Ik ben gevraagd je te bellen om te vertellen dat we een mededeling van de Herstedvester-gevangenis ontvangen hebben,' zegt Mascha met een ijzige klank in haar stem. 'Het is geen officiële melding, maar een gevangenisbewaarder heeft ons gebeld om te vertellen dat Junckers ex-vrouw op bezoek is geweest bij Peter Rolf. We vinden dat jullie daarvan op de hoogte moeten zijn.'

Ik ben gevraagd je te bellen om te vertellen… Nabiha voelt de teleurstelling door haar lichaam stromen. Het klinkt precies alsof ze een afdelingshoofd van het ministerie van Justitie aan de telefoon heeft. 'Oké. Eh…'

'We willen jullie alleen een tip geven. Dat was het. Doe de groeten aan Juncker.' Mascha verbreekt de verbinding voordat ze iets kan zeggen. Verdomme. Ze hebben elkaar niet meer gesproken sinds de dag dat hun relatie vier maanden geleden eindigde en ze had gehoopt op… Tja, waarop had ze eigenlijk gehoopt? Dat ze weer bij elkaar zouden komen? Of dat ze in elk geval normaal met elkaar konden praten? Ze beseft ineens hoe naïef ze is geweest.

Het was al een rotochtend, en nu is het ook een rotmiddag.

Ze probeert het telefoongesprek van zich af te zetten en zet haar computer aan. Het gedetailleerde cv van Asser Larsen staat op LinkedIn. Rechtenstudie, een driejarige opleiding van het Openbaar Ministerie bij de Politie Midden- en West-Seeland, een tweejarige stage bij de hoofdofficier van justitie in Kopenhagen, als officier van justitie naar Midden- en West-Seeland terug, daarna senior officier van justitie, waarna Asser Larsen afscheid nam van zijn carrière bij het Openbaar Ministerie en verderging als advocaat. Hij was zeven jaar lang een van de meest gewaardeerde advocaten van het land voordat hij heel verrassend naar het Openbaar Ministerie terugkeerde als senior officier van justitie bij de afdeling GC.

Ze zoekt verder en vindt verschillende krantenartikelen over zaken waarbij Asser Larsen betrokken is geweest, waaronder de zaak-Robert Danius, die momenteel natuurlijk veel zoekresultaten oplevert. Verschillende artikelen richten zich op het feit dat Danius in de periode na de eerste veroordeling op zijn zachtst gezegd niet tevreden was over de manier waarop Asser hem had verdedigd, wat achteraf misschien begrijpelijk was omdat Danius onschuldig bleek te zijn aan de moord op Lukas.

Het kan natuurlijk heel goed toeval zijn dat de advocaat op wie Danius zo boos was enkele dagen na zijn vrijlating verdwijnt, maar het is in elk geval opmerkelijk en iets wat moet worden onderzocht. Het zou daarom fijn zijn als Signe en de collega's van de sectie Zedendelicten Danius snel te pakken krijgen.

Ze loopt de trap naar het parket op. Haar telefoon trilt opnieuw en nu is het haar moeder wel. Ze neemt opnieuw niet op.

Op zaterdag aan het eind van de middag is de afdeling GC zo goed als verlaten. Nabiha heeft een afspraak met senior officier van justitie Lise Hemmingsen, die bovenaan de trap op haar wacht. 'Laten we in vergaderzaal 2 gaan zitten. Wil je koffie?'

Nabiha is nooit een koffiedrinker geweest, maar ze heeft gemerkt dat het bij de politie als vrij abnormaal wordt beschouwd als je geen koffie drinkt, dus zegt ze af en toe ja tegen een kopje en dwingt ze zichzelf om het zwartbruine bittere spul te drinken in het besef dat ze al genoeg van de grote meerderheid afwijkt. Op dit moment is het echter gewoon te warm voor koffie, dus vraagt ze in plaats daarvan om een glas water.

Lise ziet er bepaald niet uit als een typische officier van justitie in haar donkergroene korte leren jasje dat ze over een gebloemd kort jurkje draagt. Ze heeft sandalen aan haar voeten.

'Jij bent toch opgegroeid in Mjølnerparken?' vraagt ze in typisch Kopenhaags nadat ze aan de grote vergadertafel zijn gaan zitten.

'Ja. Hoe weet je dat?'

'Je reputatie is je vooruitgesneld,' zegt Lise met een glimlach. 'Ik denk dat de meeste mensen, in elk geval hier in Teglholmen, inmiddels weten wie Nabiha Khalid is. Vooral na wat er in de zaak-Karl Jæger gebeurd is. Er zijn veel mensen bij ons die het opgevallen is dat je dapper genoeg bent om de waarheid te vertellen, ook al was dat niet bepaald gunstig voor je partner.'

Nabiha voelt zich gevleid, maar ook een beetje geïntimideerd. Aan de ene kant is het fijn om te horen dat niet iedereen binnen het korps haar een laffe verrader vindt. Aan de andere kant wil ze liever bekendstaan als een uitstekende rechercheur in plaats van de rechercheur die de waarheid vertelde. Al is het bij nader inzien misschien niet heel erg om daarom bekend te staan.

'Waar kom jij vandaan?' vraagt ze op haar beurt.

'Het centrum van Nørrebro, om precies te zijn de Blågårdsgade. Toen ik elf was verhuisde ik naar een rijtjeswoning in Husum. Dat is in principe niet zo ver bij jou vandaan. Ik zat op de Efterslægtens-school. En jij?'

'Metropolitan. De middelbare school voor allochtonen.' Nabiha ziet dat het antwoord haar collega onzeker maakt. Jezus, je moet tegenwoordig echt heel voorzichtig zijn. Het werd al langer als racistisch beschouwd als witte mensen het woord gebruikten, terwijl mensen van kleur zoals zij het juist volop voor zichzelf en hun etnische lotgenoten gebruikten zonder dat iemand daar aanstoot aan nam, maar nu kan dat eigenlijk ook niet meer. Het is gewoon niet gepast meer, ongeacht wie het gebruikt. Ze glimlacht om de sfeer luchtiger te maken. 'Kun je me het een en ander over Asser vertellen?' vraagt ze.

Lise knikt. 'Natuurlijk. Voordat hij hier kwam, ben ik hem regelmatig in de rechtszaal tegengekomen. Hij was een heel goede advocaat en ik begrijp waarom hij zo'n uitstekende reputatie heeft en zoveel cliënten aantrok. Hij was bijvoorbeeld degene die onthulde dat een van onze voormalige officieren van justitie probeerde drie politieagenten onder druk te zetten om hun getuigenverklaringen aan te passen. Aanvankelijk werden ongeveer tachtig mensen veroordeeld voor de georganiseerde handel in wiet in Christiania, maar meerderen van hen gingen in hoger beroep en toen maakte Asser namens zijn cliënt alle communicatie tussen de officier van justitie en de politiegetuigen openbaar.'

'Was dat de officier van justitie die veroordeeld werd wegens ambtsmisbruik?'

'Ja, en voor medeplichtigheid aan het afleggen van een valse verklaring toen ze probeerde hun te vertellen wat ze moesten zeggen. We stonden bij het Openbaar Ministerie natuurlijk niet te juichen omdat de zaak volkomen onderuitgehaald werd, maar je kunt alleen respect hebben voor Asser en zijn manier van vasthouden aan wat juist is. Er zijn veel andere voorbeelden en daarom was het ook heel verrassend dat hij ineens stopte als advocaat en bij ons kwam werken. Dat moesten we even laten bezinken, maar hij is echt heel innemend en bekwaam. Uitermate bekwaam. Bovendien is hij een uitstekende chef.'

'Hoe goed kende je hem?'

'Kende? Ik maak me er een beetje zorgen over dat je in de verleden tijd over hem praat.'

'Hij wordt nu al bijna twee dagen vermist, dus is er inderdaad reden tot bezorgdheid. Maar terug naar mijn vraag...'

'Ach, kennen... Ik ken hem redelijk goed, denk ik. Zo goed als je je chef kunt kennen, vooral als hij ook nog eens een heel goede collega is. Maar we zien elkaar niet privé, als dat is wat je bedoelt.'

'Ken je zaken uit zijn tijd als advocaat die hem achtervolgd hebben?'

'Ja, alle zaken die hij verloren heeft.' Lise glimlacht. 'Hij was zichtbaar geïrriteerd, of liever gezegd gefrustreerd, omdat hij destijds geen vrijspraak voor Robert Danius kreeg, vooral nu afgelopen maandag bleek dat hij de moordenaar niet is.'

'Weet je waaraan hij momenteel werkt?'

Lise denkt even na. 'Nee, eigenlijk niet. Ik geloof dat Juncker een lijst gekregen heeft van alle zaken waarmee we bezig zijn, maar...' Ze aarzelt.

'Maar wat?'

'Misschien heb ik het mis en zoek ik er te veel achter, maar ik heb het gevoel dat er iets groots binnen de afdeling speelt.'

'Iets wat geheim is?'

'In elk geval iets waarbij ik niet betrokken ben. Asser en Kristian Pagh hebben de afgelopen maanden ontzettend veel vergaderingen gehad, zowel hier als op andere plekken. Je kent dat vast wel... Je voelt dat er iets in de lucht hangt zonder te weten wat het is. En nu je het zegt... Een week geleden had ik een afspraak bij de afdeling Speciale Opsporing Oost en toen ik terugkwam had ik Assers hulp nodig. Hij nam zijn telefoon niet op en was niet in zijn kantoor en toen ik de secretaresse vroeg waar hij was, zei ze dat hij de hele dag bij Speciale Opsporing Oost in vergadering zat. Maar daar kwam ik net vandaan en daar was hij niet.' Ze leunt naar achteren op haar stoel. 'Aan de andere kant kunnen er natuurlijk allerlei verklaringen voor zijn, zoals dat de secretaresse het verkeerd begrepen heeft, hoewel Mona eigenlijk nooit fouten maakt.' Ze gaat weer rechtop zitten. 'Het is waarschijnlijk het verstandigst als je het aan Pagh vraagt. Ik weet niets, zoals ik al zei. Ik heb alleen het gevoel dat Asser met iets bezig is. Je gaat toch ook met anderen behalve met mij praten?'

'Ja, ik heb vandaag ook nog afspraken met een paar van je collega's. Twee rechercheurs...' Nabiha pakt haar telefoon en scrolt erop. 'Otto Schwarz en Klement K. Nielsen.'

'Ik hoop echt dat er niets ernstigs met hem aan de hand is.'

'We doen ons uiterste best om hem te vinden.' Nabiha staat op. 'Weet je waar die twee rechercheurs zitten?'

'Iets verderop in de gang aan de rechterkant.'

'Prima. Bedankt voor je tijd.' Ze steekt haar hand uit en Lise schudt hem. De handdruk van de officier van justitie is warm en duurt lang. Ze kijkt in Nabiha's ogen, glimlacht en houdt oogcontact tot Nabiha haar hand terugtrekt.

'Graag gedaan. Laat het me weten als ik nog iets voor je kan doen,' zegt Lise.

Wat was dat in vredesnaam, denkt Nabiha terwijl ze door de gang loopt.

Ze klopt aan en opent de deur van een kantoor met drie bureaus. Klement K. Nielsen en Otto Schwarz staan op, begroeten haar en gaan weer zitten. Ze heeft hen al een paar keer in het gebouw gezien, maar kent hen niet persoonlijk.

Klement lijkt halverwege de dertig te zijn. Otto is ouder, ergens in de vijftig, schat Nabiha. Beiden hebben in verschillende zaken nauw samengewerkt met Asser Larsen en net als Lise Hemmingsen prijzen ze hem de hemel in.

'Ik had nooit gedacht dat ik dit over een officier van justitie zou zeggen, maar ik heb echt het een en ander over het politiewerk geleerd door met Asser samen te werken,' zegt Otto.

Klement knikt instemmend. 'Hij zou een uitstekende agent geweest zijn als hij daarvoor had gekozen.' Hij kijkt met een bezorgde blik in zijn bruine ogen naar Nabiha. Hij heeft middenblond krullend haar, een gespierd lichaam, is ongeveer een kop groter dan zij en is al met al een knappe man. Nabiha herinnert zichzelf eraan dat ze op vrouwen valt.

'Weten jullie of hij in verband met zijn werk weleens bedreigingen heeft gekregen?'

Ze schudden hun hoofd.

'Hij heeft ons daar in elk geval nooit iets over verteld, maar we weten natuurlijk niet of hij zoiets meegemaakt heeft toen hij als advocaat werkte. Ik weet alleen dat Danius, die net vrijgelaten is, destijds heel ontevreden was over Asser, maar dat weten jullie waarschijnlijk al.'

'Ja, dat weten we. Jullie werken op dit moment toch aan dezelfde zaak als Asser?'

'Inderdaad.'

'Kunnen jullie iets vertellen over –'

Otto schudt zijn hoofd. 'We hebben de opdracht gekregen er niet over te praten, dus dat kunnen we helaas niet doen.'

Nabiha fronst haar voorhoofd. 'Verdomme, we moeten toch –'

'Dat is onze beslissing niet. Sorry.'

Ze leunt naar achteren en kijkt naar de twee rechercheurs. 'Oké. Dan heb ik verder geen vragen. Willen jullie er nog iets aan toevoegen?'

'Nee, maar als we iets bedenken nemen we contact met je op.'

Ze staan op.

'Het was fijn om met je te praten,' zegt Klement. 'Ik hoop echt dat jullie hem vinden.'

'We doen ons uiterste best.'

32

Robert Danius had het adres van zijn moeder als verblijfplaats opgegeven toen hij werd vrijgelaten. Ze woont in een appartement boven haar kapsalon in de Classensgade in Østerbro.

'We gaan er dus van uit dat hij daar is. Zo niet, dan zien we wel verder,' zegt Signe.

Harald Lund, het hoofd van de sectie Zedendelicten, knikt. 'Kunnen jullie dit samen afhandelen of hebben jullie back-up nodig?' vraagt hij.

'We vragen voor alle zekerheid assistentie van de surveillancedienst,' zegt Ghita Nielsen, die rechercheur bij Zedendelicten is en dezelfde leeftijd heeft als Signe. De twee vrouwen hebben jaren geleden samengewerkt bij de afdeling Narcotica.

'Ik kan me alleen niet voorstellen dat Danius zich zal verzetten. Het is niet zijn stijl om met de politie te vechten,' zegt Signe.

'Het is tijd om te gaan. Haal hem naar het bureau,' zegt Lund.

'Doen we. Hebben jullie iets voorbereid voor de media? Het lijkt me logisch dat het veel aandacht zal trekken dat we hem zo vlak na zijn vrijspraak beschuldigen van ernstig misbruik van een reeks kinderen en jongeren. En het is heel goed denkbaar dat zijn moeder problemen maakt. Ze zal er alles aan doen om haar zoon te verdedigen.'

Harald Lund kijkt sceptisch. 'Denk je dat? Er zijn bijzonder ernstige beschuldigingen tegen hem geuit.' Hij zet zijn bril op en kijkt naar het vel papier dat voor hem ligt. 'Hij wordt aangeklaagd wegens seksuele afpersing – oftewel sextortion – waarbij hij seksueel getinte of intieme foto's en video's van de slachtoffers heeft gebruikt om hen te chanteren. Ze zijn allemaal jonger dan achttien en we weten nog niet of hij hen alleen heeft benaderd om het beeldmateriaal zelf te gebruiken of dat hij het doorverkocht heeft. Als dat zo is, dan kan hij tot zes jaar gevangenisstraf krijgen. En NC3 is nog lang niet klaar met zijn laptop. Er kunnen nog veel ernstigere misdrijven opduiken waarop een aanzienlijk hogere straf staat.' Hij zet zijn bril af. 'Als mijn zoon voor zoiets aangeklaagd zou worden, dan zou ik me denk ik op de vlakte houden. Maar goed, we hebben ervoor gekozen een laag profiel ten opzichte van de media te houden en zijn bijvoorbeeld niet van plan zijn naam te vermelden.'

'Dat zal niet veel helpen,' zegt Signe. 'Ik twijfel er niet aan dat zijn moeder naar de media stapt om ons te beschuldigen van machtsmisbruik en een heksenjacht op haar zoon. We moeten het maar afwachten.'

Het verkeer in het centrum van Kopenhagen is op zaterdagmiddag relatief rustig en het duurt maar een kwartier om van Teglholmen naar de Classensgade te rijden. Ze stappen uit de auto en het valt Signe op hoe vreemd ze zich in dit deel van Østerbro voelt. Het is niet meer dan een paar flinke steenworpen verwijderd van enkele van de grootste ambassades, maar het is bijna sensationeel als je hier een vrouw met een hoofddoek om tegenkomt. Het is een gek idee dat het niet ver af ligt van Nørrebro, met zijn drukte, verschillende etnische gemeenschappen, shoarmazaken, geldtransferbureaus en telefoonreparateurs die voor weinig geld kapotte schermen repareren.

Signe en Ghita begroeten de twee agenten van de surveillancedienst, waarna Signe op de bel drukt. Beate Danius doet bijna meteen open.

'Ik ben Signe Kristiansen van de Politie Kopenhagen. Mogen we binnenkomen?'

'Wat willen jullie?'

'We willen graag naar binnen.'

Na een paar seconden zoemt het slot van de deur en ze duwen hem open. Het trappenhuis is slecht verlicht en Signe ziet Beate Danius als een schaduw bovenaan de trap op de eerste verdieping staan. Signe haalt haar legitimatiebewijs tevoorschijn en stelt zichzelf voor.

'Ik weet wie je bent. Je werkte samen met Martin Junckersen aan de zaak tegen mijn zoon. Jij bent een van degenen die hem hebben laten veroordelen.'

'We willen graag met Robert praten,' zegt Signe.

'Dat gaat niet.'

'Hij woont hier toch?'

'Ja, maar hij is hier niet.'

'Weet je waar hij is?'

'Nee, dat weet ik niet.'

Signe kijkt naar Ghita, die knikt.

'We willen graag in het appartement rondkijken,' zegt Signe.

'Hebben jullie een huiszoekingsbevel?'

'Dat hebben we niet nodig.'

De vrouw kijkt vermoeid naar de vier agenten, draait zich om en loopt het appartement in. Signe houdt de twee agenten van de surveillancedienst met een handgebaar tegen en Ghita en zij gaan alleen naar binnen. Het duurt niet lang voordat ze kunnen vaststellen dat Robert Danius inderdaad niet in het appartement is.

'En je hebt geen idee waar hij is?' vraagt Ghita.

'Nee, en jullie moeten eens ophouden met jullie getreiter. Wat willen jullie van Robert?'

'Dat kunnen we helaas niet vertellen, maar als je hem ziet, vraag hem dan om contact met ons op te nemen,' zegt Signe. Ze geeft Beate Danius haar visitekaartje.

Roberts moeder pakt het aan en stopt het in haar zak.

De hele actie heeft minder dan vijf minuten geduurd. Signe en Ghita nemen afscheid van de twee geüniformeerde collega's die weer in hun surveillancewagen stappen en in de richting van Strandboulevarden rijden.

'Wat doen we nu?' vraagt Ghita.

'Naar Teglholmen terugrijden en een plan bedenken.'

Ghita gaat achter het stuur zitten. Signe opent het rechterportier en staat op het punt eveneens in de auto te stappen als ze een paar honderd meter verderop een man die ze herkent in de straat ziet lopen. Op hetzelfde moment ziet hij haar ook en hij verstijft. Vervolgens draait hij zich om en begint in de richting van Lille Triangel te rennen.

'Daar is hij!' roept ze naar Ghita.

'Waar?'

'Hij rende de Dag Hammarskjölds Allé in. Volg hem met de auto,' zegt Signe en ze vervloekt zichzelf omdat ze vanochtend geen sneakers, maar haar nagenoeg nieuwe Birkenstock-sandalen heeft aangetrokken.

Ze begint door de Classensgade te rennen en botst bijna tegen een man op die op het laatste moment opzijspringt. Ze heeft een vaag gevoel dat ze hem eerder heeft gezien, maar rent verder. Ghita keert de auto en scheurt met piepende banden en het zwaailicht en de sirene aan door de straat. Signe bereikt het kruispunt en blijft staan. Danius is schuin de straat overgestoken en rent nu in de richting van station Østerport. Blijkbaar staat Ghita bij het kruispunt vast in het verkeer. Signe kijkt snel om zich heen, de weg is min of meer vrij, dus steekt ze snel de Dag Hammarskjölds Allé over. Verdomme, hij rent echt snel en is al bijna bij de Stockholmsgade. Eindelijk hoort ze Ghita aan komen rijden, maar ze is te laat, ze zijn allebei te laat. Robert Danius is het park Østre Anlæg in gerend – natuurlijk kiest hij voor Østre Anlæg, het verwilderdste park in het centrum van Kopenhagen met al zijn dicht op elkaar groeiende struiken en ontelbare mogelijkheden om zich te verstoppen.

'Roep versterking op en laat ze zoveel mogelijk wagens sturen!' roept ze naar Ghita, waarna ze het park in rent.

Er zijn heel veel plekken waar hij naartoe kan zijn gegaan. Ze besluit door de Stockholmsgade naar de speeltuin en het museum Den Hirschsprungske Samling te gaan. Signe houdt een paar joggers tegen en vraagt of ze een man hebben zien rennen. Dat hebben ze niet, dus is hij waarschijnlijk de andere kant op gegaan en rent hij nu om het meer heen. Ze passeert het museum, maar beseft dat het zinloos is.

'Verdomme!' roept ze zo hard dat een baby in een kinderwagen wakker wordt en begint te huilen.

De moeder, die met een latte in haar hand op een bankje zit, kijkt Signe verwijtend aan.

'Sorry,' mompelt ze en ze begint terug te lopen.

'Ze sturen alles wat ze hebben. Ook een hondenbrigade,' zegt Ghita.

Signe knikt en vloekt inwendig omdat ze geen kleding van hem hebben waaraan de honden kunnen ruiken. Het is misschien ook te veel gevraagd om het hele park af te zetten en het publiek op afstand te houden zodat de honden het gebied kunnen doorzoeken, want Danius is waarschijnlijk al lang verdwenen. Østre Anlæg heeft veel uitgangen.

'Laten we maar teruggaan en een opsporingsbericht uitsturen,' zegt ze.

'Hij moet geweten hebben dat we hem kwamen arresteren, anders was hij niet gevlucht,' zegt Ghita.

Signe knikt. 'Misschien weet hij dat we zijn laptop gevonden hebben. Hij weet tenslotte precies wat erop staat.'

Haar telefoon gaat. Het is Merlin. Hij vraagt of ze even naar zijn kantoor kan komen. Ze zegt dat ze er over een uurtje kan zijn en heeft een sterk vermoeden wat Merlin haar wil vertellen. Eigenlijk is het een opluchting, want het is bijzonder vermoeiend om de hele tijd zo zenuwachtig te zijn als ze inmiddels al veel te lang is.

33

Niemand heeft zoveel voor haar carrière betekend als Erik Merlin. Toen ze nog bij de afdeling Zware Criminaliteit werkte, vertrouwde hij altijd op haar, zelfs voordat ze zich ontwikkelde tot een van de beste moordrechercheurs van het land. Ze kent haar waarde goed genoeg om te weten dat ze hem op dat gebied nooit heeft teleurgesteld. Merlin is ook degene die haar beschermde als ze de fout in ging door rechtstreekse bevelen te negeren en naar haar intuïtie te luisteren. Maar doet hij dat deze keer ook of heeft ze iets gedaan wat zelfs een man als Merlin te ver gaat?

Ze gaat zitten op de stoel voor zijn bureau waarop ze al honderden keren heeft gezeten.

'Ik hoor dat Danius aan jullie ontsnapt is,' zegt Merlin.

'Ja, maar we krijgen hem wel te pakken. We hebben net een opsporingsbericht uitgestuurd. Er moet een grens zijn aan hoeveel plekken die man heeft om zich te verstoppen.'

Merlin knikt afwezig. 'Ik heb bezoek van Charlotte gehad,' zegt hij.

'Is dat zo? Wat wilde ze?'

'Ze vroeg naar de twee haren die op het lichaam van Katja Lütsach gevonden zijn. We hebben zelf nogal wat moeite gehad om de aanwezigheid ervan te verklaren. Ze wil er misschien een artikel over schrijven. Daarnet heeft Markman me bovendien gebeld om te vertellen dat hij op eigen houtje en voor eigen rekening een DNA-analyse op het bloed van Troels heeft laten uitvoeren, en hij vraagt of ik van plan ben om Troels' DNA-profiel door het personenregister te halen.'

'Met wat voor reden?' vraagt Signe terwijl ze probeert haar stem neutraal te houden.

Merlin kijkt recht in haar ogen. 'Om te achterhalen of Troels verantwoordelijk is voor meer verkrachtingen dan die waarover we weten, namelijk de vrouw die in de zaak tegen Peter Rolf achter gesloten deuren getuigd heeft.'

'Mogen we überhaupt zelf DNA-analyses laten uitvoeren en die door de registers halen? Ik bedoel... Troels was tenslotte niet veroordeeld wegens verkrachting, hoewel er voldoende reden is om de getuigenis van de vrouw te geloven.'

'Dat klopt,' zegt Merlin. 'Er zijn maar een paar mensen bij NC3 die dat mogen doen en dan alleen als het om lopende zaken gaat. Het valt echter binnen mijn bevoegdheid om een zaak te heropenen als ik denk dat daar voldoende reden voor is, en ik ga toch bijna met pensioen.'

Het is zo stil in Merlins kantoor dat Signe haar hart kan horen kloppen.

'Wist je dat Charlotte bij Peter Rolf in Herstedvester op bezoek is geweest?' vraagt hij na een tijdje.

'Ja, daar heb ik het met haar over gehad.'

'Je weet dus ook dat Rolf ervan overtuigd is dat er maar één logische verklaring is, namelijk dat iemand die twee haren op het lichaam geplaatst heeft?'

'Dat is inderdaad een mogelijkheid. Een van de vele mogelijkheden. Wat ben je van plan daaraan te doen?'

'Het liefst zou ik die zaak laten rusten en vaststellen dat we nooit zullen achterhalen van wie de twee haren zijn, en dan kan Peter Rolf zoveel klagen als hij wil.'

'Oké, maar stel dat Charlotte blijft graven. En zelfs als ze het artikel niet schrijft, gaat Rolf dan niet gewoon naar een andere journalist?'

'Misschien wel, maar die zal ook niet verder komen dan zij. Tenzij er nieuwe informatie opduikt. Of heb jij daar een ander idee over, Signe?'

'Nee,' zegt ze. 'Misschien moet je Troels' profiel door het register halen om te zien of hij nog meer op zijn geweten had.'

'Dus jij weet nergens van, Signe?'

'Waarvan zou ik iets moeten weten?'

'Tja... van... Troels en de haren?' Hij kijkt haar strak aan. 'Signe, wat is er in vredesnaam aan de hand?'

Ze kijkt hem koppig aan. 'Niets.'

34

Kasper lijkt zich veel beter te voelen. Hij is uit bed gekomen, heeft gedoucht en is aangekleed. Juncker heeft alle boodschappen gehaald van de lijst die zijn zoon hem heeft gemaild. Er stonden verschillende ingrediënten op waarvan hij het bestaan niet eens wist. Nu is Kasper in de keuken bezig om een Aziatisch noedelgerecht te maken terwijl Juncker in de woonkamer zit en probeert een overzicht te krijgen van de zaken waarmee GC en Asser Larsen zich bezighielden in de tijd dat hij senior officier van justitie bij de afdeling GC was.

'Zullen we televisiekijken terwijl we eten?' vraagt Kasper.

'Prima. Een film?'

'Nee, ik heb meer zin om een serie te bingen.'

'Bingen?'

Kasper staart verbaasd naar zijn vader. 'Weet je niet wat bingen betekent? Je bent echt een wandelend openluchtmuseum. Het betekent dat je meerdere afleveringen van een serie achter elkaar kijkt.'

'O, oké. Laten we dan maar een serie... bingen. Heb je een suggestie?'

'Ik ben nog niet begonnen aan *Succession*. Wat denk je daarvan?'

'Die ken ik niet. Waar gaat die over?'

'Iets met een multimiljardair die een mediaconglomeraat bezit en vier kinderen heeft die erom vechten wie hem gaat opvolgen. Sommigen noemen het de beste serie ooit gemaakt.'

Dat klinkt behoorlijk saai, denkt Juncker. 'Oké. Laten we die dan maar kijken.'

Het noedelgerecht is lekker, maar is ook zo scherp dat de tranen in Junckers ogen springen. Hij probeert de brand in zijn mond te blussen door een glas water te drinken, maar dat maakt het alleen maar erger.

'Is het te pittig, pa?' vraagt Kasper bezorgd.

'Nee, nee,' zegt Juncker hijgend. 'Helemaal niet.'

Ze bekijken de eerste twee afleveringen van de serie vrijwel zwijgend. Het raakt Juncker als een stomp in zijn *solar plexus* omdat de tirannieke patriarch Logan Roy hem zoveel aan zijn eigen vader doet denken.

'Lijkt die oude mediamagnaat niet heel veel op opa?' vraagt Kasper alsof hij Junckers gedachten kan lezen.

'Een beetje wel,' antwoordt Juncker.

'Dan vraag ik me af wie van de vier kinderen jij bent,' zegt Kasper met een glimlach.

Juncker heeft precies hetzelfde gedacht. Alle vier de mogelijkheden zijn even angstaanjagend. Gelukkig gaat zijn telefoon. 'Ja, Merlin.'

'In een bos bij Herfølge is een lichaam gevonden.'

'Dat valt toch onder district Midden- en West-Seeland?'

'Ja, maar de agenten die als eersten ter plaatse waren herkenden het lichaam en daarom hebben ze mij gebeld.'

'Asser?'

'Inderdaad. Hij is natuurlijk nog niet officieel geïdentificeerd, het lichaam is nog maar een uur geleden gevonden, maar ze zijn er zeker van dat hij het is.'

'Oké.'

Het blijft even stil.

'Ik ben bij Kasper,' zegt Juncker vervolgens.

'Dat vertelde Nabiha al. Ik wilde je alleen op de hoogte brengen.'

'Bedankt voor je telefoontje,' zegt Juncker en hij hangt op.

Vader en zoon zwijgen even. Dan staat Kasper op en neemt de vuile borden en het bestek mee naar de keuken. Als hij alles in de vaatwasser heeft gezet, gaat hij in de deuropening van de woonkamer staan.

'Is er een moord gepleegd?' vraagt hij.

'Ja. Niet in ons politiedistrict, maar het gaat om een man die we zochten. Een van onze eigen mensen.'

Kasper knikt. 'Het is oké, pa. Je hoeft voor mij niet te blijven. Het gaat goed met me.'

'Zeker weten?'

'Ja, zeker weten.'

'Ik kan bellen en vragen of mama hiernaartoe kan komen.'

'Dat hoeft niet.'

'Goed, dan ga ik nu. Ik ben maar een paar uur weg. Daarna kom ik terug.'

'Ik ben doodmoe en ga zo naar bed.'

'Oké. Zie ik je morgen dan?'

'Ja.'

Juncker voelt zich een beetje schuldig terwijl hij de voordeur achter zich dichttrekt. Hij loopt de trap af en belt Merlin om te vragen hoe hij de plek waar Asser Larsens lichaam is gevonden kan vinden. Als de portiekdeur achter hem dichtslaat ziet hij een man aan de overkant van de straat staan. Juncker kan niet meer zo goed in de verte kijken en ziet niet wie het is, maar hij ziet wel dat de man met zijn armen over elkaar geslagen tegen een muur leunt. Juncker loopt naar zijn auto, die vijftig meter verderop staat. De man begint in dezelfde richting te lopen. Juncker stapt in zijn auto en kijkt de straat in, maar nu is de man plotseling verdwenen en hij begint te twijfelen of hij het zich heeft verbeeld.

Doe toch normaal, denkt hij, en hij start de motor.

35

Juncker is niet in Herfølge geweest sinds hij een jongen was. Een vriendje van hem was van Sandsted naar het dorp vijf kilometer ten zuiden van Køge verhuisd en Juncker was een paar keer bij hem op bezoek geweest voordat de vriendschap verwaterde. Destijds was Herfølge een verzameling huizen langs een provinciale weg, met onder andere een station, een school, een kerk, een kruidenier en een supermarkt. Juncker herinnert zich dat het dorp zo slaperig was dat Sandsted daarbij vergeleken een metropool leek. Sindsdien is Herfølge uitgegroeid tot een aanzienlijk grotere verzameling huizen langs een provinciale weg, maar het lijkt nog steeds heel slaperig.

Hij slaat af bij het stadion en hoewel hij niet veel van voetbal weet, is hij er wel van op de hoogte dat voetbalclub Herfølge in 2000 sensationeel kampioen van Denemarken werd. Het was de kleinste gemeente ooit die een landstitel had gewonnen. Hij rijdt nog bijna een kilometer verder en stopt bij een grindweg, waar twee agenten bij een politieauto, een bestelbusje en een paar personenauto's staan. Hij stapt uit en begroet hen.

'De technisch rechercheurs hebben ons gevraagd ervoor te zorgen dat er geen auto's het bos in rijden, zodat mogelijke bandensporen en voetafdrukken niet vernietigd worden. Maar de man ligt niet zo ver in het bos,' zegt de oudste van de twee geüniformeerde agenten. 'Een paar honderd meter verderop langs de grindweg aan de linkerkant. Het is voornamelijk beukenbos en de bomen staan ver uit elkaar, dus het is eenvoudig te zien waar je moet zijn.'

Het is een mooie zomeravond. De lucht is zacht, hoewel de zon een paar uur geleden al is ondergegaan. Er zijn geen wolken aan de hemel en het is nog steeds zo licht dat hij zijn zaklamp niet hoeft aan te doen om probleemloos te kunnen lopen. Hij hoort het zachte ruisen van de snelweg. In de verte ziet hij het felle licht van schijnwerpers tussen de bomen. Hij verlaat de grindweg en loopt tussen de hoge, slanke beuken door over de bosgrond. Hij voelt de spanning die altijd door hem heen stroomt als hij een nieuwe zaak, een nieuw lichaam nadert.

De technisch rechercheurs hebben een cirkel met een diameter van ongeveer vijftien meter rond het lichaam afgezet met plastic lint. Juncker loopt naar Nabiha toe, die net buiten de afzetting staat. Ze knikt en lijkt nogal verrast hem te zien.

'Hoe is hij vermoord?' vraagt Juncker.

'Met meerdere schoten. Ik mocht heel even van dichtbij kijken. Een schot in het hoofd, dat op een schampschot lijkt. Minstens één schot in de borst en, voor zover ik kon zien, ook een in het bovenbeen.'

'Dat klinkt chaotisch.'

'Het is in elk geval bloederig en lijkt niet bepaald op het werk van een professional.'

'Hij kan zich verzet hebben. Wie heeft hem gevonden?'

'Twee mountainbikers. De geüniformeerde agenten hebben hun verklaring opgenomen en hun contactgegevens genoteerd. De twee namen het vrij kalm op en leken niet erg onder de indruk van de situatie. Ze komen beiden uit Herfølge en zijn vervolgens naar huis gefietst.'

Juncker knikt en krabt aan zijn baardstoppels. 'Waarom hier? Waarom in een bos bij Herfølge?'

'Goede vraag. Zeg, zou jij niet naar Kasper toe gaan?'

'Wat?' vraagt hij enigszins geïrriteerd.

Ze haalt haar schouders op. 'Niets.'

'Welke arts komt er?' vraagt hij.

'Markman in hoogsteigen persoon. Hij kan hier elk moment zijn.'

Zijn telefoon gaat. Het is Charlotte en hij overweegt even om niet op te nemen, maar doet het toch.

'Ben je niet bij Kasper?' vraagt ze. Ze klinkt zowel zenuwachtig als boos.

'Jawel. Of eigenlijk... Ik ben net weggereden, maar ga zo weer terug. Kasper zei dat het geen probleem was. Dat het goed met hem ging.'

'Verdomme, Martin. Ik heb geprobeerd hem te bellen, maar hij neemt niet op.'

Junckers hart slaat een slag over.

‘Waar ben je?’ vraagt Charlotte.

‘In een bos bij Herfølge.’

‘Voor een zaak?’

‘Ja. Een officier van justitie van het parket van GC. Een collega dus…’

‘Ik dacht dat je besloten had dat het welzijn van je zoon belangrijker was dan je werk. Maar het blijkt weer hetzelfde gezeik met je te zijn. Uiteindelijk eisen de doden altijd je aandacht op.’ Ze heeft een ijskoude klank in haar stem en hij weet niet wat hij moet zeggen. ‘Ik ga er nu naartoe,’ zegt ze.

‘Ik kan er over drie kwartier zijn.’

‘Dat hoeft niet,’ snauwt ze en ze verbreekt de verbinding.

Hij blijft enkele seconden onbeweeglijk staan en draait zich vervolgens naar Nabiha om.

Voordat hij iets kan zeggen, knikt ze. ‘Ga maar. Er is versterking onderweg en er gaat hier niets gebeuren wat ik niet aankan.’

‘Bedankt,’ fluistert hij en hij rent door het schemerige bos naar zijn auto terug.

Hij rijdt het traject in achtendertig minuten omdat hij iets doet wat hij normaal gesproken nooit doet: veel te hard rijden. Hij heeft heel veel geluk en vindt een parkeerplaats vlak bij Kaspers appartement, waar hij de auto met het rechtervoorwiel een halve meter op het fietspad zet. Hij rent naar de portiek, opent de deur en neemt de trap met twee treden tegelijk. Alles voelt als een bizarre herhaling van iets wat hij eerder heeft meegemaakt. Hij stormt het appartement in en blijft in de deuropening van de woonkamer staan. Charlotte zit met haar benen op de bank. Hij hijgt van inspanning, maar voelt zijn hartslag kalmeren. Zo zou ze niet zitten als er iets aan de hand was.

‘Waar is hij?’

‘Hij slaapt.’

‘Waarom nam hij niet op toen je belde?’

‘Hij was naar bed gegaan en zijn telefoon was leeg.’

Hij hoort aan haar stem dat ze nog steeds boos op hem is. Dat is niet meer dan terecht. Hij is ook boos op zichzelf.

14 JUNI

36

Nabiha heeft Merlin rond middernacht gebeld. Hij vroeg of het honderd procent zeker was dat het om het lichaam van Asser Larsen ging en zij had dat bevestigd. Hoewel hij in zijn hoofd was geraakt, stond het schampschot bij zijn slaap een zekere identificatie niet in de weg. Bovendien had hij zijn portemonnee bij zich met onder meer zijn rijbewijs en zorgverzekeringspas, dus was er geen enkele twijfel mogelijk. Ze vroeg of zijn vrouw nog op de hoogte gesteld moest worden en Merlin antwoordde dat hij de plaatselijke politie in Sorø zou vragen om naar haar woning te gaan om te vertellen dat haar man dood was aangetroffen.

Ze was na 2.00 uur 's nachts thuisgekomen en het was al bijna 3.00 uur voordat ze in een onrustige slaap viel. Ze was nog niet eens in de buurt van een remslaap geweest toen de wekker op haar telefoon 's ochtends om 6.00 uur afging. Slaperig zette ze thee, nam een snelle douche en was min of meer helder toen Juncker om 6.30 uur belde en zei dat hij in de straat op haar stond te wachten. Nog voordat ze de snelweg bereikten, was ze diep in slaap.

Ze wordt pas wakker als de auto de indrukwekkende oprijlaan naar de witte villa in Sorø op rijdt.

Benedikte Larsen doet de deur open. Haar rode ogen zijn gezwollen, maar verder is ze kalm. Iets anders zou Nabiha verbaasd hebben. Ze gaan in de woonkamer zitten.

'Het spijt me dat ik jullie niets aanbied...'

Juncker schudt zijn hoofd. 'Daar hoef je je geen zorgen over te maken. Gecondoleerd met je verlies.'

Ze buigt haar hoofd. Ondanks haar gemoedstoestand doet ze dat elegant. Alles aan die vrouw is gracieus, denkt Nabiha, en ze beseft dat ze, zelfs als ze haar hele leven zou oefenen, nooit zou leren om zich op deze manier te gedragen.

'Hebben jullie hem gezien?'

Juncker en Nabiha knikken.

'Is hij… Is het erg?'

Nabiha kijkt naar Juncker, die niets zegt.

'Nee,' zegt ze. 'Het had veel erger gekund. Voor zover we konden zien is hij vier keer geraakt, waaronder een schampschot in het hoofd. Maar die wond lijkt alleen oppervlakkig te zijn. Dus alles bij elkaar…' Nabiha maakt de zin niet af.

Benedikte Larsen knikt langzaam. 'Dat is fijn om te horen.' Ze kijkt naar haar handen, die verstrengeld op haar schoot liggen. 'Vinden jullie het vreemd dat het belangrijk voor me is hoe hij eruitziet?' vraagt ze en ze kijkt op. 'Ik bedoel… Hij is dood en ik ben arts. Ik ben het gewend om het menselijk lichaam aan van alles blootgesteld te zien.'

'Dat is helemaal niet vreemd. Integendeel,' zegt Nabiha. Het is doodstil in de woonkamer.

'De jongens zijn bij mijn zwager en schoonzus,' zegt Benedikte.

'Dat wilde ik net vragen.'

Er valt opnieuw een stilte en de tranen beginnen over Benediktes wangen te stromen. 'Ik wist het eigenlijk wel… Hoewel ik hoopte dat het niet zo was, wist ik dat er iets met hem gebeurd was. Hij zou nooit zomaar verdwijnen. Hebben jullie enig idee wie hem vermoord kan hebben?'

Juncker heeft blijkbaar besloten dat Nabiha het woord voert. 'Het is te vroeg om…'

'De vorige keer dat jullie hier waren kreeg ik de indruk dat jullie wilden onderzoeken of er iets in zijn werk was wat zijn verdwijning kon verklaren. Zijn jullie iets tegengekomen?'

Nabiha kijkt naar Juncker, die zijn lippen tuit en zwijgt. 'Niets waarover we kunnen praten,' zegt ze.

Benedikte Larsen glimlacht flauw. 'Dat is ook goed. Ik begrijp heel goed dat er grenzen zijn aan wat jullie kunnen en mogen zeggen.'

Nabiha vraagt of haar echtgenoot vijanden in zijn omgeving gehad kan hebben. Of dat hij betrokken was bij zaken waarin hij iemand tegen zich in het harnas had gejaagd.

Benedikte schudt haar hoofd hevig. Iedereen mocht haar man. Iedereen.

Hallo, iedereen heeft vijanden, denkt Nabiha. Vooral als je een officier van justitie bent.

Een halfuur later nemen ze afscheid.

'Het is heel goed mogelijk dat we nog een keer met je moeten praten,' zegt Nabiha.

'Jullie mogen altijd langskomen.'

Als ze op de terugweg naar Kopenhagen zijn, zet Juncker zijn imitatie van de Sfinx van Gizeh voort. Nabiha kijkt vanuit haar ooghoeken naar hem. Hoezeer ze hem ook bewondert, ze haat het als hij haar een onzeker gevoel geeft. Ze kent niemand die zo oorverdovend stil kan zijn als hij.

'Heb ik iets verkeerds gedaan of gezegd?' vraagt ze geïrriteerd.

'Niet dat ik weet,' zegt hij. 'Maar dat valt natuurlijk niet uit te sluiten.'

'Waarom zeg je verdomme dan niets?'

Hij haalt zijn schouders op. 'Omdat jij het allemaal geweldig zegt.'

Op dat moment krijgen ze allebei een sms op hun telefoon binnen. Nabiha opent hem. 'Merlin wil dat we na de autopsie bij hem langsgaan.'

'Dan doen we dat,' zegt Juncker.

37

'Ik moet even...' zegt Juncker.

'Geen probleem,' antwoordt Merlin. 'We wachten wel.'

Sinds zijn operatie wegens prostaatkanker, nu anderhalf jaar geleden, heeft Juncker geleerd om de signalen van zijn blaas bijzonder serieus te nemen. Als die hem vertelt dat het nu echt tijd is om te plassen, duurt het niet lang voordat zijn blaas het heft in eigen hand neemt. De keren dat hij de signalen van dit eigenzinnige orgaan heeft genegeerd, heeft hij de prijs daarvoor betaald in de vorm van onaangenaam grote lekkages, in één geval zo ernstig dat de enige passende omschrijving van het ongemak was dat hij in zijn broek had geplast.

Hij doet zijn behoefte en loopt naar het kantoor van zijn chef terug. Nabiha en Geir zitten aan de vergadertafel en Juncker neemt zijn gebruikelijke plek in, naast de deur met zijn rug tegen de muur.

'Ik wil de zaak-Lukas kort bespreken. Ik heb namelijk een spoedanalyse van de bloedvlek op Magnus' shirt laten uitvoeren...'

'Dat wil wat zeggen,' mompelt Juncker.

'Ja, mijn budget is al zodanig overschreden dat honderdduizend meer niet veel verschil maakt. En er is zoveel aandacht voor deze zaak, ook vanuit de politiek, dat ik dacht dat het goed zou overkomen als we de zaak zo snel mogelijk kunnen afronden. De analyse toont aan dat het bloed van Lukas is. Dus, Geir...'

'Zodra we hier klaar zijn, gaan Laust en ik Magnus arresteren en klagen we hem aan wegens de moord op Lukas.'

'Wat doen we met Liam?' vraagt Juncker.

'Ik denk niet dat we voldoende hebben om hem te arresteren, maar we halen hem natuurlijk op voor een verhoor en dan zien we wel verder.'

'Fijn dat we een doorbraak in die zaak hebben. Dat hadden we nodig,' zegt Merlin.

Dat is helemaal waar, denkt Juncker. Hij is opgelucht dat de daders eindelijk zijn gevonden, maar weet ook dat het nog wel even zal duren voordat het schaamrood op zijn kaken door zijn vergissing over de rol van Robert Danius zal verdwijnen.

'Voor wat betreft de moord op Asser reken ik erop dat jij de onderzoeksleider bent, Juncker,' gaat Merlin verder.

Juncker zwijgt even. 'Liever niet,' zegt hij vervolgens.

'O.' Merlin kijkt hem verbaasd aan. 'Goed, dan ben je daarvan vrijgesteld.' Hij kijkt naar Nabiha. 'Dan komt het op jou neer, meisje. Ben je er klaar voor?'

'Eh... natuurlijk,' zegt ze terwijl ze probeert niet stralend te glimlachen. Of ze er klaar voor is? Uiteraard, ze staat te popelen.

'Wat zijn de resultaten van het technisch onderzoek en de autopsie?' vraagt Merlin.

'De vindplaats blijkt eveneens de plaats delict te zijn. Er zijn geen tekenen dat het lichaam verplaatst is. Het lijkt er ook op dat hij zich hevig verzet heeft, want hij heeft veel afweerwonden op zijn handen en onderarmen, en schrammen op zijn rug. Zijn overhemd was vies door de bosgrond. Hij is vier keer geraakt, waarvan één schot het hart doorboord heeft en zijn onmiddellijke dood veroorzaakt heeft. Als dat hem niet gedood had, dan was hij snel doodgebloed door het schot in zijn dijbeen waardoor de slagader doorgesneden is. Al met al nogal slordig schietwerk, zoals Markman ook al opmerkte. Het lijkt erop dat hij op zijn rug lag toen hij twee keer in zijn borstkas geraakt is, want beide kogels zijn in de grond onder het lichaam gevonden. Het dodelijke schot in het hart is een contactschot. Er zit zowel roet als vlamwerking in de wond. De twee schoten zijn bovendien afgevuurd met twee verschillende wapens, beide van negen millimeter. De kogels van de schoten in het dijbeen en het hoofd zijn niet gevonden. Er zijn ook geen kogelhulzen op de plaats delict aangetroffen, dus de moordwapens kunnen pistolen of revolvers geweest zijn. Hij is waarschijnlijk zaterdagochtend vroeg vermoord, rond 6.00 uur, met een marge van een paar uur. Hij was verder gezond... En dat is in grote lijnen alles. O ja, ik moet nog melden dat de technisch rechercheurs een briefje in de borstzak van Assers overhemd gevonden hebben, maar omdat het helemaal doorweekt was van het bloed, hebben ze het nog niet kunnen lezen. Ze werken eraan.'

Merlin beëindigt de vergadering, en Nabiha en Juncker lopen samen naar hun bureaus.

'Waarom wil je geen onderzoeksleider in deze zaak zijn?' vraagt ze.

'Omdat... ik dat liever niet wil.'

'Vanwege Kasper?'

Hij knikt.

'Oké, dat begrijp ik,' zegt ze.

'Fijn dat je er zo over denkt.'

Ze kijkt vanuit haar ooghoeken naar hem. Bedoelt hij dit sarcastisch? Het is onmogelijk aan zijn gezichtsuitdrukking af te lezen.

'Wat doen we nu?' vraagt ze.

'Dat is aan jou. Jij bent de onderzoeksleider,' zegt hij met een scheve glimlach.

Ze beantwoordt zijn glimlach. 'Ja, dat ben ik inderdaad, maar de onderzoeksleider vraagt jou nu om advies.'

Hij denkt even na.

'Het zou absoluut handig zijn om meer te weten te komen over die blijkbaar bijzonder geheime zaak waaraan Asser werkte. Het zou ook goed zijn als we Robert Danius te pakken krijgen, ook al is het misschien wat vergezocht om te denken dat hij zijn voormalige advocaat vermoord heeft. Hij kan wel raden dat we hem als een van de eersten gaan ondervragen.'

'We staan dus met lege handen.'

'Dat kun je wel zeggen.'

38

Er staat geen geadresseerde of afzender op de bruine envelop die samen met de zondagskrant in haar brievenbus ligt. Charlotte legt de krant en de envelop op de eettafel en gaat zitten. De envelop is stevig dichtgeplakt met brede tape die ze ongeduldig probeert los te trekken, maar zonder succes. Vloekend staat ze op. Het gebeurt steeds vaker dat ze dingen niet open krijgt. Flessen vruchtensap, plastic bakjes met vleeswaren, zakken snoep. Weer een van die wrede dingen van het ouder worden.

Ze pakt een keukenmes en daarmee lukt het. De envelop is gevoerd met bubbeltjesplastic en ze houdt hem geopend boven de tafel. In eerste instantie denkt ze dat hij leeg is, maar als ze hem schudt valt er een klein voorwerp op het tafelkleed. Het is een USB-stick. Ze staart er even naar en stopt een paar vingers in de envelop om er zeker van te zijn dat er geen briefje of iets anders in zit waardoor ze weet wie de afzender is, maar hij is leeg. Ze zet haar laptop aan en stopt de USB-stick erin. Hij bevat maar één bestand. Ze klikt op het icoontje en de video begint te spelen.

Het filmpje lijkt te zijn opgenomen in het Fælledpark, om precies te zijn in het gebied dat grenst aan de Edel Sauntes Allé, een plek die ze heel goed kent van al haar wandelingen met de kinderwagen toen de kinderen klein waren. Een persoon in een overall, zoals de politie tijdens het werk op een plaats delict draagt, loopt over een grindpad. Het is onmogelijk te zeggen of het een man of een vrouw is omdat de capuchon van de wijde overall strak aangetrokken is. De gestalte stopt bij een paar struiken die op een grote, groene iglo lijken en gaat via een opening in het groen naar binnen.

De filmer zoomt in en het beeld wordt korreliger, maar nog steeds is duidelijk te zien dat er onder de groene koepel iemand op de grond ligt die een korte knalrode jas draagt, maar verder naakt lijkt. De persoon in de overall knielt naast degene die op de grond ligt, maar staat snel weer op, loopt naar de opening, kijkt naar beide kanten, ritst de overall tot halverwege de borstkas open, steekt zijn hand onder de overall en haalt iets tevoorschijn. Het is onmogelijk te zien wat het is. De persoon loopt terug, knielt opnieuw naast het levenloze lichaam en steekt zijn arm uit, maar het is niet te zien of de persoon iets wegpakt of juist iets neerlegt.

De filmer zoomt uit. Een andere gestalte, eveneens in een overall, komt in beeld, stopt bij de opening in de struiken en gaat naar binnen. Daar eindigt de video, die drie minuten en eenendertig seconden duurt. Charlotte bekijkt hem nog een keer. Dan staat ze op, loopt naar de tuindeur en steekt met trillende handen een sigaret op. Ze twijfelt niet aan wat ze daarnet heeft gezien. Het is een opname van de plek waar de actrice Katja Lütsach iets meer dan anderhalf jaar geleden door Peter Rolf is vermoord. Gefilmd zijn de momenten waarop de eerste onderzoekers arriveren. Ze twijfelt er ook niet aan wie de twee onderzoekers zijn: haar ex-man en haar beste vriendin. Ze herkent hem aan zijn manier van lopen en de licht voorovergebogen houding. En ze weet dat Martin en Signe, afgezien van de agenten in uniform, de eersten waren die op de plaats delict arriveerden. Ze twijfelt er ook niet aan wie de cameraman is. Theoretisch gezien zou het natuurlijk een toevallige voorbijganger kunnen zijn die zich afvroeg wat de politie daar op die vroege zondagochtend deed. Maar dat is niet zo, want hoe zou een toevallige voorbijganger kunnen weten dat zij van plan is een verhaal te schrijven over wat er op de video te zien is, waarna hij die video vervolgens anoniem naar haar toe stuurt? Nee, natuurlijk is het Peter Rolf, zo berekenend is hij wel. Eerst vermoordt hij een vrouw op een plek waar het risico groot is dat er iemand langskomt en ontdekt wat er aan de hand is. Vervolgens blijft hij in de buurt om het politiewerk op de plaats delict te filmen.

Ze heeft geen idee hoe hij erin is geslaagd om de USB-stick uit de gevangenis te smokkelen en iemand zover te krijgen om die in haar brievenbus te stoppen. Maar hij moet met iemand samenwerken, zowel binnen als buiten de gevangenismuren. Het is een angstaanjagende gedachte.

Rolf kon zijn opwinding waarschijnlijk nauwelijks onderdrukken toen hij besefte dat hij toevallig de paar seconden had gefilmd waarin een rechercheur een vals bewijsstuk in de vorm van twee haren op het lichaam plaatste.

Charlotte steekt nog een sigaret op. Ze zou dolgelukkig moeten zijn, maar dat is ze niet. Ze is eigenlijk zo verdrietig dat ze haar best moet doen om niet te gaan huilen. Ze heeft er al langer een duidelijk gevoel over hoe alles in elkaar zit en dat Signe zich op glad ijs bevindt. Maar het ultieme bewijs ontbrak en ze had gehoopt dat het nooit boven water zou komen, want dan hoefde ze niet te beslissen of ze het leven van haar vriendin zou ruïneren door het verhaal zelf te schrijven of – wat waarschijnlijker is vanwege haar overduidelijke belangenverstrengeling – het aan een andere journalist over te laten.

Die beslissing moet ze nu echter wel nemen.

39

Juncker werpt een blik op Nabiha. Ze zit voorovergebogen achter haar bureau, met haar neus zo'n dertig centimeter van het computerscherm, terwijl ze geconcentreerd de verslagen bestudeert over de zaken waarmee Asser Larsen zich tijdens zijn jaren als advocaat heeft beziggehouden. Misschien heeft ze een computerbril nodig, bedenkt hij. Hij vraagt zich af of hij het zal voorstellen, want ze bederft haar ogen op deze manier.

Er is de afgelopen maanden iets met haar gebeurd. Ze is veranderd, ernstiger geworden. Of eigenlijk… Ze is nooit een lachebek geweest, in elk geval niet zolang hij haar kent, en dat is inmiddels bijna vier jaar. Ze is verbetener geworden, maar dat is natuurlijk niet zo vreemd als je bedenkt dat ze nog niet zo lang geleden met scherp op iemand heeft geschoten. Dat beïnvloedt iedereen op de een of andere manier. Hij is er echter vrij zeker van dat het niet de enige oorzaak is, want ze is mentaal sterker dan de meeste mensen die hij kent. De gevolgen van het schietincident daarentegen, dat Mascha overplaatsing heeft aangevraagd… Dat zou best een reden kunnen zijn. Juncker is er namelijk vrij zeker van dat Nabiha en Mascha iets met elkaar hadden, iets wat waarschijnlijk werd verbroken nadat Nabiha naar waarheid had verteld dat Mascha de situatie had uitgelokt en Nabiha daardoor genoodzaakt was om te schieten.

En dan heeft ze ook nog te maken met de reactie van haar collega's.

Hij heeft het eerder meegemaakt. Als je je niet houdt aan de ongeschreven regels om elkaar rugdekking te geven – en de belangrijkste regel daarvan is een eventuele fout van je partner maskeren – dan word je daarvoor gestraft. Vroeger was het nog veel erger, maar soms steekt dat monster nog steeds zijn lelijke kop op. Het valt ook niet uit te sluiten dat Nabiha's zelfverzekerdheid een rol heeft gespeeld. Misschien hebben veel collega's gewoon gewacht op de kans om haar te kunnen kleineren. Hij heeft zelf meer dan eens de neiging gehad haar terecht te wijzen, maar heeft het nooit gedaan omdat ze bijna altijd gelijk heeft als ze weer eens onvermoeibaar volhoudt.

Ook haar kledingstijl is veranderd. Voorheen droeg ze altijd casual kleding: jeans en een loshangend overhemd. Nu draagt ze bijna alleen maar iets te grote zwarte kostuums en spierwitte overhemden die ze hooggesloten draagt. Ze lijkt eerder een filmster dan een politieagent. Juncker is er zeker van dat het haar manier is om haar collega's duidelijk te maken dat ze maling aan hen heeft.

Nabiha's telefoon gaat en ze zucht hartgrondig. Het lijkt alsof ze in eerste instantie van plan is niet op te nemen, maar dan van gedachten verandert. 'Hallo, mama...'

Nabiha reageert een paar minuten lang voornamelijk met korte, eenlettergrepige woorden. Dan probeert ze het gesprek af te ronden en schakelt ze over op het Arabisch. Nadat ze heeft opgehangen, blijft ze even met haar telefoon in haar hand zitten en staart voor zich uit.

'Heeft je moeder problemen?' vraagt Juncker.

'Ze heeft niets anders.' Nabiha vertelt dat haar moeder, sinds ze werkloos is geworden, wordt achtervolgd met eisen waaraan ze met geen mogelijkheid kan voldoen. 'Nu heeft ze een brief van het werkplein gekregen dat ze een cursus moet volgen om te leren hoe ze een sollicitatiebrief en een betrouwbaar cv moet schrijven, maar die cursus heeft ze verdomme net gedaan.'

'Misschien is het een vergissing.'

'Ja, dat zal wel, maar ze is er helemaal overstuur van en ik moet tijd vrijmaken om het uit te zoeken.'

'Wil je moeder niet liever werken in plaats van thuis te zitten?'

Juncker ziet dat Nabiha's donkerbruine ogen bijna zwart worden. Hij weet uit ervaring dat het een teken is dat ze op het punt staat boos te worden.

'Bedoel je dat mijn moeder zich ziek en dom voordoet om niet te hoeven werken?' vraagt ze met geforceerde kalmte in haar stem.

'Nee, absoluut niet. Ik bedoel gewoon dat –'

'Ze is zestig en heeft ernstige artrose in beide handen. Haar Deens is niet om over naar huis te schrijven. Wat voor werk denk je dat ze kan doen?'

Juncker zoekt wanhopig naar een uitweg. 'Ja, dat lijkt me inderdaad lastig,' mompelt hij.

'Het is onmogelijk, zo simpel is het.' Ze leunt naar achteren op haar stoel. 'Vertel, hoe zat dat met jouw ouders? Jouw vader was toch advocaat?'

'Ja. Hij had zijn eigen advocatenkantoor. Hij is drieënhalf jaar geleden overleden.'

'Dat kan ik me nog goed herinneren. Hij heeft dus nooit hoeven solliciteren,' zegt ze met een glimlach. 'En dat geldt natuurlijk ook voor je moeder, hè?'

'Inderdaad. Nadat mijn moeder en vader getrouwd waren, is ze altijd thuisgebleven. Mijn vader heeft gewerkt tot hij eind zestig was, waarna hij zijn praktijk verkocht. Ze hebben nooit ergens gebrek aan gehad.'

'Er is inderdaad een verschil tussen mensen. Je vader was dement, als ik me goed herinner.'

Juncker knikt.

'En jij zorgde aan het eind van zijn leven toch voor hem?'

'Ja,' zegt hij. Of wat het ook was dat hij deed.

Junckers telefoon gaat. Het is een van de technisch rechercheurs. Hij vertelt dat het hen is gelukt om te ontcijferen wat er op het briefje staat dat in Asser Larsens zak was gevonden: Phra Nang en iets wat op een vraagteken lijkt. En nog iets anders waarvan ze nog niet weten wat het is, maar waaraan ze verder werken.

'Phra Nang? Zegt dat jou iets?' vraagt Nabiha.

Hij schudt zijn hoofd.

'Het klinkt Thais,' zegt ze. 'Ik ga het googelen… Het is een strand in Thailand,' zegt ze een paar seconden later. 'En wacht even…' Ze scrolt naar beneden. 'Er is ook een restaurant dat zo heet. In de Jyllingevej. Tussen de Sallingvej en de Ålekistevej.' Ze kijkt op van het scherm. 'Wat doen we met deze informatie?'

'We gaan erheen om poolshoogte te nemen,' zegt hij. 'Het kan heel goed zijn dat er een simpele verklaring voor is. Misschien had hij daar bijvoorbeeld een tafel gereserveerd.'

'Zouden er dan geen datum en tijd bij staan?'

Juncker haalt zijn schouders op. 'Misschien is dat het deel dat onleesbaar is.'

'Is dat überhaupt niet een beetje vreemd?'

'Wat?'

'Een briefje. Wie schrijft er tegenwoordig nog herinneringsbriefjes?'

'Ik, onder anderen,' mompelt Juncker.

'Dus jij noteert zoiets niet op je telefoon?'

'Nooit.'

'Hm. Moeten we Merlin inlichten?'

'Nee. Als we dat doen, is hij min of meer verplicht het aan Pagh van GC te vertellen en die gaat op de rem staan. Dat kunnen we niet hebben. We komen geen steek verder met dit onderzoek als we GC telkens moeten raadplegen over wie we mogen spreken en wie niet. Nee, als je het mij vraagt, moeten we nu vertrekken. Maar het is natuurlijk aan de onderzoeksleider om die beslissing te nemen,' voegt hij er met een glimlach aan toe.

40

Over het algemeen valt er niet veel goeds te zeggen over de Jyllingevej, die zelfs naar de maatstaven van een in- en uitvalsweg bijzonder weinig charme heeft. Behalve dan het gedeelte dat door Vanløse loopt en dat volgens Juncker een bepaalde aantrekkelijkheid heeft. Hij heeft deze anarchistische mengelmoes van kleine ambachtelijke bedrijven, appartementencomplexen, restaurants en gokhallen leren waarderen toen hij hier als jonge politieagent in opleiding een kamer bij een ouder echtpaar huurde. Niet veel straten in Groot-Kopenhagen kunnen er prat op gaan een begrafenisondernemer, een handelaar in tweedehandsauto's, een koffiebar, de beste specialist in wit porselein van de stad en, tot voor kort, ook nog een modelbouwtreinenwinkel te huisvesten. In deze verkeersader van een paar honderd meter overheersen ondernemerschap, hard werken en de hoop om een enigszins fatsoenlijk bestaan voor jezelf en je gezin op te bouwen. Dit deel van de Jyllingevej doet Juncker op veel manieren denken aan het deel van Nordvest waar hij zelf woont, in de schaduw van de verhoogde spoorlijn en het kantorencomplex van Novozymes.

'Is hier afgelopen herfst die bom niet ontploft?' vraagt Nabiha.

Juncker heeft een parkeerplek op een paar honderd meter van het restaurant gevonden. 'Ja. Als ik het me goed herinner werd een pizzeria met een paar kilo dynamiet verwoest.'

'Is daar iemand voor veroordeeld?'

'Drie jongemannen kregen vier tot vijf jaar gevangenisstraf.'

'Is de reden daarvoor ooit achterhaald?'

'Nee. De verdachten hielden hun kaken stijf op elkaar.'

'Was het bendegerelateerd?'

'Dat is een heel goede gok.'

Restaurant Phra Nang bevindt zich tussen een nagelsalon en een accountantskantoor in een laag, op een barak lijkend gebouw met een opgeplakte vakwerkgevel die is verlevendigd met een kleurrijke muurschildering van een spierwit strand bij zonsondergang. Nabiha trekt aan de glazen deur, die op slot blijkt te zijn. Ze klopt aan, maar er wordt niet opengedaan. Ze duwt haar neus tegen het raam en houdt een hand tegen haar gezicht om haar ogen tegen het licht te beschermen.

'Binnen brandt licht. Staat er ergens dat ze vandaag gesloten zijn?'

Juncker bestudeert een vitrinekast naast de deur waarin het menu van het restaurant hangt. 'Ze zijn elke dag open, maar vandaag pas vanaf 18.00 uur.'

Nabiha klopt nog een keer op de deur, deze keer harder. Even later verschijnt er een jonge vrouw met een Aziatisch uiterlijk achter de deur. Ze gebaart afwerend met één hand en vormt met haar lippen het woord 'gesloten'. Nabiha haalt haar politiebadge tevoorschijn en houdt die omhoog. De vrouw kijkt even verrast, maar draait de deur vervolgens van het slot en opent hem. 'Waarmee kan ik jullie helpen?' Ze neemt niet veel ruimte in beslag; ze is kleiner dan Nabiha, slank en spreekt accentloos Deens.

'We zijn van de politie. Ben jij de eigenaar?' vraagt Juncker.

De vrouw schudt haar hoofd.

'Werk je hier?'

'Ja, ik ben serveerster.'

'Is de eigenaar aanwezig?'

Ze schudt haar hoofd opnieuw.

'De manager dan misschien? Iemand met wie we kunnen praten?'

'Waar gaat het over?'

'De naam Phra Nang is opgedoken in een zaak waarnaar we onderzoek doen.'

'Oké.'

'Is hier iemand met wie we kunnen praten?'

'Wacht even.'

Er verstrijkt een minuut. Juncker kijkt om zich heen. De inrichting is eenvoudig: witte muren, lichte houten vloeren en meubels die eerder Scandinavisch dan Thais aandoen. Geen toeristische posters aan de muren, maar kleurrijke abstracte schilderijen. In het midden van de ruimte staat een groot aquarium met sluierstaarten, neontetra's, zwaarddragers en cichliden, ziet Juncker, die een aquarium heeft gehad toen hij jong was, totdat het ten onder ging aan algengroei en zuurstofgebrek. De vrouw verschijnt weer, nu in het gezelschap van een man die minstens anderhalve kop groter is dan zij en flink gespierd is. Hij draagt een beige linnen pak, een lichtblauw overhemd en bootschoenen. Zijn gezicht, dat eruitziet alsof het uit graniet is gehouwen, is zongebruind en zijn halflange lichtblonde haar is naar achteren gekamd en wordt in bedwang gehouden door een flinke hoeveelheid gel.

Hij glimlacht vriendelijk naar de twee rechercheurs en steekt zijn hand uit om hen te begroeten. 'O nee, dat mag niet meer. Ik vergeet het steeds,' zegt hij terwijl hij zijn hand terugtrekt. 'Ik ben Dolph Krasniqi. Wat kan ik voor jullie doen?'

Hij spreekt bijna perfect Deens, maar met een heel licht accent dat Juncker doet denken aan de Balkan met een vleugje Zweeds.

Juncker herhaalt waarom ze hier zijn.

'Wat kan ik voor jullie betekenen?' vraagt Dolph Krasniqi.

'Als we de reserveringen van... laten we zeggen de afgelopen maand mogen inzien, dan kunnen we controleren of een bepaalde persoon hier geweest is. Of in elk geval of er een tafel op naam van deze persoon gereserveerd is.'

'Dat zou geen probleem moeten zijn. Hoe heet die persoon?'

'Dat kunnen we helaas niet zeggen, maar als we de reserveringen mogen bekijken...'

'Ik ben er niet zeker van of dat kan...'

'Als je dat liever hebt kunnen we ook terugkomen met een gerechtelijk bevel.'

De man denkt een paar seconden na, waarna er een brede glimlach op zijn gezicht verschijnt. 'Dat is natuurlijk niet nodig. Pam, wil je de computer aanzetten?'

De jonge vrouw loopt naar een toonbank bij de deur en begint op een laptop te typen.

'Ga je gang,' zegt ze na een minuut en ze stapt opzij zodat Juncker en Nabiha erbij kunnen.

Het duurt een kwartier voordat Nabiha en Juncker vaststellen dat Asser Larsen hier de afgelopen maand geen tafel heeft gereserveerd.

Krasniqi is met zijn telefoon aan een van de tafels gaan zitten. 'Is er verder nog iets wat ik voor jullie kan doen?' vraagt hij.

'Ik zie dat jullie zowel binnen als buiten beveiligingscamera's hebben,' zegt Juncker. 'Zouden we de opnames mogen zien van... Tja, van zo ver terug als jullie ze bewaard hebben?'

Krasniqi glimlacht opnieuw, maar nu iets geforceerder. 'Dat moet ik helaas weigeren. Onze klanten moeten van hun maaltijd kunnen genieten zonder bang te hoeven zijn dat we video-opnames van hen aan de politie geven. Tenzij er een specifieke reden voor is.'

'Zoals ik al zei kunnen we indien nodig een huiszoekingsbevel krijgen,' zegt Juncker.

'Nou, dan moeten jullie dat maar doen.'

'We komen dus terug met een bevel,' zegt Nabiha en ze kijkt naar Juncker, die knikt. 'Maar we nemen de apparatuur waarop de opnames staan alvast mee. Ik neem aan dat ze op een computer opgeslagen zijn.'

De man staat op en doet een paar stappen in Nabiha's richting. Zijn glimlach is nu volledig verdwenen en zijn felblauwe ogen zijn vernauwd tot spleetjes. 'Dat mogen jullie niet doen.'

'Dat mogen we wel degelijk doen. Artikel 791c in het Wetboek van Strafvordering geeft de politie het recht om in te grijpen als we vermoeden dat het doel van het ingrijpen wordt verijdeld als we op een huiszoekingsbevel moeten wachten. Met andere woorden: we zijn een beetje bezorgd dat er misschien... wie weet... opnames kunnen verdwijnen als we daarop moeten wachten. Maar zoals ik al zei zorgen we voor een huiszoekingsbevel en daar hebben we vierentwintig uur de tijd voor. Zou je dus zo vriendelijk willen zijn ons te laten zien waar jullie opnameapparatuur staat?'

De sfeer is niet optimaal meer als de twee rechercheurs afscheid van Dolph Krasniqi nemen.

'Jezus, wat werd hij prikkelbaar toen we om de opnames vroegen,' zegt Nabiha terwijl ze naar Junckers auto lopen.

Juncker ontgrendelt de auto en legt de tas met de laptop op de achterbank. 'Tja… Misschien is hij gewoon bezorgd over de rechtszekerheid van burgers in relatie tot het optreden van de politie,' zegt hij.

'Ja, vast,' zegt Nabiha. 'Je maakt een grapje, toch?'

'Inderdaad. Maar goed… Hij heeft ergens wel een punt. Het is in deze situatie op het randje om gebruik te maken van het artikel over verijdeling. We hebben immers niet meer dan een papiertje met een Thaise naam erop. We kunnen alleen op een welwillende rechter hopen.'

'Dat gaat wel lukken; we doen onderzoek naar de moord op een van onze eigen mensen. Maar waarom werd hij dan zo boos? Dat is niet bepaald de slimste tactiek als er iets op die opname staat waarvan hij niet wil dat wij het zien.'

'Hij markeerde zijn territorium waarschijnlijk,' zegt Juncker.

'Misschien wel. Of hij is echt zenuwachtig over wat we op die opnames kunnen vinden. Ik zorg ervoor dat iemand ze bekijkt. En we moeten een achtergrondonderzoek naar die Dolph Krasniqi doen.'

'Absoluut.'

15 JUNI

41

Signes enkels doen verschrikkelijk veel pijn. Ze is tijdens de achtervolging van Robert Danius door beide enkels gegaan en zweert dat het de laatste keer is dat ze sandalen draagt tijdens haar werk. Ze pakt de douchekop en laat het warme water eerst over de ene en dan over de andere voet stromen. Het helpt niet veel. Ze zijn waarschijnlijk niet verstuikt, want dan zou ze er nauwelijks op kunnen staan, maar ze doen in elk geval pijn. Haar telefoon, die op de rand van de wastafel naast de douchecabine ligt, begint een nummer van Led Zeppelin te spelen. Ze draait de kraan dicht, schuift het douchegordijn opzij en pakt hem, maar als ze onhandig probeert het gesprek op te nemen glijdt de telefoon uit haar natte hand en valt in een elegante boog op de vloer. Ze stapt vloekend uit de douche en bukt zich moeizaam om hem op te rapen. Op het scherm staat CHEF. Het is alweer een tijd geleden dat Merlin haar chef was, maar ze heeft de naam nooit veranderd. Merlin blijft haar chef.

'Wat is er in vredesnaam aan de hand?' bromt hij.

'Sorry. Ik liet je vallen. Of nou ja, de telefoon dan.'

'Ja, dat merk ik. Waar ben je?'

'Thuis. Het is verdomme nog niet eens 7.00 uur. Ik ben aan het douchen.'

'Neem je je telefoon mee als je onder de douche gaat?'

'Natuurlijk niet, hij ligt... Vertel, waarom bel je?'

'Kom snel onder de douche vandaan en kleed je aan. Robert Danius is in het Ørstedspark gevonden.'

'Levend?'

'Niet echt.'

'Vermoord of zelfmoord?'

'Tenzij hij harakiri heeft gepleegd, zou ik zeggen dat hij vermoord is, afgaand op de beschrijving die ik gekregen heb.'

De agenten die het eerst ter plaatse waren hebben het gebied rondom het pad bij het monument voor H.C. Ørsted en het beeld van Jeanne d'Arc afgezet. Vier technisch rechercheurs en twee agenten met honden doorzoeken het gebied. Signes tijdelijke partner Ghita staat vlak achter de afzetting. Een jonge vrouw zit geschrokken op een bankje en een agent in uniform is naast haar gaan zitten.

'Zij heeft hem gevonden,' zegt een andere agent, die naast Ghita staat. 'Ze werkt in een kiosk in het Centraal Station en begint vroeg. Ze zag een voet uit de struiken steken en ging kijken wat er aan de hand was. Ik kan je vertellen dat het geen prettige aanblik is.'

'Noteer haar naam en telefoonnummer zodat we haar later kunnen bereiken en bied aan haar naar huis te brengen. Het lijkt de hoogste tijd dat ze hier vertrekt.'

'Ze woont om de hoek, dus dat hoeft niet en ze wil graag lopen.'

'Oké, maar laat een van jullie haar dan naar huis brengen. Het is waarschijnlijk niet goed voor haar als ze gaat werken en als ze zich ellendig voelt of met iemand wil praten, kan ze contact met ons opnemen. Kun je ervoor zorgen dat meer mensen van de hulpdiensten hiernaartoe komen en dat de afzetting wordt uitgebreid? Nee, sluit het park helemaal af en stuur iedereen naar buiten.'

'Ik regel het,' zegt de agent.

Ze roept een van de technisch rechercheurs. 'Mag ik even naar hem kijken zonder beschermende kleding aan te trekken? Ik moet zeker weten dat hij is wie we denken dat hij is.'

'Dat is geen probleem, zolang je voorzichtig bent.'

Signe trekt blauwe plastic hoesjes over haar schoenen aan, zet een mondkapje op, stapt over het plastic lint en loopt langzaam naar de struiken waar het lichaam ligt. Ze duwt een paar takken opzij en ziet dat de agent gelijk had: het is geen prettige aanblik. Er is geen twijfel mogelijk dat het Robert Danius is. Hij ligt op zijn zij met een arm boven zijn hoofd en de andere over zijn buik, die afgaand op de hoeveelheid bloed flink opengesneden is. Zijn ogen zijn opengesperd en stralen doodsangst uit. Het lijkt erop dat Danius is doodgebloed en zich misschien bewust was van het feit dat hij het niet zou overleven.

Signe heeft in haar carrière als rechercheur veel dode mensen gezien, maar meestal raakt het haar niet echt; het lichaam van Lukas was een van de weinige uitzonderingen daarop. De aanblik van Danius' verminkte lichaam veroorzaakt geen emotionele reactie.

'Jullie zijn al vlak bij het lichaam geweest. Klopt het dat hij doodgestoken is?' vraagt ze.

'Ja,' antwoordt een van de technisch rechercheurs. Hij trekt zijn mondkapje naar beneden en Signe ziet dat het Peter Lundén is. 'Of misschien kun je beter zeggen dat hij opengesneden is met iets wat zo te zien heel scherp is. De sneden in zijn T-shirt zijn in elk geval netjes en strak. De forensisch arts moet echter vaststellen of het een mes, een scalpel of iets anders geweest is.'

Signe draait zich om naar Ghita. 'Laten we naar zijn moeder gaan om haar in te lichten.'

Ze beginnen te lopen.

'Dat gedoe met Asser Larsen is absoluut heftig. Kende je hem goed?' vraagt Ghita.

'Zo goed als je een collega kent.'

'Het is best angstaanjagend.'

Signe knikt. 'Dat kun je wel zeggen, ja.'

Twintig minuten later staan ze voor de tweede keer binnen vierentwintig uur voor de portiekdeur in de Classensgade en bellen aan. Na een paar seconden hoorden ze Beate Danius' stem door de intercom.

'Wat willen jullie nu weer?' vraagt ze boos.

'We hebben iets te vertellen,' antwoordt Ghita.

'Zeg het maar.'

'Niet hier. Kun je ons binnenlaten?'

De intercom zoemt. Beate Danius staat met over elkaar geslagen armen in de deuropening op de eerste verdieping op hen te wachten.

'Laten we naar binnen gaan. We hebben je iets belangrijks te vertellen,' zegt Ghita.

De uitdrukking op het gezicht van Beate Danius verandert van agressief in aarzelend. 'Goed, kom dan maar binnen,' zegt ze na een paar seconden.

Ze draait zich om, loopt de woonkamer in en gaat op een leunstoel zitten terwijl de twee rechercheurs op de bank plaatsnemen.

'Wat willen jullie nu weer? Nog meer vuil over mijn zoon verspreiden?'

Ghita schraapt haar keel. 'Het spijt me heel erg om je dit te moeten vertellen, maar Robert is dood.'

Beate Danius staart bijna een halve minuut lang verstard naar de twee vrouwen. 'Nee,' zegt ze dan en ze schudt haar hoofd heftig. 'Nee, nee.'

'Het is helaas echt zo.'

Het is een cliché, maar het klopt toch, denkt Signe. De kreet van Beate Danius klinkt precies als die van een gewond dier.

Ghita staat op, hurkt naast de leunstoel en pakt de hand van de vrouw vast. Signe is dankbaar dat haar collega de rol van trooster op zich neemt, want zelf is daar niet toe in staat.

De kreten gaan over in hees gehuil dat na een paar minuten wegsterft. Ghita haalt een keukenrol, scheurt er een stuk af en geeft dat aan Beate, die rechtop gaat zitten en haar neus snuit. 'Ik wist dat het zo zou eindigen. Jullie onterechte straf en jullie jacht op hem nadat hij was vrijgesproken... Het is jullie schuld. Jullie hebben zijn dood op jullie geweten, en ik beloof jullie dat ik ervoor zorg dat jullie hiervoor boeten. De onterechte vervolging door de politie van een vrijgesproken man heeft tot zijn zelfmoord geleid. En nu wegwezen, ik wil jullie nooit meer zien. Jakhalzen.'

Zelfs voor Beates doen is het een buitensporige aanval, denkt Signe en ze overweegt of het beter zou zijn om het gesprek met de vrouw uit te stellen. Maar nu ze hier toch zijn... 'Ik begrijp dat je geschokt en intens verdrietig bent, maar we moeten je een aantal vragen stellen, ook al ben je woedend op ons. Je zoon heeft geen zelfmoord gepleegd, hij is vermoord. We hebben je hulp nodig om degene die dit gedaan heeft te vinden.'

'Vermoord?'

'Ja. Daarom is het belangrijk na te gaan wat hij gedaan heeft vanaf het moment dat jullie een week geleden het Oostelijk Gerechtshof verlieten tot gisteren, toen we hem op straat tegenkwamen nadat we bij jou op bezoek waren geweest.'

'Ik heb hem niet meer gezien nadat hij gisterochtend wegging zonder te vertellen waarnaartoe. Hij is het grootste gedeelte van de tijd hier geweest, maar als hij de deur uit ging zei hij niet wat hij ging doen. Behalve als hij broodjes ging halen op Trianglen.'

Beate snikt en heeft moeite om zich verstaanbaar te maken.

Signe krijgt bijna medelijden met haar. Ze haalt diep adem en begint te vertellen. 'Nadat je zoon vrijgelaten is, hebben we ontdekt dat hij een duistere kant had waarvan je volgens mij niet op de hoogte bent.'

'Duister?'

'Ja, duister is zelfs mild uitgedrukt voor wat je zoon naar alle waarschijnlijkheid gedaan heeft. Het spijt me om het te moeten zeggen, maar we hebben materiaal op zijn oude laptop gevonden waaruit blijkt dat hij minderjarige jongens en meisjes gedwongen heeft foto's van zichzelf in bijzonder vernederende situaties te sturen. En hij heeft ze gedreigd om, als ze geen foto's bleven sturen, de foto's die hij al had door te sturen naar hun vrienden, vriendinnen en familieleden.'

Beate kijkt naar haar alsof ze een roofdier is dat klaarstaat om aan te vallen. 'Mijn zoon was een aantrekkelijke man die uit veel vrouwen kon kiezen. Ze probeerden allemaal zijn aandacht te krijgen. Je beschuldigingen zijn krankzinnig.'

'We hebben onder meer een chat met een dertienjarig meisje gevonden waarin hij schrijft dat ze zichzelf moet filmen terwijl ze de vernederendste dingen bij zichzelf doet, anders zou hij de foto's die hij van haar had naar haar ouders sturen. Dat is wat je aantrekkelijke zoon een minderjarige aangedaan heeft en ik hoop echt voor je dat je de foto's nooit onder ogen krijgt.'

Misschien is ze te ver gegaan. Ze hebben tenslotte te maken met een oudere vrouw die net heeft gehoord dat haar zoon vermoord is.

'Wegwezen! Jullie moeten hier verdomme opdonderen! Eerst stoppen jullie mijn zoon in de gevangenis voor een moord die hij niet gepleegd heeft, dan vertellen jullie me dat hij vermoord is en nu komen jullie met een nieuwe beschuldiging. Mijn zoon heeft die dingen niet gedaan!' schreeuwt ze. 'Wegwezen!'

'We gaan al. Maar je zoon is vermoord en die moord moeten we oplossen, ongeacht wat hij verder gedaan heeft. Dus alles wat je ons kunt vertellen of waarmee je ons kunt helpen kan belangrijk zijn voor ons onderzoek. Weet je of Robert bedreigingen ontvangen heeft? Misschien terwijl hij in de gevangenis zat, of nadat hij vrijgelaten was?'

'De bedreigingen die hij gekregen heeft kwamen doordat jullie hem in de gevangenis gestopt hebben voor iets wat hij niet gedaan heeft,' sist ze hees van woede.

'Is er iemand die je gezelschap kan houden? We kunnen dit gesprek op een ander moment voortzetten. Ik begrijp heel goed dat je een hekel aan ons hebt, maar we willen er zeker van zijn dat er iemand is om voor je te zorgen.'

'Ik heb jullie medeleven niet nodig. Dit was het. Jullie zetten hier geen voet meer binnen. Als de politie nog iets van me wil, dan wil ik alleen lastiggevallen worden door jullie chef. En nu wil ik dat jullie gaan.'

Signe en Ghita staren zwijgend door de voorruit naar buiten.

'Misschien hadden we het bezoek in twee delen moeten splitsen,' zegt Ghita na verloop van tijd.

'Ja, dat hadden we waarschijnlijk moeten doen. Andere agenten hadden haar kunnen vertellen dat haar zoon dood was en wij hadden haar morgen kunnen confronteren met de zieke geest van haar zoon. Maar goed... De foto's en de andere dingen die ik op zijn laptop heb gezien...' Signe zucht. 'Denk je dat ze helemaal niets wist over de neigingen van haar zoon?'

'Dat is moeilijk te zeggen. Ik denk niet dat ze wist wat hij gedaan heeft. Maar ze kan een vermoeden gehad hebben dat er iets niet helemaal klopte. Het is moeilijk te zeggen, en misschien komen we er nooit achter.'

Als ze bij de afdeling Zware Criminaliteit zijn, gaan ze meteen naar het kantoor van Merlin.

'Zo, van pedofilie naar een moordzaak,' zegt Merlin. 'Met drie moordzaken en corona begin ik een beetje krap in het personeel te zitten, dus wil ik graag dat jullie blijven. Ik heb het overlegd met jullie chefs. Ga dus door met onderzoek doen. Hoe ging het bij de moeder van Danius?'

Signe vertelt over het weinig succesvolle bezoek.

'Daar is niets aan te doen,' zegt Merlin. 'Wat is jullie volgende stap?'

'Hoe je het ook wendt of keert, het is opvallend dat een man en zijn advocaat in een moordzaak binnen hetzelfde etmaal dood worden aangetroffen,' zegt Signe.

'Absoluut. Bespreek het met Juncker en Nabiha. Wie zou een motief kunnen hebben om Robert Danius te vermoorden?' zegt Merlin.

'Er is keuze genoeg. Slachtoffers of nabestaanden die wraak willen nemen. Netwerken die naar Amerikaans voorbeeld pedofielen opsporen. Laten we aan de slag gaan.'

Signe en Ghita staan op.

'Signe, een moment nog,' zegt Merlin.

Ze draait zich om in de deuropening. 'Wat is er?'

'Ik wil vanavond graag met jou en Juncker praten, als je daar tijd voor hebt.'

'Natuurlijk. Hier?'

'Ja.'

Wat kan dit nu weer zijn, denkt ze terwijl ze door de gang loopt.

42

Het bleek lastiger dan verwacht om een achtergrondonderzoek naar Dolph Krasniqi te doen. De man is namelijk geen Deens staatsburger en woont ook niet in Denemarken. Hij heeft zowel de Zweedse als de Albanese nationaliteit en woont in Zweden, en het Zweedse staatsburgerschap staat hem toe om in Denemarken te werken.

Juncker belde een collega in Malmö, met wie hij eerder goed heeft samengewerkt tijdens een aantal zaken, om hem om hulp te vragen. De Zweedse collega, Per Månsson, belde binnen een uur al terug. Dolph Krasniqi was drieënvijftig, wat een stuk ouder was dan Juncker had ingeschat. Hij was getrouwd met een tien jaar jongere vrouw die net als hij van Albanese afkomst was, ze hadden samen vier kinderen en woonden in een villa in een voorstad ten zuiden van Malmö. Krasniqi's had geen strafblad; zijn enige overtreding is dat hij vier jaar geleden 's nachts veel te hard over de Øresundbrug was gereden waarna zijn rijbewijs voor een periode van zes maanden voorwaardelijk was ingetrokken.

'Krasniqi is dus een schoolvoorbeeld van een geslaagde integratie,' zegt Nabiha. Ze neemt een hap van haar appel, waardoor het sap op het dashboard spat.

Juncker haalt zijn rechterhand van het stuur. 'Kijk toch een beetje uit,' bromt hij terwijl hij de spatten met zijn handpalm wegveegt. 'Ja, daar lijkt het wel op.'

'Hm.' Nabiha is duidelijk niet overtuigd. 'Ik ben benieuwd of er iets interessants op de bewakingsfilms van Phra Nang te zien is.'

'Heb je iemand gevonden die ze kan bekijken?'

'Ja, Olufsen. Hij was niet bepaald enthousiast over het vooruitzicht de komende twee dagen naar een scherm te moeten staren.' Ze wijst. 'Kijk, dat moet de kerk zijn.'

Juncker bromt iets, slaat even later links af en rijdt een paar honderd meter langs het kerkhof. Bijna tegenover de witte kerk staat een donkerblauwe Mercedes en daarnaast een surveillancewagen. Nabiha en Juncker stappen uit, net als de twee agenten in de surveillancewagen.

Er is niets ongewoons aan de auto van Asser Larsen te zien.

'Een oude man die daar woont...' Een van de agenten wijst naar een wit vrijstaand huis aan de overkant van de straat. '...heeft contact met ons opgenomen. Hij vond het vreemd dat er al bijna twee dagen een auto geparkeerd stond omdat de parkeerplekken normaal gesproken alleen gebruikt worden door mensen die voor de kerk of het kerkhof komen. Daarom heeft hij een paar uur geleden zijn zoon, die bij de Politie Køge werkt, gebeld, en die kwam er natuurlijk al snel achter dat het om de gezochte auto ging.'

'Is hij op slot?' vraagt Juncker.

'Nee.'

Juncker probeert door de ramen naar binnen te kijken, maar de achterruiten zijn getint, dus kan hij niet zien of er iets op de achterbank ligt. Hij trekt een paar latex handschoenen aan en opent het achterportier. Op de achterbank ligt een windjack. Hij pakt het op en voelt aan de zakken. In de rechterzak zit een sleutelbos. Hij vraagt Nabiha om een plastic bewijszak uit zijn auto te halen en stopt de sleutelbos erin.

Nabiha kijkt om zich heen. 'Dit lijkt een heel rustige buurt. Wat had Asser hier te zoeken?'

'Dat is inderdaad de vraag. Is de hondenbrigade onderweg?' vraagt Juncker aan de agenten.

'Ze kunnen elk moment arriveren. Ik ga het even navragen,' zegt een van hen. Hij stapt in zijn auto.

Een kwartier later arriveert Messi, een vierjarige bijzonder gedienstige herder, samen met zijn geleider, die zich voorstelt als Per.

'Hebben jullie iets waaraan hij kan ruiken?' vraagt Per.

Juncker haalt Assers windjack tevoorschijn.

Messi snuffelt enthousiast aan het jack en begint te piepen.

'Zoek, Messi, zoek,' zegt Per en dat doet Messi. Hij trekt zijn geleider zo hard naar het smeedijzeren hek van het kerkhof dat deze zijn evenwicht bijna verliest. Per opent het hek en de twee lopen in een hoog tempo het kerkhof op, gevolgd door Juncker, Nabiha en een van de geüniformeerde agenten. De hond aarzelt geen moment, maar volgt het spoor over een pad dat naar een laagte leidt. De steile hellingen zijn beplant met bomen en struiken en de bodem is bedekt met groen gras. De graven liggen in een concentrisch cirkelpatroon verspreid op het grasveld.

'Dit is Kalkgraven. De urnenbegraafplaats,' vertelt de agent in uniform.

'Kom je hiervandaan?' vraagt Juncker.

'Ja. Ik heb mijn belijdenis in deze kerk gedaan. En mijn grootouders liggen hier begraven.'

'Kalkgraven? Dat klinkt griezelig,' zegt Nabiha.

'Maar dat is het niet. Hier werd vroeger gewoon kalk gewonnen. Toen ze daarmee stopten, werd het gebied een onderdeel van het kerkhof.'

'Het is hier heel mooi.'

'Ja, het is absoluut een van de grootste bezienswaardigheden van Herfølge,' zegt de agent met een glimlach.

'Dat geloof ik meteen,' zegt Nabiha.

Messi is ongeveer in het midden van Kalkgraven blijven staan en zit nu. Per roept hen. 'Er is hier iets.'

Juncker en Nabiha lopen ernaartoe en Per wijst naar enkele duidelijke kale plekken in het gras.

'Het lijkt erop alsof hier onlangs een gevecht plaatsgevonden heeft,' zegt hij.

'Ontegenzeglijk,' beaamt Juncker en hij kijkt naar Nabiha. 'Bel jij Ejby om een team technisch rechercheurs op te roepen?'

Als ze bij de auto's terug zijn is Messi tot rust gekomen. Het is alsof hij voelt dat hij zijn taak heeft volbracht en nu mag ontspannen.

'Het is een bekwame, efficiënte hond,' zegt Juncker tegen Per.

'Inderdaad. Hij is mijn derde herder en veruit de beste. Hij heeft een ongelofelijk goede neus.'

'Geef hem iets lekkers van me.' Juncker draait zich om naar Nabiha.

'We kunnen langsgaan bij de woningen die uitkijken op de parkeerplek. Misschien heeft iemand iets gezien.'

De eerste woning waar ze aanbellen is het witte huis waar de oude man woont die de auto van Asser heeft gemeld. Maar hoewel hij bereid is hen te helpen, komen ze er al snel achter dat de man niets heeft gezien op de avond dat Asser verdween.

In het tweede huis tegenover de parkeerplek woont een jong stel met twee kleine kinderen, maar ook van hen worden ze niet wijzer. De vrouw en de man hebben die avond beiden niets ongewoons gezien. 'Waarschijnlijk sliepen we. We zijn meestal zo moe dat we om een uur of 22.00 naar bed gaan, dus sorry,' zegt de man.

Het laatste huis wordt bewoond door een ouder echtpaar. De vrouw doet open en begint te vertellen dat ze inmiddels het ene etmaal niet meer van het andere kan onderscheiden en alles een beetje door elkaar loopt, waardoor het één brij is. 'Kennen jullie dat?' vraagt ze.

Nou en of, denkt Juncker.

'Niet echt,' zegt Nabiha.

De man verschijnt achter zijn vrouw, die de deuropening vrijwel helemaal opvult. Hij heeft blijkbaar gehoord waarover ze het hadden.

'Ik was in de keuken om een glas water te halen toen ik een paar mannen in een auto zag stappen die vervolgens met een flinke snelheid de Kirkevej op reed,' vertelt de man.

'Kunt u zich herinneren hoeveel mannen het waren?' vraagt Nabiha.

'Het waren er drie, daar ben ik vrij zeker van. En nu ik erover nadenk, leek het alsof een van hen door een van de andere twee op de achterbank geduwd werd, waarna die twee eveneens op de achterbank gingen zitten. Ja, daar ben ik eigenlijk heel zeker van.'

'Kunt u vertellen hoe ze eruitzagen?'

'Niet echt. De man die naar binnen geduwd werd droeg een licht overhemd, maar verder... Nee, meer kan ik er niet over zeggen.'

'Oké. Kunt u zich herinneren wat voor auto het was?'

'Het was donker, maar ik weet vrij zeker dat hij zilverkleurig was. En hij zag eruit als een van die... Vroeger werd het een terreinwagen genoemd, maar tegenwoordig worden ze... Hoe heet dat ook alweer?'

'Een SUV?'

'Precies. Het was een zilverkleurige SUV.'

Nabiha en Juncker bedanken hem voor zijn hulp.

'Heeft het iets te maken met de man die dood in het Hestehave-bos gevonden is?'

'Daar mogen we helaas niets over zeggen.'

Ze lopen naar de auto's terug.

'Dat heeft niet veel opgeleverd,' zegt Nabiha. 'Drie mannen, een van hen in een licht overhemd, reden met een vrij hoge snelheid weg.'

'Het is beter dan niets. We hebben Assers jack in zijn auto gevonden en dat sluit goed aan bij het feit dat een van hen een licht overhemd droeg. Het lijkt er dus op dat hij door twee personen meegenomen is en waarschijnlijk in een zilverkleurige SUV naar de plaats delict in het bos gebracht is. Dat is veel meer dan we een halfuur geleden wisten,' zegt Juncker.

43

Normaal gesproken zitten er twaalf rechercheurs in de zaal en het komt het binnenklimaat niet ten goede dat er nu achtentwintig mannen en vrouwen aanwezig zijn: agenten, technisch rechercheurs, IT-experts en een forensisch arts. Hoewel het nog vroeg op de avond is, is de temperatuur buiten nog steeds niet onder de vijfentwintig graden gezakt en de weermannen van de televisiezenders praten inmiddels over het vooruitzicht op een van de langste droogteperiodes in de Deense geschiedenis voor deze tijd van het jaar.

Juncker veegt het zweet met een verfrommelde papieren servet van zijn voorhoofd. Hij bedenkt dat hij Karoline moet bellen voordat het te laat is om te vragen hoe het gaat nu ze bijna gaat bevallen. En Kasper ook.

Merlin komt binnen en het gemompel verstomt. Hij is rood aangelopen en haalt zwaar adem.

Hopelijk krijgt hij geen beroerte, denkt Juncker. Misschien is het tijd om de stekker eruit te trekken voordat het werk hem zijn leven kost. Zolang Juncker met Merlin samenwerkt, heeft de corpulente man altijd kalm en opgewekt geleken, wat er ook speelde, maar dat is tegenwoordig niet meer het geval.

Juncker haat de gedachte dat de dag waarop Merlin zijn chef niet meer is snel dichterbij komt.

Merlin kijkt om zich heen. 'Zoals jullie weten zijn we op dit moment bezig met niet minder dan drie moordzaken. Bovendien zijn er heel ongebruikelijke verbanden tussen de drie zaken onderling. Ik zeg niet dat de zaken met elkaar te maken hebben, maar het is ook niet uitgesloten. Daarom leek het me goed om elkaar bij te praten over de stand van zaken in de verschillende onderzoeken voordat het een chaos wordt. Eerst de zaak-Lukas. Geir, wil jij beginnen?'

Geir heeft, net als veel roodharigen, moeite met zon en warmte, en zijn gezicht is zo mogelijk nog roder dan dat van Merlin. Aan de andere kant lijkt het zweet op zijn hoofdhuid zijn wilde krullen enigszins te temmen. Hij begint te vertellen over Junckers vondst van Magnus' shirt met Lukas' bloed erop.

'We hebben Magnus gearresteerd. Hij ontkende aanvankelijk op de plaats delict te zijn geweest, een verklaring die hij later veranderde. Hij bleek wel op de plaats delict geweest te zijn, maar had niets met de moord te maken. Hij heeft geen verklaring voor de bloedvlek gegeven. Het zou vreemd zijn als Magnus' moeder die vlek niet heeft gezien toen ze het shirt waste, maar dat kunnen we natuurlijk niet bewijzen en het heeft ook geen invloed op de zaak tegen Magnus. We hebben Liam, die destijds met Magnus bevriend was, nog niet gearresteerd. We zijn ervan overtuigd dat de twee jongens aanwezig waren toen de moord gepleegd werd en zijn as we speak bezig met het verhoren van Liam. De laatste update is dat hij op het punt staat te bekennen. Hij heeft een zachter karakter dan Magnus.'

'Het zal ongetwijfeld fijn zijn om deze zaak te kunnen afronden en het lijkt er niet op dat het nog lang gaat duren,' zegt Merlin.

'Inderdaad,' beaamt Geir. 'Het is niet onwaarschijnlijk dat het zal uitmonden in beschuldigingen tussen de twee over wie wat gedaan heeft, maar het eindigt vermoedelijk met bekentenissen van beide mannen.'

'Dank je wel. Weten we inmiddels iets over het motief?'

'Dat is niet helemaal duidelijk, maar Liam vertelde dat Magnus en hij regelmatig werden verslagen door Lukas als ze op het plein basketbalden en dat Lukas de twee jongens belachelijk maakte omdat hij zoveel beter was dan zij. Liam zei dat Lukas een verschrikkelijke opschepper was.'

'Stel je voor dat een jongen door twee andere jongens vermoord wordt omdat hij beter is in een bepaald balspel dan zij en daar geen geheim van maakt. Dat is echt onnoemelijk triest,' bromt Merlin. 'Heb je nog meer, Geir?'

'Ja, eigenlijk wel. Er zit namelijk een addertje onder het gras. Pasgeleden nam de advocaat die aan Magnus toegewezen is contact met me op. Hij wees me op een niet onbelangrijk detail, namelijk dat Magnus en Liam destijds, toen de moord werd gepleegd, de minimumleeftijd voor strafrechtelijke aansprakelijkheid nog niet hadden bereikt en daarom niet strafbaar zijn.'

Het wordt doodstil in de zaal.

'Zeg dat nog eens,' zegt Merlin.

'De wet is daar volkomen duidelijk over. Als je jonger dan vijftien bent, kun je niet gestraft worden voor de misdrijven die je pleegt en zoals bekend waren de twee jongens destijds respectievelijk dertien en veertien.'

'En dat geldt ook voor moord?'

'Ja, daar zijn geen uitzonderingen op. Dat weten we natuurlijk heel goed, maar in ons enthousiasme omdat we eindelijk op het punt staan de zaak op te lossen hebben we dat over het hoofd gezien.'

'Dus ze komen er volledig mee weg?'

'Daar lijkt het wel op. Als ze destijds opgepakt waren, zou hun waarschijnlijk de een of andere sociale maatregel opgelegd zijn, zoals plaatsing in een gesloten jeugdinstelling, maar dat is nu natuurlijk niet meer aan de orde.'

'En wat nu?'

'We gaan verder met het onderzoek en het verhoren van die twee en zien wel hoe ver we komen. We kunnen ze alleen niet beschuldigen van de moord.'

Merlin schudt zijn hoofd. 'Hieruit leren we dus dat je, als je ongestraft iemand wilt vermoorden, dat moet doen voordat je vijftien bent en pas gepakt moet worden als je ouder dan achttien bent.' Hij kijkt om zich heen. 'Goed, laten we verdergaan. Signe, waar ben je?'

Ze steekt haar hand op.

'Aha, daar. Misschien moet ik even uitleggen dat Signe aan ons uitgeleend is door GC omdat we nogal krap in ons personeel zitten. Ze werkt samen met Ghita van de sectie Zedendelicten aan de zaak die voortgekomen is uit… hoe zal ik het noemen… het alternatieve onderzoek van Juncker en haar naar Robert Danius, wat geresulteerd heeft in de vondst van zijn oude laptop. Die zaak is nogal geëscaleerd, om het zachtjes uit te drukken. Signe, het woord is aan jou.'

Ze vertelt over de vondsten op Danius' laptop, over hun poging om hem de vorige dag te arresteren en over de moord van vannacht in het Ørstedspark.

'We moeten natuurlijk afwachten wat de autopsie uitwijst, maar het leek erop dat hij bijna helemaal opengesneden was, en dat kan een indicatie zijn dat het motief voor de moord woede is. En met de laatste vondst van NC3 hebben we nog meer personen die een motief kunnen hebben om hem te vermoorden. Ik heb daarnet contact gehad met Rasmus Eskildsen van NC3, die heeft ontdekt dat Robert Danius de moderator was van een pedofielennetwerk dat The Young Zone heet. Het netwerk was zo opgebouwd dat iedereen lid kon worden, maar als je toegang tot exclusief materiaal wilde hebben moest je zelf vers materiaal aanleveren, dus foto's of video's die niet eerder openbaar gemaakt waren. Robert was de moderator en bepaalde wie toegang tot het exclusieve materiaal kreeg en wat ze daarvoor moesten leveren. Normale familiefoto's van naakte kinderen waren absoluut niet genoeg. De kinderen moesten minimaal een seksuele positie aannemen of hun geslachtsorganen laten zien.'

'Hoe kan NC3 weten dat Danius de moderator was?' vraagt Merlin.

'Twee dagen voordat hij werd gearresteerd, plaatste hij een bericht met een video van een jongen die een paar seconden een recente editie van *The Guardian* vasthield, vlak voordat het misbruik plaatsvond. Onder die video had hij een boodschap voor de leden van het netwerk geplaatst.' Signe pakt een stuk papier en leest voor: 'Ik bedank jullie voor een zwaar, maar succesvol jaar door iets te delen wat jullie nog niet eerder gezien hebben. Dit is de enige manier waarop ik jullie kan bedanken voor jullie werk en toewijding. Ik ben trots op The Young Zone en zou willen dat ik dit kon delen met degenen van wie ik hou. Dat kan echter alleen met jullie, die zich net als ik in een bijzonder gevaarlijke situatie bevinden en zich voor de wet moeten verbergen. Een fijne dag gewenst en bedankt voor de strijd.'

Er klinkt luid gemompel in de groep.

'Dit is zo ziek dat het bijna ondraaglijk is en ik zal jullie meer details besparen,' zegt Signe.

'Er zijn waarschijnlijk genoeg mensen die hem dood willen zien,' merkt Merlin op.

'Inderdaad. Slachtoffers die hij heeft gegroomd en op ongelofelijk wrede manieren heeft gedwongen om bijzonder schokkende foto's van zichzelf te maken, en nu dus ook slachtoffers van daadwerkelijk misbruik. Het is niet uit te sluiten dat sommigen van hen hem herkend hebben na de recente ontwikkelingen toen zijn gezicht na de vrijspraak door het beroepshof in alle media verscheen. Er is dus voldoende om mee aan de slag te gaan.'

'Welkom terug bij de afdeling Zware Criminaliteit!' roept iemand.

Signe maakte een kleine buiging. 'Dank je wel.'

Er wordt gelachen.

Merlin steekt zijn hand op. 'Rustig aan, jongens, dit is ontzettend ernstig. Nabiha, jij bent onderzoeksleider in de moord op Asser. Vertel.'

Het wordt doodstil. Het merendeel van de aanwezigen slaat de armen over elkaar. De sfeer, die enkele seconden geleden tijdens Signes presentatie nog warm en gastvrij was, is plotseling ijskoud. Juncker werpt een blik op Nabiha, die naast hem staat. Hij ziet haar kaakspieren trillen, maar als ze begint te praten is daar niets van te merken. Ze heeft vijf minuten nodig om op een perfect eenvoudige en precieze manier een overzicht te geven van wat Juncker en zij tot nu toe hebben gedaan en wat de volgende stappen zijn.

Merlin bedankt iedereen voor hun aanwezigheid en mensen beginnen de zaal te verlaten.

'O ja, Signe en Juncker, hebben jullie even tijd?' vraagt hij.

'Ja,' antwoorden ze beiden.

'Ga dan mee naar mijn kantoor.'

'Ik ga nog even een kop koffie halen,' zegt Signe.

'Ik ook,' zegt Juncker. 'Tot zo.'

44

Misschien is dit het moment waarop haar carrière bij de politie eindigt en ze niet langer een van de beste en meest bewonderde rechercheurs van het korps zal zijn, maar in plaats daarvan gereduceerd wordt tot een simpele prutser.

Als ze erover nadacht – en dat heeft ze ontelbare keren gedaan – stelde ze zich altijd voor dat ze op het punt van instorten zou staan als het zover was. Toen Merlin haar eerder op de dag om een gesprek vroeg, was ze dan ook volledig van haar stuk gebracht. Ze had eerst geprobeerd zichzelf wijs te maken dat het iets met de lopende onderzoeken te maken kon hebben. Dat werkte natuurlijk niet en daarna raakte ze in paniek. Maar daar is niets meer van over. De afgelopen uren is er een bepaalde rust over haar gekomen en ze is er klaar voor om de consequenties van haar daden onder ogen te zien. Ze opent de bovenkast in het keukentje en pakt een beker voor Juncker en haar eigen witte beker met de grote zwarte s, die ze als kerstcadeau van haar dochter heeft gekregen en waarvan iedereen in het politiebureau in Teglholmen weet dat ze daar beter van af kunnen blijven.

'Weet jij wat Merlin van ons wil?' vraagt Juncker.

'Ik heb wel een vermoeden,' zegt Signe. 'Jij ook?'

'Misschien. Ja, ik denk het wel.'

Ze lopen zwijgend naar Merlins kantoor. Juncker opent de deur zonder te kloppen, ze gaan naar binnen en nemen plaats. Merlin kijkt een paar seconden naar Signe, vervolgens naar Juncker en daarna weer naar Signe. Het is alsof hij hun uiterlijk in zich wil opnemen voordat de wereld om hen heen instort. Dan haalt hij diep adem.

'Ik heb de DNA-analyse, die Markman op eigen kosten van Troels heeft laten maken, naar NC3 gestuurd. Ze hebben die door het dossierregister gehaald en ik heb de uitslag inmiddels binnen. Er is een match tussen Troels' DNA en het DNA van de twee haren die op het lichaam van Katja Lütsach zijn gevonden en daarmee ook met het DNA dat is aangetroffen op de slachtoffers van de twee onopgeloste verkrachtingen in het Valbypark en Utterslev Mose.'

Hij kijkt bijna boos naar Signe en Juncker.

'Met andere woorden: onze collega was een meedogenloze verkrachter.' Merlin huivert, alsof alleen al het uitspreken van die woorden een beproeving is. 'Juncker, weet jij hoe die twee haren op Lütsachs lichaam terechtgekomen zijn en als dat zo is, waarom heb je me dat dan niet verteld?'

'Nee.'

Merlin kijkt naar haar. 'En jij, Signe? Weet jij hier iets van?'

Ze blijft kalm, maar voelt ook een intens verdriet. Niet zozeer over wat ze heeft gedaan, maar meer omdat ze nu iets moet vertellen wat twee van de mensen die het meest voor haar betekenen zal teleurstellen. Ze slikt.

'Jij weet hoe die twee haren van Troels op Lütsachs lichaam terechtgekomen zijn, en dat was niet omdat Troels medeplichtig was aan de moord of omdat Katja en hij contact met elkaar gehad hadden voordat ze vermoord werd, of wel soms?'

'Nee.'

'Het was omdat jij die twee haren op het lichaam geplaatst hebt, hè?'

Ze haalt diep adem. 'Ja,' bekent ze. Het voelt alsof er een dam doorbreekt en een combinatie van angst en opluchting stroomt door haar lichaam.

Ze kijkt naar Juncker, die strak voor zich uit staart terwijl Merlin zijn hoofd schudt en eruitziet alsof hij niet kan geloven wat hij zojuist heeft gehoord.

'Waarom, Signe? Waarom in vredesnaam?'

'Omdat...' Plotseling wordt ze kotsmisselijk. Ze slikt een paar keer en probeert de controle over haar lichaam terug te krijgen. 'Omdat hij mij ook verkracht heeft.'

Merlin leunt naar achteren. 'Vertel,' zegt hij.

Dat doet ze. In één ruk, gedurende twintig minuten. Ze vertelt gedetailleerd wat er die nacht in de hotelkamer in Vesterbro gebeurde, hoe ze zich voelde toen ze thuiskwam en naast Niels in het tweepersoonsbed ging liggen, hoe hun seksleven volledig kapotging en hun huwelijk bijna in een scheiding eindigde. Hoe het was om dagelijks samen te moeten werken met Troels, die zich gedroeg alsof hij haar had veroverd. En hoe ze had besloten wraak op hem te nemen zonder precies te weten hoe, totdat ze spontaan besloot te doen wat ze uiteindelijk ook had gedaan.

Als ze stopt, is ze uitgeput en doet ze haar uiterste best om niet in tranen uit te barsten. Het is doodstil.

'Wist jij dit, Juncker?' vraagt Merlin.

'Ik wist dat Troels Signe verkracht had. Dat vertelde ze me tijdens het onderzoek naar de moord op Lütsach. Maar ik wist niet dat ze de twee haren op Lütsachs lichaam had geplaatst, hoewel ik natuurlijk één en één bij elkaar optelde toen Charlotte me vertelde over haar bezoek aan Peter Rolf in Herstedvester.'

'En je vond niet dat je mij moest inlichten over het feit dat een van mijn rechercheurs een andere rechercheur verkracht had?'

'Nee, Merlin, dat vond ik niet. Signe was mijn partner terwijl jij mijn chef bent. Het was volledig aan haar of en wanneer ze je dat zou vertellen.'

'Oké. Maar Signe, waarom heb je hem destijds niet aangegeven? Dat begrijp ik gewoon niet.'

'Als ik dat gedaan had, dan was naar buiten gekomen dat ik vrijwillig met Troels naar een hotelkamer gegaan was en ik kon het idee dat Niels dat zou horen niet verdragen. Afgezien daarvan, hoe denk je dat mijn zaak eruitgezien zou hebben? Het zou zijn woord tegen het mijne geweest zijn en ik wist dat ik die strijd zou verliezen. Het is niet meer zo erg als het geweest is, maar er heerst nog steeds een seksistische en grensoverschrijdende sfeer bij de politie, die niet alleen ons vrouwelijke personeel treft, maar ook de manier beïnvloedt waarop we met burgers praten. Het is nog steeds zo dat de aangiften die we over verkrachtingen krijgen zelden serieus genomen worden. Je zou eens moeten weten hoe vaak ik in een ochtendvergadering gezeten heb waarbij de vierentwintiguursrapporten doorgenomen werden en aangiften van verkrachting het commentaar krijgen: "ze wilde aandacht", "ze loog omdat ze te laat thuiskwam", "ze was haar vriend ontrouw" of "ze kreeg spijt tijdens de seks". En dat is precies wat er gebeurde. Ik ging vrijwillig mee, maar kreeg spijt en hij ging door. Hoe denk je dat ik er qua geloofwaardigheid voor gestaan zou hebben terwijl de sfeer op onze werkplek zo seksistisch is?'

Ze neemt een slok koffie en spuugt hem bijna weer uit. Het smaakt afschuwelijk.

'Ik had het gevoel dat ik niet de enige was aan wie hij zich vergrepen had. Zijn houding, zijn hele manier van doen… Dus begon ik zijn DNA te verzamelen: plastic bekers, uitgekauwde kauwgom, huidschilfers, pluisjes en vooral haren. Zoals jullie weten is het verbazingwekkend hoeveel DNA-materiaal mensen achterlaten. Eerst had ik geen idee waarom ik het deed; misschien had ik een vaag gevoel dat ik zijn DNA ooit tegen hem zou kunnen gebruiken. Later groeide het uit tot een plan dat als ik de kans kreeg, ik zijn DNA op een plaats delict zou achterlaten om te zien of hij in het dossierregister stond, waardoor ik zekerheid zou hebben of hij eerder iemand verkracht had. En dat had hij. In principe heeft het gewerkt.'

'Je wist dus sinds het onderzoek naar de vrouwenmoorden dat Troels de twee onopgeloste verkrachtingen gepleegd had?' vraagt Merlin.

'Ja, en hij wist dat ik het wist. Hij had begrepen dat de enige manier waarop zijn haren op Lütsachs lichaam terechtgekomen konden zijn, was doordat iemand ze daar geplaatst had en hij had meteen door dat ik het was. Hij wist tenslotte dat ik een motief had. Dat leidde tot een aantal volkomen absurde situaties. Bijvoorbeeld toen jij Troels en mij naar Marta Olufsen stuurde, het slachtoffer van de verkrachting in het Valbypark, in verband met het onderzoek naar de zaak-Rolf. Daar zaten we dan, een verkrachter en zijn twee slachtoffers, en hij wist dat ik het wist. De enige die geen idee had was die arme Marta, die duidelijk nog steeds leed onder wat Troels haar aangedaan had.'

'Maar Signe, hoewel ik sympathie kan opbrengen voor je wens om een misdadiger als Troels zijn straf niet te laten ontlopen, is eigenrichting absoluut onacceptabel, zeker voor politieagenten. En ondanks je bewering dat je twee tot nu toe onopgehelderde verkrachtingen opgelost hebt, is het ook een feit dat we kostbare onderzoeksmiddelen verspild hebben om erachter te komen of er meer dan één dader betrokken was bij de moord op Katja Lütsach. Verdomme, Signe, je had naar me toe moeten komen. We zouden het uitgezocht hebben zonder dat jij je hele leven op het spel hoefde te zetten. Maar goed, we moeten Marta Olufsen in elk geval vertellen dat haar verkrachter gevonden is en dat hij dood is. Hoe zit het met het andere slachtoffer?'

'Zij heet Lise Sand, of eigenlijk heette ze zo, want ze heeft zelfmoord gepleegd. We zullen het dus aan haar ouders moeten vertellen.'

'En natuurlijk kunnen we er niet omheen het publiek te vertellen dat een van onze eigen mensen een verkrachter was. Dat wordt vast gezellig. Ik zie de krantenkoppen al voor me: HOOFD SECTIE ZEDENDELICTEN WAS VERKRACHTER.' Merlin zucht.

'Het kwam tijdens de rechtszaak tegen Peter Rolf al ter sprake dat Troels en hij een soort verkrachtingsclub hadden en dat ze onder anderen de vrouw die getuigde verkracht hadden,' zegt Signe.

'Ja, maar dat gebeurde achter gesloten deuren, dus dat is nooit naar de pers gelekt.'

Juncker heeft ineengezakt en zwijgend op zijn stoel gezeten terwijl Signe haar verhaal vertelde. Nu gaat hij rechtop zitten. 'Merlin, wat ben je van plan te zeggen als iemand vraagt waarom we ineens DNA van Troels Mikkelsen hebben laten analyseren?'

Merlin haalt zijn schouders op. 'Ik kan eigenlijk niets anders zeggen dan dat we een tip gekregen hebben dat er iets niet klopte – wat trouwens niet helemaal gelogen is. Maar Peter Rolf en je ex-vrouw zijn er eveneens in geïnteresseerd hoe die twee haren op Lütsach beland zijn. Volgens mij hebben we allemaal bezoek van Charlotte gehad.'

Signe en Juncker knikken.

'De meest logische uitweg uit deze puinhoop is uiteraard dat ik je je rang ontneem en je uit het korps schop, en het aan de Nationale Politie overlaat wat er verder met je gaat gebeuren. Mijn gok is dat een verblijf in de gevangenis onvermijdelijk is. Dat besef je toch wel?'

'Ja.'

Merlin ziet er heel kalm uit. Hij heeft een beslissing genomen en dit is het moment. Hij ontslaat haar.

Ze kijken elkaar strak aan. Het lijkt een eeuwigheid te duren. Dan verplaatst Merlin zijn blik van haar naar Juncker. 'Jij kent Charlotte het best. Kunnen we haar tegenhouden?' vraagt Merlin.

'Dat is moeilijk. Als ze haar tanden ergens in gezet heeft omdat ze ruikt dat er iets mis is, dan is ze meestal meedogenloos, ook als het om haar relaties gaat. Dat hebben veel politici op de harde manier geleerd.'

Merlin kijkt opnieuw naar Signe. Ze heeft een brok in haar keel en heeft vooral de neiging om haar chef te omhelzen, maar dat doet ze natuurlijk niet. Ze beseft heel goed dat ze net op een haar na haar hele identiteit kwijtgeraakt is en dat Merlin zojuist de grootst denkbare concessie heeft gedaan.

Er is maar één manier om het probleem met Charlotte op te lossen. 'Ik vertel haar alles. Er zit niets anders op en dan moeten we maar zien hoe het afloopt.'

Merlin knikt.

'Daar ben ik het mee eens. Maar wat doen we met Peter Rolf? Als Charlotte het verhaal niet schrijft, dan zoekt hij gewoon een andere journalist en staan we weer voor hetzelfde probleem.'

'Dat moet ik oplossen als het zover is,' zegt Signe. 'Ik kan het gewoon niet meer verdragen dat Charlotte me op de hielen zit. Dan liever iedere andere journalist.'

Merlin staat op, loopt naar het raam en gaat met zijn rug naar Signe en Juncker toe staan. 'Trouwens, Juncker,' zegt hij, 'ik heb net van Geir gehoord dat Magnus en Liam beiden bekend hebben dat ze schuldig zijn aan onvrijwillige doodslag. Ze zijn het er niet over eens wie Lukas vasthield en wie met de voorhamer op zijn hoofd sloeg en dat is niet doorslaggevend om de zaak als opgelost te beschouwen, ook al kunnen die twee niet gestraft worden.' Hij loopt terug en laat zich zwaar op zijn stoel vallen. 'Het is vast niet nodig om te benadrukken dat deze bespreking nooit plaatsgevonden heeft?'

'Natuurlijk niet,' zegt Signe.

'En ik hoop dat je begrijpt dat ik hiermee mijn eigen grenzen tot het uiterste overschrijd. Wat je gedaan hebt is volkomen ontoelaatbaar, maar ik begrijp in welke situatie je je bevond en de omvang van het misbruik dat je hebt ondergaan. Maar neem het recht nooit meer op die manier in eigen hand. Er staat geen coulance meer op je rekening.'

'Dat begrijp ik.'

Ze staat op met het gevoel dat ze kilo's lichter is.

16 JUNI

45

Juncker sliep net toen zijn schoonzoon Majid iets na middernacht belde om hem te feliciteren met het feit dat hij voor de tweede keer opa was geworden. Karoline was bevallen van een gezonde dochter van vier kilo. Juncker schaamde zich omdat hij opnieuw was vergeten zijn kinderen te bellen, maar daarna stroomde er een intens gevoel van blijdschap en opluchting door hem heen omdat de bevalling goed was gegaan. Het was zwaar geweest, vertelde Majid, en Juncker schaamde zich weer, nu door het idee dat Karoline pijn had geleden terwijl hij onwetend zijn werk had gedaan, naar huis was gereden, een glas wijn had gedronken en naar bed was gegaan. Niet dat hij iets had kunnen doen, maar op dat moment had hij er veel voor gegeven om zijn dochter te kunnen vertellen dat hij van haar hield en ze in zijn gedachten was.

Juncker overwoog om tegen Majid te zeggen dat hij heel snel naar Aarhus zou komen om zijn nieuwe kleinkind te bewonderen, maar wijs geworden door eerdere ervaringen besloot hij geen beloften te doen en het aan de gelukkige ouders over te laten om te bepalen wanneer ze voldoende energie voor een bezoek zouden hebben.

Met het gevoel dat hij er net is weggegaan zit hij nu weer in Merlins kantoor, deze keer in het gezelschap van Nabiha en het hoofd van de afdeling GC. Kristian Pagh is duidelijk volstrekt niet in staat zijn ongenoegen te verbergen en zijn lichaamstaal – van de over elkaar geslagen armen en de absurd rechte rug tot de naar beneden gebogen mondhoeken – straalt een en al ontevredenheid uit.

'Pagh, jij hebt om deze bespreking gevraagd. Wat is er aan de hand?'

Pagh schraapt zijn keel. 'Jullie zijn in restaurant Phra Nang in de Jyllingevej geweest. Waarom?'

'Omdat Asser toen hij vermoord werd een briefje bij zich had met de naam van het restaurant en iets wat de forensisch technici nog niet hebben kunnen ontcijferen. Maar hoe weten jullie dat Nabiha en ik daar geweest zijn? Behalve Merlin weet niemand dat,' zegt Juncker.

'Daar kan ik helaas niets over zeggen.'

'Ach, hou toch op, Pagh. Observeren jullie het restaurant?'

Merlin kijkt zijn collega doordringend aan. 'Het is een vrij eenvoudige vraag,' constateert hij zachtjes en bijzonder vriendelijk. 'Is dat zo?'

Pagh knikt.

'Ik heb met een paar van je mensen gesproken,' zegt Nabiha. 'Ze vertelden me dat ze werken aan een operatie waarbij Asser eveneens betrokken was, maar dat ze niet mochten vertellen waarover het ging. Ze hebben met andere woorden zwijgplicht gekregen. Ik heb ook met een officier van justitie gepraat die het gevoel had dat er iets groots aan de hand was op de afdeling GC, maar geen idee had wat dat was.'

Pagh zwijgt.

'Heeft de observatie van restaurant Phra Nang te maken met datgene waaraan Asser werkte toen hij werd vermoord?'

Pagh knikt opnieuw.

'Misschien is het een goed idee om ons te vertellen waarmee jullie bezig zijn en waarbij Asser betrokken was,' zegt Nabiha.

'Het is niet alleen een goed idee, het is absoluut noodzakelijk. We kunnen de moord op Asser niet onderzoeken als we niet weten waaraan de man werkte. Het is volkomen absurd dat wij je dat moeten uitleggen,' zegt Juncker boos vanaf zijn plek naast de deur.

De GC-chef kijkt smekend naar Merlin, maar die is duidelijk niet van plan hem te helpen. Pagh schudt zijn hoofd moedeloos. 'Oké dan. Maar jullie moeten beseffen dat wat ik nu ga vertellen geheim is,' zegt hij, waarna hij even zwijgt. 'Topgeheim.'

Ja, dat is duidelijk, denkt Juncker.

Pagh recht zijn toch al kaarsrechte rug nog wat meer en schraapt zijn keel. 'We zijn al een hele tijd bezig met het voorbereiden van een grote actie tegen de Albanese maffia. Het is veruit de grootste operatie waarbij GC ooit betrokken geweest is. We weten al geruime tijd dat de Albanezen verantwoordelijk zijn voor een groot deel van de cocaïnesmokkel, niet alleen naar Denemarken, maar ook naar delen van Zweden. Door langdurig onderzoek hebben we ontdekt dat ze niet alleen de distributie en verkoop in Denemarken controleren, maar de volledige keten. De Albanezen kopen de cocaïne van hun Colombiaanse maffiacollega's en de Albanezen zijn eveneens degenen die ervoor zorgen dat het spul hiernaartoe wordt vervoerd, meestal via de havens van Rotterdam en Antwerpen. Alle andere bendes kopen hun cocaïne van de Albanezen. We hebben onze actie Operation Silver Bullitt genoemd en verwachten over een paar maanden te kunnen toeslaan.'

Juncker heeft het altijd een beetje lachwekkend gevonden als grote operaties codenamen krijgen. Alsof de operatie niet al dramatisch genoeg is en een extra zetje nodig heeft. 'Was Asser betrokken bij die operatie?' vraagt hij.

'Ja. Het is natuurlijk ongebruikelijk dat een officier van justitie zo actief betrokken is bij een operatie van deze aard, maar hij had nu eenmaal een neus voor dit soort politiewerk.'

'Waarom observeren jullie Phra Nang?'

Het restaurant kwam nog niet zo lang geleden op onze radar. Het is eigendom van een bedrijf dat via een reeks andere bedrijven wordt gecontroleerd door de leider van de Albanese maffia in Denemarken en Zweden. Hij heet Mert Seferi en wordt Delpra genoemd... Dat is Albanees voor "de Vos". Hij woont met zijn familie in een villa in Solrød Strand en komt vaak in Phra Nang, dus we gaan ervan uit dat hij daarvandaan zijn imperium, dat inmiddels behoorlijk uitgebreid is, leidt. Naast Phra Nang heeft hij de leiding over zes andere restaurants in Kopenhagen en Malmö waarvan we zeker weten dat ze worden gebruikt om drugsgeld wit te wassen. We zijn er ook redelijk zeker van dat Phra Nang de plek is waar ze het geld fysiek tellen en verdelen onder hun koeriers, die ervoor zorgen dat het geld uit het land wordt gesluisd, hetzij via Western Union en soortgelijke bedrijven, hetzij door het geld in contanten naar Albanië en Kosovo te brengen. Jullie kunnen je dus wel voorstellen dat het bijzonder ongelegen komt dat jullie opeens bij Phra Nang opdoken. Het laatste wat we nu kunnen gebruiken is dat de Albanezen extra alert worden over die plek.'

'Ongelegen?' zegt Juncker. 'Onze excuses dat we onderzoek doen naar de moord op jullie senior officier van justitie.'

'Zo moet je het niet opvatten. Natuurlijk moet de moord op Asser volop onderzocht worden, maar er zijn bijzondere omstandigheden in deze zaak die we moeten laten meewegen. We kunnen het ons gewoonweg niet veroorloven om jaren hard werken verloren te laten gaan.'

'Maar als ons onderzoek erop wijst dat de moord op Asser iets met Silver Bullitt te maken heeft… Ben je het ermee eens dat het een heel logische plek is om te beginnen?'

'Jawel, en daarom wil ik ook graag dat jullie een van onze mensen bij jullie onderzoek betrekken zodat hij kan… Hoe zal ik het zeggen… Jullie kan waarschuwen als jullie op het punt staan de operatie in gevaar te brengen.'

Juncker schudt zijn hoofd. 'Nee. We willen geen oppas. Dat is gewoon onacceptabel. Merlin?'

De chef krijgt geen kans iets te zeggen voordat Pagh het woord weer neemt. 'Dit is niet iets waarover Merlin of jij kan beslissen. Het bevel komt van hogerhand. Jullie moeten gewoon doorgaan met jullie onderzoek en zo snel mogelijk degenen vinden die Asser vermoord hebben.'

'Van hogerhand, zeg je? De nationale politiecommissaris?' vraagt Merlin.

'Ja.'

Juncker schudt zijn hoofd. Is dit het moment om iedereen te bedanken, te vertrekken en van zijn goede pensioen te gaan genieten? 'Wie moeten we op sleeptouw nemen?'

'Ik zou het niet op sleeptouw nemen willen noemen. Hij heet Klement Nielsen en jullie kunnen hem als een soort verbindingsman beschouwen. Hij is een van degenen met wie je gepraat hebt, Nabiha, en ik weet zeker dat jullie goed met hem kunnen samenwerken. Hij is bijzonder bekwaam,' zegt Pagh.

'Natuurlijk is hij dat,' zegt Juncker scherp. 'Hebben jullie een idee waarom Asser een briefje met daarop Phra Nang in zijn zak had?'

'Nee, behalve wat ik al verteld heb, namelijk dat het restaurant onze volle aandacht heeft.' Hij pakt zijn telefoon en kijkt op het scherm.

‘Goed, ik zal jullie niet langer ophouden. Tot slot wil ik alleen nog benadrukken dat het enorm belangrijk is dat er niets over Silver Bullitt uitlekt. Jullie mogen niet over de operatie praten. Niet met collega’s en partners, en zelfs niet met de hond. We werken er al jaren aan en het zou een ramp zijn als het mislukt.’

‘Maar we zijn het er toch over eens dat het ook een ramp zou zijn als we degenen die Asser vermoord hebben niet te pakken krijgen?’

‘Natuurlijk.’ Pagh staat op. ‘Bedankt voor jullie aandacht.’

‘Graag gedaan,’ zegt Merlin.

Merlin, Nabiha en Juncker zwijgen een tijdje.

‘Is het zo erg?’ verbreekt Nabiha de stilte.

‘Dat zal moeten blijken,’ antwoordt Juncker.

46

De jonge forensisch arts Vera Lundstrøm voert de autopsie op Robert Danius uit. Vera's ogen zijn heel groen. Ze draagt gekleurde contactlenzen, denkt Signe, die het gevoel heeft dat de patholoog-anatoom recht door haar heen kijkt. Of misschien komt het gewoon door het gesprek van gisteren met Merlin en Juncker, waardoor ze zich fragieler voelt dan ze in lange tijd heeft gedaan.

Het is al een tijdje geleden dat ze voor het laatst in de autopsiekamer is geweest, zoals de ruimte wordt genoemd, hoewel het net zoveel gemeen heeft met een gemiddelde woonkamer als met de achterkamer van een slagerij.

Toch voelt Signe zich hier redelijk thuis. Een autopsie is een zorgvuldig gechoreografeerd ritueel, waarbij de rollen van de betrokkenen altijd dezelfde zijn, en niets van wat er gebeurt of wordt gezegd is een verrassing voor haar. Het voelt gewoon... Tja, vertrouwd.

De stoffelijke resten van Robert Danius hebben de kleur van een kerkkaars. Behalve zijn buikstreek, waarin een snijwond van de navel tot aan het borstbeen van ongeveer tien centimeter zit. Geen verdedigingswonden, merkt Vera op, wat erop zou kunnen wijzen dat de dader hem heeft verrast of dat hij deze persoon kende. Het is hoogstwaarschijnlijk door een man gedaan, omdat er veel kracht nodig is om zo diep te steken en vervolgens het mes van de dunne darm via de dikke darm naar de maag omhoog te trekken. Als het een vrouw geweest is, dan is ze waarschijnlijk zowel sterker als groter dan gemiddeld, oordeelt Vera.

Tijdens de daaropvolgende uren wordt Robert Danius uit elkaar gehaald en weer in elkaar gezet. De autopsie onthult geen andere verwondingen op zijn lichaam en het vereist dan ook geen uitgebreide medische kennis om te concluderen dat dit de doodsoorzaak is. Om precies te zijn het bloedverlies, dat zo hevig was dat hij waarschijnlijk snel bewusteloos is geraakt.

'Jullie hebben het moordwapen toch nog niet gevonden?' vraagt Vera.

'Nee.'

'Jullie moeten zoeken naar een mes met een lemmet van ongeveer tien centimeter. Het zou een keukenmes kunnen zijn,' zegt Vera, waarna ze belooft dat het autopsierapport de volgende dag klaar is.

Signe bedankt haar en rijdt naar het Ørstedspark, waar vier van de beste speurhonden van de politie elke vierkante meter van het nu afgesloten park hebben uitgekamd. Ook alle vuilnisbakken in en binnen de directe omgeving van het park zijn doorzocht, maar het moordwapen is nog steeds niet gevonden. De technisch rechercheurs zijn evenmin waardevolle sporen tegengekomen en er hebben zich geen getuigen gemeld. Er is kortom niet veel te halen op de plaats delict en Signe besluit naar Teglholmen te rijden om met Ghita en Merlin te bespreken wat ze hierna moeten doen.

Ze is net in de auto gestapt als Rasmus belt. 'We hebben een verborgen partitie gevonden. Zie je kans om hiernaartoe te komen?'

'Nu?'

Ze kan het niet verdragen om nog meer beelden te zien van kinderen die door zieke mannen worden misbruikt.

'Als je tijd hebt. Het is heel interessant,' zegt Rasmus.

Het kost Signe iets meer dan een halfuur om naar Ejby te rijden. Rasmus haalt haar op bij de slagboom en ze lopen rechtstreeks naar de databeveiligingsruimte, waar ze de IT-technicus Jesper begroeten, die er uitgeput uitziet nadat hij dagenlang achter zijn computerschermen heeft gezeten.

'Laat Signe eens zien wat we gevonden hebben,' zegt Rasmus.

Signe maakt een afwerend gebaar met haar hand. 'Kun je het me niet gewoon vertellen?'

'Het zijn geen beelden, maar iets wat we niet elke dag tegenkomen. Het zijn geluidsbestanden… Opnames van twee telefoongesprekken. Luister maar.'

Jesper klikt op het eerste icoontje. De geluidskwaliteit is verbazingwekkend goed.

Als alles volgens plan verloopt heb ik komende vrijdag een levering voor je klaarstaan.

De man spreekt goed Deens, maar met een accent dat Signe geografisch niet kan plaatsen.

Komende vrijdag is prima. Hoeveel?

Ze herkent de stem van Robert Danius meteen.

Twee Albanezen. Ze komen met de volgende groep die we naar Denemarken sturen.

'Daarna werd de verbinding verbroken,' zegt Jesper. 'Dit is het volgende gesprek.'

Ik heb een paar nieuwe gevonden. Niet degenen die je in Albanië gehad hebt.

Fantastisch, Lundgren. Daar kijk ik naar uit. We spreken elkaar.

'Dat was het,' zegt Jesper.

Rasmus knikt enthousiast. 'Het is niet veel, maar het komt zelden voor dat we een rechtstreekse bevestiging van wat er gaande is zien of horen.'

'Je bent er dus zeker van dat ze het hebben over... dat ze...' Signe kan de woorden nauwelijks over haar lippen krijgen.

'Ja, ik vrees dat ze het niet hebben over zwerfhonden die ze hiernaartoe halen,' zegt Rasmus.

Signe haalt diep adem.

Rasmus kijkt haar bezorgd aan. 'Gaat het wel?'

'Ja. Ik ben er klaar voor.'

'Goed. Iemand heeft Danius dus geholpen om Albanese kinderen naar Denemarken te halen. Dat sluit aan bij de foto's waarover ik je de vorige keer vertelde, die eruitzien alsof ze in Albanië genomen zijn. Ik heb ingezoomd op het beddengoed en daarop staat het logo van een voetbalclub met de naam KF Tirana. En de foto's die hij heeft geüpload vond ik in een map met de naam Albaboys. Alles wijst er dus op dat hij in Albanië geweest is om zich daar aan jongens te vergrijpen.'

Signe huivert. 'Is er iets wat aantoont dat hij meegeholpen heeft om kinderen naar Denemarken te halen... Behalve die twee geluidsbanden dus?'

'We hebben nog geen onweerlegbaar bewijs gevonden, maar hebben video's aangetroffen die ergens anders dan in Albanië gemaakt zijn. Ik zal je besparen wat erop te zien is, maar ik heb een paar screenshots gemaakt waarop alleen een deel van de kamer te zien is. Jij was tenslotte betrokken bij het onderzoek naar Danius in de zaak-Lukas. Zegt dit je iets?'

Turquoise muren. Een deel van een bed dat rond lijkt te zijn. *Beavis and Butt-head*-posters. Signes wangen beginnen te gloeien. 'Dat is zijn slaapkamer, verdomme. Daar bestaat geen enkele twijfel over.'

'Goed,' zegt Rasmus tevreden. 'Dit zou voldoende moeten zijn om hem jarenlang achter de tralies van Herstedvester te krijgen. Wat mij betreft mogen ze de sleutel weggooien.'

'Dat gaat helaas niet gebeuren. Hij is dood.'

'Wat?'

'Hij is gisternacht vermoord.'

'Is hij degene die in het Ørstedspark gevonden is?'

'Inderdaad, dat is hem.'

'Dan ontloopt hij zijn gerechte straf. Maar goed, ik ben van plan hiermee verder te gaan. Ik heb al contact gehad met een aantal collega's in het buitenland en ze zijn razend enthousiast over wat we in The Young Zone gevonden hebben. Er is voldoende om mee verder te werken. We gaan er absoluut een paar mensen voor achter de tralies krijgen.'

'En ik moet degene vinden die Danius vermoord heeft. Als je iets tegenkomt, bijvoorbeeld een aantal van zijn slachtoffers die geïdentificeerd kunnen worden, laat het me dan weten.'

'Natuurlijk. Je kunt alvast beginnen met zoeken naar een man die Lundgren heet. Het is een gelukje dat een van degenen die duidelijk achter de kinderhandel zitten bij zijn naam wordt genoemd.'

'Dat is inderdaad een goede plek om te beginnen,' zegt Signe. 'Waarom denk je eigenlijk dat hij die opnames op zijn computer bewaard heeft?'

Rasmus haalt zijn schouders op. 'Misschien als een soort levensverzekering, maar dan moet je er wel voor zorgen dat je laptop niet in handen van de politie valt. Anders wordt het een boemerang.'

Het is 14.00 uur als ze in de auto stapt en de radio aanzet.

Welkom bij Radioavisen. We beginnen met nieuws over de man die gisteren dood in het Ørstedspark in het centrum van Kopenhagen is aangetroffen. Kortgeleden maakte de politie in een persbericht bekend dat de overledene Robert Danius is, die vorige week maandag door het Oostelijk Gerechtshof werd vrijgesproken van de moord in 2013 op de elfjarige Lukas Herlufsen. De Politie Kopenhagen heeft geweigerd vragen te beantwoorden. We proberen nu een reactie van Danius' advocaat te krijgen.

Signe is verbaasd. Het is niets voor Merlin om zo snel met de naam van een moordslachtoffer naar buiten te komen. Het moet de druk van social media zijn. Op verschillende min of meer obscure nieuwssites was Danius al genoemd als het slachtoffer in het Ørstedspark.

Maar goed, dat is haar probleem niet. Haar probleem is dat ze Charlotte moet bellen om een afspraak te maken. Ze blijft even met haar telefoon in haar hand zitten, zet hem vervolgens in de houder op het dashboard en rijdt de drukke weg op.

47

Nabiha zucht. 'Al dat heen en weer rijden is behoorlijk lastig.'

'Tja...' Juncker parkeert de auto voor de derde keer in evenzoveel dagen voor de prachtige villa aan het Sorø-meer. 'Maar er zijn bepaalde verhoren –'

'Die je liever zelf doet en niet aan anderen wilt overlaten, toch?'

Juncker geeft geen antwoord en stapt uit. Klement Nielsen, die op de achterbank zit, doet hetzelfde.

Benedikte Larsen ziet er moe uit. Ze gaan naar de woonkamer, waar een vrouw op de bank zit. Benedikte stelt haar voor als haar jongere zus Isabella. De gelijkenis tussen de twee vrouwen is inderdaad opvallend.

'Iets wat ons verbaast is wat Asser in Herfølge deed,' zegt Juncker. 'We hebben de meeste zaken waarbij hij als officier van justitie of als advocaat betrokken was doorgenomen, en we zijn niets tegengekomen wat verklaart waarom hij een band met die plek zou hebben. Hebben jullie familie in de omgeving wonen?'

Benedikte schudt haar hoofd.

'Had Asser misschien een vriend of kennis die daar woonde?'

'Voor zover ik weet niet.'

'Ken je al zijn vrienden?'

'Ik kan natuurlijk niet garanderen dat hij een paar kennissen had die ik nooit heb ontmoet, maar dat denk ik niet. Asser en ik kenden elkaars leven door en door. Ook het leven dat we hadden voordat we elkaar ontmoetten. We waren elkaars beste vrienden en vertrouwelingen.'

Behalve de kleine affaire waarover je je man nooit hebt verteld, denkt Juncker.

Benedikte pakt een papieren zakdoekje en snuit haar neus. 'Waar is zijn auto ook alweer gevonden?'

'Op een parkeerplek bij de kerk in Herfølge. En op basis van een zoektocht met een speurhond weten we dat Asser op het kerkhof is geweest, om precies te zijn op de urnenbegraafplaats in een gebied dat

Kalkgraven heet. Daar hebben we sporen gevonden die wijzen op een gevecht tussen hem en de mensen van wie we vermoeden dat ze hem vermoord hebben.'

'De kerk in Herfølge? En Kalkgraven? Dat zegt me niets.'

Ze zwijgen een tijdje. Isabella pakt de hand van haar zus.

'Vertelde Asser je over de zaken waarmee hij bezig was?'

'Vrijwel nooit. Daar trokken we de grens voor wat betreft onze vertrouwelijkheid tegenover elkaar. We waren ons er allebei van bewust dat we banen hadden die veel discretie vereisten, dus praatten we zelden over het werk.'

'Je weet dus niet waarmee hij bezig was toen hij vermoord werd?'

'Nee, ik heb geen idee. Maar dat moeten jullie toch gemakkelijk kunnen achterhalen?' Benediktes toon is enigszins ironisch en dat begrijpt Juncker. Het is niet gemakkelijk om aan een buitenstaander uit te leggen dat het moeilijk is om uit te zoeken waarbij Asser betrokken was.

'Dat is natuurlijk zo,' zegt Nabiha. 'Ik dacht dat hij misschien iets tegen je had gezegd over eventuele problemen op zijn werk, maar ik begrijp dat hij dat dus niet gedaan heeft.'

'Nee.'

'Een andere kwestie die ons een beetje verbaast is dat we een briefje in de borstzak van het overhemd van je man gevonden hebben. Er zijn tegenwoordig niet veel mensen meer die briefjes schrijven. De meesten gebruiken hun telefoon om notities te maken als ze iets moeten onthouden… zoals afspraken.'

Benedikte schudt haar hoofd. 'Daar ben ik niet zo zeker van. Ik ken genoeg mensen die op de ouderwetse manier herinneringsbriefjes schrijven. Asser deed dat in elk geval wel. Hij schreef overal briefjes over. Natuurlijk als hij iets moest onthouden, maar ook als hij een idee kreeg of iets bedacht. Het maakte me vaak stapelgek dat ze overal lagen. Oude en nieuwe door elkaar, in zijn kleding en op zijn bureau. Maar het werkte, want hij vergat bijna nooit iets.'

'Oké. Zegt de naam Phra Nang je iets?'

'Nee. Wat is dat?'

'Het is een restaurant in Vanløse. Dat stond op het briefje.'

'Dat ken ik niet. Ik hoor de naam voor het eerst.'

Nabiha kijkt naar Juncker.

'Zitten je sleutels aan een sleutelhanger?' vraagt hij aan Benedikte.

De drie vrouwen staren hem verbaasd aan.

'Eh… ja,' zegt ze. 'Hoe zou ik ze anders bij me moeten hebben?'

'Mag ik ze zien?'

'Ja, natuurlijk.'

Benedikte staat op en loopt naar de hal. Een paar seconden later komt ze terug en geeft hem haar sleutels. Juncker haalt een plastic zakje uit zijn jaszak waarin eveneens een sleutelbos zit en legt hem op de tafel.

'Dit is Assers sleutelbos,' legt hij uit. 'Ik zie dat jullie allebei gekleurde sleutels hebben. Kun je me vertellen waar de verschillende sleutels voor zijn?'

'Ja, natuurlijk. De rode is van dit huis, zowel voor de voordeur als voor de keukendeur aan de achterkant.'

Juncker vergelijkt de twee rode sleutels. Ze zijn identiek.

'De blauwe is van ons zomerhuis in Tisvilde en de groene van het appartement in de Smallegade.'

Er zitten ook een paar kleine zwarte sleutels aan Assers bos, waarschijnlijk van fietssloten. En er zijn nog twee andere sleutels, gewone ouderwetse met zes pinnen, weet Juncker van heel vroeger toen hij onderzoek naar inbraken deed. Beide sleutels zijn niet gekleurd.

'Weet je waar deze sleutels van zijn?' vraagt Juncker.

'Mag ik ze zien?' Benedikte bestudeert de twee sleutels. 'Nee, ik heb geen idee.'

'Asser had hier toch een werkkamer? Staat daar een archiefkast of zoiets die op slot kan?'

'Nee, er staat niets wat op slot kan. Trouwens, een paar van jullie collega's hebben zijn werkkamer doorzocht en hebben papieren en zijn computer meegenomen.'

'Dat weten we,' zegt Juncker. 'Hoe zit het met het appartement in de Smallegade en het zomerhuis? Is daar iets, behalve de deuren, wat op slot kan?'

Benedikte denkt even na. 'Niet dat ik weet,' zegt ze dan.

‘Wat een huis,’ zegt Klement vanaf de achterbank. Het is het eerste wat hij zegt sinds ze hier zijn gearriveerd.

Nabiha gaat op de passagiersstoel zitten en zet zoals gewoonlijk een voet op het dashboard, maar deze keer heeft ze eerst haar schoen uitgetrokken. ‘Inderdaad,’ zegt ze.

Juncker zwijgt.

‘Luister…’ begint Klement aarzelend. ‘Ik wil dat jullie weten dat dit voor mij ook niet gemakkelijk is. Ik weet heus wel dat het niet prettig is om mij op sleeptouw te nemen en ik zal proberen me zo min mogelijk met jullie werk te bemoeien.’

Nabiha kijkt naar Juncker, die zijn blik strak op de weg houdt. ‘Het is oké,’ zegt ze. ‘Je doet alleen wat je opgedragen is.’

‘Inderdaad. We hebben duizenden uren in die operatie gestoken en het zou een ramp zijn als de Albanezen ook maar het kleinste vermoeden krijgen dat we zo dicht bij hen zijn. Dan lopen we het risico dat de grote vissen ontsnappen en is alles voor niets geweest.’

‘Het is oké,’ herhaalt Nabiha en ze kijkt naar Juncker. ‘Er kunnen meerdere verklaringen voor die twee sleutels zijn,’ zegt ze. ‘Misschien zijn het oude sleutels die hij niet meer gebruikt, maar die hij niet van zijn sleutelhanger gehaald heeft. Of misschien herinnert zijn vrouw het zich niet goed en is er in het zomerhuis wel iets wat op slot kan, een schuurtje bijvoorbeeld. Ik noem maar iets.’

Asser Larsen was niet het type om te vergeten oude sleutels weg te gooien, laat staan dat hij sleutels die hij niet meer gebruikte aan zijn sleutelbos zou laten zitten. En een sleutel van het schuurtje bij het zomerhuis zou hij niet aan zijn sleutelbos hebben, die zou daar aan een sleutelrek hangen of in een lade liggen, denkt Juncker.

‘En bovendien,’ gaat ze verder, ‘als het sleutels zijn van de een of andere geheime plek, hoe moeten we die dan vinden? We kunnen de sleutels toch niet zomaar op alle sloten van Denemarken proberen? Of wel soms?’

48

Het voelt iets minder moeilijk om de drempel van Merlins kantoor over te stappen dan de vorige dag, hoewel ze zich nog steeds kwetsbaar voelt. Het is onwerkelijk dat Juncker en hij nu weten wat ze heeft gedaan en dat ze allebei hun best zullen doen om haar uit de problemen te houden. Als ze Merlin achter zijn bureau ziet zitten, onverstoorbaar zoals altijd, met de vertrouwde plooien in zijn brede boksersgezicht, krijgt ze heel even het gevoel dat het misschien alleen een droom is. Iets wat ze zich in haar wanhoop heeft ingebeeld en waarop ze heeft gehoopt, maar dat is natuurlijk niet zo. Merlin is nu eenmaal onverstoorbaar. Er is niemand op aarde bij wie ze liever voor een storm wil schuilen dan bij hem.

Ze gaat samen met Ghita aan de kleine vergadertafel zitten.

'Goed, wat hebben jullie voor me?'

NC3 heeft een zogenaamde verborgen partitie op Danius' laptop gevonden en je zou bijna denken dat het niet erger kan worden na wat ze al gevonden hadden, maar dat blijkt dus wel te kunnen,' zegt Signe terwijl ze haar laptop opent. 'Danius had twee opnames bewaard van telefoongesprekken tussen hemzelf – zijn stem is gemakkelijk te herkennen – en een andere man, die in een van de gesprekken zelfs bij zijn achternaam wordt genoemd, hoewel we nog niet weten wie hij is.'

Signe speelt de twee gesprekken af en Merlin luistert er roerloos naar. Alleen zijn oogleden bewegen. Ze heeft de gesprekken inmiddels meerdere keren beluisterd en op een bepaalde manier is het bijna erger dan naar de gruwelijke beelden kijken die ze de afgelopen dagen heeft gezien. Bij de geluidsopnames krijg je niet alles rechtstreeks op je netvlies, zoals met de foto's en de video's, maar het leed dat schuilgaat achter deze twee korte gesprekken is zo intens dat het bijna onmogelijk is om er geen eigen beelden bij te vormen.

'Albanië?' zegt Merlin verbaasd als de opnames afgelopen zijn.

'Ja. Als je het vergelijkt met wat NC3 verder op Danius' laptop gevonden heeft, dan ontstaat het beeld dat hij niet alleen zelf naar Albanië is gegaan om kinderen te misbruiken, maar ook betrokken was bij het smokkelen van kinderen van Albanië naar Denemarken,' zegt Signe.

Ghita knikt. 'Het is geen nieuws dat pedofielen naar landen gaan waar enorme armoede heerst om zich aan kinderen te vergrijpen. De schatting is dat er elke dag en het hele jaar door ongeveer achthonderdduizend pedofielen op de een of de andere manier op internet actief zijn, en er is dus heel veel misbruik nodig om hun lusten te kunnen bevredigen. We hebben in Denemarken al een klein stukje daarvan in een zaak in Randers gezien, waarbij een man, die inmiddels tot tbs veroordeeld is, geprobeerd heeft om een kind vanuit Roemenië naar Denemarken te halen.'

'Een zigeunerkind, nietwaar?' vraagt Merlin.

'Ja, behalve dat het tegenwoordig Roma heet,' zegt Ghita.

'O ja,' antwoordt Merlin afwezig. Hij lijkt diep in gedachten terwijl hij zachtjes met zijn wijsvinger tegen het puntje van zijn neus tikt. 'Dat met Albanië is heel interessant,' zegt hij na een halve minuut nadenken. 'Signe, heb je tijdens je werk voor GC ooit gehoord over een operatie met de naam Silver Bullitt?'

'Nee.'

'Nooit? Dat zegt wel iets over hoe geheim die operatie is. Wat ik jullie nu ga vertellen is zo vertrouwelijk als iets maar zijn kan en als ik erachter kom dat jullie je mond niet hebben gehouden, zorg ik er persoonlijk voor dat jullie naar de saaiste posten binnen het korps overgeplaatst worden.'

'Natuurlijk kunnen we onze mond houden,' zegt Signe en Ghita knikt.

Het duurt een paar minuten voordat Merlin heeft verteld wat hij over Silver Bullitt weet. Signes verbazing groeit. Verschillende collega's van haar hebben zo nu en dan iets gemompeld over hun gevoel dat er iets groots speelde, zonder te weten wat dat was. Nu weet ze dat hun vermoedens juist waren. Zelf heeft ze niets doorgehad. Ze moet echt oogkleppen op gehad hebben.

'Ik wil dit goed begrijpen,' zegt ze. 'Asser was dus betrokken bij de voorbereiding van een grote operatie tegen de Albanese maffia?'

'Dat klopt.'

'En hij is dood aangetroffen met een briefje in zijn borstzak waarop de naam stond van een restaurant dat eigendom is van diezelfde Albanese maffia?'

'Ja, en er staat nog iets op het briefje wat de forensisch technici nog steeds proberen te achterhalen.'

'Oké, en nu weten we bovendien dat Robert Danius naar Albanië is geweest om kinderen te misbruiken en dat hij er blijkbaar aan meegewerkt heeft om Albanese kinderen naar Denemarken te halen.'

'En dan vergeet je nog dat Asser Danius' advocaat was in de zaak over de moord op Lukas,' zegt Merlin. Hij pakt zijn telefoon en toetst een nummer in. 'Pagh, met Merlin… Ja, het gaat prima… Ja, ik wil weten of je tijd hebt om even langs te komen. We zijn op een paar dingen gestuit in de zaak-Danius waarvan ik denk dat je het interessant zult vinden… Goed, dan zien we je zo.'

Vijf minuten later komt het hoofd van de afdeling GC binnen. Merlin vertelt dat hij Signe en Ghita heeft ingelicht over het bestaan van Silver Bullitt en Kristian Pagh kijkt alsof hij in een citroen heeft gebeten.

'Het kan niet anders,' constateert Merlin. 'Zware Criminaliteit doet onderzoek naar twee moorden die beide een link met Albanië en mogelijk met de maffia hebben, en daarom is het noodzakelijk dat in elk geval een paar onderzoekers weten wat er speelt. Je moet verdorie kunnen begrijpen dat we onze krachten moeten bundelen, Pagh. Kun je in het kort iets over de Albanese maffia vertellen? Ik moet toegeven dat mijn kennis daarover nogal beperkt is.'

Pagh knikt. 'De Albanese maffia staat bekend als de meedogenloosste en gewelddadigste van alle criminele organisaties in de landen waar die zich gevestigd heeft. Hij is vooral berucht in Groot-Brittannië en controleert daar onder meer een groot aantal bordelen waar ontvoerde vrouwen, voornamelijk uit de Balkan, gevangengehouden worden en gedwongen worden zich te prostitueren. De maffia is ook bijzonder actief geweest op de illegale wapenmarkt, waar hij vanwege de oorlog in Kosovo destijds een vliegende start maakte. De afgelopen jaren heeft deze organisatie zich opgewerkt naar de top van de internationale drugshandel, met name de cocaïnehandel, en dat is zoals jullie weten een extreem lucratieve onderneming. Ze verdienen bakken met geld en dat doen ze al jaren zonder dat we echt vat op ze kunnen krijgen. En dat is waar Silver Bullitt in beeld komt.'

'Weet je of ze zich ook met kinderhandel bezighouden?'

'We weten dat ze achter het smokkelen van vluchtelingen zitten, dus het zou me niets verbazen als ze ook kinderen smokkelen. Ze staan bekend als volkomen gewetenloos, maar dat kan ik dus niet met zekerheid zeggen,' antwoordt Pagh.

'Ik heb iets wat je moet horen,' zegt Merlin en hij knikt naar Signe.

Als de twee opnames zijn afgespeeld, kijken ze alle drie naar Pagh.

'Een van de mannen is duidelijk Robert Danius,' zegt Signe. 'Hij noemt de andere man Lundgren. Zegt die naam jou iets?'

Pagh kijkt vragend naar Merlin, die zijn blik met een bijna onzichtbaar knikje beantwoordt.

Pagh haalt diep adem. 'Oké, maar jullie moeten begrijpen dat dit uiterst geheim is, dus als –'

'Dat is duidelijk, Pagh. Vertel nu maar gewoon wat je over deze Lundgren weet,' zegt Merlin.

'Zoals ik je vanochtend vertelde, Merlin, heet de leider van de Albanese maffia in Denemarken en een groot deel van Zweden Mert Seferi en hij wordt Delpra genoemd, wat "de Vos" betekent. Dolph Krasniqi is tegenwoordig een van zijn betrouwbaarste mannen en zijn bijnaam is Lundgren.'

'Dat is een vreemde bijnaam voor een Albanees,' zegt Ghita.

'Daar is een verklaring voor. Krasniqi deelt zijn voornaam met een Zweedse acteur die Dolph Lundgren heet. Deze acteur heeft in talloze actiefilms gespeeld en heeft zijn doorbraak als schurk in een van de *Rocky*-films gehad. Daarom wordt Krasniqi, die ook de Zweedse nationaliteit heeft, Lundgren genoemd. Fysiek lijkt hij ook heel veel op de acteur.'

'Met hem moeten we praten,' zegt Signe. 'We halen hem naar het bureau.'

Pagh schudt zijn hoofd. 'Nee, dat doen jullie niet.'

Signe fronst haar voorhoofd. 'Het is toch logisch om nader te onderzoeken wat destijds de connectie tussen de maffia en Danius was? Zoals jij de Albanezen beschrijft, staan ze automatisch op de lijst van mogelijke verdachten voor zijn moord. Om nog maar te zwijgen van de mogelijkheid dat ze betrokken zijn bij ernstige kinderuitbuiting.'

Hij haalt zijn schouders op. 'Sorry, maar Krasniqi is een no go. En over het algemeen raad ik jullie aan om heel voorzichtig te werk te gaan met de Albanezen. Silver Bullitt staat op het punt om geactiveerd te worden, en we kunnen het risico niet lopen dat jullie plotseling de porseleinkast binnenstormen en alles kapotmaken.'

Signe kookt van woede, maar wil geen openlijke ruzie met haar chef. Ze is tenslotte door GC uitgeleend voor deze zaak en haar huidige collega's zijn al jaren met deze geheime operatie bezig. Toch kan ze haar mond niet houden. 'Je zegt dus dat we hier met onze armen over elkaar moeten zitten wachten tot jullie klaar zijn met jullie operatie voordat wij ons werk kunnen doen?'

Pagh glimlacht koel. 'Dat is helemaal niet wat ik zeg. Er moeten toch andere verdachten zijn dan alleen de Albanese maffia naar wie jullie onderzoek kunnen doen? Ik begrijp dat Danius een pedofiel was, dus mensen met een motief om hem te vermoorden moeten zowat in de rij staan, of niet soms?' Hij staat op. 'Als het nodig is, kan ik de hoofdcommissaris vragen om je te bellen, Merlin, om te herhalen wat ik daarnet gezegd heb.'

'Dank je, maar dat is niet nodig.'

17 JUNI

49

Signe heeft moeite met het loslaten van het idee dat Danius iets over de Albanese maffia wist wat zo belastend was dat ze hem uit de weg moesten ruimen. Maar dat spoor is helaas voorlopig geblokkeerd, en eerlijk gezegd heeft ze ook geen flauw idee wat dat belastende feit zou kunnen zijn. De Albanezen zouden natuurlijk woedend zijn dat Danius belastend materiaal zoals de twee telefoongesprekken had bewaard, maar omdat alleen de politie en Danius over het bestaan van zijn oude laptop wisten, kan dat onmogelijk de reden zijn.

Er zijn inderdaad meer dan genoeg andere sporen te volgen, daar heeft Pagh gelijk in. En naast het Albanese spoor is de meest voor de hand liggende optie – zoals Pagh terecht opmerkte – dat de moordenaar van Danius onder zijn vele slachtoffers te vinden is.

Signe en Ghita gaan in een van de vergaderruimtes zitten.

'Hoe staat het met de identificatie van de slachtoffers?' vraagt Signe.

'NC3 heeft tot nu toe tweeëndertig slachtoffers geïdentificeerd, maar ze denken dat het er honderden zijn. Die tweeëndertig zijn verdeeld over vier politiedistricten, dus het wordt een enorme klus om uit te zoeken of er iemand tussen zit die zo boos op Danius was dat hij op het idee kwam om hem te vermoorden. Twee van de slachtoffers hebben destijds aangifte gedaan van de grooming waaraan ze waren blootgesteld, maar die zaken zijn nooit voor de rechter gekomen omdat de politie destijds dacht dat er niet voldoende bewijs was om Danius aan te klagen. Het is ongelofelijk… Misschien had hij al veel eerder gestopt kunnen worden. Ik hoop echt dat de onderzoekers van destijds zich nu schamen.'

'Het zal inderdaad lang duren voordat we al het materiaal doorgenomen hebben,' beaamt Signe. 'Hoe zit het met de kinderen die hiernaartoe gesmokkeld zijn om misbruikt te worden? Kunnen zij opgespoord worden?'

'Ik zou het niet weten.'

Signe krijgt opeens een idee, googelt het telefoonnummer van de Immigratiedienst en belt. Nadat ze vijf minuten in de wachtrij heeft gestaan en daarna met de ene na de andere persoon is doorverbonden zonder dat iemand antwoord op haar vraag kan geven, komt ze uiteindelijk bij een afdelingshoofd van een asielzoekerscentrum uit. Ze legt uit dat ze op zoek is naar kinderen die vermoedelijk in 2013 door mensensmokkelaars het land zijn binnengesmokkeld en in handen van pedofielen zijn gevallen.

De vrouw aan de andere kant van de lijn zucht duidelijk hoorbaar. 'Dat is bijzonder moeilijk. In 2013 hebben we… ik heb het aantal hier… driehonderdvierenvijftig alleenstaande minderjarige vluchtelingen onder de achttien die in Denemarken asiel aangevraagd hebben geregistreerd.'

'Kunnen ze nu nog opgespoord worden?'

'Sommigen van hen waarschijnlijk wel, maar ik betwijfel of we ze allemaal kunnen vinden.'

'Je zegt onder de achttien, maar als we naar de groep onder de veertien kijken…'

'Dat is… laat me zien… achttien procent, dus ongeveer zestig kinderen.'

'Zijn er alleenstaande vluchtelingenkinderen die verdwijnen als ze het land binnengekomen zijn?'

'Dat gebeurt absoluut. Wij zien natuurlijk alleen degenen die asiel aanvragen.'

'Dus in principe kunnen ze onder de radar blijven?'

'Ik betwijfel of ze dat in Denemarken voor langere tijd kunnen doen. Tenzij er iemand is die hen als het ware helpt.'

'Of die de kinderen gevangenhoudt als slachtoffers van een pedofiel netwerk?'

Het blijft even stil.

'Ja,' zegt het afdelingshoofd vervolgens.

'En als de pedofielen klaar zijn met het misbruiken van de kinderen?'

'Dan kunnen ze naar een ander land gesmokkeld worden of op een andere manier uit de weg geruimd worden.'

'Vermoord?'

'Ik heb daar in Denemarken nog nooit van gehoord, maar aan de andere kant wil ik niet helemaal uitsluiten dat zoiets gebeurd kan zijn.'

Signe denkt aan snuff-pornofilms – die ze gelukkig nog nooit heeft gezien, maar waarover ze alleen heeft gehoord – waarin de slachtoffers vluchtelingen waren die voor de camera zijn vermoord.

'Je moet niet vergeten dat vluchtelingen in een parallelle wereld leven waar andere wetten gelden dan voor ons. En de alleenstaande kinderen zijn de zwaksten van allemaal,' zegt het afdelingshoofd.

Signe bedankt haar voor de hulp. Het is vrij onwaarschijnlijk dat ze de slachtoffers van Danius' misbruik op deze manier kunnen opsporen. Ze staat op, loopt naar twee verhuisdozen die naast de deur staan en opent het deksel van een van de dozen. 'Waarom staan de dozen met de zaak-Lukas hier?'

'Ik denk dat Juncker dat gedaan heeft. Hij vond ze volgens mij in de weg staan bij zijn bureau.'

'Ze moeten gewoon naar het archief,' mompelt ze geïrriteerd en ze loopt terug om weer te gaan zitten. Ze vraagt zich af of er iets aan de zaak-Lukas zou kunnen zijn wat relevant is voor het onderzoek waarmee ze nu bezig zijn, maar dat lijkt onwaarschijnlijk. Wat zou dat moeten zijn? Ineens schiet haar echter iets te binnen.

Ze staat op, loopt weer naar de dozen toe en haalt een map tevoorschijn.

50

Nabiha heeft enorme honger als ze samen met Juncker en Klement terug is van het bezoek aan Benedikte Larsen en ze gaat meteen naar de kantine om een broodje te halen. Ze heeft net betaald als haar telefoon gaat.

'Kom je nog naar boven?' vraagt Juncker.

'Rustig aan, ik ben nog maar een paar minuten weg en kom eraan. Wat is er aan de hand?'

Juncker heeft de verbinding echter al verbroken. Soms is die man echt ondoorgrondelijk. Ze pakt haar broodje en laat het bord op de balie staan. Even later gaat ze tegenover Juncker zitten. Klement zit naast hem en kijkt geconcentreerd op zijn telefoon.

'Goed, *what's up*?' zegt ze. Ze weet uit ervaring dat Juncker een hekel heeft aan het gebruik van Engelse woorden in de Deense taal, maar voor de verandering reageert hij er niet op.

'De forensisch technici hebben eindelijk van zich laten horen. Ze zijn zo ver gekomen als mogelijk was met het doorweekte stukje papier,' zegt hij.

'Wat hebben ze ontdekt?'

'Hun beste gok is dat er op de bovenste regel, zoals ze eerder al concludeerden, Phra Nang staat en iets wat op een vraagteken lijkt. Ze zijn nog steeds vrij onzeker over de onderste regel, maar denken dat de eerste letter een hoofdletter R of een hoofdletter K is, en de volgende ook een hoofdletter R of een hoofdletter K. Die twee letters worden gevolgd door iets wat een vraagteken kan zijn.'

'Zeggen ze er helemaal niets over wat hun het waarschijnlijkst lijkt?'

'Ze neigen het meest naar RK, maar durven hun hand er niet voor in het vuur te steken. Het zou ook KR, KK of RR kunnen zijn.'

'Dat is heel bemoedigend.'

Klement staat op. 'Ik ga naar boven. Ik ben op mijn plek als jullie me nodig hebben.'

'Je moet waarschijnlijk verslag uitbrengen aan Pagh?' zegt Nabiha.

Klement glimlacht. 'Dat klopt.'

'Wat een rotklus,' zegt ze hoofdschuddend als hij vertrokken is. 'Hoe staat het trouwens met de technische sporen?'

'We hebben niet veel bruikbaars. Ze hebben flink wat schoen- en handafdrukken op het grindpad gevonden, maar aangezien het al een tijdje niet geregend heeft is de grond kurkdroog, dus zijn de afdrukken niet echt bruikbaar. Er is wel veel DNA-materiaal op het lichaam gevonden. Dat is naar het laboratorium gestuurd en zoals gewoonlijk duurt het enkele weken voordat we de resultaten binnen hebben.'

Plotseling voelt ze de verantwoordelijkheid als leider van het onderzoek zwaar op haar schouders drukken. Ze staat op het punt Juncker te vragen hoe ze in vredesnaam verder moeten gaan, maar houdt zich in. Dat zou een nederlaag zijn die ze niet bereid is te accepteren. Nog niet, in elk geval.

'Laten we proberen samen te vatten wat we tot nu toe weten,' zegt ze.

'Goed idee, chef,' zegt hij.

Ze kijkt van opzij naar hem. Zijn gezichtsuitdrukking is niet te peilen.

51

Nabiha heeft een slecht geweten, ook al is Juncker degene die haar naar huis heeft gestuurd. Er was geen reden voor haar om te blijven, alleen omdat ze geen idee hadden hoe ze verder moesten met het onderzoek, had hij gezegd. En dat kwam uitgerekend van de man die erom bekendstaat tijdens een onderzoek altijd als laatste naar huis te gaan als hij niet op het politiebureau blijft overnachten. Ze wist ook dat hij gelijk had, dus protesteerde ze niet. Het beste wat ze kon doen was proberen een goede nachtrust te krijgen en de volgende ochtend uitgerust en vol nieuwe ideeën op het politiebureau te verschijnen.

Ze steekt haar sleutel in het slot van de portiekdeur en wil hem omdraaien als ze iets achter haar rug voelt en zich omdraait. Twee mannen staan op een afstand van een paar meter op de stoep naar haar te kijken. Ze had hen niet gezien toen ze kwam aanlopen en het is alsof ze uit het niets zijn verschenen. De eerste man is heel groot en gespierd, en draagt een zwart T-shirt dat strak rond zijn gespierde borstkas en armen zit, een zwarte joggingbroek en zwarte Nike-schoenen. Zijn kapsel is op dit moment erg populair onder jonge mannen: kortgeschoren aan de zijkanten en in de nek, met pikzwart, glanzend haar van een normale lengte bovenop dat naar achteren is gekamd. Het verbaast haar dat jonge mannen tegenwoordig blijkbaar graag hetzelfde kapsel hebben als nazi-massamoordenaars. De tweede man is tenger en is aanzienlijk kleiner, maar een halve kop groter dan zij. Ze schat dat hij zo ongeveer haar leeftijd heeft. Hij draagt een gewone spijkerbroek, een lichtblauw overhemd dat opengeknoopt is bij de hals en een zwart colbert. Hij zou bij een bank kunnen werken, maar dat is hoogstwaarschijnlijk niet zo.

'Goedenavond, Nabiha,' zegt hij. 'Het is laat geworden op je werk, hè?'

Ze heeft geen van beiden ooit gezien. 'Wie zijn jullie? Wat willen jullie?'

'We willen je alleen even gedag zeggen en vragen hoe het met je moeder gaat. Muna heet ze toch?'

Het is een zachte avond, maar toch voelt Nabiha een koude rilling langs haar ruggengraat lopen.

'Hopelijk is ze niet een van degenen die gedwongen moeten verhuizen door het krankzinnige nieuwe project in Mjølnerparken. Stel je voor… Mensen gedwongen uit hun huis plaatsen omdat ze ruimte voor rijkere mensen willen maken. Dat zoiets in Denemarken kan gebeuren. Het is puur racisme,' zegt de man met een verdrietige uitdrukking op zijn gezicht.

Ze loopt de paar traptreden weer af. De grote man staart zwijgend naar haar en heeft een waakzame blik in zijn ogen.

'Wie zijn jullie?' herhaalt ze.

'Vrienden,' zegt de kleine man. 'Hoe gaat het met Mussa? Gaan de zaken goed? Ik heb gehoord dat hij moeite heeft om het hoofd boven water te houden. En is het niet zo dat zijn vrouw niet helemaal tevreden over hem is? Ik hoop dat zijn koffiebar een succes wordt. Maar goed, zoals ik al zei wilden we alleen even gedag zeggen, Nabiha. Het beste.'

Ze kijkt hen na terwijl ze de straat uit slenteren en de hoek om verdwijnen. Dan draait ze zich om en pakt haar sleutel, die nog steeds in het slot zit. Haar hand trilt als ze hem omdraait.

Ze loopt de woonkamer in, gooit haar trui op een stoel, gaat op de bank zitten en probeert te bevatten wat haar daarnet is overkomen. Haar mond is droog, dus loopt ze naar de keuken en vult ze een glas met water dat ze achter elkaar leegdrinkt. Ze vult het glas opnieuw en neemt het mee naar de woonkamer. Ze kenden de naam van haar moeder, die alleen omgaat met mensen uit de Palestijnse gemeenschap, maar geen van de twee mannen was Arabisch, laat staan Palestijns. Daar is ze vrijwel zeker van.

Ze pakt haar telefoon en kiest een nummer.

'Habibi.' Haar moeder klinkt volkomen normaal, voor de verandering zelfs redelijk vrolijk.

'Hoe gaat het, mama?'

'Het gaat heel goed. Ik heb de laatste paar dagen minder pijn in mijn handen. Het lijkt erop dat het warme weer begint te helpen. En ik ben klaar met mijn digitale cv. Noors dochter heeft me geholpen nu jij het zo druk hebt, wat heel aardig van haar was, en ik ben...'

Nabiha luistert maar half naar de woordenstroom van haar moeder, opgelucht dat er geen aanwijzingen zijn dat iemand haar heeft geïntimideerd. Na een paar minuten over koetjes en kalfjes gepraat te hebben neemt ze afscheid en verbreekt de verbinding. Ze blijft nog even met de telefoon in haar hand zitten. Dan toetst ze het nummer van haar broer in. Mussa neemt meteen op.

'Mussa, is alles in orde?' vraagt ze.

'Het is oké. Of zo oké als het tegenwoordig kan zijn,' zegt hij op de passief-agressieve toon die haar tot waanzin drijft. Hij blijft ontkennen dat bijna al zijn problemen door hemzelf zijn veroorzaakt of – om hem een beetje tegemoet te komen – door de liefde waarmee vooral hun moeder hem zijn hele leven heeft overladen.

'Ben je in de koffiebar?'

'Ja. Waar zou ik anders moeten zijn?' zegt hij klaaglijk.

'Goed. Ik wil je iets vragen, dus ik kom even langs.'

'Ongelofelijk, ik krijg bezoek van mijn slimme zus. Wat een eer. Maar kom vooral langs. Ik ben bijna klaar met afsluiten.'

Mussa staat achter de bar en is bezig de grote espressomachine schoon te maken. 'Wil je iets drinken? Een kop thee?' vraagt hij.

'Ja, graag.'

Hij zet twee grote bekers thee op een van de ronde marmeren tafels, loopt naar de deur en draait hem op slot. Daarna gaan ze zitten.

Hij pakt zijn beker, blaast erin, zet hem weer neer zonder een slok te nemen en kijkt haar een paar seconden aan. 'Wat wil je weten?'

'Ik heb je dit al eerder gevraagd, maar je hebt nooit een rechtstreeks antwoord gegeven, dus vraag ik het nog een keer. Hoe ben je aan het geld voor deze zaak gekomen?'

Hij glimlacht vreugdeloos. 'Ik wist dat dat de reden is waarom hier bent.' Hij schudt zijn hoofd. 'Maar het antwoord is hetzelfde als de vorige keer dat je het vroeg: het is mijn eigen fucking zaak en het gaat mijn zusje niets aan.'

Nabiha leunt naar achteren op haar stoel en slaat haar armen over elkaar. Ze overweegt of ze haar broer moet vertellen over de ontmoeting met de twee mannen, maar dat kan ze niet doen zonder erbij te vertellen waaraan ze momenteel werkt. Ze kijkt naar haar broer, die demonstratief naar het verkeer in de Nørrebrogade staart. Jezus, wat een idioot is hij toch. 'Mussa, luister goed. Je vertelt me van wie je het geld geleend hebt en onder welke voorwaarden, of –'

Hij glimlacht spottend. 'Of wat?'

'Of ik zorg ervoor dat zowel de politie als de belastingdienst je zo dicht op de huid zit dat het volstrekt onmogelijk voor je wordt om deze zaak te runnen – of welke andere zaak dan ook.'

Hij glimlacht nog steeds, maar de spot in zijn blik is nagenoeg verdwenen en heeft plaatsgemaakt voor zenuwen. 'Dat kun je niet doen. Denk aan mama. Het zou haar hart breken.'

'Denk aan mama? En dat komt uitgerekend van jou?' Ze staat op. 'Goed, als je het me niet wilt vertellen, dan moet je de consequenties maar dragen.'

Mussa steekt zijn hand op. 'Kalm maar, zusje. Ga weer zitten.'

'Alleen als je vertelt van wie je het geld geleend hebt.'

Hij staart even zwijgend naar haar. 'Oké,' zegt hij dan. 'Maar dan moet ik het wel aan mijn zus en niet aan de politieagent vertellen.'

Nabiha schudt haar hoofd. 'Je weet heel goed dat ik zoiets niet kan beloven. Zo'n politieagent ben ik niet. Wat ik wel kan beloven, is dat ik je zo goed mogelijk zal proberen te helpen omdat ik je zus ben.' Ze gaat weer zitten. 'Van wie heb je het geld geleend?' vraagt ze. 'Van Arabieren?'

Hij schudt zijn hoofd.

'Denen?'

'Denen?! Natuurlijk heb ik het niet van fucking Denen geleend.'

'Gaat het om Albanezen?'

Hij knikt langzaam.

Nabiha kookt inwendig van woede. Ze probeert kalm te blijven, hoewel ze haar broer het liefst een klap zou willen geven. Wat een enorme idioot.

'Waarom?'

'Zij waren de enigen die me geld wilden lenen.' De spottende blik is nu helemaal verdwenen en hij lijkt opeens een klein, ongelukkig jongetje. 'Denk je dat ik het niet liever van iemand anders had geleend? Maar wat had ik dan moeten doen? Ik heb een vrouw en kinderen om voor te zorgen.'

Voor zolang als dat duurt, denkt ze. 'Hoeveel heb je geleend?'

'Een miljoen kronen.'

'Een miljoen?' Ze heeft zin om te schreeuwen. 'Van wie heb je dat bedrag precies geleend? Hoe heten ze?'

'Ik weet het niet. Ze hebben me nooit een naam verteld.'

'Maar er moet toch een leencontract zijn. Wat staat daarin?'

'Er is geen contract.'

'Je hebt dus gewoon een miljoen gekregen? Contant?'

Hij knikt.

'Hoeveel daarvan heb je nog over?'

'Tweehonderdduizend.'

'Waaraan heb je die achthonderdduizend uitgegeven?'

'Zusje, het kost veel geld om een koffiebar in te richten. En het is ook niet bepaald een geweldige start geweest met corona en al die ellende.'

Het kan niet lang meer duren voor de belastingdienst argwaan krijgt, denkt ze. 'Hoe zit het met de terugbetaling? Wat is de afspraak? En hoe hoog is de rente?'

'Ze hebben gezegd dat het eerste jaar aflossingsvrij is. Daarna betaal ik honderdduizend kronen per maand terug. Met twaalf procent rente.'

Ja, totdat de voorwaarden plotseling veranderen. Nabiha heeft enorm veel behoefte om haar broer de huid vol te schelden en vervolgens weg te gaan, maar wat zou dat helpen? Hij zit tot zijn nek in de problemen en ze moet hem helpen, want hij komt hier op eigen kracht niet uit.

'Zijn er tegenprestaties gevraagd?'

'Wat bedoel je?'

'In die branche geven ze geen aflossingsvrije leningen omdat ze zo'n goed hart hebben. Heb je iets voor ze moeten doen?'

Dat heeft hij. Ze ziet het aan zijn gezicht voordat hij zijn mond opendoet.

'Eén keer. Ik heb een paar tassen voor ze naar Kosovo gebracht. Naar een stad die Gjakova heet. Dat ligt in het zuidwesten, niet ver van de grens met Albanië.'

'Wat zat er in die tassen?'

'Geld. Voornamelijk euro's.'

'Waarschijnlijk drugsgeld. Hoefde je niets mee terug te nemen?'

'Nee.'

'Is dat de waarheid?'

'Ja, dat zweer ik.'

Een klein lichtpuntje. Mussa heeft geen drugs gesmokkeld – als hij tenminste de waarheid vertelt – maar alleen drugsgeld.

Ze zwijgen een tijdje.

'Wat moet ik doen?' vraagt hij.

Het is een goede vraag, waarop ze niet meteen een antwoord heeft. 'Dat weet ik niet. Voorlopig niets. Hebben de Albanezen zich de laatste tijd laten zien?'

Hij denkt na. 'Dat is alweer een paar weken geleden.'

'Praat je steeds met dezelfde mensen? En zijn zij degenen van wie je het geld gekregen hebt?'

'Ja. Een grote man die nooit iets zegt en een kleinere man die praat. Hij is heel vriendelijk en geïnteresseerd in hoe het gaat. Zowel met de familie als met de zaak.'

Tot ze niet meer zo vriendelijk en geïnteresseerd zijn. Ze staat op. Mussa blijft ineengedoken en verslagen zitten. Ze kan zien dat hij een knuffel nodig heeft, maar kan zich er niet toe zetten. De woede over hoe onbeschrijflijk stom en roekeloos hij is geweest zit diep, dus probeert ze alleen haar stem enigszins neutraal te houden als ze afscheid neemt.

De Nørrebrogade bruist nog steeds tijdens deze zomerse avond, maar de warme sfeer kan het gevoel niet wegnemen dat de grond onder haar voeten trilt.

18 JUNI

52

Van alle mensen die in eerste instantie verklaringen aflegden in de zaak-Lukas, waren er slechts twee het slachtoffer van Danius' misbruik geweest. De jongemannen, Jens Tygesen en Steffen Cort, waren een paar jaar voor de moord op Lukas seksueel misbruikt door Danius toen hij hun basketbalcoach was. De zaak bleek echter verjaard en werd daarom niet aan de rechtszaak tegen Danius toegevoegd.

Signe en Juncker hadden de twee jongens samen verhoord, en Signe herinnert zich Steffen vooral als een bijzonder aardige en intelligente jongen die vertelde dat hij nog steeds leed onder het misbruik dat iemand die hij bewonderde en graag mocht hem had aangedaan. Hij woont tegenwoordig in een appartement in Hørsholm en als hij de deur voor Signe opent herkent ze hem niet. Hij heeft lang, donkerblond haar en een volle, maar goedverzorgde baard. Wat blijkbaar niet is veranderd, is zijn karakter. Als hij haar bij de deur begroet, is hij nog net zo vriendelijk en gastvrij.

'Signe Kristiansen, toch? Ik herinner me je nog. Ook al is het inmiddels... zeven jaar geleden. Kom binnen. Laten we in de woonkamer gaan zitten.'

Het appartement is klein en gezellig, en alles is schoon en netjes.

'Steffen, wat doe je tegenwoordig?' vraagt Signe.

'Op dit moment ben ik werkloos en leef ik van een uitkering. Mijn laatste baan was bij PostNord en na de zomervakantie ga ik aan de universiteit biologie studeren.'

'Heb je een vriendin? Of ben je misschien getrouwd?'

'Nee. En ik heb ook geen kinderen. Nog niet in elk geval.' Hij glimlacht.

'Je hebt nog alle tijd. Hoe oud ben je? Vijfentwintig? Of zesentwintig?'

'Ik word bijna zesentwintig.' Hij schenkt melk in zijn koffie. 'Ik kan wel raden waarom je hier bent. Het heeft met de moord op Robert te maken, hè?'

Signe knikt. 'We zijn bezig met onderzoeken wie een motief kan hebben om hem te vermoorden en zonder al te veel te verklappen kan ik rustig zeggen dat er veel meer gegadigden zijn dan we aanvankelijk dachten.'

'En daar hoor ik natuurlijk bij. En Jens waarschijnlijk ook.'

'Ja. Jullie behoren tot degenen die hij misbruikt heeft, dus uiteraard komen we bij jullie langs.'

'Natuurlijk. Ik had dat min of meer al verwacht.' Hij glimlacht niet meer. 'Als ik eerlijk ben, heb ik er vaak over gefantaseerd hem pijn te doen, maar zolang hij opgesloten zat… Tja, er was eigenlijk geen reden voor en trouwens ook geen mogelijkheid om iets te doen. En ik denk ook niet dat ik de moed zou hebben gehad om mijn fantasieën uit te voeren. Dat merkte ik toen hij vrijgelaten werd. Eigenlijk vond ik dat hij niet moest vastzitten voor iets wat hij niet gedaan had en de zeven jaar die hij heeft gezeten… Dat is eigenlijk straf genoeg voor wat hij mij en Jens aangedaan heeft. Begrijp je wat ik bedoel?'

'Volkomen. Maar ik moet je toch vragen waar je zondagavond en -nacht was.'

Hij denkt even na. 'Ik was hier.'

'Is er iemand die dat kan bevestigen?'

'Ik was alleen, dus dat wordt moeilijk.'

'Oké, dan zal ik je verder niet ophouden. Het kan zijn dat ik terugkom als ik meer vragen heb.'

Steffen strijkt zijn lange haar achter zijn oren en staat op.

Signe verstijft. Steffen heeft een hartvormige moedervlek ter grootte van een munt van vijf kronen onder het rechteroor in zijn hals. Diezelfde moedervlek had de man die ze bijna had getorpedeerd tijdens haar achtervolging van Robert Danius. Ze kan zich nauwelijks herinneren hoe de man eruitzag, maar om de een of andere reden heeft haar onderbewustzijn de donkerbruine vlek in de hals van de man geregistreerd.

'Sorry, Steffen, maar heb ik jou afgelopen zaterdag in de Classensgade bijna omvergelopen?'

Steffen kijkt verbaasd, maar dan verschijnt er een brede glimlach op zijn gezicht. 'O mijn god, was jij dat? Ik heb helemaal niet gezien wie het was, het ging allemaal zo snel. Je had blijkbaar haast.'

'We achtervolgden Robert Danius om hem te arresteren. Dat was recht tegenover het appartement van zijn moeder. Daar woonde Danius sinds zijn vrijlating.'

'Dat wist ik niet.'

'Wat deed je in de Classensgade?'

'Dat was puur toeval. Ik maakte een wandeling en liep van station Østerport naar de nieuwe wijk in Nordhavn.'

'Dat is een heel eind wandelen vanuit Hørsholm.'

'Dat doe ik vrij vaak. Ik hou ervan om door Kopenhagen te lopen, vooral nu ik geen werk heb.' Hij kijkt recht in haar ogen en houdt haar blik vast. 'Geloof je me niet?'

'Ongeacht of ik je geloof of niet, zijn er een paar dingen die ik moet doen, onder meer je vragen om je telefoon aan me mee te geven.'

'Zodat je kunt zien waar ik geweest ben? Maar ik ontken toch niet dat ik zaterdag in de Classensgade was?'

'Als je daar toevallig was, dan heb je niets te vrezen. Dus Steffen, geef me je telefoon, anders moet ik je arresteren.'

Hij heeft plotseling een vermoeide blik in zijn ogen. 'Hij ligt op het aanrecht aan de lader.'

Signe loopt naar de keuken en pakt de telefoon. 'Ik zorg ervoor dat je hem snel terugkrijgt. Is dit de enige telefoon die je hebt?'

Hij knikt.

'Ik wil je ook vragen of ik wat wangslijm bij je mag afnemen.'

'Wangslijm afnemen? Nee, daar trek ik de grens. Ik wil niet in een of ander DNA-register terechtkomen.'

Ze haalt haar schouders op. 'Ik kan je niet dwingen. Nog niet in elk geval. Maar nogmaals, als je niets verkeerds gedaan hebt, is er ook niets om je zorgen over te maken. Dan kom je niet in een register terecht. Het helpt je zaak trouwens niet als je geen DNA wilt afstaan.'

'Het is niet anders. Ik laat geen wangslijm afnemen.'

'Dat is jouw keuze. Ik vraag je om nergens naartoe te gaan. We moeten je kunnen bereiken.'

'Ik ga nergens naartoe,' zegt hij. 'Tenzij het om een wandeling door Kopenhagen gaat.' Hij glimlacht.

53

Het was al na 3.00 uur toen ze uiteindelijk in een onrustige slaap viel en toen ze iets voor 8.00 uur wakker werd, had ze het gevoel dat ze maar een paar minuten had geslapen.

Tegen iedereen die het maar wilde horen heeft ze altijd gepredikt dat misdaden bij de politie moeten worden gemeld, ongeacht wie ze heeft gepleegd. Maar als ze haar broer aangeeft, geeft ze ook de Albanese maffia aan. En misschien blijkt het onmogelijk te bewijzen dat de maffia haar broer een miljoen kronen heeft geleend, en is het eveneens onmogelijk te bewijzen dat Mussa drugsgeld voor de maffia naar Kosovo heeft vervoerd. Dat verandert echter niets aan het feit dat hij in de ogen van de maffia de belangrijkste regel van elke maffiaorganisatie heeft overtreden: je praat nooit over datgene waarmee de maffia zich bezighoudt. Niet tegen de politie en niet tegen je zusje, en al helemaal niet als je zusje een politieagent is. Doe je dat wel, dan teken je je eigen doodvonnis en stel je je familieleden aan groot gevaar bloot. Ze is geen expert in georganiseerde misdaad, maar heeft genoeg over criminele syndicaten gehoord om te weten dat de Albanese maffia als een van de gewetenlooste en gewelddadigste wordt beschouwd.

Als ze Mussa echter niet aangeeft, heeft de Albanese maffia grip op haar. Ze kan het in feite niet goed doen. Ze heeft trek in een kop thee, maar haar lichaam heeft iets sterkers nodig, dus opent ze de koelkast, pakt een Red Bull en drinkt het blikje met grote slokken leeg. Langzaam verdwijnt de slaperigheid en haar hersenen beginnen weer te functioneren. Ze moet hier met iemand over praten, maar ze kan niet bij haar familie terecht en bovendien kan niemand van hen haar helpen. En vrienden… Als ze eerlijk is, heeft ze niemand die meer dan een goede kennis is. Ja, ze heeft Kristoffer natuurlijk, haar partner uit de tijd in Sandsted, maar hij woont tegenwoordig in Aalborg en ze weet niet zeker of hij de juiste persoon is om mee te praten hierover. Het is haar eigen schuld; ze is nooit goed geweest in het onderhouden van vriendschappen. Misschien Mascha, als ze nog een relatie hadden gehad, maar aan de andere kant…

Nee, er is maar één iemand. Ze pakt haar telefoon en belt.

'Waarom ben je niet op het bureau?' vraagt Juncker nog voordat ze iets kan zeggen.

'Omdat ik…' Ze slikt. 'Ik heb hulp nodig.'

Het blijft doodstil aan de andere kant van de lijn. 'Kom hiernaartoe,' zegt hij dan.

Ze wil er in Teglholmen niet over praten. Dat zou voelen alsof… Tja, alsof ze haar werkplek zou bevuilen.

'Ik wil liever dat je naar mijn appartement komt. Als je tenminste…'

Het blijft opnieuw even stil.

'Oké. Wat is het adres?'

Hij is hier voor het eerst. 'Mooi,' zegt hij uiteindelijk als hij om zich heen heeft gekeken. Ze gaan in de keuken aan de kleine klaptafel zitten. Nabiha heeft koffiegezet en schenkt voor hem in. Zelf wil ze niet. Hij neemt voorzichtig een slokje van de gitzwarte vloeistof.

'Jezus,' mompelt hij en hij zet de beker neer, waarna hij naar haar kijkt. 'Wat is er aan de hand?'

Ze haalt diep adem en vertelt hem alles. Als ze klaar is, blijft hij even met halfgesloten ogen zitten. Zou hij in slaap gevallen zijn, vraagt ze zich af, maar dat is natuurlijk niet zo.

'Juncker, wat moet ik doen?' Ze hoort de bijna smekende klank in haar stem en verafschuwt die. 'Het is één ding dat hij geld geleend heeft op louche voorwaarden en met de belasting heeft gerommeld, en daarvoor krijgt hij waarschijnlijk een flinke boete, maar dat is het. Hij heeft echter ook een criminele bende geholpen om hun smerige geld het land uit te krijgen en dat is…' Ze schudt haar hoofd. 'Ik kan niet de andere kant op kijken omdat hij mijn broer is.'

'Als hij iets crimineels gedaan heeft, moet hij natuurlijk gestraft worden. Maar ook al is het erg wat hij heeft gedaan, het is nog steeds kleinschalig vergeleken met het grote geheel. Dus misschien moet je het even laten bezinken, Jeanne d'Arc. Zoals je zelf terecht opmerkt is de rest van je familie in groot gevaar zodra de Albanezen horen dat je broer gepraat heeft.'

Het doet haar bijna fysiek pijn om toe te geven dat hij gelijk heeft. Het is moeilijk te accepteren dat haar moraal langzaam aan het eroderen is, maar het zou ondraaglijk zijn als er iets zou gebeuren met haar moeder, Mussa's vrouw of hun kinderen.

'Denk je dat er een achterliggende reden is waarom de Albanezen Mussa geld geleend hebben? Ze zijn waarschijnlijk niet zo dom dat ze zijn zakelijke achtergrond niet onderzocht hebben en ontdekt hebben dat er een groot risico is dat ze hun geld nooit meer terugzien. Toch hebben ze hem een miljoen gegeven.'

'Ik denk dat je er wel van kunt uitgaan dat het geen toeval is dat ze zich inlaten met een man wiens zus een politieagent is. Kijk alleen al in wat voor benarde situatie het jou brengt. Moet je je broer aangeven ondanks alle problemen die dat voor je familie met zich meebrengt? Of moet je dat niet doen en jezelf kwetsbaar maken omdat je illegale activiteiten verzwegen hebt? Dat soort dingen kunnen het eerste stapje zijn in een poging om macht over een politieagent te krijgen.'

'Dat zal nooit gebeuren.'

'Dat had ik ook niet verwacht.' Juncker glimlacht.

'Denk je dat ons bezoek aan Phra Nang hier invloed op heeft? Dat ze mijn familie en mij zullen bedreigen?'

'Het is niet uitgesloten dat er een reactie komt, maar daar moeten we mee omgaan als het zover is.'

Ze schudt haar hoofd. 'Denken ze echt dat ze het onderzoek van de politie op die manier kunnen beïnvloeden?'

'Zo werken maffiaorganisaties over de hele wereld en dat hebben ze altijd zo gedaan. Ze zijn op zoek naar de kwetsbaren in een groep en intimideren hen vervolgens of maken hen chantabel.'

'Denk je dat ik in gevaar ben?'

Juncker haalt zijn schouders op. 'Een politieagent is altijd een beetje in gevaar, dat hoort nu eenmaal bij het werk.'

'Dus je denkt dat ze achter me aan zullen komen?'

'Niet meteen.'

'Zou het kunnen dat de Albanezen Asser in hun macht hadden? Of dat hij iets ontdekt heeft wat gevaarlijk voor de maffia was en ze hem daarom vermoord hebben?'

'Tja, daar kun je je van alles bij voorstellen.'

Nabiha staat op en spoelt Junckers beker af. 'Kan GC niet gewoon de knoop doorhakken en tot actie overgaan? Alles zit vast zolang we de hoofdverdachten niet kunnen aanpakken.'

'Eén moment...' Juncker pakt zijn telefoon en belt Merlin. 'Kun jij... Ja, we komen eraan, maar kun jij een bespreking met Pagh regelen? We moeten echt... Ja, over een uur is prima. Tot zo.' Hij staat op. 'Zullen we gaan?'

'Ja.' Ze aarzelt. 'Juncker, alles over mijn broer en wat hij gedaan heeft...'

'Ik heb geen idee waar je het over hebt,' zegt hij terwijl hij naar de gang loopt.

54

Hoe ging het eigenlijk in de tijd waarin nog niet iedereen voortdurend een telefoon bij zich had? Signe is bijna vergeten hoe het was toen een onderzoeker nog volledig afhankelijk was van getuigenverklaringen en technisch bewijs om vast te stellen waar een bepaalde persoon zich op een bepaald moment had bevonden, in de tijd voordat er zoiets als telefoongegevens bestonden. Het heeft maar een paar telefoontjes en e-mails gekost om een redelijk nauwkeurig overzicht te krijgen van waar Steffen Cort zich bevond vanaf het moment dat Robert Danius door het Oostelijk Gerechtshof was vrijgelaten tot Danius een week later vermoord in het Ørstedspark was gevonden.

En het klopt. Steffens telefoon had in die periode meerdere keren contact gemaakt met een zendmast in de buurt van het appartementencomplex van Beate Danius.

'Bingo!' zegt ze terwijl ze opkijkt van het Excelbestand. 'We kunnen hem verbinden met het appartement in de Classensgade en het lijkt erop dat hij zondagavond met zijn telefoon aan door het centrum is gelopen. In de periode waarin de moord op Danius waarschijnlijk plaatsvond, heeft zijn telefoon met veel zendmasten verbinding gemaakt.'

'En zijn we er zeker van dat er geen fouten in het gegevensmateriaal zitten? Ik bedoel... We willen niet eindigen met een rechter die besluit dat we de telefoongegevens niet mogen gebruiken. Zoals in de zaak-Lukas.'

'Absoluut niet, maar de forensisch technici zeggen dat de gegevens betrouwbaar zijn. Ze garanderen dat er geen fouten in zitten.'

'Goed. Hij is dus in de buurt van het Ørstedspark geweest,' constateert Ghita.

'Hij zet zijn telefoon om 0.24 uur uit. Net daarvoor maakte zijn telefoon verbinding met een mast bij de Gyldenløvesgade en vlak daarna in de Nansensgade. De volgende keer dat zijn telefoon contact maakt is om 2.30 uur, vlak bij zijn adres in Hørsholm.'

'Dat lijkt me behoorlijk solide bewijs, vooral als we bedenken dat je in de buurt van het adres van Beate Danius bijna tegen hem aan liep. En dan zijn er nog de sporen op de plaats delict. Het zou vreemd zijn als hij geen DNA-materiaal achtergelaten heeft.'

'Precies. We gaan hem arresteren.'

Twee uur later zitten Signe en Ghita in de verhoorkamer tegenover Steffen.

'Zo, we zien elkaar dus weer,' zegt Signe.

Steffen ziet er oneindig verdrietig uit. Zijn gezichtsuitdrukking is volkomen anders dan toen ze bij hem thuis was. 'Ik wil een advocaat bij het verhoor. Daar heb ik toch recht op?'

'Dat heb je inderdaad en ik heb zelfs al gebeld met degene die vandaag dienst heeft. Als je daarna van advocaat wilt wisselen, dan kan dat. De advocaat die onderweg is heet Jane Nilsson en kan hier elk moment zijn...'

Op dat moment wordt er op de deur geklopt, waarna de advocaat binnenkomt. Ze is een niet al te lange vrouw van in de dertig met verwaaid halflang haar en een vriendelijke, welwillende uitstraling. Ze geeft Steffen een hand en knikt naar Ghita en Signe, die nog niet eerder met haar te maken hebben gehad.

De advocaat gaat zitten en haalt een notitieblok en een pen uit haar tas. 'Voordat het verhoor begint, wil ik graag weten waarvan mijn cliënt wordt verdacht en we moeten uiteraard de kans krijgen om even onder vier ogen te overleggen.'

'Natuurlijk,' zegt Signe. 'Je cliënt, Steffen Cort, wordt verdacht van de moord op Robert Danius op 15 juni in het Ørstedspark. Volgens het autopsierapport heeft de moord tussen middernacht en 6.00 uur 's ochtends plaatsgevonden door hem met een scherp voorwerp in de buikstreek te steken.'

'Ik wil de papieren graag inzien voordat ik mijn cliënt adviseer om wel of niet op jullie vragen te antwoorden.'

Signe overhandigt de papieren aan de advocaat en Ghita en zij trekken zich terug. Tien minuten later zijn ze in de verhoorkamer terug.

Jane Nilsson neemt het woord. 'Na mijn advies wil mijn cliënt op dit moment geen verklaring afleggen, maar jullie mogen hem het materiaal voorleggen dat jullie relevant vinden of dat belastend voor hem is.'

'Ik wil graag terugkomen op je doen en laten van afgelopen dinsdag,' begint Signe. 'Jij was namelijk degene die ik bijna omverrende toen we in de Classensgade waren om met Robert Danius te praten. Dat heb je zelf bevestigd toen ik je de vorige keer sprak.'

'Heb je eerder met mijn cliënt gepraat?' vraagt de advocaat lichtelijk verbaasd.

'Ja. Je cliënt heeft een aantal jaar geleden aangifte wegens seksueel misbruik gedaan tegen de vermoorde man, maar de zaak is vanwege verjaring nooit voor de rechtbank gekomen. Daarom was het logisch om met hem te praten. Zoals je in de papieren kunt zien, kunnen we je cliënt meerdere keren plaatsen in de directe omgeving van de plek waar de vermoorde man na zijn vrijlating woonde. Zijn telefoongegevens tonen bovendien aan dat hij zich op het moment van de moord vlak bij de plaats delict bevond.'

'Telefoongegevens? Er bestaat toch onzekerheid over de betrouwbaarheid daarvan?'

'Dat klopt. Daarom hebben we ook extra zorgvuldig onderzocht waar Steffen zich bevond en niets wijst erop dat de gegevens onjuist zijn.'

Signe voelt Steffen stevig aan de tand over zijn handelingen in de uren voorafgaand aan de moord, maar Steffen weigert iets te zeggen. Na een halfuur geeft ze het op.

'Drink je cola rustig op. Je wordt zo meteen opgehaald en naar de Vestre-gevangenis gebracht. Je krijgt het exacte tijdstip nog te horen, maar we hopen je morgenochtend voor te kunnen geleiden bij de rechter.'

'Voorgeleiden?' Steffen kijkt haar verbaasd aan. 'Waarom?'

'De wet stelt dat je binnen vierentwintig uur na je arrestatie voor een rechter moet verschijnen als we je in hechtenis willen houden, en dat willen we omdat we redenen hebben om aan te nemen dat jij Robert Danius vermoord hebt.'

Een paar minuten later staan Ghita en Signe in Merlins kantoor, samen met de officier van justitie. Signe vertelt hoe het verhoor is verlopen en dat ze ervan overtuigd zijn dat ze voldoende hebben om Steffen in voorlopige hechtenis te laten nemen.

'Merlin, de technisch rechercheurs hebben onder andere twee lange haren op de plaats delict gevonden die mogelijk van Steffen zijn. Kunnen we een spoedanalyse voor die haren aanvragen?' vraagt Signe, die de ironie beseft dat juist zij betrokken is bij een zaak waarin twee haren op de lijst met bewijzen staan. Maar als Merlin die gedachte ook heeft, laat hij daar niets van merken.

'Dat is uitgesloten, dus jullie zullen geduld moeten hebben. Maar zijn jullie er zeker van dat hij de dader is? Ik wil niet dat we hem moeten vrijlaten als de voorlopige hechtenis voorbij is.'

Signe knikt. 'We mogen niet te stellig zijn, vooral in deze zaak. Maar ja, we zijn er zeker van dat hij de dader is.'

Ze bespreekt het verdere verloop met Ghita en gaat vervolgens naar haar tijdelijke werkplek op de afdeling Zware Criminaliteit om iets te doen wat ze al dagenlang uitstelt: ze pakt haar telefoon en belt Charlotte. Op de een of andere manier klinkt haar vriendin alsof ze het telefoontje verwacht.

'Als je morgenochtend thuis bent, dan kom ik even langs. Ik wil iets met je bespreken,' zegt Signe.

'Ik heb om 9.00 uur een redactievergadering, maar rond 10.00 uur is prima.'

Twintig minuten later is ze op weg naar huis en staat ze in de Enghavevej in de file. Zou ze vannacht een oog dichtdoen?

55

'Pagh, waarom beginnen jullie niet gewoon aan de operatie?' vraagt Juncker.

Kristian Pagh schudt zijn hoofd geïrriteerd. 'Zoals ik eerder al vertelde zijn we daar nog niet helemaal klaar voor.'

'Hm.' Juncker kijkt onderzoekend naar het hoofd van de afdeling GC. 'Vertel… Hebben jullie een informant binnen de Albanese maffia?'

Pagh kijkt even uit het raam en knikt vervolgens.

'En ik neem aan dat jullie hem in veiligheid willen brengen voordat jullie toeslaan?'

'Ja. We hebben geen illusies dat we de hele bende in één keer kunnen oppakken. Daarvoor zijn ze veel te goed georganiseerd en te talrijk, zowel hier als in Malmö, dus beginnen ze al snel daarna met het opsporen van de verraders.'

'Wie is jullie man?'

Pagh aarzelt.

'Laat me raden. Het is Krasniqi. Lundgren,' zegt Juncker.

'Ja.'

'Dat was dus de reden waarom je niet wilde dat we in zijn link met Danius gingen graven?'

'Inderdaad.'

Natuurlijk, denkt Juncker.

'Dus jullie hebben iemand op de loonlijst staan die hoogstwaarschijnlijk betrokken is geweest bij het smokkelen van kinderen naar dit land om misbruikt te worden door pedofielen?'

'Hij is nooit voor zoiets veroordeeld.'

'Kom op, Pagh, je hebt die twee geluidsopnames van de gesprekken tussen hem en Danius toch gehoord? Er is geen twijfel mogelijk.'

'Dat kan wel zo zijn, maar die opnames zijn nu pas opgedoken. Dat wisten we niet toen we de deal met hem sloten.'

'Waarom denk ik dat het geen verschil gemaakt had als jullie het wel geweten hadden?'

'Welkom in de echte wereld, Juncker. Als we proberen zulke bendes te bestrijden, dan kunnen we het ons niet altijd permitteren om kieskeurig te zijn over degenen met wie we samenwerken.'

'Wat is de afspraak met hem?'

'Zijn familie en hij krijgen in eerste instantie 24/7 bescherming en later een nieuwe identiteit.'

'Dus jullie hebben een schimmige deal met een zware crimineel gesloten?'

'Zo zou je het kunnen zeggen.'

Juncker snuift. 'Ik heb geen idee hoe ik het op een andere manier moet zeggen. Je weet net zo goed als ik dat we in Denemarken geen zaken doen met criminelen. Strafvermindering is een optie als de verdachte meewerkt, maar daar beslist de rechter over. Straffeloosheid... Dat nooit.'

Pagh haalt zijn schouders op. 'Dat is een van de redenen waarom alles wat jullie over deze operatie gehoord hebben strikt vertrouwelijk is.'

'Hoeveel mensen weten over Lundgren?'

'Alleen Asser en ik. En jullie nu ook.'

'Wie onderhield het contact met Lundgren?'

'Asser.'

Juncker trekt zijn wenkbrauwen op. 'Het is nogal ongebruikelijk dat het hoofd van het parket op die manier bij een operatie betrokken is.'

'Ja, maar het is ook een ongebruikelijke operatie en Asser was een ongebruikelijke senior officier van justitie.' Pagh kijkt om zich heen. 'Is er meer wat jullie willen weten?'

Nabiha en Merlin kijken naar Juncker. Zijn onderrug doet vreselijk veel pijn en hij probeert van houding te veranderen. Het helpt niet.

'Is Lundgren de enige reden waarom jullie aarzelen om aan Silver Bullitt te beginnen? Ik bedoel... Jullie hadden hem toch vrij snel in veiligheid kunnen brengen als jullie dat wilden?'

Pagh ziet er gekwelder uit dan anders.

Bingo, denkt Juncker.

'Nee. Er is nog een andere reden. We vermoeden dat iemand van ons eigen team informatie aan de Albanezen doorspeelt.'

'Een corrupte politieagent? Het gaat lekker bij jullie, hè? Hebben jullie iemand in gedachten?'

'Ja. Klement.'

'Wát?!' roept Nabiha.

'Ja. Klement heet, zoals jullie waarschijnlijk wel weten, voluit Klement K. Nielsen. De K staat voor Kosta en Nielsen is de naam die Klement aannam toen hij volwassen werd. De familie komt uit Kosovo en ze zijn in 1999 als vluchtelingen naar Denemarken gekomen toen de Serven heel veel mensen uit Kosovo verdreven. Het is niet zo ongebruikelijk dat vluchtelingen en tweedegeneratiemigranten een Deense achternaam aannemen. Dat klopt toch, Nabiha?'

'Dat gebeurt inderdaad. Veel jongeren met een migratieachtergrond die solliciteren merken dat ze niet worden uitgenodigd voor een gesprek als ze een Arabische achternaam hebben. En dat geldt waarschijnlijk ook voor mensen uit de Balkan.'

Pagh knikt. 'We wisten natuurlijk al dat Klement van Kosovaars-Albanese afkomst is, hij is tenslotte gescreend door de veiligheidsdienst. We weten echter pas sinds kort dat de familie van Klement in Kosovo nauwe banden heeft met de clan waarvan de Vos, oftewel Mert Seferi, in Denemarken de leider is.'

'Wie heeft dat ontdekt?' vraagt Juncker.

'Dat was Asser. Als advocaat werd hij gevreesd omdat hij zijn zaken zo extreem grondig onderzocht dat hij vaak dingen ontdekte die de politie tijdens het onderzoek over het hoofd had gezien. Hij ontdekte de connectie tussen de familie van Klement en de Seferi-clan toen hij zich verdiepte in de geschiedenis van de Seferi-clan en andere clans hier in het noorden.'

'Dat Klements familie banden heeft met de een of andere clan in Kosovo maakt Klement toch niet automatisch tot een verrader?' zegt Nabiha.

'Nee, maar ik moet jullie iets uitleggen. Kennen jullie de term *kanun*?'

Ze schudden alle drie hun hoofd.

'Dat is een systeem van een paar duizend leefregels en erecodes die het leven van veel mensen sturen, vooral in het noorden van Albanië en het zuiden van Kosovo. Een twintigtal van die regels gaat over bloedwraak. Volgens de kanun is wraak niet alleen een recht, maar een plicht. Als bijvoorbeeld iemand de eed van trouw aan de clan verbreekt, moet die persoon worden gedood. En er zit een addertje onder het gras: de verplichting om bijvoorbeeld iemand te doden gaat als het ware over op de volgende generatie. Dus als een man, die verplicht is om iemand te vermoorden, zelf sterft of in de gevangenis terechtkomt, dan moet de familie een nieuw familielid aanwijzen dat die verplichting overneemt. En het hoort erbij dat de families die hun verplichtingen nakomen rijkelijk worden beloond.'

'Dus Klement kan gedwongen zijn om de maffia of de clan te helpen?' zegt Nabiha.

'Dat zou heel goed kunnen. Ook al leidt hij hier in Denemarken een eigen leven, is hij een fatsoenlijk mens en een goede agent, dan nog kan hij een bevel gekregen hebben dat hij gewoonweg niet kon weigeren zonder zijn familie, zowel hier als in Kosovo, in groot gevaar te brengen. Maar dat weten we natuurlijk nog niet zeker.'

Merlin verschuift op zijn stoel. 'Hoe zijn jullie op het idee gekomen dat er een corrupte politieagent in het spel was?'

'De afgelopen maanden zijn we er een paar keer zeker van geweest dat er drugs zouden worden binnengesmokkeld, maar dat gebeurde uiteindelijk niet. Lundgren vertelde ons ook dat hij redelijk zeker wist dat er een agent was die niet te vertrouwen was, maar hij kon niet zeggen wie dat was.'

'Wanneer kwam Klement in beeld?' vraagt Juncker.

'Dat was maar een paar dagen voordat Asser vermoord werd. Toen ontdekte hij de connectie tussen Klements familie en de clan van de Vos. Hij vroeg ons echter te wachten met Klement aanpakken tot we volledige zekerheid hadden.'

Op het briefje in Assers borstzak had KK gestaan, denkt Juncker. 'Dus hoewel je een sterk vermoeden had dat Klement corrupt was, benoemde je hem tot toezichthouder over ons,' zegt hij.

'Ja, omdat het een manier was om erachter te komen of ons vermoeden klopte. En dat was zo. We weten van Lundgren dat de Vos op de hoogte is gesteld van jullie laatste bezoek aan Benedikte Larsen en waarover jullie het hadden. Daar kan maar één verklaring voor zijn. Mijn vermoeden is dat Klement rechtstreeks aan de Vos, en alleen aan hem, verslag uitbracht.' Pagh kijkt om zich heen. 'Hebben jullie nog meer vragen?'

'Kan Klement Asser vermoord hebben omdat hij bang was om ontmaskerd te worden?'

'Dat is mogelijk,' zegt Pagh.

Hoewel het niet erg waarschijnlijk is, denkt Juncker. Het vermoorden van Asser zou niet voorkomen dat hij ontmaskerd zou worden, tenzij hij Pagh eveneens zou vermoorden. Maar mensen doen natuurlijk wanhopige dingen als ze onder druk staan.

'Waar is Klement nu?'

'Dat weten we niet. We proberen sinds gisteravond contact met hem te krijgen en zijn nu intern naar hem op zoek.'

'Goed idee,' zegt Juncker sarcastisch. 'Het is een vervelende trend dat er voortdurend mensen van GC verdwijnen, Pagh.'

19 JUNI

56

De vorige dag had Charlotte vrij genomen en was ze naar Aarhus gevlogen om haar kleinkind te zien, en 's avonds was ze teruggevlogen. Het nieuwe kleinkind was natuurlijk een volstrekt betoverend klein meisje met zwart haar en een uitzonderlijk alerte blik in haar ogen. Natuurlijk huilde oma tranen van vreugde en trots over haar dochter en haar kleine gezin.

Nu is ze weer terug en geniet ze ervan dat ze vandaag thuis kan werken. Het enige nadeel van deze coronamaatregel is dat de redactievergaderingen via Zoom plaatsvinden. Ze beschouwt onlinevergaderingen een beetje als e-mails en berichtjes: er hangt een nieuwe ernst over alles en ze heeft gemerkt dat je heel voorzichtig moet zijn met ironie. Alle ironische opmerkingen die je normaal gesproken in een persoonlijk gesprek kunt maken zijn veel moeilijker over te brengen als je woorden niet worden verzacht door een knipoog of een glimlach. Zulke subtiele details gaan namelijk verloren als je gezicht op de schermen van de andere deelnemers wordt gereduceerd tot een stukje van een groot, wazig mozaïek met portretten. Daarom prent ze zichzelf in om haar sarcasme in toom te houden voordat ze inlogt voor de vergadering van deze ochtend. Er is geen enkele reden om verder bij te dragen aan het imago van de chagrijnige, ouder wordende heks waarvan ze vermoedt dat ze dat de afgelopen jaren heeft opgebouwd. Het eerste voorstel voor een artikel komt van een jongeman die nog niet zo lang op de binnenlandredactie werkt. Hij is weggehaald bij de grootste concurrent als de nieuwe rock ster van *Morgentidende* en deelt heel zelfverzekerd een tip die hij heeft gekregen over een bedrijf dat oud vlees, dat al lang vernietigd had moeten worden, opnieuw verpakt en van nieuwe verkoopdata voorziet. Volgens hem is het artikel praktisch klaar voor publicatie en de redacteur is enthousiast. Het klinkt inderdaad als een fantastisch verhaal, denkt Charlotte, hoewel de bronnen wat magertjes zijn, wat ze ook zegt terwijl ze zichzelf eraan herinnert vriendelijk en open te blijven.

‘Er is niets mis met mijn bronnen,’ zegt de rockster enigszins beledigd.

‘We zullen zien,’ voegt de redacteur eraan toe. ‘En nu je microfoon toch aan staat, Charlotte, wat heb jij vandaag voor ons?’

Verdorie. Waarom kan ze haar mond niet gewoon houden? Ze heeft namelijk niets te melden en had gehoopt onopgemerkt aan de vergadering mee te kunnen doen. Ze mompelt iets over een paar mogelijke verhalen die nog niet ver genoeg gevorderd zijn om de tijd van de redactie mee te verspillen en komt daar op het nippertje mee weg. Er zijn voldoende artikelen om de kolommen van de krant de volgende dag mee te vullen, dus de redacteur gaat snel verder en Charlotte haalt opgelucht adem.

Die opluchting maakt echter al snel plaats voor een ernstige spanning omdat Signe elk moment voor haar deur kan staan. Charlotte vermoedt al een tijdje hoe het zit met de twee haren die op het lichaam van Katja Lütsach zijn gevonden, maar na het zien van het korte filmpje van de plaats delict twijfelt ze niet langer. Haar vriendin heeft iets gedaan wat absoluut illegaal is, en onvergeeflijk voor een rechercheur.

Charlotte heeft het Wetboek van Strafrecht erop nageslagen om erachter te komen wat de straf voor Signes overtreding kan zijn en heeft een artikel gevonden dat gaat over het vernietigen, vervalsen of verwijderen van voorwerpen die van belang zijn voor een openbaar onderzoek of het wissen van sporen van een misdrijf. De straf varieert van een boete tot maximaal twee jaar de gevangenis in. Het zal beslist als een verzwarende omstandigheid worden beschouwd dat een politieagent dit heeft gedaan. Daar komt nog bij dat ze op zo’n manier uit het korps wordt gezet dat het moeilijk wordt om daarna nog een fatsoenlijke baan te vinden.

En zij, Signes vriendin, zal degene zijn die het mes erin steekt, of ze het artikel nu zelf schrijft of het aan een van haar collega’s overlaat.

Het is het journalistieke equivalent van de eed van Hippocrates: als een journalist hoort over machtsmisbruik of iets wat strafbaar is, moet hij dat naar buiten brengen. Ze is er in het verleden nooit voor teruggeschrokken om politieke relaties op te offeren voor een goed verhaal en een aantal professionele vriendschappen zijn daardoor gesneuveld, maar dit is iets heel anders.

Er wordt op de deur geklopt. Signe ziet er moe uit. Ze staan een paar seconden zwijgend tegenover elkaar en dat veroorzaakt zo'n ongemakkelijk gevoel dat Charlotte even overweegt om een luchtige opmerking te maken dat ze elkaar beter niet kunnen omhelzen. Maar de blik in Signes ogen, de hele houding van haar vriendin, zorgt ervoor dat ze haar mond houdt en ze gaan aan de eettafel zitten.

'Wat is er, Signe?' vraagt ze. Ze hoort zelf hoe hard het klinkt.

Signe glimlacht verbitterd, een van de meest vreugdeloze glimlachjes die Charlotte ooit heeft gezien. 'Dat weet je heel goed. Zullen we ophouden eromheen te draaien?'

'Ja, laten we dat doen. Ik wil je iets laten zien.' Ze pakt haar laptop, klapt hem open en klikt een paar keer op het toetsenbord. Daarna draait ze het scherm naar Signe toe zodat ze kan meekijken.

Als de video afgelopen is, kijkt Charlotte naar haar vriendin.

'Hij heeft geen enkele wroeging,' zegt Signe.

'Wie?'

'Peter Rolf natuurlijk. Hij was ongevoelig genoeg om ons op de plaats delict te filmen. Hij kan niet ver weg geweest zijn. Hij is toch degene die je de film gegeven heeft?'

'Ik heb hem opgestuurd gekregen en er stond geen afzender op de envelop. Maar ja, ik weet zeker dat hij hierachter zit. Jij bent dus inderdaad degene op de video?'

'Ja, en Juncker. Wie zou het anders moeten zijn?'

'En wat doe je precies… Je haalt iets uit je zak en…'

'Dat weet je heel goed. Ik plaats de twee haren op het lichaam.'

Charlotte knikt langzaam. 'Ja, dat weet ik. Of liever gezegd… ik was er zo goed als zeker van.' Ze heeft een sigaret nodig, haalt er een uit het pakje en loopt naar de terrasdeur. 'Van wie zijn die haren?'

'Van Troels Mikkelsen.'

'Waarom? Wat heeft hij je aangedaan?'

Signe haalt diep adem en vertelt vervolgens wat er zes jaar geleden na het kerstfeest van de afdeling Zware Criminaliteit is gebeurd. Over de verkrachting en dat ze er zeker van was dat hij haar zou vermoorden. Over de manier waarop het misbruik de daaropvolgende jaren als een schaduw over haar relatie met Niels hing omdat de behoefte aan wraak aan haar en haar gezonde verstand vrat. Dat ze Troels' DNA verzamelde en besloot zijn haren op een willekeurig lichaam te plaatsen omdat daarmee misschien duidelijk zou worden of hij behalve haar nog andere vrouwen had verkracht, wat natuurlijk zo was.

Als ze klaar is, blijft ze met haar hoofd gebogen en een lege blik in haar ogen zitten. Dan kijkt ze op. 'Maar ik heb Troels niet vermoord. Ik had het willen doen, maar heb het niet gedaan.'

Charlotte veegt ongemerkt over haar ogen, die tijdens het verhaal van haar vriendin meerdere keren vol tranen hebben gestaan. Het laatste wat Signe nodig heeft is medelijden.

'Ik had hem ook willen vermoorden. Ik denk zelfs dat ik het gedaan zou hebben,' zegt Charlotte.

Signe glimlacht. 'Ja, dat geloof ik ook.' Ze kijkt een paar seconden naar Charlotte en haar glimlach verdwijnt. 'Eigenrichting is waardeloos. Ik heb altijd geweten dat ik ontmaskerd kon worden en dat ik, als dat gebeurde, de gevolgen daarvan moest dragen. En ik weet ook hoe het er voor jou uitziet.'

Als je er alleen als journalist naar kijkt is er weinig ruimte voor discussie, maar misschien is het tijd om de journalist een dag vrij te geven, denkt Charlotte.

'Is het nog steeds zo bij de politie dat ze je niet geloofd zouden hebben als je verteld had dat je verkracht was door een collega?'

'De laatste jaren is het beter geworden, maar er heerst nog steeds een harde machocultuur op veel plekken binnen het korps. Omdat ik het niet meteen verteld heb, waren er geen technische bewijzen, dus was het mijn woord tegen het zijne geweest en op dat moment was Troels een gerespecteerde en door velen bewonderde agent. En het feit dat ik vrijwillig met hem naar een hotelkamer gegaan ben… Veel mensen vinden dan dat je er zelf om gevraagd hebt. Die houding ben jij toch ook weleens tegengekomen?'

Ontelbare keren, denkt Charlotte. Zowel onder vrienden als onder collega's. 'Heb je het Martin verteld?'

Signe knikt.

'En Merlin?'

'Aan hem ook.'

'Jullie spannen samen om de waarheid te verbergen?'

'Ja, zo zou je het kunnen noemen,' zegt Signe.

Dit is absoluut het moeilijkste dilemma waarmee Charlotte ooit te maken heeft gehad. Ja, Signe heeft zichzelf een hoop problemen bezorgd en natuurlijk had ze Troels Mikkelsen meteen moeten aangeven en haar man moeten vertellen wat er was gebeurd. Maar niemand anders dan Troels is door Signes actie in de problemen gekomen en hij is dood, dus het maakt niet meer uit. Bovendien is Charlotte ervan overtuigd dat Signe volkomen gelijk heeft met haar inschatting wat er gebeurd zou zijn als ze het had gemeld. Troels Mikkelsen zou waarschijnlijk nooit zijn aangeklaagd en Signe zou zijn beschouwd als een hoer die een goede collega in de problemen had gebracht.

Het komt erop neer dat ze weet dat zij dit verhaal niet zal schrijven en ze zal het ook niet aan iemand anders geven. 'Ik begrijp waarom je het gedaan hebt en ik had waarschijnlijk hetzelfde of iets soortgelijks gedaan,' zegt ze. 'Nee, vergeet dat "waarschijnlijk" maar. Ik zou het gedaan hebben.'

'Oké. Wil dat zeggen dat...'

'Dat ik hier niets over zal schrijven? Ja.' Charlotte probeert te begrijpen wat er in het hoofd van haar vriendin omgaat, maar dat is onmogelijk.

'Dank je wel,' zegt Signe uiteindelijk. 'Daar ben ik natuurlijk blij om. Maar Peter Rolf gaat waarschijnlijk gewoon naar een van je collega's bij *Morgentidende*. Of naar een andere krant, en dan schiet ik er niets mee op.'

Charlotte knikt. 'Dat zou kunnen, maar dat zien we dan wel weer. Misschien kan ik hem tot inkeer brengen als ik met hem praat.'

'Peter Rolf lijkt me niet het type dat tot inkeer komt als hij kans ziet anderen te beschadigen. En wat gebeurt er met jou als uitkomt dat je geprobeerd hebt een zaak als deze in de doofpot te stoppen en betrokken bent bij een complot om de waarheid te verbergen?'

'Dan ben ik mijn baan als journalist kwijt, in elk geval bij *Morgentidende*, maar misschien loopt het zo'n vaart niet. Laten we het even aankijken.'

57

Het lichaam van Asser Larsen is inmiddels een kleine week geleden in het bos bij Herfølge gevonden. Sindsdien hebben twee jonge rechercheurs de weinig benijdenswaardige taak gehad om, gewapend met foto's van de overleden man, door het dorp en in de nabije omgeving rond te lopen om iemand te vinden die licht kon werpen op het raadsel wat de dode man hier had gedaan. Waarom is hij in Herfølge vermoord?

Hoewel Asser jarenlang een bekende advocaat is geweest en regelmatig in de media is verschenen, hebben verrassend weinig mensen hem herkend en is niemand in staat geweest hem fysiek in Herfølge te plaatsen. Tot deze ochtend, toen een van de rechercheurs bijna wanhopig voor de derde keer de plaatselijke SuperBrugsen was binnengegaan. Een vrouwelijke werknemer, die bijna twee weken ziek was geweest wegens corona en daarom niet aanwezig was bij de eerste twee bezoeken van de rechercheur, herinnerde zich dat Asser ongeveer een jaar geleden in de winkel was geweest. De vrouw had achter de kassa gezeten en herkende de vermoorde man omdat hij heel knap en bovendien heel vriendelijk was. De pinpas van een oude man die voor Asser in de rij stond deed het niet. Asser had zijn boodschappen betaald en had gezegd dat de man het hem later maar een keer moest teruggeven. 'Het was niet veel geld,' vertelde de caissière, maar toch vond ze het heel aardig van hem. Ze wist heel goed dat niet alle klanten zo vriendelijk waren.

Dat leek de doorbraak te zijn, zoals de rechercheur telefonisch aan Juncker meedeelde. Een paar jaar eerder had de winkel geëxperimenteerd met het bezorgen van boodschappen. Een van de medewerkers, die net terug was van een paar weken vakantie en destijds verantwoordelijk was geweest voor de bezorging, herinnerde zich dat hij boodschappen had afgeleverd bij Asser omdat hij heel vriendelijk was en hem bovendien een grote fooi had gegeven, iets wat volgens de medewerker bijna net zo zeldzaam was in Herfølge als successen voor de plaatselijke voetbalclub na de fusie methet team van Køge.

'Kan hij zich het adres herinneren?' vroeg Juncker.

'Ja, dat kan hij,' antwoordde de jonge rechercheur. Het leek hem een goed idee als Juncker naar Herfølge zou komen.

'Ik ben onderweg,' zei Juncker.

Hij had Nabiha drie keer gebeld en had uiteindelijk een bericht achtergelaten dat hij naar Herfølge was en dat ze hem moest terugbellen.

Drie kwartier later staat hij samen met de jonge rechercheur, die Esben heet, in de winkel. De man die de boodschappen had bezorgd is op leeftijd en heeft een naamkaartje waarop Søren staat. Hij heeft het adres op een papiertje geschreven en geeft dat aan Juncker.

'Ik had daar al een paar keer boodschappen bezorgd, maar toen nam een vrouw ze in ontvangst.'

'Weet je hoe die vrouw heet?'

'Helaas niet. Ik kan me ook niet herinneren dat ik haar hier in de winkel gezien heb, en trouwens ook niet in Herfølge. Ze doet haar boodschappen waarschijnlijk ergens anders. Misschien in Køge.'

Of ze laat haar boodschappen door een andere supermarkt dan SuperBrugsen bezorgen. Juncker geeft het briefje met het adres aan Esben. 'Kun je kijken of Krak een naam bij dat adres heeft?'

De jonge rechercheur toetst een paar keer op zijn telefoon en schudt zijn hoofd dan. 'Er komt geen naam of nummer naar voren.'

'Oké.'

Juncker bedankt Søren voor zijn hulp.

'Ik kan wel meegaan als je dat handig vindt,' biedt de man aan. 'Het is hier niet zo druk en het huis ligt nogal afgelegen. Je kunt het vanaf de weg niet zien en –'

'Dat is niet nodig,' zegt Juncker. 'We vinden het wel.'

Ze stappen in de auto en Juncker voert het adres in op de gps en volgt de aanwijzingen van de vrouwenstem die hen in oostelijke richting het dorp uit leidt. Ze rijden een paar kilometer totdat de gps zegt dat ze rechts af moeten slaan, een smalle zandweg op. Een paar honderd meter verder lijkt de weg te eindigen bij een wild groeiende groep loof- en naaldbomen. De bomen blijken een goed onderhouden wit vakwerkhuis met een nieuw golfplatendak en zwartgeschilderde raam- en deurkozijnen te verbergen. Het is waarschijnlijk een oud boerderijtje en het doet Juncker denken aan het huis buiten zijn geboortedorp Sandsted, waar hij drie jaar geleden een lichaam heeft gevonden.

Ze stappen uit en de overgang van de airco in de auto naar de middaghitte zorgt ervoor dat het zweet meteen op Junckers voorhoofd parelt. Het is doodstil, behalve het zachte gezoem van bijen en vliegen en een Vlaamse gaai in een boomkruin die schor krijst. Hij loopt naar de deur en klopt aan. Esben volgt hem aarzelend en blijft een paar meter achter Juncker staan. Ze wachten, maar er volgt geen reactie. Hij probeert de klink, maar de deur is op slot. Hij klopt opnieuw en doet een stap naar achteren. Na ongeveer een halve minuut draait Juncker zich naar Esben om.

'Jij gaat rechtsom en ik linksom. Kijk door alle ramen naar binnen.'

Even later komen ze elkaar aan de achterkant van het huis weer tegen. Esben schudt zijn hoofd. 'Er is niemand,' zegt hij. 'Wat doen we nu?'

'Wat is dat daar?' Juncker wijst naar iets in de tuin wat eruitziet als een oude kippenren die grondig is opgeknapt, en onder meer grote panoramaramen heeft.

Esben loopt ernaartoe en kijkt naar binnen. Het lijkt een soort atelier, maar er is niemand.

'Ga mee,' zegt Juncker en hij loopt met Esben in zijn kielzog over het kleine erf naar de voordeur terug. Hij haalt de plastic zak met de sleutelbos uit zijn zak, kiest een sleutel en steekt die in het slot. De sleutel glijdt soepel naar binnen en hij probeert hem om te draaien, maar dat lukt niet, dus trekt hij hem er weer uit. Dan probeert hij de volgende sleutel. Ook die gaat soepel in het slot en draait moeiteloos om, waarna het slot openklikt. Juncker pakt de klink en duwt de deur met een licht gekraak een stukje open.

Juncker blijft een paar seconden staan, doet de deur dan helemaal open en zet een stap de hal in.

'Hallo! Politie!' roept hij.

58

Het was bijna 8.00 uur toen Nabiha de voordeur van haar moeders appartement opende. Ze had van tevoren gebeld en had haar gevraagd een koffer in te pakken.

'Waarom in godsnaam?' vroeg Muna natuurlijk.

'Doe het gewoon, mama, ik leg het straks uit,' antwoordde Nabiha terwijl ze bedacht dat dat gemakkelijker gezegd dan gedaan was, want ze kon onmogelijk de echte reden vertellen waarom haar moeder een tijdje bij haar zwager en schoonzus moest gaan logeren. Als ze vertelde wat er aan de hand was – dat Nabiha vreesde voor het leven van haar moeder en vooral van haar broer omdat hij zich in de nesten had gewerkt door in zee te gaan met de wrede Albanese maffia – zou Muna waarschijnlijk een zenuwinzinking krijgen. Ze maakte zich nu al ernstige zorgen over hoe het met Mussa zou aflopen.

Nabiha had dus uitgelegd dat de evacuatie iets met haar werk te maken had. Dat was natuurlijk gedeeltelijk waar, maar niet helemaal voldoende om Muna gerust te stellen, die in principe net zo zenuwachtig was over het lot van haar dochter als over dat van haar zoon.

'Je werk? Habibi, kun je me echt niet uitleggen wat er zo gevaarlijk aan je werk is dat je moeder daardoor moet vluchten? Is er iemand die mij iets wil aandoen omdat jij bij de politie werkt? Is dat wat je zegt?'

Ze zit er niet ver naast.

'Heb je alles, mama? Je medicijnen ook?'

Nabiha's oom woont met zijn vrouw in een eengezinswoning in Vallensbæk. Hij is taxiondernemer en heeft vijf auto's in zijn wagenpark, zij verzorgt zowel het huishouden als de boekhouding van hun kleine bedrijf. Het echtpaar heeft twee dochters die respectievelijk arts en tandartsassistente zijn. Nabiha heeft altijd een goede en hechte band met haar nichtjes gehad, die net als zij zelf aan den lijve hebben ondervonden wat het betekent om een patroonbreker te zijn.

Het gezin heeft jarenlang in Mjølnerparken gewoond, en voordat ze naar Vallensbæk verhuisden, beschouwde Nabiha hun huis als haar eigen huis. Toen ze haar oom belde en om zijn hulp vroeg, wist ze van tevoren dat hij haar moeder met open armen zou ontvangen. 'Heeft het met je werk te maken?' had hij eveneens gevraagd en toen Nabiha bevestigend antwoordde ging hij er verder niet op door. Ze weet dat hij er net zo trots op is dat ze rechercheur bij de afdeling Zware Criminaliteit is als op de carrières van zijn dochters.

Muna herinnert zich ineens dat ze morgen een afspraak bij het arbeidsbureau heeft. 'Die moet je afzeggen,' zegt Nabiha. 'Je moet je ziek melden.' Haar moeder kijkt haar geschrokken aan. Nabiha weet maar al te goed dat ze het haat om te liegen. 'Doe het gewoon, mama,' verzucht ze.

Ze neemt afscheid en rijdt naar Teglholmen. Heeft dit eigenlijk wel zin? In feite stelt ze haar oom en tante nu ook aan gevaar bloot. Ze verdringt de gedachte. Ze kan op dit moment niets anders doen, niet voordat ze weet hoe ze moet omgaan met het feit dat haar broer ernstig strafbare feiten heeft gepleegd. Bovendien zijn de bedreigingen tegen hem voorlopig nog zo vaag dat ze waarschijnlijk nergens toe zullen leiden als Mussa aangifte doet. En ze kan onmogelijk in haar eentje de strijd met de Albanese maffia aangaan.

Juncker heeft een paar keer geprobeerd haar te bereiken, maar ze heeft niet opgenomen. Ze staat op het punt hem te bellen als haar telefoon gaat.

'Wat is er, Mussa?'

'Kun je naar de koffiebar komen?' Zijn stem trilt en hij klinkt alsof hij op het punt staat in huilen uit te barsten.

'Wat is er gebeurd?'

'Ze zijn hier geweest.'

De koffiebar is op dit tijdstip gewoonlijk open, maar als Nabiha aan de deur trekt blijkt die op slot te zijn. Ze klopt op het glas en een paar seconden later komt Mussa uit de keuken en opent de deur voor haar. Hij draait hem op slot zodra ze binnen is.

'Laten we achter gaan zitten,' zegt hij met een trillende stem en een bleek gezicht.

Hij loopt voor haar uit en gaat op een kruk zitten. Ze gaat met haar armen over elkaar geslagen tegenover hem staan.

'Wie waren het? Die twee weer?'

Hij knikt. 'Ja, die grote en die kleine.'

'Wat wilden ze?'

'Het geld.'

'Alles? Een miljoen?'

Hij knikt. 'Ik legde uit dat ik niet al het geld had omdat een groot deel al was uitgegeven, maar dat ze het deel dat ik nog had konden krijgen en dat ik daarna –'

'Wat daarna? Het resterende deel zou verdienen door voor ze te werken?'

Mussa staart naar de grond.

'Drugs vervoeren of zwart geld witwassen voor de Albanese maffia? Is dat de manier waarop je het wilt oplossen?'

Hij kijkt met een koppige blik in zijn ogen naar haar. 'Ik heb tegen ze gezegd dat ze de koffiebar mogen hebben, maar de kleine man zei dat ze die niet willen. Ze willen alleen het geld.'

Ze doet haar ogen dicht. Wat mist ze haar vader toch. Hij is al jaren dood en waarschijnlijk had hij niets aan deze situatie kunnen veranderen, maar hij zou de verantwoordelijkheid op zich genomen hebben. Rustig maar, habibi, het komt goed, we vinden wel een oplossing, zou hij hebben gezegd terwijl hij door haar haar zou strijken. En misschien had hij inderdaad een oplossing gevonden. Hij had veel aanzien in de Palestijnse gemeenschap en kende iedereen, ook mensen met wie ze zich tegenwoordig liever niet inlaat.

'Ik heb mama naar Hussein en Fatima in Vallensbæk gebracht. Het is waarschijnlijk een goed idee als jij ook een plek zoekt waar Nawal en de kinderen kunnen logeren totdat we een oplossing voor dit probleem hebben. En het zou misschien slim zijn als je een tijdje onder de radar blijft.'

Mussa schudt zijn hoofd. 'Ik moet hier blijven en de koffiebar openhouden. Anders heb ik helemaal geen geld.'

'Oké, maar wees voorzichtig.'

Hij glimlacht. 'En hoe moet ik dat precies doen?'

Nabiha haalt haar schouders op. 'Laat je me eruit?'

Als ze op de stoep staat belt ze Juncker.

59

Hij is in een kleine hal terechtgekomen. Recht voor hem is een trap naar de eerste verdieping, links van de trap een gesloten deur, en rechts een open deur die naar de keuken leidt. Hoewel het warm is, ruikt het hier totaal niet muf, maar naar recent gekookt eten en koffie. Hij roept nog een keer. 'Politie! Is hier iemand!?'

Het blijft doodstil. Zelfs het gezoem van de bijen is hier niet te horen. Hij schrikt als zijn telefoon plotseling gaat.

'Waar ben je in vredesnaam?' vraagt hij geïrriteerd.

'Onderweg naar Teglholmen,' zegt Nabiha. 'Waar ben jij?'

'In Herfølge. Ik heb een bericht op je voicemail achtergelaten, maar blijkbaar heb je daar nog niet naar geluisterd.'

'Nee, ik had het druk. Ik heb...' Ze maakt haar zin niet af.

'De Albanezen?'

'Ja. Ik heb mijn moeder naar een veilige plek gebracht. Ik dacht –'

'Dat is waarschijnlijk heel verstandig. Maar kun je nu hiernaartoe komen? Er is iets interessants gebeurd.'

'Ja. Als ik het zwaailicht op het dak zet moet dat op dit tijdstip van de dag niet langer dan een halfuur duren.'

Juncker geeft haar het adres, stopt zijn telefoon in zijn zak, trekt een paar wegwerphandschoenen aan en kijkt naar Esben. 'Jij neemt de bovenverdieping. Probeer zo min mogelijk aan te raken, kijk gewoon of er iemand is of dat er tekenen zijn dat er pasgeleden iemand geweest is.'

Esben loopt de trap op en Juncker gaat naar de keuken. Op het aanrecht, naast de gootsteen, ligt een snijplank met daarop een bruine papieren zak van de bakker. Hij opent de zak, steekt zijn hand erin en voelt aan het brood. Het voelt nog vrij vers en hij vermoedt dat het brood vandaag of gisteren is gebakken. Hij opent de koelkast, haalt er een pak melk uit en controleert de houdbaarheidsdatum. Die verloopt pas over drie dagen, dus er is weinig twijfel mogelijk. Hier woont iemand.

Hij loopt de eetkamer in, die is ingericht met een eettafel van licht hout en een grijs linoleum blad. Rondom de tafel staan zes Y-stoelen. De volgende kamer is een woonkamer met een zwarte leren bank en twee Zwanen-fauteuils van Arne Jacobsen. Aan de muren hangen verschillende kleurrijke bloemenschilderijen. Aan het eind van de woonkamer is een gesloten deur. Juncker loopt ernaartoe en opent hem. De deur leidt naar een werkkamer, met rechts een bureau onder een groot raam met een prachtig uitzicht op de tuin. De muur aan de linkerkant is bijna volledig bedekt met kasten die vol boeken staan.

Naast het bureau staat een klein metalen archiefkastje met twee laden. Juncker trekt aan de bovenste lade, maar die is op slot. Hij opent de onderste lade, die leeg is, op vijf exemplaren van het ledenblad *Djøf* na. Esben is intussen de trap weer af gekomen. 'Boven is niemand,' zegt hij.

'Dat dacht ik al. Ik neem aan dat je, als je iemand was tegengekomen, diegene mee naar beneden had genomen.'

Hij haalt Assers sleutelbos uit zijn zak, kiest de sleutel die niet in de voordeur past en steekt hem in het slot van de bovenste lade. Hij past en Juncker draait het slot open.

De lade zit vol met hangmappen. Hij pakt het dossier uit de eerste map. DE ZAAK-LUKAS staat er op het omslag geschreven. Juncker stopt het dossier in de hangmap terug en pakt het volgende. DE MOORD OP CONNI JOENSEN. Juncker herinnert zich de zaak, die vijf jaar geleden speelde. Asser was de advocaat, net als in de zaak-Lukas. Juncker bekijkt de volgende drie hangmappen. Ze bevatten allemaal dossiers van zaken waarin Asser de advocaat was voordat hij officier van justitie bij het parket van GC werd. Juncker duwt de lade dicht, maar doet hem niet op slot.

Geen van beiden heeft de vrouw horen binnenkomen.

Juncker schrikt. Ze staat in de deuropening en moet door de woonkamer zijn gezweefd, want zo stil kan geen mens lopen. Ze is tenger, lang en heeft een lichte, bijna bleke huid. Haar haar is roodblond en is in een dikke vlecht gebonden. Ze is eind dertig, misschien iets ouder. Het is moeilijk haar leeftijd te schatten.

De vrouw draagt een lichtblauwe zomerjurk en is op blote voeten, wat haar geruisloze aankomst gedeeltelijk verklaart. Ze is heel mooi, denkt Juncker. Etherisch, bijna doorzichtig. En, gezien het feit dat er twee onbekende mannen in haar woning staan, ook heel kalm. Juncker krijgt het idee dat ze hen verwachtte.

'Wie zijn jullie?' vraagt ze met een verrassend diepe en hese stem.

'We zijn van de Politie Kopenhagen. Mijn naam is Martin Junckersen en dit is Esben...' Hij is de achternaam van zijn jonge collega vergeten.

'Christensen,' zegt Esben.

'En jij bent?' vraagt Juncker.

'Ik heet Fritze Bøgh. Jullie zijn hier vanwege Asser, hè?'

Juncker knikt.

'Mag ik vragen hoe jullie binnengekomen zijn?'

'Met de sleutelbos van Asser. Daar zit een sleutel van deze voordeur bij.'

'Maar hoe hebben jullie het huis gevonden?'

'Een paar werknemers van SuperBrugsen herinnerden zich dat ze Asser gezien hebben, zowel in de winkel als hier.'

'Natuurlijk.'

Juncker ziet dat haar ogen roodomrand zijn. 'Mag ik vragen wat je relatie met Asser Larsen is?'

'Met Asser?' Ze kijkt met een kalme blik naar hem. 'Hij was mijn man.'

60

Nabiha kijkt hem stomverbaasd aan. 'Zeg dat nog eens?'

'Ze beweert dat Asser haar man is,' zegt Juncker.

'Bedoel je dat ze getrouwd zijn?'

'Dat weet ik niet. Ze zei alleen dat hij haar man is. Ik heb nog niet met haar gepraat omdat ik op jou wachtte... op de onderzoeksleider.'

'Dat is heel attent van je. Wat hebben Esben en jij inmiddels gedaan?'

'We zijn een paar keer in de woning geweest en hebben onder meer een telefoon gevonden waarvan de vrouw beweert dat het de privételefoon van Asser is. Hij had dus twee privételefoons. Wat computers betreft hebben we er maar één gevonden, en die is van haar. Ze heeft hem geopend, zodat we konden verifiëren dat dat inderdaad zo is. Daarnaast is er een stapel documenten die allemaal uit Assers tijd als advocaat lijken te stammen en die nemen we uiteraard ook mee.'

Nabiha is vijf minuten geleden gearriveerd en de twee onderzoekers zijn naar de tuin gegaan. Het is bloedheet.

'Laten we naar binnen gaan om haar te ondervragen,' stelt Juncker voor.

Fritze Bøgh zit aan de eettafel in de woonkamer. Ze nemen tegenover haar plaats. Nabiha legt haar telefoon op tafel en zet de opnamefunctie aan.

Juncker buigt zich naar voren. 'Fritze Bøgh, je zegt dat Asser Larsen je man is. Weet je dat hij getrouwd is met een andere vrouw met wie hij drie kinderen heeft? Het gezin woont in Sorø.'

Ze knikt. 'Natuurlijk weet ik dat.'

'Maar toch noem je hem je man. Waarom?'

'Omdat hij mijn man is en dat al is geweest sinds we elkaar zes jaar geleden ontmoetten. We leefden samen als man en vrouw –'

'Behalve dat hij het grootste deel van de tijd bij zijn echte vrouw was,' onderbreekt Nabiha haar.

Fritze Bøgh kijkt haar met een kille blik aan. 'Ik verwacht niet dat je begrijpt wat Asser en ik met elkaar hadden en er zijn heel wat mensen die dat niet doen. Maar er zijn voldoende stellen die samenleven zoals wij deden. Zeelieden, mensen die op boorplatforms werken, dat soort dingen. We hielden heel veel van elkaar en dit was de manier waarop we samen konden zijn.'

Met het verschil dat die mensen niet getrouwd zijn met het boorplatform of het schip waarop ze werken, denkt Juncker.

'Is het nooit ter sprake gekomen dat Asser zijn vrouw zou verlaten om met jou verder te gaan?'

'Natuurlijk wel. Af en toe praatten we daarover, maar Asser voelde veel genegenheid voor Benedikte en had een groot verantwoordelijkheidsgevoel tegenover zijn zoons. Dat was ook een reden waarom ik van hem hield. Zijn loyaliteit was groot. We hadden afgesproken dat het pas aan de orde zou komen als de jongens volwassen waren en niet meer thuis woonden.' Ze kijkt met een lege blik voor zich uit en de tranen beginnen over haar wangen te stromen. 'Dat gaat nu nooit gebeuren.'

Nabiha scheurt een stuk keukenpapier van de rol die op tafel staat en geeft het aan haar. 'Heb je enig idee waarom hij vermoord is? Had hij vijanden?'

'Absoluut niet. Asser had geen vijanden. Hij was de liefste man op aarde.'

Ze klinkt als een echo van Benedikte Larsen, denkt Juncker. 'Hebben jullie elkaar gezien op de dag dat hij vermoord werd?'

Ze schudt haar hoofd. 'Nee. Ik heb hem een week eerder voor het laatst gezien. Dat was geloof ik woensdagavond.'

'Er is iets wat ik niet begrijp,' zegt Nabiha. 'Waarom ben je niet naar de politie gegaan toen je ontdekte dat hij vermoord was? Heb je dat niet overwogen?'

Fritze droogt haar ogen. 'Wat zou dat geholpen hebben? Ik weet niets wat jullie bij het onderzoek kan helpen.'

'Dat kun je helemaal niet weten,' zegt Nabiha.

'Misschien, maar ik hoopte dat de relatie tussen Asser en mij geheim kon blijven. Als ik naar jullie toe was gegaan, zou wat we samen hadden hoe dan ook door de roddelpers door het slijk gehaald worden. Ik zou op social media afgemaakt worden als het uitkwam en het zou zijn vrouw en kinderen nog verdrietiger gemaakt hebben dan ze toch al zijn. Dus nee, ik heb niet overwogen om naar jullie toe te gaan.'

'Weet je zeker dat zijn vrouw niets over jullie relatie weet?'

'Daar ben ik heel zeker van, maar als jullie er anders over denken, dan moeten jullie het haar vragen.'

61

Esben is met de in beslag genomen spullen naar Teglholmen teruggereden en Nabiha en Juncker zijn voor de zoveelste keer onderweg naar Sorø.

'Je vindt autorijden fijn, hè?' vraagt ze.

Hij is gek op autorijden en is dat altijd geweest, maar sinds hij zijn grote zwarte Volvo heeft is dat gevoel nog toegenomen. Het is niet overdreven om te zeggen dat hij van zijn auto houdt. 'Ik heb er niets op tegen,' zegt hij.

Nabiha kijkt door het zijraam naar het enigszins karakterloze landschap langs de snelweg. 'Het is echt ongelofelijk dat iemand in een klein land als Denemarken een dubbelleven kan leiden zoals Asser blijkbaar gedaan heeft. Ik bedoel... Je kunt nauwelijks door een willekeurige provinciestad lopen zonder een bekende tegen te komen. En toch hebben die twee, schijnbaar zonder dat iemand het doorhad, zes jaar lang een relatie gehad.'

'Het is niet de eerste keer in de geschiedenis dat mensen buiten hun huwelijk om jarenlang een affaire hebben.'

'Ach, Juncker, dit is veel meer dan zomaar een affaire. Je hebt zelf gezien dat het een huis is waar twee mensen wonen. Hij had zijn eigen kledingkast, zijn eigen werkkamer, en op zijn nachtkastje lag de roman die hij aan het lezen was. Nee, hij heeft echt een dubbelleven geleid, hoe krankzinnig het ook klinkt, en ik begrijp niet hoe hem dat gelukt is. Het moet een enorme belasting zijn om zoiets vol te houden. Ik zou sterven van de zenuwen omdat ik doodsbang zou zijn voor alles wat er mis zou kunnen gaan. Zou jij dat niet hebben?'

De enige keer dat Juncker ontrouw is geweest, heeft dat enorme gevolgen gehad. Iemand had foto's gemaakt van hem en de vrouw met wie hij vreemdging. Ze was de advocaat in een zaak die hij had onderzocht en dat is natuurlijk verboden terrein voor een politieagent. De fotograaf, wiens identiteit hij nooit heeft kunnen achterhalen, had de foto's naar zijn superieuren gestuurd en toen was het gebeurd. Juncker moest Charlotte over zijn slippertje vertellen en dat betekende het einde van hun huwelijk. In de weken waarin de affaire plaatsvond was hij doodsbang om betrapt te worden, dus ja, als hij jarenlang een dubbelleven had geleid, dan zou hij beslist voortdurend zenuwachtig zijn geweest.

'Wat moeten we trouwens van Fritze Bøgh denken?' gaat Nabiha verder. 'Afgezien van haar verklaring is het een beetje vreemd dat ze zich niet bij ons gemeld heeft toen bleek dat haar minnaar vermoord was.'

'Tja...' Op een bepaalde manier kan hij begrijpen dat ze niet wilde dat haar relatie met Asser op social media en in de roddelpers zou worden uitgemeten. Maar vanuit het oogpunt van een onderzoeker is het natuurlijk bijzonder problematisch als een groot deel van het leven van het slachtoffer verborgen blijft.

Nabiha zwijgt even voordat ze verdergaat. 'Heb je ooit meegemaakt dat je iemand moet vertellen dat hun man of vrouw een dubbelleven geleid heeft? Dat alles waarop je leven gebouwd is een grote leugen blijkt te zijn?'

'Nog nooit.'

Benedikte Larsen lijkt aangeslagener dan bij hun eerdere bezoeken, alsof het nu, bijna een week na de moord, pas echt tot haar doordringt dat haar man dood is en ze hem nooit meer zal zien. 'Wat konden jullie me niet via de telefoon vertellen? Is er een doorbraak in het onderzoek?'

Juncker schudt zijn hoofd. 'Nee, dat is het niet.'

'Wat is het dan wel?'

'Laten we in de woonkamer gaan zitten. Zijn je zoons thuis?' vraagt Nabiha.

'Twee van de jongens. Waarom?'

'Misschien is het beter als ze niet horen wat we je willen vertellen, maar dat is natuurlijk jouw beslissing.'

'Ik denk dat ze op hun kamers zijn.'

'Goed.'

Ze gaan zitten, Nabiha op het puntje van de stoel, waarna ze haar keel schraapt.'Benedikte, het lijkt erop dat je man een dubbelleven leidde.'

Benedikte fronst haar voorhoofd. 'Een dubbelleven? Wat is dat voor onzin? Wat bedoel je met een dubbelleven?' vraagt ze geïrriteerd.

'Je man heeft jarenlang een relatie met een andere vrouw gehad. Als hij niet bij jullie in Sorø was, dan was hij bij haar.'

Benedikte staat met een uitdrukkingsloos gezicht op. 'Dat soort boosaardige nonsens gaat er bij mij niet in. Als Asser hier niet was, dan was hij in het appartement in Frederiksberg. Dat weet ik heel zeker.'

Nabiha staat op en legt een hand op Benediktes arm. 'Ga zitten, Benedikte. We weten dat dit een enorme schok voor je is. En ja, Asser is soms in het appartement geweest, daar bestaat geen twijfel over, maar we zijn er volkomen zeker van dat hij de afgelopen zes jaar ook regelmatig bij een andere vrouw was. In een huis dat een paar kilometer buiten Herfølge ligt.'

Benedikte schudt haar hoofd machteloos. Ze is bleek, slikt een paar keer, mompelt een half verstikt sorry, slaat haar hand voor haar mond en rent de kamer uit. Ze blijft een paar minuten weg en ziet er niet veel beter uit als ze terugkomt. Ze gaat zitten en biedt nogmaals haar excuses aan.

'Je hoeft je nergens voor te verontschuldigen,' zegt Nabiha en ze werpt een blik op Juncker. Hij heeft zwijgend naar Benediktes instorting gekeken. Er is niet veel over van de beheerste vrouw die ze tot nu toe hebben gezien.

'Wist je niets over de ontrouw van je man?' vraagt hij.

Benedikte kijkt hem verbaasd aan. 'Nee, helemaal niets,' antwoordt ze nadrukkelijk.

'Oké.' Hij leunt naar achteren. 'Ik vind het een beetje moeilijk te begrijpen dat er alle jaren waarin dit speelde helemaal niets geweest is waardoor je vermoedde dat er iets niet klopte.'

'Ik wist van niets, helemaal niets,' antwoordt ze boos.

'Geen enkel signaal? Periodes waarin Asser zich anders dan normaal gedroeg?'

'Zoals elk ander stel hebben wij natuurlijk ook momenten gehad waarop niet alles rozengeur en maneschijn was. We werkten allebei veel terwijl we drie kinderen hadden. Het spreekt voor zich dat we af en toe niet voldoende energie voor onze relatie hadden. Maar als ik ons vergelijk met vrienden en familieleden in dezelfde situatie, durf ik stellig te beweren dat we het goed gedaan hebben.' Ze kijkt uitdagend naar Juncker. 'Ik hield van Asser en hij hield van mij.'

Als ze acteert, dan doet ze het bijzonder goed, denkt Juncker.

'Wie is de vrouw van wie jullie beweren dat ze een relatie met Asser had?'

'We kunnen haar naam niet bekendmaken en bovendien weten we nog maar weinig over haar,' antwoordt Nabiha.

'En toch geloven jullie dat ze de waarheid spreekt?'

'Daar zijn veel aanwijzingen voor. Het lijkt er onder meer op dat Asser een werkkamer in haar huis had waar we documenten gevonden hebben van zijn eerdere zaken als advocaat.'

'Beschouwen jullie haar als een verdachte?'

Dat is een goede vraag, denk Juncker. 'Daar kunnen we op dit moment nog niets over zeggen.'

Net zomin als ze op dit moment kunnen vaststellen wie van de twee vrouwen, Fritze Bøgh of Benedikte Larsen, het beste motief had om Asser te vermoorden. Voor zover hij het nu kan inschatten, gaat het gelijk op.

62

Charlotte voelt zich ongelofelijk opgelucht over haar beslissing om het verhaal over Signes bedrog niet te schrijven. Zo opgelucht zelfs dat ze tot haar eigen verbazing begon te huilen nadat Signe vanochtend was vertrokken. Afgezien van het moment waarop ze oma werd en de keer waarop Kasper een paar maanden geleden tussen leven en dood zweefde, kan ze zich niet herinneren dat ze de afgelopen jaren heeft gehuild. En hoe paradoxaal het ook mag zijn, ze heeft sterker dan ooit het gevoel dat ze het juiste heeft gedaan in haar professionele carrière. Signe is al genoeg gestraft door alles wat ze heeft moeten doorstaan, alleen maar omdat een psychopaat als Troels Mikkelsen zijn zieke behoefte om een ander mens kwaad te doen wilde bevredigen.

Ze is dus absoluut niet van plan om mee te werken aan de ontmaskering van een vrouw die was gedwongen om een kwestie als deze in eigen hand te nemen.

En als ze haar ontslaan bij *Morgentidende* – wat heel goed zou kunnen als haar rol in deze zaak aan het licht komt – dan is dat maar zo. Ze kan het huis verkopen, en daar verdient ze zoveel mee dat ze gemakkelijk een appartement kan kopen en er de rest van haar dagen goed van kan leven.

Ze beseft dat ze honger heeft en besluit een paar eieren te bakken op het moment dat haar telefoon gaat.

Het is Kasper en ze hoort meteen dat het niet goed met hem gaat. Hij haalt moeizaam en schokkerig adem.

'Wat is er aan de hand, Kasper?'

'Ik weet het niet. Ik heb me de hele dag goed gevoeld, maar ineens kwam het opzetten.'

'Ik ben over tien minuten bij je. Doe niets en probeer kalm te blijven.'

Een tamelijk hopeloos advies, bedenkt ze terwijl ze een paar sandalen aantrekt, haar tas pakt en haastig naar buiten gaat.

Ze neemt de trappen met twee treden tegelijk en merkt nauwelijks dat haar longen pijn doen door de inspanning als ze het appartement in loopt. Kasper loopt rusteloos in de woonkamer rond en ziet er slecht uit. Het zweet druipt van zijn voorhoofd. Charlotte vervloekt zichzelf in stilte omdat ze nog steeds geen professionele hulp voor haar zoon heeft geregeld, maar tot nu toe zijn Kaspers aanvallen net zo snel verdwenen als ze opkwamen, en daarna voelde hij zich goed en wilde hij geen psychiater of psycholoog raadplegen. Ze heeft hem zijn zin gegeven, maar nu gaat dat niet meer.

Ze belt de spoedeisende psychiatrische hulp van het Bispebjerg Hospital en praat met een verpleegkundige, die zegt dat ze onmiddellijk met Kasper moet komen. Charlotte helpt hem kleding te vinden. Hij trilt over zijn hele lichaam.

Op de spoedeisende hulp worden ze ontvangen door dezelfde verpleegkundige met wie ze aan de telefoon heeft gepraat.

'Jullie hebben geluk,' zegt ze. 'Het is rustig vanavond.'

Ze kunnen bijna onmiddellijk met een psychiater praten, een vrouw van Charlottes leeftijd. Kasper vertelt haar hoe hij zich voelt en hoe hij zich de afgelopen dagen heeft gevoeld.

'We geven je iets om te kalmeren,' zegt de arts. 'Ik denk dat we je vannacht hier moeten houden, dan kunnen we morgen bekijken wat we kunnen doen om ervoor te zorgen dat je je beter voelt. Vind je dat een goed idee, Kasper?'

Kasper kijkt naar zijn moeder.

Charlotte knikt. 'Dat is waarschijnlijk het beste.'

De verpleegkundige brengt hen naar een kamer en zorgt ervoor dat Kasper een kalmerend middel krijgt. Hij gaat op het bed liggen en even later ziet Charlotte dat het medicijn begint te werken en haar zoon ontspant. Alles is soepel verlopen, vrijwel zonder wachttijd. Zo kan het zwaar bekritiseerde en uitgeklede gezondheidssysteem dus ook functioneren, denkt ze, hoewel ze zelf verschillende artikelen heeft geschreven over de chaos en het uitgeputte personeel in de ziekenhuizen van de hoofdstad.

'Ga je papa bellen?' vraagt Kasper.

'Jazeker, maar dan moet ik jouw telefoon lenen. Hij neemt niet altijd op als ik bel.'

Ze zoekt het nummer op, zet de luidspreker aan en legt de telefoon bij Kasper op het dekbed. De telefoon gaat twee keer over.

'Hoi, pa. Waar ben je?'

'In Teglholmen.'

Kasper glimlacht en kijkt naar zijn moeder, die zucht en haar hoofd schudt. 'Weet je wel hoe laat het is?'

'Jazeker. Hoe gaat het met je? Is er iets aan de hand?'

'Ik voelde me opeens niet goed. Mama heeft me naar het Bispebjerg Hospital gebracht.'

Het blijft even stil aan de andere kant van de lijn. 'Ik kom meteen naar je toe,' zegt Juncker dan.

Charlotte hoort dat hij geschokt is.

'Dat is niet nodig. Mama is hier en ik heb een kalmerend middel gekregen. Ik voel me nu goed, maar ik ben ontzettend moe en wil alleen slapen.'

'Dan kom ik morgen.'

'Bel eerst even. Ik weet niet hoelang ze me hier willen houden.'

Kasper slaapt vijf minuten later. Charlotte blijft nog even zitten en kijkt naar haar jongen. Zo noemt ze hem nog steeds en zo zal ze hem tot in lengte van dagen blijven noemen: haar jongen. Ze staat op, streelt zijn wang en vertrekt.

63

'Is er iets gebeurd?' vraagt Nabiha.

Juncker zit ineengezakt op zijn stoel met zijn telefoon in zijn hand. 'Kasper is opgenomen in het Bispebjerg Hospital. Het gaat nu goed met hem. Charlotte is bij hem.'

'Ga je ernaartoe?'

'Dat is niet nodig. Morgen waarschijnlijk.'

'Misschien is het niet aan hem om te bepalen wat nodig is, maar een beslissing die je zelf moet nemen.'

'Misschien wel,' beaamt hij.

Erland Kristensen loopt met een laptop in zijn handen naar Juncker toe. 'Heb je even tijd?'

'Waarvoor?'

'Ik ben bezig geweest met de beelden van de dashcam die op de achterruit van Assers auto zit en –'

Juncker onderbreekt zijn collega met een handgebaar. 'Sorry, maar wie heeft je aan het werk gezet met die opnames?'

'Dat heeft Nabiha gedaan,' antwoordt Erland met een gezichtsuitdrukking alsof het verschrikkelijk is om alleen al haar naam te moeten uitspreken.

'Is het dan niet gepaster om háár te vertellen wat je ontdekt hebt? Zij is tenslotte de onderzoeksleider.'

Erland kijkt als een geslagen hond.

Nabiha staat op en loopt naar de twee mannen toe. 'Het is geen probleem, Erland,' zegt ze. 'Wat heb je ontdekt?'

Erland zet de laptop op het bureau en klapt het scherm open. 'We hebben wat moeite met de beelden gehad, maar…' Hij drukt op een toets en de opname begint af te spelen. 'Je kunt duidelijk zien dat de twee mannen samen met Asser langs zijn auto lopen en als je goed kijkt en inzoomt lijkt het alsof een van de mannen iets in Assers zij steekt. Het zou een wapen kunnen zijn.'

Het is duidelijk dat de twee mannen, die allebei aanzienlijk forser zijn dan Asser en donkere hoody's dragen waarvan ze de capuchon over hun hoofd hebben getrokken, zich niet bewust waren van de camera op de achterruit van de auto. Het zijn dus niet bepaald de slimste criminelen, denkt Juncker, hoewel dat vaak het geval is. Moordenaars zijn meestal slechte amateurs of wrede bullebakken, is zijn ervaring van al zijn jaren als onderzoeker.

'Goed,' gaat Erland verder. 'Zoals jullie zien lopen de drie mannen een stukje verder over de parkeerplaats naar een andere auto waar ze in stappen, wat goed overeenkomt met de getuigenverklaring van de bewoner aan de overkant van de straat. Het is veel moeilijker om te zien wat er aan de rand van het beeld van de camera gebeurt, vooral omdat het daar veel donkerder is dan bij Assers auto. Op de onbewerkte opname is het erg moeilijk om details van de auto te onderscheiden, behalve dat je kunt zien dat het een SUV is, wat we al van de getuige wisten. Maar nadat ik de beelden bewerkt had...'

Erland pauzeert even. Hij hoopt duidelijk op bewondering voor zijn buitengewone inzet, maar Juncker is niet van plan iets te zeggen.

'Kun je dat?' vraagt Nabiha met oprechte bewondering in haar stem.

Juncker kijkt naar haar. Ze ontwijkt zijn blik.

'Ja, ik heb meerdere cursussen gevolgd,' zegt Erland. 'En kijk hier eens naar. Ik heb dagenlang gewerkt aan dit stukje waarop de auto eerst achteruitrijdt en dan de Kirkevej in rijdt, en ik heb vrij zeker kunnen achterhalen wat voor merk auto het is.' Hij zwijgt weer even.

'Ja, en?' Nabiha blijft vriendelijk klinken.

'Ik durf er mijn hoofd onder te verwedden dat het een vrij nieuw model Nissan Qashqai is. Ik vermoed van twee jaar geleden.'

'De bestverkochte auto van Denemarken,' mompelt Juncker.

'In elk geval één van de bestverkochte. Vorig jaar zijn er zevenenhalfduizend exemplaren van verkocht, maar het is mijn schuld toch niet dat ze ervoor gekozen hebben om in een bijzonder populaire auto te rijden?' Erland klinkt beledigd.

'Natuurlijk niet. Heb je nog meer ontdekt?' vraagt Nabiha.

'Ik heb ook geprobeerd om naar de kentekenplaten te kijken. Helaas is de lamp van de kentekenplaat kapot, dus is het vrijwel onmogelijk om de letters en cijfers te onderscheiden. Het enige wat ik daarover kan zeggen is dat het lijkt alsof de eerste letter een C is, maar zelfs dat weet ik niet zeker.'

'Goed werk, Erland. Dank je wel,' zegt Nabiha.

Erland buigt zijn hoofd bescheiden.

'We zoeken dus naar een zilverkleurige Nissan Qashqai, een nieuwer model, waarschijnlijk met een kenteken dat met een C begint. Hoe gaan we verder?'

'Het wordt moeizaam speurwerk. Ik heb in het kentekenregister gekeken en er blijken een heleboel varianten te zijn, maar de Nissan-importeur weet waarschijnlijk beter dan ik om welk model het kan gaan, dus moeten we contact met hem opnemen en daarna op zoek gaan naar zilverkleurige exemplaren. We kunnen ook wat geografische filters toepassen om het aantal mogelijke auto's te verminderen.'

'We kunnen met honderden auto's eindigen,' zegt Juncker.

'Heb jij een beter idee?' vraagt Nabiha.

Juncker geeft geen antwoord.

Nabiha richt zich weer tot Erland. 'Nogmaals, heel goed werk. Het lijkt me logisch dat jij dit verder afhandelt. Natuurlijk met hulp als je dat nodig hebt.'

Het is duidelijk dat de man niets liever wil dan verdergaan met het onderzoek. 'Dat moet dan maar,' zegt hij, waarna hij teruggaat naar zijn bureau.

'Jij kunt best vriendelijk zijn als je je best doet,' zegt Juncker tegen Nabiha.

'Dat ik dat uit jouw mond moet horen. Tot morgen.'

Zo laat op de avond zijn zelfs de illegale parkeerplekken vrijwel allemaal bezet, maar Juncker heeft mazzel en vindt maar twee straten verderop een plek waar hij de Volvo naast een poort kan parkeren.

Hij loopt rechtstreeks naar de keuken, schenkt een glas rode wijn in en neemt dat mee naar de woonkamer. Hij maakt zich zorgen over Kasper. Het klinkt angstaanjagend dat hij op een psychiatrische afdeling is opgenomen, ook al is het misschien maar voor één nacht. Hij verwijt het zichzelf telkens opnieuw dat hij er niet voor zijn zoon is als die zijn vader nodig heeft.

Is hij nog te redden? Het is namelijk duidelijk dat hij zijn werk niet kan loslaten, hoe ernstig een privékwestie ook is.

Hij gaat terug naar de keuken en vult zijn glas opnieuw. Daarna loopt hij naar zijn cd-verzameling en kiest het album *Privateering* van Mark Knopfler, waarnaar hij al jarenlang niet heeft geluisterd. Hij is nooit een grote fan van Dire Straits geweest, maar Knopflers soloalbums zijn geweldig. De man is een briljante gitarist en bijna net zo'n goede songwriter. Juncker neuriet mee met het eerste nummer van het album, 'Redbud Tree', en krijgt zoals altijd kippenvel van de korte gitaarsolo van Knopfler, die eenvoudig en ontroerend mooi is.

Hij luistert het album af en staat op het punt om nog een glas wijn in te schenken, maar bedenkt zich dan en gaat naar bed.

20 JUNI

64

Nabiha neemt zich voor om de volgende dag contact op te nemen met de rechercheur die bezig is geweest met de twee privételefoons van Asser. Hij is namelijk een paar uur voordat hij werd vermoord door een geheim nummer gebeld en het zou absoluut handig zijn om te weten wie zich achter dat nummer verstopt. Hopelijk hebben ze al een gerechtelijk bevel gekregen om contact met het telefoonbedrijf op te nemen.

Ze doet haar auto op slot, gooit haar tas over een schouder en begint de paar honderd meter naar de portiekdeur te lopen. Het is al na middernacht, maar nog steeds warm. Ze heeft net op de autoradio gehoord dat deze maand op weg is om de warmste juni ooit te worden sinds er temperaturen worden gemeten. Daarna volgde een item over de pandemie die de hele wereld teistert en waaraan miljoenen mensen overlijden. Ze heeft de doemvoorspellingen nooit echt serieus genomen en heeft altijd geloofd dat alles wel opgelost zou worden, dat iemand een slimme oplossing zou bedenken zodat het leven zoals vanouds kon doorgaan. Maar eerlijk gezegd begint ze te twijfelen of het wel zo eenvoudig is. Misschien is het naïef van haar geweest en was ze te veel gefocust op haar werk en de problemen binnen haar familie. Misschien moet ze meer acht slaan op wat er buiten haar eigen kleine bubbel gebeurt. Maar nu even niet. Ze heeft haar handen vol aan haar eerste zaak als onderzoeksleider.

Ze hoort de auto niet aankomen. Of misschien doet haar onderbewustzijn dat wel, want op de een of andere manier kijkt ze om als de auto nog maar tien meter bij haar vandaan is. Misschien is het een elektrische auto, denkt ze onwillekeurig, en hij rijdt snel. Ze doet een stap opzij, maar dat is niet voldoende om een botsing te voorkomen, dus neemt ze een enorme sprong en belandt ze op haar buik in een heg met lage struiken. En scherpe doornen, voelt ze terwijl ze moeizaam overeind komt. De auto is al een flink eind verderop, te ver om het kenteken te zien of zelfs maar te kunnen onderscheiden wat voor auto het is, behalve dat hij zilverkleurig is. Dan slaat hij rechts af en is verdwenen. De adrenaline stroomt door haar lichaam terwijl het langzaam tot haar doordringt dat iemand net heeft geprobeerd haar te vermoorden. Of maakte de chauffeur op het laatste moment een stuurbeweging, vlak voordat hij haar zou aanrijden? Waarschijnlijk wel, want toen ze sprong was ze er zeker van dat de auto haar zou raken, maar het enige wat er gebeurde was dat hij haar ene voet raakte.

Het was dus niet de bedoeling om haar te vermoorden, alleen om haar een waarschuwing te geven. Opnieuw, want natuurlijk waren het de Albanezen, wie anders? Haar benen beginnen te trillen en ze kijkt om zich heen of er een bankje in de buurt is, maar dat is niet zo. Er zijn ook geen mensen op straat en het enige wat ze hoort is het zachte gezoem van het verkeer op de grotere wegen in de buurt.

Het is alsof er niets is gebeurd.

Ze pakt haar tas, die boven op de heg ligt. Haar voet doet pijn, maar lijkt niet gebroken of verstuikt te zijn.

Ze loopt het laatste stuk naar de portiekdeur zo snel mogelijk en dwingt zichzelf om niet telkens over haar schouder te kijken, hoewel ze dat wel zou willen, maar die triomf gunt ze hun niet. Als ze in haar appartement is, gaat ze meteen naar de keuken en schenkt een glas water in dat ze met grote slokken leegdrinkt. Vervolgens gaat ze naar de woonkamer en ploft op de bank, en dan komt alles ineens naar boven. De tranen stromen over haar wangen en ze bijt op haar tanden om niet hardop te snikken. Na ongeveer een minuut kalmeert ze en veegt ze haar ogen met de achterkant van haar hand droog.

Als dit de standaard van hun bedreigingen is, dan riskeert ze echt haar leven. Hoewel het misschien niet de bedoeling was om haar vanavond te vermoorden, had het toch bijna kunnen gebeuren. Ze is alleen niet dood of ernstig gewond geraakt omdat ze getraind en lenig is.

Denk je dat ik in gevaar ben, had ze Juncker gevraagd. *Niet meteen*, had hij geantwoord, maar daar had hij duidelijk geen gelijk in.

Ze overweegt om Juncker hierover te vertellen als ze hem morgenochtend ziet, maar besluit het niet te doen. Ze wil hem niet nog meer bij haar eigen problemen betrekken. Ze heeft hem tenslotte al alles verteld over de ellendige situatie met Mussa.

Juncker kan hier toch niets aan doen. Dit is haar probleem.

65

Het was bijna ontroerend eenvoudig om de telefoon te openen die Asser in het huis buiten Herfølge had achtergelaten. Net als een groot deel van de Deense bevolking had ook hij zijn geboortedatum als pincode gekozen. Weliswaar in omgekeerde volgorde, maar een van de forensisch technici vertelt dat het precies een halve minuut heeft geduurd terwijl hij de telefoon aan Juncker en Nabiha overhandigt.

‘We hebben er een back-up van gemaakt, dus jullie kunnen je gang gaan,’ voegt hij eraan toe.

Ze opent de telefoon en kijkt naar het scherm. ‘Dit is verdomd bizar,’ zegt ze terwijl ze Juncker de telefoon voorhoudt. ‘Kijk eens. De schermafbeelding is een foto van Fritze.’

Juncker kijkt naar het scherm en knikt langzaam. ‘Hij had waarschijnlijk een telefoon voor beide vrouwen. Dit moet zijn Fritze-telefoon zijn. De andere privételefoon gebruikte hij om met Benedikte en anderen te communiceren.’

Nabiha drukt op het groene telefoonicoontje en vervolgens op recent. ‘Oké,’ mompelt ze.

‘Oké wat?’ vraagt Juncker.

‘Er zijn alleen telefoontjes naar en van twee nummers. De meeste zijn van een geheim nummer en het andere is...’ Ze kijkt op haar computerscherm. ‘Dat is het nummer van Benedikte, zie ik. Ze heeft vrijdagochtend, de dag waarop hij vermoord werd, meerdere keren geprobeerd hem te bereiken, maar hij heeft haar oproepen niet beantwoord.’

‘En de sms’jes?’

Ze tikt een paar keer op het scherm, leest en kijkt vervolgens naar Juncker.

‘De sms’jes zijn ook van maar twee nummers. Een heleboel naar en van een geheim nummer, waarbij we er wel van uit kunnen gaan dat het Fritzes nummer is.’ Ze leest verder. ‘En er is een bericht van Benedikte,’ zegt ze. ‘Wil je het horen? Het is donderdag verstuurd.’

'Ja, lees voor.'

'Benedikte schrijft: Hoe kon je? Smerige klootzak.'

'En ons vertelde ze hoeveel ze van Asser hield,' zegt Juncker.

'Inderdaad, ze wist het duidelijk,' zegt Nabiha. 'Ze heeft tegen ons gelogen.'

'Daar lijkt het op.'

'We moeten dus weer een ritje naar Sorø maken.'

'Nee, deze keer geen thuiswedstrijd voor haar. We laten haar ophalen door een paar collega's uit Sorø en hiernaartoe brengen. Als de onderzoeksleider dat tenminste een goed idee vindt,' zegt hij met een scheve glimlach.

Twee uur later openen Nabiha en Juncker de deur naar de verhoorkamer. Benedikte zit bij de tafel en kijkt hen boos aan.

'Wat is het nut hiervan?' snauwt ze. 'Het is enorm vernederend om door een politieauto opgehaald te worden.'

Nabiha en Juncker gaan zitten. Nabiha zet de opnamefunctie op haar telefoon aan en legt hem in het midden van de tafel.

'Het kon helaas niet anders. We hebben toegang gekregen tot Assers privételefoon, die we in de woning bij Herfølge gevonden hebben, en daarop kunnen we zien dat hij hem vrijwel alleen gebruikte om met een geheim nummer te communiceren, waarvan we aannemen dat het van Fritze is. Maar er zijn ook een paar telefoontjes van jou, die Asser niet beantwoord heeft. En er staat een sms van jou op die behoorlijk interessant is. Hoe kon je? Smerige klootzak, schrijf je. Waar ging dat over?'

Het wordt doodstil in de verhoorkamer. Juncker kijkt naar de vrouw aan de andere kant van de tafel en kan niet anders dan bewondering voor haar zelfbeheersing hebben. Ze zit duidelijk in het nauw, maar toch kijkt ze recht in Nabiha's ogen.

'We hebben waarschijnlijk ruzie gehad over iets, maar ik kan me niet precies herinneren wat het was.'

'Kom nou, Benedikte, dat lijkt me niet aannemelijk. Smerige klootzak klinkt niet als iets wat je schrijft naar de man met wie je een relatie had zoals je die aan ons beschreven hebt.'

'Het is niet altijd prettig om de vuile was buiten te hangen, ik heb daar tenminste geen behoefte aan. De waarheid is dat Asser en ik, net als veel andere stellen, onze momenten hadden. We konden flink ruzien maken en soms noemden we elkaar de vreselijkste dingen. Het spijt me als ik een andere indruk gewekt heb, maar voor zover ik weet is het niet verplicht om de waarheid aan de politie te vertellen.'

'Dat klopt,' zegt Juncker. 'Maar het is wel handig om dat te doen als je wilt dat de politie de moordenaar van je man vindt.' Hij staat op, loopt naar de muur en leunt ertegenaan. '"Hoe kon je", schrijf je. Wat had hij gedaan?'

Benedikte kijkt hem uitdrukkingsloos aan en geeft geen antwoord.

'Wij denken dat je daarmee bedoelde dat hij al jaren een andere vrouw had en je daar net achter was gekomen. En dat het dus niet klopte toen je ons vertelde dat je niets wist over de ontrouw van je man. We denken dat je hem daarom probeerde te bereiken. Klopt dat?'

Na een paar seconden knikt ze.

'Hoe kwam je erachter?'

Ze leunt naar achteren op haar stoel en sluit haar ogen heel even. Daarna gaat ze weer rechtop zitten.

'Donderdagochtend zag ik dat hij zijn telefoon op de keukentafel had laten liggen. Dat gebeurde nooit. Maar toen ik hem wilde verplaatsen, lichtte het scherm op en zag ik een foto van een vrouw die ik nog nooit had gezien. Dat verbaasde me, want hij had altijd een foto van mij en de jongens op zijn telefoon. Eerst dacht ik dat het een andere telefoon moest zijn, maar we hadden al heel lang geen gasten gehad en hij lag gewoon midden op de tafel. Hij was ook niet van de kinderen, die telefoons ken ik, dus moest hij wel van Asser zijn.' Ze pauzeert even voordat ze verdergaat. 'Normaal gesproken zou ik nooit in zijn telefoon kijken, maar de foto maakte me nieuwsgierig, dus probeerde ik hem te openen en dat was vrij gemakkelijk, want Asser gebruikte als pincode altijd zijn geboortedatum, maar dan achterstevoren.'

Nabiha en Juncker wisselen een korte blik.

'Ik ontdekte al snel dat het een telefoon was die hij gebruikte om met een andere vrouw te communiceren. Dat hij een minnares had en al heel lang contact met haar had, echt heel lang.' Benedikte zwijgt en kijkt naar haar verstrengelde handen op haar schoot.

'Wat deed je toen?'

'In eerste instantie was ik geschokt, maar daarna werd ik woedend en stroomde er een ijskoud gevoel door me heen. Dit speelde blijkbaar al jaren en ik begon erover na te denken hoe ik hem kon vernederen en straffen voor wat hij niet alleen mij, maar ook ons gezin aangedaan had. Ik stuurde een sms naar mijn eigen telefoon zodat ik het nummer had en daarna verwijderde ik het bericht op zijn telefoon zodat hij het niet zou zien. Ik weet eigenlijk niet waarom ik dat deed. Toen hij aan het eind van de middag thuiskwam deed ik alsof er niets aan de hand was, gaf hem de telefoon en zei dat hij die 's ochtends had laten liggen.'

'Hoe reageerde hij daarop?'

'Hij bedankte me, maar moet doodsbang geweest zijn. Hij hoopte waarschijnlijk dat ik niets gemerkt had, maar daar kwam hij die avond achter.'

'Op welke manier?'

'Ik stuurde hem die sms. Ik weet dat het kinderachtig was, maar ik kon alleen nog maar bedenken hoe ik hem kon vernederen. Hij was in de tuin toen hij het bericht kreeg.'

'Wat gebeurde er daarna?'

'We hebben urenlang ruziegemaakt. Het was vreselijk. Uiteindelijk heb ik hem uit huis gegooid en heb ik gezegd dat hij niet terug hoefde te komen voordat hij een punt achter zijn affaire had gezet.'

'Is hij vervolgens naar Herfølge gegaan om dat te doen?'

'Dat moeten jullie aan haar vragen. Ik weet het niet. Ik heb hem daarna niet meer gezien.'

Ze klemt haar tanden zo stevig op elkaar dat haar kaakspieren trillen, maar ze blijft beheerst.

'Hij is waarschijnlijk naar het huis gegaan waar hij met Fritze woonde, aangezien we zijn telefoon daar gevonden hebben. Of hij hem weer is vergeten of expres heeft laten liggen komen we misschien nooit te weten. Maar waarom heb je ons niet gewoon de waarheid verteld?' vraagt Juncker.

'Omdat ik het niet kon verdragen dat bekend zou worden dat het leven waarvan ik dacht dat het perfect was op een leugen gebaseerd was en dat ik al zo lang bedrogen was. En ik dacht ook dat het er niet meer toe deed, omdat Asser dood was. Maar ik wilde vooral de jongens beschermen. Ze hoefden niet te weten dat hun vader, die ze bewonderden en van wie ze zielsveel hielden, een ordinaire vreemdganger was.' Ze heeft ineens een vermoeide blik in haar ogen. 'Wat gebeurt er nu?'

Nabiha kijkt naar Juncker, die naar de tafel terugloopt en gaat zitten.

'We zorgen ervoor dat je naar Sorø teruggebracht wordt,' zegt hij.

'Ik ben dus niet gearresteerd?'

'Nee, dat ben je niet, maar we willen je woning doorzoeken.'

Ze kijkt verward. 'Waarom dat?'

'Onder meer om te kijken of er iets in Assers werkkamer is wat duidelijk kan maken waarom hij vermoord is. We willen ook je mobiele telefoons en computers meenemen. Die krijg je natuurlijk zo snel mogelijk terug. Daar vragen we uiteraard een gerechtelijk bevel voor aan.'

Benedikte haalt haar schouders op. 'Daar heb ik geen probleem mee. Ik heb niets meer te verbergen. Denken jullie soms dat ik Asser vermoord heb?'

'Daar kunnen we geen antwoord op geven,' zegt Juncker.

'Maar ik heb natuurlijk een goed motief.'

'Zoals gezegd kunnen we niets over het onderzoek zeggen. Trouwens, waar was je in de nacht van vrijdag de twaalfde tot zaterdagochtend?'

Ze denkt na. 'Ik was op mijn werk.'

'Worden er op dat tijdstip operaties uitgevoerd?'

'Nee, maar we hebben een tekort aan personeel, dus had ik een wachtdienst. Dat is niet moeilijk te controleren.'

66

Signe scrolt op internet langs meerdere artikelen over de rechtszitting tegen Steffen Cort van de vorige dag. Verschillende media hebben een oude klassenfoto gevonden en hebben die gepubliceerd, waarbij alle gezichten behalve dat van Steffen onherkenbaar zijn gemaakt. Een van de roddelbladen heeft met twee voormalige klasgenoten gesproken die beiden vertelden dat hij een fijne vriend en een goede basketballer was, en dat hij zich in de tweede klas van de middelbare school steeds meer in zichzelf terugtrok en uiteindelijk stopte met basketbal en alle andere hobby's.

'Ghita, mogen ze met voormalige klasgenoten praten terwijl er een naamverbod op de zaak rust?'

'Nee, dat mogen ze niet. Zo onthullen ze zijn identiteit.'

Steffen was voor vier weken in voorlopige hechtenis genomen omdat de rechter van mening was dat er een gegronde verdenking tegen hem bestond. De rechtszitting had achter gesloten deuren plaatsgevonden, maar toch waren er meerdere journalisten komen opdagen. Ze hadden lucht gekregen van de arrestatie in de zaak van de moord op de ten onrechte veroordeelde Robert Danius en hadden allemaal Steffens naam en burgerservicenummer achterhaald. Ze hadden gehoord dat hij onschuldig had gepleit aan de moord voordat de deuren werden gesloten. Vanaf dat moment was het zelfs voor een onervaren misdaadjournalist een kleine stap om familieleden, voormalige vrienden en collega's op te zoeken.

'Het is een schandaal,' zegt Signe.

'Maar dit gebeurt bijna elke keer. Waarom raakt het je nu?'

'Ik weet het niet. Er is iets aan Steffen waardoor ik hem bijna zou willen beschermen. En hoewel het om een wrede moord gaat, kan ik niet anders dan denken dat Robert Danius zijn verdiende loon gekregen heeft omdat hij zoveel kinderen kwaad heeft gedaan en ja, ik weet dat het te ver gaat om zoiets te zeggen.'

'Helemaal niet,' zegt Ghita. 'Ik denk dat bijna iedereen er zo over denkt.'

Signes telefoon trilt. Het is een medewerker van de Vestre-gevangenis die haar vertelt dat Steffen graag met haar wil praten.

'Na de zitting van gisteren was hij heel labiel,' vertelt de gevangenisbewaker. 'We hebben in principe zoveel overbezetting dat we in elke cel twee gevangenen hebben, maar het ging zo slecht met hem dat we hebben geschoven zodat hij een eenpersoonscel kon krijgen. Gisteravond is hij onderzocht door een arts, die hem een kalmerend middel gegeven heeft. De arts is ongebruikelijk lang bij hem gebleven.'

'Waarom was dat?'

'Hij kon niet veel zeggen vanwege zijn beroepsgeheim, maar hij was bezorgd en vroeg ons om de gevangene 's nachts minstens vier keer per uur te controleren. Na het ontbijt vroeg Steffen me om jou te bellen. Hij wil opnieuw verhoord worden.'

'Wil hij zijn advocaat erbij hebben?'

'Nee, hij zegt dat hij alleen met jou wil praten. En hij wil graag dat het verhoor op het politiebureau plaatsvindt.'

'Oké. Wanneer kunnen jullie hem brengen?'

'Daar hebben we helemaal geen tijd voor. We missen vandaag drie mensen en zitten te krap in het personeel. En ik heb daarnet ook nog twee bewakers op pad gestuurd met een lid van een motorbende, dat voor moet komen wegens verlenging van zijn voorlopige hechtenis. We dachten dat het via een videolink zou plaatsvinden, maar goed, dat is jouw probleem natuurlijk niet. Het komt erop neer dat we geen mensen hebben om hem naar jullie toe te brengen.'

'Weet je wat, we halen hem wel op. Vertel hem maar dat we eraan komen.'

'Steffen, we moeten je handboeien omdoen,' zegt Signe als zij en Ghita de verantwoordelijkheid voor hem hebben overgenomen.

Hij steekt zijn handen naar voren. 'Dat is geen probleem.'

Ghita gaat op de achterbank naast hem zitten en maakt zijn veiligheidsgordel vast. Hij haalt diep en langzaam adem, alsof hij probeert zichzelf onder controle te krijgen.

'Ik heb je advocaat gebeld, want wat je ook wilt vertellen, ik denk dat je eerst met haar moet praten,' zegt Signe terwijl ze in de achteruitkijkspiegel kijkt.

Steffen heeft zijn ogen gesloten en reageert niet.

Advocaat Jane Nilsson is al aanwezig in de verhoorkamer en begroet Signe met een waarderend knikje. 'Ik ben blij dat je me gebeld hebt. Dat hoefde je niet te doen. Ik wil graag even onder vier ogen met Steffen praten, zodat ik weet wat hij te vertellen heeft.'

Steffen schudt zijn hoofd. 'Dat hoeft niet. Ik ben er klaar voor.'

'Ik denk toch echt dat je eerst met je advocaat moet praten,' zegt Signe, waarna Ghita en zij naar buiten gaan.

Tien minuten later zijn Signe en Ghita in de verhoorkamer terug.

'Mijn cliënt wil bekennen,' zegt Jane Nilsson.

'Oké,' zegt Signe terwijl ze de opluchting voelt die een onderzoeker altijd ervaart als een verdachte schuld bekent, maar ze voelt ook een zeker verdriet. 'Wil je ons vertellen waarom je Robert Danius vermoord hebt? Dat hoeft nu niet als je er de kracht niet voor hebt, we kunnen het ook later doen.'

'Ik ben er klaar voor,' zegt Steffen en hij begint te vertellen. Eerst over het groomen en alles wat zijn basketbalvriend Jens en hij aan Juncker en Signe hadden verteld toen die destijds onderzoek deden naar de moord op Lukas. Hoe Robert Danius hen onder meer had gedwongen om na de training samen onder de douche te masturberen, en hoe ze allebei hadden besloten te stoppen met basketbal toen het allemaal te veel en te gênant werd.

Maar voor Steffen stopte het daar niet. Robert Danius zocht hem op en het daaropvolgende jaar werd hij elke week het slachtoffer van misbruik en verkrachting. Daar vertelt hij nu, twaalf jaar later, opvallend gedetailleerd, beheerst en duidelijk over.

Hij vertelt hoe het ernstige misbruik zijn hele jeugd heeft beïnvloed, over depressies, zelfbeschadiging en meerdere opnames op psychiatrische jeugdafdelingen. Hoe opgelucht hij zich voelde toen Robert

Danius werd gearresteerd en werd veroordeeld voor de moord op Lukas. En hoe hij een vaste rechtszaaltoerist werd die door het hele land reisde om rechtszaken over misbruik van kinderen bij te wonen.

'Het heeft me geholpen om de aangeklaagde mannen in een situatie te zien waarin ze de controle kwijt waren als ze tegenover de rechters zaten. Het was alsof ik de macht over mezelf terugnam terwijl ik luisterde naar de belachelijke excuses van die hevig transpirerende mannen, en ik voelde voldoening als ze hun straf kregen.'

Hij was ook aanwezig geweest in het Oostelijk Gerechtshof op het moment dat Robert Danius werd vrijgesproken. Niemand herkende hem, zelfs Juncker niet.

'Toen hij werd vrijgelaten, achtervolgde ik hem. Ik dacht eigenlijk dat ik eroverheen was en dat ik zijn misbruik van mij achter me had gelaten, maar ik kon het toch niet laten om hem in de gaten te houden. Ik was bang dat hij bijna rechtstreeks van de rechtbank naar een jeugdsportclub zou gaan om nieuwe slachtoffers te zoeken op wie hij zijn zieke lusten kon botvieren.'

'En deed hij dat?' vraagt Signe.

'Het duurde inderdaad niet lang voordat hij weer bezig was. De dag na zijn vrijlating ging hij naar het Fælledpark om langs de zijlijn toe te kijken terwijl een paar jeugdteams voetbalden. Ik zag dat hij met een tas vol cola achter twee jongens aan ging toen ze klaar waren met spelen. En de volgende dag deed hij hetzelfde, maar dan bij een ander jongensteam. Toen besloot ik dat hij dood moest.'

'Je hebt hem dus vermoord,' constateert Signe.

Steffen knikt. 'Ja, ik heb hem vermoord.'

Drie uur later staat Steffens verklaring op papier en heeft hij die ondertekend. Daarna wordt hij naar de Vestre-gevangenis teruggebracht.

Signe loopt samen met Jane Nilsson de trap af.

'Dat was heel ongewoon,' zegt de advocaat. 'Maar bedankt dat je zo goed met hem omgegaan bent. Je had me eerlijk gezegd niet hoeven te bellen omdat hij al besloten had te bekennen. Ik probeerde nog te achterhalen of hij echt wist wat hij deed en of hij de gevolgen van zijn bekentenis kon overzien, en dat was inderdaad zo. Ik hoop alleen dat zijn bekentenis zal meetellen bij het bepalen van zijn straf.'

'Dat denk ik wel,' zegt Signe.

Ze neemt bij de balie afscheid van Jane Nilsson en gaat vervolgens naar de afdeling GC. De eerste die ze tegenkomt is haar chef.

'Daar ben je,' zegt Kristian Pagh. 'Ik ben naar je op zoek. Ik heb geprobeerd je te bellen, maar je nam niet op. Waar was je?'

'Ik heb onze hoofdverdachte in de zaak-Danius verhoord, dus mijn telefoon stond uit. We hebben trouwens een bekentenis gekregen.'

'Een bekentenis? Gefeliciteerd. Heb je ook gehoord dat er een volledige bekentenis op komst is van beide verdachten in de zaak-Lukas? Het is een opluchting dat de hele zaak rond de moorden op Danius en Lukas binnenkort afgerond kan worden. Dan kun je namelijk beginnen aan wat ik je wil laten doen.'

'En dat is?'

'Klement zoeken.'

67

Na het verhoor van Benedikte Larsen belt Nabiha haar moeder.

'Het gaat goed, habibi, maar hoelang moet ik hier nog blijven?' vraagt Muna. Ze klinkt bezorgder dan anders.

'Dat weet ik niet. Een paar dagen misschien.'

'Kun je me eindelijk vertellen waarom ik hier moet onderduiken?'

'Ik kan niet meer zeggen dan ik al gedaan heb, mama.'

'Ik maak me zorgen over jou en Mussa. Is hij in gevaar? Ben jij dat?'

'Nee,' liegt ze. 'Het komt wel goed. Er is niets om je zorgen over te maken.'

Ze beëindigt het gesprek en belt haar broer. Hij neemt niet op terwijl ze hem heeft gezegd dat hij moet opnemen als ze belt. Na een paar minuten probeert ze het weer. En een paar minuten later opnieuw, maar nog steeds zonder resultaat. Haar hartslag versnelt en ze voelt haar wangen gloeien.

'Ik moet even weg. Het duurt niet lang,' zegt ze tegen Juncker.

Hij kijkt op van zijn papieren. 'Heeft het met je familie te maken?'

Ze aarzelt, maar knikt dan. 'Ik kan mijn broer niet bereiken. Het is waarschijnlijk niets, hij is gewoon heel onhandig met zijn telefoon, dus waarschijnlijk is de batterij leeg. Maar voor alle zekerheid –'

'Zal ik meegaan?'

'Dat is niet nodig. Het is midden op de dag,' zegt ze en ze loopt naar de deur.

'Wat is er met je been gebeurd?' vraagt hij.

Verdomme. Ze heeft zo haar best gedaan om niet mank te lopen, maar nu was ze het even vergeten.

'Niets bijzonders. Ik ben vanochtend uitgegleden op de trap.'

Zoals altijd is het onmogelijk te zien of Juncker haar gelooft. Hij zegt in elk geval niets en verdiept zich weer in zijn papieren.

'Tot over een uur,' zegt ze.

Ze rijdt stevig door. Ze heeft Mussa nog een paar keer geprobeerd te bellen, maar hij neemt nog steeds niet op. Ze weet niet wat ze moet doen. Het zou natuurlijk het beste zijn om Mussa te dwingen zichzelf aan te geven en alles op te biechten. Het geld dat hij van de Albanese maffia heeft geleend, het geldtransport naar Kosovo en alle andere duistere zaken waarvan ze voor honderd procent zeker weet dat ze spelen. Dat zou helemaal stroken met haar principes en alles waarin ze gelooft. Het probleem is echter dat dit gelijk zou staan aan het tekenen van een doodvonnis voor Mussa terwijl het haar familie, met inbegrip van haarzelf, in groot gevaar zou brengen. Ze gelooft gewoon niet dat de politie hen kan beschermen. Niet voldoende en niet lang genoeg. Wat Mussa over de maffia kan vertellen is te onbelangrijk om hem en zijn familie een nieuwe identiteit en een nieuw leven te bieden. Dat is een omvangrijk proces dat veel geld kost en alleen wordt geboden aan getuigen die informatie hebben waarmee de grote vissen kunnen worden gevangen. In Mussa's geval zou hij hoogstens zijn straf in isolatie of op een beveiligde afdeling mogen uitzitten. De kern van de zaak is dat Mussa de rest van zijn leven over zijn schouder zal moeten kijken, want de maffia vergeet nooit iets. De dreiging zal nooit verdwijnen, wat eveneens voor zijn familie geldt. Dus ook voor haar.

Ze vindt een parkeerplaats in een zijstraat van de Nørrebrogade en loopt zo snel als haar pijnlijke voet het toestaat naar de koffiebar. De zaak is halfvol, en Mussa en een werknemer zijn achter de toonbank bezig.

'Hé, zusje. Wat doe jij hier?' vraagt hij. Hij is ogenschijnlijk in een goed humeur terwijl hij koffie in twee kopjes schenkt.

'Ik probeerde je te bellen, maar je neemt niet op.'

'O,' zegt hij verbaasd. 'Dat begrijp ik niet, mijn telefoon ligt hier...' Hij pakt hem en kijkt op het scherm. 'Oké, hij staat op stil.'

Nabiha voelt haar irritatie opkomen. Het is typisch iets voor haar broer om zo achteloos te zijn. Ze overweegt om hem een uitbrander te geven, maar wil hem niet vernederen in het bijzijn van de werknemer en de klanten, en ze weet uit ervaring dat het toch geen effect heeft. Dus na een vriendelijk verzoek om voortaan wel op te nemen als ze belt, rijdt ze boos, maar ook opgelucht naar Teglholmen terug.

Juncker zit nog steeds achter zijn bureau als Nabiha terugkomt. Hij zit diep weggezakt op zijn stoel en heeft zijn ogen gesloten.

'We hebben het verband tussen Asser Larsen en Herfølge gevonden,' zegt hij. 'Maar wat deed hij zo laat op de avond op de begraafplaats? Wie zou hij daar ontmoeten en waarom Kalkgraven?' Hij staat op, zet zijn handen op zijn heupen en draait met zijn onderlichaam in een soort geamputeerde hoelahoepbeweging.

Nabiha moet haar best doen om niet te gaan lachen.

'Er is iets wat we over het hoofd zien of gewoon niet begrijpen. Ik ga een ritje naar Herfølge maken. Ga je mee?' vraagt hij.

'Wat ga je daar doen?'

'Zoeken.'

'Waarnaar?'

Hij spreidt zijn armen. 'Dat weet ik pas als ik het gevonden heb.'

68

Er staat geen zuchtje wind en hoewel de late namiddagzon nog krachtig is, is het aangenaam koel in Kalkgraven. Juncker gaat op een bankje in de schaduw van een grote boom zitten en Nabiha neemt naast hem plaats. Het bankje staat ongeveer tien meter bij het gebied vandaan waar herdershond Messi de plek heeft aangewezen waar het gevecht heeft plaatsgevonden dat gaten in het gras heeft veroorzaakt. De technisch rechercheurs hebben, niet verrassend, binnen een straal van een paar meter een flinke hoeveelheid DNA-materiaal gevonden. Een goede gok is dat een deel van Asser afkomstig is en de rest van de twee mannen die Asser hebben gedwongen om op de achterbank van de zilverkleurige Nissan Qashqai te gaan zitten en daarna met hem zijn weggereden. Maar het duurt weken voordat de DNA-analyse binnen is waardoor ze misschien meer te weten komen.

'Als Asser zijn moordenaars hier heeft ontmoet, dan moet er een symbolische betekenis achter zitten die op de een of andere manier met de dood te maken heeft, dat spreekt bijna vanzelf,' zegt Juncker. 'Maar symbool van wat? En welk symbool?'

Ze zitten een tijdje zwijgend te luisteren naar de prachtige symfonie van de vogels.

'Misschien symboliseert het de dood van iemand,' oppert Nabiha.

Juncker staat op en loopt naar de gaten in het gras. Hij kijkt om zich heen, gaat naar een rij grafstenen die in een halve cirkel zijn geplaatst en loopt licht voorovergebogen van steen naar steen, alsof hij de inscripties op elke steen in zich opneemt. Bij de zesde stopt hij.

'Kom eens hier!' roept hij.

Nabiha staat op en loopt naar hem toe. De steen waarvoor hij is blijven staan is duidelijk nieuwer dan de andere. Ze leest de inscriptie. Eerst begrijpt ze niet wat Juncker haar wil laten zien, maar dan valt de naam op het lichtgrijze graniet haar op.

AUGUSTA BØGH.

Nabiha en Juncker stappen in de auto. Hij rijdt in de richting van Kopenhagen en Nabiha kijkt hem verbaasd aan. 'Wil je niet naar Fritze Bøgh gaan? Is het niet relevant om haar te vragen of ze familie van Augusta Bøgh is?'

'Daar zou ik nog even mee wachten. Maar het is jouw beslissing natuurlijk, dus als je dat denkt, dan keren we gewoon om.'

'Waarom wil je wachten?'

'Ik denk dat het slim is om eerst te achterhalen wie Fritze is. Het zou toeval kunnen zijn dat Asser, vlak voordat hij werd vermoord, ruzie had met een paar mensen vlak bij het graf van iemand met dezelfde, niet alledaagse achternaam als Fritze. Maar er kan ook een verband zijn en het zou fijn zijn om daar iets meer over te weten voordat we haar confronteren.'

'Dus wat stel je voor?'

'Dat je, zodra we terug zijn in Teglholmen, al je autoriteit gebruikt om een team onderzoekers samen te stellen die onmiddellijk beginnen met het graven in de achtergrond van Fritze Bøgh. Haar familie, financiën, opleiding, strafblad. Kortom, alles wat er te weten valt over haar leven.'

'Vanavond nog?'

'Ja, natuurlijk.'

'Juncker, het is 20.16 uur en tegen de tijd dat we terug zijn... Je weet dat mijn autoriteit niet veel voorstelt.'

Hij kijkt even naar haar. 'Is het nog steeds zo erg?'

'Niets wat ik niet aankan, maar de meesten mogen me niet meer na wat er met Mascha gebeurd is, zo simpel is het.'

'Het ergste wat je kunt doen, is je collega's laten merken dat je iets nalaat wat belangrijk is voor het onderzoek, alleen omdat je bang bent hoe ze zullen reageren. We werken bij Zware Criminaliteit en weten dat sommige dingen noodzakelijk zijn.'

Het blijkt dat Juncker gelijk heeft. Nabiha's zorgen zijn ongegrond. Vier van de nieuwe medewerkers op de afdeling melden zich vrijwillig om een paar uur langer te blijven en het leven en de achtergrond van Fritze Bøgh uit te pluizen.

'Ik vertrek nu,' zegt Juncker. 'Als dat tenminste geen probleem is? Ik wil graag even kijken hoe het met Kasper gaat. We zien elkaar morgen, oké?'

'Ja, natuurlijk. Tot morgen,' antwoordt Nabiha.

Juncker loopt naar zijn auto en rijdt naar Østerbro. Charlotte opent de deur voor hem. Ze is bij hun zoon gebleven nadat hij afgelopen middag ontslagen was uit het ziekenhuis en plotseling is Juncker zijn ex-vrouw intens dankbaar omdat ze er altijd voor Kasper is terwijl hij daar zelf nog steeds moeite mee lijkt te hebben. Ze staan onhandig als twee tieners tegenover elkaar. Dan geeft Charlotte een kneepje in zijn arm, draait zich om en loopt de woonkamer in. Juncker loopt achter haar aan. Kasper zit op de bank met zijn laptop op schoot. Hij lijkt in orde en Juncker gaat naast zijn zoon zitten, die iets doet wat hij sinds zijn kindertijd niet meer heeft gedaan: hij legt zijn hoofd op de schouder van zijn vader. Juncker slikt een brok weg en vraagt hoe het is gegaan.

'Kun jij dat uitleggen, mama?' vraagt Kasper, en dat doet ze.

'De psychiaters in Bispebjerg hebben de diagnose gesteld die Malene eveneens het waarschijnlijkst leek, namelijk dat Kasper sinds de moordpoging aan vrij ernstige PTSS lijdt. De artsen hebben daarom een behandeltraject voor de komende maanden voorgesteld, dat bestaat uit gesprekken met een psycholoog, psychotherapie en eventueel medicatie.'

'Dat klinkt goed,' zegt Juncker terwijl hij zich afvraagt hoe het zal gaan als Kasper tijdens dat traject de gevangenis in moet.

Hij blijft een halfuur. In de auto op weg naar huis belt hij Malene en hij voelt een golf van verlangen zodra hij haar stem hoort. Ze stelt voor om, zodra de zaak van de moord op Asser is opgelost, samen een weekendje weg te gaan, ergens in de provincie, bijvoorbeeld naar Svinkløv Badehotel. Zij trakteert.

'Hoe gaat het met Kasper?' vraagt ze vervolgens.

Juncker schaamt zich ervoor dat hij helemaal vergeten is haar over Kaspers ziekenhuisopname te vertellen. Zoals altijd wanneer ze wordt geconfronteerd met Junckers gebrek aan attentie reageert ze met begrip, lacht en noemt hem onnadenkende sukkel, waarna ze zegt dat ze blij is dat er nu professionele hulp voor Kasper is geregeld, want het werd hoog tijd. Ze spreken af elkaar zo snel mogelijk te zien.

'Ik mis je, oude man,' zegt ze.

'Ik jou ook,' mompelt hij.

'Ik hoor je niet, wat zeg je?'

Juncker schraapt zijn keel. 'Ik mis jou ook.'

'Dat is maar goed ook,' zegt ze lachend.

21 JUNI

69

Klement zoeken, had Kristian Pagh tegen haar gezegd. *De verrader zoeken*. Maar eerlijk gezegd weten ze helemaal nog niet zeker dat de jonge rechercheur degene is die het tapijt heeft weggetrokken onder de grootste operatie in de geschiedenis van GC. De verdenking tegen hem is gebaseerd op aanwijzingen die je misschien, in een helder moment en met een van Merlins favoriete uitdrukkingen, een parelketting van aanwijzingen zou kunnen noemen: het briefje met de letters KK in Assers borstzak, de ontdekking van de nauwe band tussen Klements familie en de Seferi-clan en daarmee ook met de Albanese maffia, en niet in de laatste plaats dat Klement verdwenen is en waarschijnlijk is gevlucht.

Aanwijzingen, ja, maar ze bewijzen helemaal niets. Ze opent de deur. 'Hallo, is hier iemand?' roept ze. Het blijft doodstil. 'Ik ben Signe van de afdeling GC. Ik kom even binnen.'

Er is inderdaad niemand in de mannenkleedkamer, die zich vlak achter de receptie van Teglholmen bevindt. Ze is hier nog nooit geweest. De ruimte is veel groter dan die van de vrouwen en ruikt naar mannen. Naar aftershave, zweet en testosteron.

Het was niet gemakkelijk geweest om een sleutel van Klements kast te krijgen. Signe moest Pagh vragen om die bij Jytte van de receptie op te halen. Jytte is een vrouw van eer, onomkoopbaar en een beschermer van de zwakken. Vleierij en goedkope port helpen niet bij haar. Pagh kreeg de sleutel pas nadat hij een formulier had ingevuld, zowel analoog als digitaal, en het naar eer en geweten had ondertekend.

Er staat geen naam op de kast, alleen het nummer 19. Klements dienstuniform en bijbehorende lichtblauwe overhemd hangen, respectievelijk geperst en gestreken, elk aan een eigen hanger. De uniformpet ligt op de bovenste plank van de kast. Ze pakt hem, glijdt met haar andere hand over de plank en vindt twee kleine stoffen emblemen. Een Deense vlag en een vlag met een zwarte tweekoppige adelaar tegen een rode achtergrond.

Onder in de kast staan een paar hardloopschoenen, rubberlaarzen en gepoetste zwarte schoenen. Ze haalt alles uit de kast om te kijken of er iets onder ligt, maar dat is niet het geval en ze zet alles weer terug. Ze staat op het punt de deur te sluiten, maar bukt zich en haalt de rubberlaarzen weer tevoorschijn. Ze draait eerst de ene en daarna de andere laars om. Een vel papier, dat twee keer is opgevouwen, valt op de grond. Ze trekt een paar lichtblauwe latex handschoenen aan, pakt het op en vouwt het open. Het is een retourvliegticket Kopenhagen-Pristina, vertrek op 20 april van dit jaar en terugkomst op 23 april. Het kan ongemerkt uit een tas of zak in de laars zijn gevallen, denkt ze.

Pristina is de hoofdstad van Kosovo. Misschien is het een dienstreis in verband met Silver Bullitt, maar dat is gemakkelijk te achterhalen. Ze belt Pagh, die zegt dat Klement dit jaar geen dienstreis heeft gemaakt.

Bij de receptie levert ze de sleutel in bij Jytte. Na haar nadrukkelijk bedankt te hebben voor de hulp loopt ze de trap naar GC op. Ze is alleen in het kantoor, dus leunt ze naar achteren en legt haar benen op het bureau. Wat zit hierachter? Ze heeft nooit met Klement samengewerkt in de korte tijd dat ze bij GC is, maar ze weet heel goed wie hij is. Ze heeft er echter nooit bij stilgestaan dat hij geen geboren Deen is. Hij praat accentloos Deens en zijn middellange blonde haar, dat je leverpasteikleurig zou kunnen noemen, en vrij bleke huid deelt hij met heel veel etnische Denen. Hoe kan hij in zo'n situatie zijn beland? Ze beseft dat ze instinctief gelooft dat hij heeft gedaan waarvan hij wordt verdacht, omdat iemand hem ertoe gedwongen heeft. Is dat omdat hij een prettige collega is? Of gewoon omdat ze hem graag mag? Want het waarschijnlijkste is uiteindelijk toch dat hij gewoon een corrupte klootzak is.

Ze stelt vast dat Klement internationaal binnen het Schengengebied wordt gezocht, maar dat het nog niet aan de media is gemeld. Het lijkt een bewuste keuze. Hij is immers een van hen en de leiding is er waarschijnlijk nog niet klaar voor om de zaak openbaar te maken.

Ze belt de liaisonofficier van de Deense politie in Albanië, die belooft via de politie in Kosovo contact op te nemen met Klements ouders. Zijn ouders zijn na vijftien jaar in Denemarken naar Kosovo teruggekeerd. Waarom eigenlijk, vraagt Signe zich af. Er zijn niet veel mensen die repatriëren, zoals dat heet, en de sfeer tussen de Servische minderheid en de Kosovaarse Albanezen is nog steeds gespannen. Velen zeggen dat het slechts een kwestie van tijd is voordat er weer een oorlog uitbreekt, maar misschien misten zijn ouders hun vaderland gewoon te veel.

Klement woont met zijn vrouw Vera en hun twee kinderen in een rijtjeshuis in Rødovre. Voor het huis staan hortensia's in potten. Die zien er levendiger uit dan die van Signe voor hun woning in Vanløse, merkt ze enigszins jaloers op. Het lijkt erop dat hier mensen met groene vingers wonen.

Signe heeft gebeld om aan te kondigen dat ze langs zou komen en de deur wordt geopend op het moment dat ze de betegelde oprit op loopt. Vera is een bijzonder mooie vrouw met lang pikzwart haar en grote amandelvormige bruine ogen, die roodomrand en gezwollen zijn. Signe schat dat ze eind twintig is. Ze doet haar een beetje aan Nabiha denken. Vera heeft een klein meisje op haar heup.

'Hebben jullie hem gevonden?' vraagt ze met een hese, trillende stem.

'Nee, nog niet. Mag ik binnenkomen?'

'Ja, natuurlijk, sorry.'

Ze gaan in de woonkamer zitten, die eruitziet als een willekeurige Deense woonkamer. Er is geen enkele aanwijzing dat hier een gezin woont met wortels in een land dat ver bij Denemarken vandaan ligt. Een schitterend voorbeeld van een succesvolle integratie, denkt Signe.

'Wanneer heb je Klement voor het laatst gezien?'

'Afgelopen donderdag. Hij kwam thuis en pakte een tas in. Hij leek gestrest en zei dat hij weg moest voor een spoedopdracht, maar wilde niet zeggen waarover het ging omdat het een geheime opdracht was. Nadat hij vertrokken was, werd ik ongerust. Hij gedroeg zich heel vreemd en toen hij weg was zag ik dat de lade met onze privépapieren half openstond. Hij was overhaast vertrokken en had zijn paspoort meegenomen. Hij zou later bellen, maar dat heeft hij niet gedaan.'

'Doet hij zoiets wel vaker?'

'Nee, nooit. Er is iets helemaal mis. En sindsdien heb ik niets meer van hem gehoord,' zegt ze terwijl de tranen over haar wangen beginnen te glijden.

Signe vraagt zich af wat ze kan zeggen om de verdrietige vrouw te troosten. Ze kan haar natuurlijk de waarheid niet vertellen: dat haar man verdacht wordt van een van de ergste dingen die een politieagent kan doen. Het heeft ook geen zin om te liegen en te zeggen dat het wel goed komt en alles weer normaal zal worden, want wat de reden voor Klements verdwijning ook is, Signe is bang dat het leven van het jonge paar nooit meer hetzelfde zal zijn. Het enige wat in haar opkomt is vragen naar Klements verleden in Denemarken, bij wijze van afleiding.

Dus krijgt ze in grote lijnen Klements verhaal te horen. Over hoe hij en zijn familie door de Serviërs uit hun huis in een dorpje in het zuidwesten van Kosovo werden verdreven. Hoe het gezin als vluchtelingen naar Denemarken kwam. Hoe de zevenjarige Klement binnen een paar maanden Deens sprak en hoe belangrijk het voor hem was om dat accentloos te doen en zo snel mogelijk deel uit te maken van de Deense samenleving. Hoe hij als tiener besloot dat hij politieagent wilde worden en dat natuurlijk ook werd, want Klement bereikt de doelen die hij voor zichzelf stelt altijd, zegt Vera met een glimlach.

Ze vertelt hoe ze elkaar leerden kennen toen ze zeventien waren, tijdens een Kosovaars-Albanees huwelijk van familieleden en dat ze sindsdien samen zijn. Ze is momenteel met zwangerschapsverlof, maar werkt normaal gesproken als tandtechnicus in een kliniek in het centrum van Nørrebro.

'Weet je iets over de Seferi-clan?'

Vera probeert het te maskeren, maar Signe ziet een glimp van angst in haar ogen. Ze probeert het te verbergen met een glimlach, maar die lijkt geforceerd.

'Ik ken de Seferi-clan. Alle Albanezen kennen die. Waarom vraag je dat?'

'Weet je of Klement contact met ze heeft?'

'Natuurlijk niet,' zegt Vera op een half verontwaardigde, half verbaasde toon. 'Klement is een eerlijke man. Hij maakt deel uit van het

Deense politiekorps. Hij heeft niets met het clansysteem en de maffia te maken.'

'Vera, jij bent degene die het woord maffia gebruikt. Ik zei alleen clan.'

'Ik ben niet helemaal achterlijk. Ik weet heel goed wat de Seferi-clan is en wat ze doen.'

'En Klement heeft niets met de clan te maken?'

'Nee. Absoluut niet.' Vera kijkt bijna boos.

Na tien minuten neemt Signe afscheid van de jonge vrouw met het gevoel dat Vera niet liegt, maar bang is dat haar man betrokken is bij iets waar hij ver bij vandaan had moeten blijven.

70

De vier jonge onderzoekers, die een groot deel van de nacht bezig zijn geweest met het graven in Fritze Bøghs verleden, zijn vrij ver gekomen met het oog op de korte tijd die ze aan de zaak werken, en ook gezien het feit dat ze 's nachts hebben gewerkt. Zoals bijna altijd verbaast Juncker zich erover hoeveel de politie kan opgraven over iedereen, ongeacht de privacywetten en andere pogingen om burgers te beschermen tegen de nieuwsgierige blik van big brother. Het is natuurlijk een groot voordeel voor de politie bij het oplossen van misdrijven, maar het is ook een beetje verontrustend.

Nabiha heeft de vier in een van de vergaderruimtes bij elkaar geroepen. 'Goed, ik ben benieuwd wat jullie ontdekt hebben,' zegt ze.

Laust Larsen neemt het woord en dat verbaast Juncker helemaal niets. Laust is bekwaam, bijna net zo bekwaam als de jonge onderzoeker zelf denkt dat hij is. Als Juncker heel eerlijk is, doet Laust hem veel denken aan de jonge Juncker van zo'n dertig jaar geleden, wat hij natuurlijk tegen niemand heeft gezegd.

'Fritze Bøgh is achtendertig. Ze is in Flensburg uit een Duitse moeder en een Deense vader geboren. Haar vader was fabrikant en bezat onder meer een wolspinnerij in Tønder, waar het gezin woonde tot Fritzes ouders scheidden toen ze vier was. Haar moeder was beeldend kunstenaar en na de scheiding verhuisde ze met Fritze en haar jongere broer naar Sønderborg. Een halfjaar later hertrouwde de moeder met een ingenieur. Het paar kreeg een zoon, Fritzes halfbroer dus. Ze haalde haar diploma in 2000 op het gymnasium van Sønderborg. Drie jaar later werd ze toegelaten tot de Kunstacademie in Kopenhagen en nu is ze beeldend kunstenaar, net als haar moeder. Afgaand op haar belastingaangiften is ze redelijk succesvol. Behalve vijf jaar geleden, toen ze een paar maanden van een bijstandsuitkering leefde, lijkt ze in haar eigen onderhoud te kunnen voorzien. Ze heeft geen strafblad.' Laust kijkt op van zijn papieren. 'Dat is zo'n beetje wat we tot nu toe hebben.'

'Indrukwekkend,' zegt Nabiha.

'Dank je wel. En er is nog iets wat we vanochtend ontdekt hebben. Twee maanden geleden beviel Fritze Bøgh van een dochtertje dat waarschijnlijk doodgeboren was. De geboorte- en overlijdensdatum zijn in elk geval dezelfde. En raad eens wie er als vader is opgegeven?'

Natuurlijk, denkt Juncker. Augusta Bøgh is het kind van Fritze en Asser.

'Asser,' zegt Nabiha.

'Precies,' beaamt Laust.

'Juncker, we moeten weer naar Herfølge.'

Ze hebben van tevoren gebeld om er zeker van te zijn dat Fritze Bøgh thuis is. Juncker vermoedt dat ze dat het grootste deel van de tijd ook is. Ze gaan aan de eettafel in de woonkamer zitten. Fritze lijkt volkomen ontspannen, veel meer dan eergisteren, hoewel haar ogen nog steeds roodomrand zijn.

'Zijn jullie al iets wijzer geworden over Assers moordenaar?' vraagt ze.

'Het onderzoek verloopt volgens plan,' antwoordt Nabiha.

Ze leert het, denkt Juncker. Het inhoudsloze politiejargon dat vaak wordt gebruikt om met de buitenwereld te communiceren, de edele kunst van het beantwoorden van een vraag zonder iets te zeggen. Hijzelf beheerst het kunstje bijna perfect.

'Hebben jullie met Assers vrouw in Sorø gepraat?'

'Ja.'

'En jullie kunnen waarschijnlijk niets zeggen over wat ze verteld heeft?'

'Dat klopt.'

Fritze Bøgh knikt langzaam. 'Ik neem aan dat jullie hiernaartoe gekomen zijn omdat jullie me iets willen vragen.'

'Inderdaad,' zegt Juncker en hij kijkt recht in haar ogen. 'Waarom heb je ons niet verteld dat Asser en jij een kind gekregen hebben?' Hij speurt naar een reactie bij haar, maar er gebeurt niets. Geen knipperen, geen spiertrekking, niets. Ze houdt Junckers blik vast.

'Omdat het iets is tussen Asser en mij, en alleen tussen ons. Het gaat de rest van de wereld niets aan. Hoe zijn jullie erachter gekomen?'

'We ontdekten Augusta's graf in de buurt van de plek waar Asser volgens ons overvallen is door degenen die hem later vermoord hebben en we waren verbaasd over haar achternaam. De informatie dat zij jullie kind was vonden we in het kerkregister. Kun je ons vertellen wat er gebeurde toen jullie dochtertje werd geboren... en stierf?'

'Augusta stierf in mijn buik toen ik achtentwintig weken zwanger was, dus ik beviel van een doodgeboren kind. Het mooiste kleine meisje ter wereld.'

'Het spijt me om dat de horen,' zegt Juncker. 'Waaraan is ze overleden?'

'Dat weet ik niet. De artsen konden geen oorzaak vinden. Ze vertelden me dat het niet ongebruikelijk is.'

'Dat moet een groot verdriet voor je zijn.'

Ze knikt. 'Dat is het inderdaad.'

'Je hebt verder geen kinderen, toch?'

'Nee.'

'En je bent achtendertig?'

'Ja.'

'De klok tikt,' zegt Nabiha.

Fritze Bøgh kijkt haar kalm aan. 'Ja, maar het is nog niet te laat, ook al is mijn geliefde dood.'

'Daar heb je gelijk in,' zegt Nabiha terwijl ze op haar notitieblok kijkt. 'Een paar uur voordat Asser werd vermoord heeft iemand met een geheim nummer naar zijn privételefoon gebeld, de telefoon die we in zijn auto gevonden hebben. We hebben een gerechtelijk bevel gekregen en het telefoonbedrijf heeft ons verteld dat jij degene achter dat geheime nummer bent. Wat zei je tegen hem toen je vrijdagavond belde?'

Fritze schudt haar hoofd. 'Dat kan ik me niet herinneren.'

Nabiha kijkt verbaasd. 'Niet? Maar is dat niet een beetje vreemd? Dat was toch de laatste keer dat je met Asser praatte?'

'Ja. Ik wilde gewoon weten hoe het met hem ging na alles wat er gebeurd was. Het was een heel kort gesprek.'

'Oké.' Nabiha noteert een paar woorden op haar notitieblok. 'Je hebt ons verteld dat jij en Asser hadden besproken dat hij zijn vrouw zou verlaten om met jou verder te gaan, en dat dit zou gebeuren als zijn zoons groot genoeg waren. Hebben jullie ook besproken wanneer dat precies zou zijn?'

'Nee.'

'Je zou namelijk kunnen zeggen dat Assers zoons inmiddels groot genoeg zijn, ben je het daarmee eens?'

Ze haalt haar schouders op. 'Dat is een kwestie van interpretatie.'

'Dat klopt.' Juncker staat op en loopt naar de openstaande terrasdeur. 'Je was dus van plan om alleen voor het kind van jou en Asser te zorgen?' vraagt hij met zijn rug naar haar toe.

'Het is toch niet ongebruikelijk dat vrouwen hun kinderen alleen opvoeden? Dat is de realiteit voor velen, of het nu een eigen keuze of vrijwillig is. Dus nee, ik vond het geen probleem. En bovendien zou Asser een groot deel van de tijd hier geweest zijn.'

Juncker loopt naar de tafel terug.

'Je hebt een mooie tuin,' zegt hij terwijl hij gaat zitten. 'Hoe ging het trouwens met je nadat je je doodgeboren kind had gekregen?'

Ze fronst haar voorhoofd. 'Dat is een heel rare vraag. Ik was natuurlijk vreselijk verdrietig. Eigenlijk was ik er helemaal kapot van.'

'Dat is begrijpelijk. En daarnaast ben je Asser ook nog eens verloren. Dit is een zware tijd voor je. Vind je dat niet moeilijk?'

Haar ogen vernauwen zich. 'Waar wil je naartoe met deze vragen?'

'Heb je last van de een of andere psychische aandoening?'

Fritze Bøgh kijkt verrast. 'Suggereer je dat ik gek ben? Ontoerekeningsvatbaar?'

'Absoluut niet. Ik vraag alleen of je een of meer psychische aandoeningen hebt waarvoor je bent behandeld. Een relatief simpele vraag.'

'Ik ben niet verplicht om daar antwoord op te geven.'

'Dat klopt, dat ben je niet. Ik heb nog een vraag. Heb je enig idee waarom Asser die avond bij Augusta's graf was?'

'Ik zou het niet weten.' Ze staat op. 'En nu moet ik jullie vragen om te vertrekken. Ik heb iets te doen.'

‘Waar kwam die vraag over een psychische aandoening ineens vandaan?’ vraagt Nabiha terwijl ze over het landweggetje bij Fritze Bøghs huis vandaan rijden.

‘Een gevoel. Meer was het niet,’ zegt Juncker.

‘Wat blijkbaar iets raakte. Hebben we een mogelijkheid om haar medisch dossier in te zien als ze opgenomen geweest is?’

‘Dat is heel moeilijk, tenzij ze zelf toestemming geeft. Daar zouden we een gerechtelijk bevel voor moeten hebben, en om dat te krijgen moeten we de rechter ervan overtuigen dat er een sterke verdenking bestaat dat ze schuldig is aan een ernstig misdrijf, en dat het van cruciaal belang is voor het onderzoek om haar medisch dossier in te zien. En daar hebben we op dit moment geen enkele kans op.’

‘En zelfs als we die toestemming zouden krijgen, wat bewijst het dan als ze inderdaad een psychische aandoening heeft?’

‘Helemaal niets, maar toch zou ik het dossier graag in willen zien. Er is iets aan haar wat ik niet kan doorgronden.’

71

Het straalt van Erland en Laust af dat ze bijzonder tevreden over zichzelf zijn. Ze zijn zoals gewoonlijk op weg naar Junckers bureau om hem op de hoogte te brengen van hun vorderingen, maar Erland herinnert zich ineens dat Nabiha de leiding over het onderzoek heeft, dus maakt hij een scherpe bocht en lopen ze in plaats daarvan naar Nabiha toe.

'Hebben jullie iets ontdekt?' vraagt ze.

Beiden knikken enthousiast en doen een beetje denken aan twee hoopvolle puppy's die wachten tot hun baasje een stok gooit.

'Dat denk ik wel,' zegt Laust.

'Misschien moet je er even bij komen,' zegt Erland tegen Juncker, wiens bureau tegenover dat van Nabiha staat.

'Ik kan alles hiervandaan prima volgen, dus steek maar van wal,' zegt hij.

'Oké,' zegt Erland. 'Goed, ik heb contact opgenomen met iemand van de Nissan-importeur in Denemarken en heb hem een foto laten zien van de auto die we zoeken. Hij is het met me eens dat het om een vrij nieuw model Qashqai gaat. De auto is waarschijnlijk in 2019 gekocht en geregistreerd, wat overeenkomt met het feit dat de eerste letter van het kenteken een c kan zijn. Vervolgens heb ik contact opgenomen met het kentekenregister en heb gevraagd om uit te zoeken hoeveel zilverkleurige auto's van dit model waarvan het kenteken met een c begint op Seeland geregistreerd zijn.'

'Waar zijn jullie op uitgekomen?' vraagt Nabiha.

'Driehonderdzevenenveerig auto's.'

Juncker zucht hartgrondig.

'Dat zijn er nog vrij veel,' zegt Nabiha.

'Ja, dat zijn er nogal wat. Het zou een enorme klus zijn om contact op te nemen met al die eigenaren om hun te vragen waar ze waren op de avond en nacht waarin Asser ontvoerd en vermoord werd. Maar…' zegt Erland, waarna hij een veelzeggende stilte laat vallen.

Dat is blijkbaar zijn handelsmerk, denkt Nabiha.

'...dat is misschien helemaal niet nodig. Toch, Laust?' zegt Erland, waarmee hij het stokje aan zijn jongere collega doorgeeft.

'Nee. Of liever gezegd, er is in elk geval een kans dat we meteen beet hebben. Ik heb de lijst met de driehonderdzevenenveerig namen bekeken en vond een bijzonder interessante naam. Zegt Thor Ingvardsen jullie iets?'

Juncker gaat rechtop zitten. 'Was dat niet de biker die jaren geleden een lange gevangenisstraf kreeg wegens dood door schuld? Bij de rechtbank in Næstved, als ik het me goed herinner.'

'Precies. Hij kreeg acht jaar, zat daarvan zes jaar uit en kwam twee jaar geleden vrij. En weten jullie wat ik ontdekte door wat registers te vergelijken? Hij is de halfbroer van Fritze Bøgh, die Fritzes moeder kreeg met de man met wie ze trouwde nadat ze van Fritzes vader was gescheiden.'

Het wordt doodstil.

'Jezus,' mompelt Juncker.

'Met het risico dat ik mezelf herhaal, dat is verdomd goed werk, jongens,' zegt Nabiha.

De twee mannen stralen van trots als twee slimme leerlingen die een complimentje van hun leerkracht krijgen.

'Ik heb daarnet wat achtergrondinformatie over Thor Ingvardsen opgezocht. De moord waarvoor hij werd veroordeeld was het hoogtepunt van zijn carrière vol veroordelingen wegens zware mishandeling en vond plaats in een kroeg in Køge. Thor kreeg ruzie met een man omdat die schijnbaar naar zijn vriendin keek, en het eindigde ermee dat hij op het hoofd van de man stond te stampen terwijl hij brulde: *Ik maak je af.* Toch slaagde een slimme advocaat erin om de rechters en de jury ervan te overtuigen dat Thor niet kon weten dat de man waarschijnlijk zou overlijden aan de mishandeling, en daarom werd hij veroordeeld voor dood door schuld in plaats van moord. Hij is lid van een plaatselijke motorbende die The Gang heet en die de drugshandel in Stevns en de omliggende gebieden in hoge mate controleert. Dat is, zoals jullie wel kunnen raden, niet het grootste afzetgebied, maar toch niet onbelangrijk. Er wordt veel wiet gerookt op de kleine boerderijen en in de gesloten landbouwbedrijven.'

'Hij klinkt als een klootzak. Waar woont hij?'

'Voor zover ik heb kunnen ontdekken een paar kilometer buiten het plaatsje Hårlev. Dat ligt –'

'Ik weet waar Hårlev ligt,' onderbreekt Juncker hem en hij staat op.

'Juncker is daar in de buurt opgegroeid,' legt Nabiha uit. 'Laust, stuur me een sms met het exacte adres van Thor Ingvardsen. En graaf vooral verder naar informatie over Fritze en haar blijkbaar niet zo normale familie.'

'Zijn jullie van plan om alleen naar Thor en zijn bikervrienden toe te gaan?' vraagt Laust.

'We vragen versterking van de Romeo-eenheid van het plaatselijke politiedistrict,' zegt Juncker.

72

Het duurde maar een uur en drie kwartier om een gerechtelijk bevel te krijgen voor de inbeslagname van de Qashqai en het doorzoeken van de woning van Thor Ingvardsen. Dat is volgens Juncker een record. Het is niet duidelijk of dat komt doordat ze onderzoek doen naar de moord op een officier van justitie of dat de keten van aanwijzingen die ze hebben samengesteld bijzonder overtuigend is. Waarschijnlijk is het een combinatie van beide.

De boerderij met drie vleugels waar Thor Ingvardsen woont is omringd door vlakke velden en ligt ongeveer honderd meter bij de provinciale weg vandaan. Een personenbus met acht agenten van de Romeo-eenheid staat aan het begin van de veldweg. Nabiha stapt uit en begroet de zes mannen en twee vrouwen in volledige gevechtsuitrusting.

'Jullie blijven hier wachten. We laten het via de radio weten als we jullie hulp nodig hebben,' zegt ze.

'Zeg het maar. Het zijn geen lieverdjes daarbinnen, dus doe een beetje voorzichtig,' waarschuwt de teamleider. 'Gaan jullie iemand arresteren?'

'Dat is wel de bedoeling, en we gaan een auto in beslag nemen die technisch onderzocht moet worden, dus er komt zo meteen een takelwagen. Laat die maar gewoon doorrijden.'

Nabiha stapt weer in de auto, waarna ze langzaam over de met steenslag bedekte weg rijden, die eindigt bij een erf waar vier Harley-Davidsons en twee auto's staan geparkeerd: een Ford-pick-up met enorme wielen en een zilverkleurige Qashqai. Op hetzelfde moment komen drie mannen via de voordeur van het woonhuis naar buiten. Ze zijn alle drie flink forser dan gemiddeld en dragen verschillende versies van versleten – en vieze – spijkerkleding. Er zijn veel dingen die Nabiha niet begrijpt van de cultuur binnen het bikermilieu, en een daarvan is dat het blijkbaar een statussymbool voor een biker is om er vies uit te zien. Ze denken waarschijnlijk dat het intimiderend overkomt. Nabiha vindt het zielig.

De drie mannen lopen naar Nabiha en Juncker toe en blijven een paar meter voor hen staan.

'Jullie zijn smerissen, dat zie ik meteen. En jullie lakeien staan vast aan het eind van de weg, hè?' zegt de man in het midden, die even lang en bijna twee keer zo breed is als Juncker. De man heeft zijn lange haar in een paardenstaart gebonden en is tot aan de bovenkant van zijn nek getatoeëerd.

'Inderdaad, we zijn van de politie,' zegt Nabiha terwijl ze haar politiepenning laat zien. 'Wie van jullie is Thor Ingvardsen?'

'Dat ben ik,' zegt de man in het midden. 'Wat willen jullie?'

'We willen weten waar je vrijdag 12 juni laat in de avond was.'

'Dat weet ik verdomme niet meer. Ik was hier, denk ik. Waarom?'

'Was je die avond niet bij de kerk in Herfølge?'

'Waarom zou ik daar in godsnaam moeten zijn?'

'Je woont hier, hè?'

'Ja, wij alle drie. En het clubhuis van The Gang is daar,' zegt hij terwijl hij naar een van de schuren wijst.

'Is die Nissan van jou?' vraagt Nabiha.

Hij knikt.

'Die nemen we in beslag.'

'Waar heb je het verdomme over, trut? Jullie raken die auto niet aan.'

'We hebben een gerechtelijk bevel, dus dat doen we wel.' Ze houdt hem het bevel voor, maar hij weigert het aan te pakken. Ze vouwt het weer op en stopt het in haar zak terug. 'Jij bent toch de halfbroer van Fritze Bøgh?'

'Dat gaat je verdomme niets aan.' Thor Ingvardsen knikt naar de man links van hem. Hij heeft dezelfde bouw als Ingvardsen, is kaalgeschoren, heeft een volle baard en een tribal-tatoeage rond een oog. Hij draait zich om en loopt naar het woonhuis terug. Tien seconden later komt hij terug met een afgezaagd jachtgeweer in zijn hand.

'En nu donderen jullie op,' zegt Thor Ingvardsen.

Juncker, die schuin achter Nabiha staat, doet een stap naar voren. 'Leg dat wapen op de grond en doe een paar stappen naar achteren,' zegt hij.

'Geen haar op mijn hoofd die daaraan denkt. Jullie gaan nu weg. Jullie hebben het recht niet om op privéterrein te komen.'

'We hebben alle recht om hier te zijn,' zegt Juncker. 'We onderzoeken een moord en vermoeden dat jouw auto in verband met die moord gebruikt is, dus nemen we hem mee. En we gaan het terrein en het huis ook doorzoeken.'

De man met het afgezaagde geweer loopt naar hen toe. Nabiha hoort het geluid van de takelwagen die de veldweg op rijdt. Verdorie, wat gebeurt hier? Twee minuten geleden was de sfeer nog vrij kalm, maar nu... Deze mannen lijken volkomen onberekenbaar. Zelfs de grootste idioot zou moeten begrijpen dat er niets goeds uit kan voortkomen door de politie op deze manier te bedreigen. Ze overweegt om versterking op te roepen, maar besluit het niet te doen. Dan zou de situatie waarschijnlijk volledig escaleren.

'Oké,' zegt Juncker. 'Nabiha, ga mee.'

Ze beginnen naar hun auto te lopen. Op dat moment rijdt de gele takelwagen het erf op. Juncker gaat voor het voertuig staan, dat stopt. De chauffeur draait zijn raam naar beneden. 'Wat gebeurt hier?' vraagt hij.

'Er is een situatie ontstaan, dus we trekken ons terug,' zegt Juncker.

Als ze weer bij de provinciale weg zijn, zijn de acht agenten uit de bus gestapt. De teamleider kijkt vragend naar Juncker en Nabiha.

'Het liep uit de hand,' zegt ze. 'Alles verliep vrij rustig en ineens werden we bedreigd met een afgezaagd jachtgeweer.'

'Ik heb jullie gewaarschuwd. Ze zijn compleet gestoord. Ik neem aan dat het belangrijk voor jullie is om de auto mee te krijgen?'

'Inderdaad,' zegt Juncker.

'Met hoeveel zijn ze?'

'We hebben drie mannen gezien, maar weten natuurlijk niet of er meer in huis zijn.'

'Ze bellen nu beslist met hun vrienden. Een aantal bendeleden woont in de buurt. Ik vraag me af of we niet meteen moeten ingrijpen, die drie oppakken, de auto weghalen en beginnen met het doorzoeken van het terrein voordat er meer opduiken.'

'Is dat niet te riskant?' vraagt Nabiha.

'Ze zijn misschien niet slim, maar ze kunnen wel tellen en het is tenslotte acht tegen drie. Ze zien er intimiderend uit en zo klinken ze ook, maar uit ervaring weten we dat ze meestal alleen een grote bek hebben. Ze hebben een kleine overwinning geboekt doordat jullie teruggetrokken zijn en daar kunnen ze waarschijnlijk wel even op teren. Mijn gok is dat ze redelijk meegaand zullen zijn. Ik maak me geen zorgen.'

Binnen tien minuten krijgen ze groen licht vanaf het bikersbolwerk, en Juncker en Nabiha rijden opnieuw de veldweg op, gevolgd door de takelwagen. Een kwartier later is de Qashqai op de takelwagen geladen waarna die naar Ejby rijdt, waar de forensisch technici van het NKC de auto gaan onderzoeken.

73

Kristian Pagh kijkt alsof hij een bittere pil heeft geslikt, wat natuurlijk ook zo is.

'De hoofdcommissaris en ik hebben besloten om Silver Bullitt stop te zetten. Of liever gezegd, om de operatie voor onbepaalde tijd uit te stellen.'

'Dat klinkt verstandig,' zegt Merlin, die voor de verandering naar de verdieping van GC is gekomen, iets wat niet vaak gebeurt.

'Zolang we niet weten hoeveel schade Klement aangericht heeft, is het veel te riskant om zo'n grote operatie te starten. Ze hebben misschien al het belastende materiaal weggehaald en dan staan wij voor schut. Dat kan gewoon niet. De moord op Asser heeft op meerdere fronten grote gevolgen.'

'Het werk dat jullie tot nu toe gedaan hebben is toch niet voor niets geweest? Jullie hebben een uitstekend inzicht gekregen in de manier waarop de Albanese maffia opereert, iets waarop je in de toekomst kunt voortbouwen,' zegt Merlin.

Signe is verbaasd over Merlins aanwezigheid. Normaal gesproken is het niet de taak van de afdeling Zware Criminaliteit om vermiste personen op te sporen, maar aan deze zaak is niets normaal. Misschien is hij hier alleen om zijn medeleven te betuigen aan een collega die net heeft meegemaakt hoe zijn levenswerk min of meer in het water valt. Dat zou typisch iets voor Merlin zijn, denkt ze.

'Dat hebben we ook, maar het probleem is dat zij door het verraad van Klement nu ook inzicht hebben in de manier waarop wij werken. Ik durf er niet eens aan te denken hoeveel schade hij aangericht heeft. Daarom is het verdomd belangrijk dat we hem zo snel mogelijk oppakken, Signe.'

Ze kijkt boos naar haar chef. 'Dat hoef je me niet te vertellen, maar het is alsof we naar een speld in een hooiberg zoeken. We hebben geen idee of hij nog in Denemarken is, of dat iemand hem heeft geholpen het land uit te komen. We weten niet eens of er anderen zijn die ook naar hem op zoek zijn. Het zou heel goed kunnen dat de Albanezen hem eerder te pakken willen krijgen dan wij om hem het land uit te smokkelen – dat is de vriendelijke versie – of hem het zwijgen op te leggen. We weten niet hoe nauw zijn band met de Albanezen is en hoeveel hij weet. Hebben jullie trouwens jullie infiltrant in de maffia veilig weg kunnen krijgen?'

'Ja. Lundgren en zijn gezin zijn op een geheime locatie en krijgen een nieuwe identiteit. Ik durf er niet eens aan te denken hoeveel dat alles bij elkaar gaat kosten, en waarschijnlijk zonder dat we er veel voor terugkrijgen.'

'Maar het is geen optie om hierop te bezuinigen. Kijk wat er met die jonge Deense Syriër is gebeurd, iemand die spioneerde voor de PET en de FE en nu in een Spaanse gevangenis zit omdat beide geheime diensten hem hebben laten vallen. Er mogen niet veel meer van dat soort zaken zijn, anders wordt het onmogelijk om mensen te rekruteren die undercover willen werken. Het is heel belangrijk dat de Albanezen Lundgren en zijn gezin niet te pakken krijgen.'

Signe spreekt uit bittere ervaring. Nog maar een paar maanden geleden is een voormalig bendelid, die haar van cruciale informatie voorzag in een zaak waaraan ze werkte, in de gevangenis vermoord. Formeel gezien kan haar niets worden verweten, maar het knaagt aan haar, en dat zal het tot haar dood blijven doen, dat ze geen betere bescherming voor de jonge man heeft geregeld.

'Laat het weten als je extra mankracht nodig hebt, Signe,' zegt Pagh, en Merlin knikt.

Alle patrouillewagens in het land kijken uit naar Klement. Rechercheurs gaan na of hij een ticket heeft gekocht voor een vlucht of trein naar het buitenland en of hij zijn betaalkaarten heeft gebruikt, terwijl anderen zijn telefoonverkeer controleren. Signe heeft geen idee wat ze verder nog kan doen.

'Dat doe ik,' zegt ze.

22 JUNI

74

De huiszoeking van het bikersbolwerk heeft tot meerdere interessante vondsten geleid, zoals een aanzienlijke hoeveelheid wapens waaronder drie 9mm-pistolen, een 9mm-revolver en meer dan driehonderdtweeënvijftigduizend kronen in contanten, waarvan honderdduizend kronen in een witte envelop die in een geheime ruimte onder de vloer van Thor Ingvardsens slaapkamer was verstopt. Daarnaast nam de politie ook een hoeveelheid drugs in beslag die moeilijk aan een rechter als 'voor eigen gebruik' kan worden uitgelegd. Met andere woorden, er was meer dan genoeg om de drie bikers te arresteren en door een rechter in voorlopige hechtenis te laten plaatsen. De forensisch technici in Ejby stonden daarom niet onder tijdsdruk om de technische bewijzen te vinden die aantonen dat de Qashqai in verband met de moord op Asser was gebruikt. Toch was het nog voordat ze goed en wel waren begonnen al raak. Het eerste wat werd onderzocht, was het navigatiesysteem van de auto. Iemand had dat op de privacymodus gezet, waardoor het in theorie onmogelijk moest zijn om via de gps te achterhalen waar de auto zich had bevonden in de avond en nacht waarop Asser werd vermoord. Wat diegene blijkbaar niet wist, was dat dit model een softwarefout had waardoor de privacymodus niet goed werkte.

De technici konden daardoor al snel vaststellen dat de auto de bewuste avond op de parkeerplaats bij de kerk van Herfølge had gestaan, daarna naar de plaats delict in het bos was gereden en vervolgens naar het bikersbolwerk in Hårlev.

Een van de technici had zelf zo'n gps-systeem gehad, dus wist hij dat het bedrijf alle exemplaren had teruggeroepen om de fout te herstellen. Maar natuurlijk kreeg je daar alleen bericht over als je het apparaat op legitieme wijze had gekocht en het niet gestolen was, en er was een sterk vermoeden dat dat het geval was bij Thor Ingvardsens navigatiesysteem. 'Je moet niet stelen, maar ook niet op de techniek vertrouwen,' merkte Juncker daarover op.

De auto was ook niet bijzonder grondig schoongemaakt, dus was er een overvloed aan DNA-materiaal te analyseren. Het zou vreemd zijn als daar niets van Asser tussen zou zitten.

Het is nu iets na 8.00 uur en Merlins gezicht ziet eruit alsof hij net uit bed is gekomen. Juncker ziet er ook niet bepaald uitgerust uit, ziet Nabiha, die zich redelijk goed voelt als je bedenkt dat ze midden in een zaak zit waarbij ze voor de eerste keer de onderzoeksleider is en zich enorme zorgen maakt over de ellende waarin haar oudere broer zichzelf en daarmee ook zijn familie heeft gestort.

'Waar staan we?' vraagt Merlin.

'Goed voor wat betreft de link tussen Thor Ingvardsen en de moord,' zegt Nabiha. 'Hij kan niet ontkennen dat zijn auto zowel bij de kerk als op de plaats delict geweest is. Hij kan natuurlijk beweren dat hij zelf niet in de auto zat, maar dan moet hij uitleggen wie dat dan wel was. En het zou me niet verbazen als de drie 9mm-pistolen die we in beslag genomen hebben de moordwapens blijken te zijn. Wat een stelletje sukkels.'

'Ja, het zijn niet de scherpste messen in de lade. Hoe zit het met Fritze Bøgh? Tegen haar hebben we toch nog niets?'

'Niets meer dan dat ze de halfzus van Thor Ingvardsen is.'

'Het is niet strafbaar om familie te zijn van mensen die misdaden plegen,' zegt Juncker.

Godzijdank, denkt Nabiha.

'Maar laten we eens spelen met de gedachte dat Fritze en Thor samengespannen hebben om Asser te vermoorden,' gaat Juncker verder. 'Wat zou het motief dan kunnen zijn?'

Merlin schudt zijn hoofd.

'Geen idee,' zegt Nabiha.

'Ik denk dat het iets te maken heeft met het doodgeboren kind. Dat moet wel. Waarom zou Asser zijn moordenaars anders bij het graf van het kind ontmoet hebben?'

Ze zwijgen even en Juncker kijkt naar Merlin.

'Bel Erland even en vraag hem om hiernaartoe te komen. En zeg dat hij zijn laptop moet meenemen.'

Een minuut later komt de onderzoeker binnen. Hij kijkt vragend naar Merlin.

'Juncker, wat moet Erland doen?' vraagt Merlin.

'Ik dacht gewoon ergens aan. Heb je de volledige opname van de dashcam in Assers auto bekeken?'

'Dat begrijp ik niet helemaal. In elk geval tot het moment waarop Asser met de twee mannen langsloopt.'

'Niet verder?'

'Dat kan ik me niet goed herinneren. Misschien nog vijf minuten langer. Ik ben meteen aan de slag gegaan om te achterhalen in wat voor auto de drie mannen wegreden. Ik nam aan dat het zo snel mogelijk uitgezocht moest worden.'

'Dat was ook belangrijk,' zegt Juncker. 'Heb je de opname nog op je laptop staan?'

Erland knikt.

'Laten we die dan nog een keer bekijken.'

'Oké,' zegt Erland schouderophalend. Hij gaat aan de ronde vergadertafel zitten, opent zijn laptop en start het videobestand. Juncker gaat met zijn armen over elkaar achter zijn collega staan.

'Spoel door naar het moment waarop de drie mannen langslopen,' zegt hij.

Een paar seconden later zijn ze bij het bewuste fragment aangekomen.

'En laat hem nu verder lopen. Kun je de snelheid een beetje verhogen?'

'Natuurlijk,' mompelt Erland en hij versnelt de opname vijf keer.

'Laat maar lopen.'

Negen minuten lang gebeurt er niets, behalve dat een grote kat aan de overkant van de straat langsloopt. Geen auto's, geen fietsers, geen voetgangers. Maar plotseling...

Een gestalte.

'Stop,' zegt Juncker. 'Spoel terug en laat de video op normale snelheid afspelen.'

Binnen een paar seconden komt Fritze Bøgh in beeld in het gebied dat door de camera wordt vastgelegd. Het duurt lang genoeg om zonder enige twijfel te kunnen vaststellen dat zij het is. Vooral omdat ze bijna recht in de camera kijkt als ze langsloopt.

'Is... Is dat...' stamelt Erland.

'Ja, dat is een verdachte,' zegt Juncker. 'Of liever gezegd, nu is ze dat echt.'

'Sorry, dat had ik eerder moeten zien,' zegt Erland terwijl hij naar de tafel kijkt.

'Dat kan gebeuren, Erland. Je had het druk en dit had iedereen kunnen overkomen,' zegt Merlin.

Nee, dat is niet zo, denkt Nabiha.

'Daar hebben we de link tussen haar en de mannen die Asser meenamen. Dit is toch genoeg om haar te arresteren?' zegt ze.

'Genoeg is misschien iets te veel gezegd, maar de aanwijzingen beginnen zich absoluut op te stapelen,' zegt Juncker. 'Ik denk dat we nog een keer naar Herfølge moeten.'

75

Ze staat in de deuropening als ze uit de auto stappen. Ze ziet er moe uit. Moe en min of meer doorzichtig.

'Alweer?' vraagt ze toonloos.

'Er zijn nog een paar dingen waarover we met je willen praten,' zegt Nabiha.

Fritze Bøgh loopt het huis in en de twee onderzoekers volgen haar. Ze gaat aan de eettafel zitten en Juncker en Nabiha nemen tegenover haar plaats. Op de tafel liggen de restanten van haar lunch: een zakje roggebrood, een schaaltje tomaten, een snijplank met worst, een snijplank met een mes en een halfvolle kan water.

'We hebben je halfbroer Thor gearresteerd omdat we hem verdenken van de moord op Asser,' zegt Nabiha.

De vrouw lijkt niet bijzonder verbaasd.

'Wist je dat?' vraagt Nabiha.

'Nee, ik heb niets met Thor te maken. Zoals je waarschijnlijk zult beseffen, leeft hij in een heel andere wereld dan ik en we hebben niets met elkaar gemeen, behalve dat we dezelfde vader hebben.'

'Kende Thor Asser?'

'Niet dat ik weet. Misschien is Asser ooit de advocaat van Thor geweest in een van de vele zaken waarin mijn halfbroer verwikkeld is geraakt. Maar Asser heeft er nooit iets over gezegd en ik denk dat hij dat wel gedaan zou hebben als het zo was.'

'We hebben het onderzocht en zijn ook niets tegengekomen wat erop wijst dat ze elkaar kenden. Daarom is het moeilijk te bedenken wat voor motief Thor zou kunnen hebben om Asser te vermoorden. Jij kunt ons dus niet helpen om dat motief te vinden?'

'Ik ben bang van niet.'

'Oké,' zegt Nabiha en ze haalt een laptop uit haar tas. 'We willen je graag iets laten zien.' Ze zet de laptop op de tafel, draait hem naar Fritze toe en drukt op play.

'Wat is dit?' vraagt Fritze.

'Dit is Asser terwijl hij door twee mannen in de auto van je halfbroer wordt gedwongen, vlak voordat hij in het Hestehave-bos vermoord wordt. We denken dat een van hen je halfbroer is en de ander is waarschijnlijk een van zijn bikervrienden.'

Fritzes gezicht blijft volkomen emotieloos. 'Waar komt die opname vandaan?'

'Van een dashcam op de achterruit van Assers auto, die bij de kerk geparkeerd stond. Tegenwoordig is het niet ongebruikelijk dat auto's zo'n camera hebben. De meeste mensen hebben er een op de voorruit, maar sommigen ook op de achterruit, zoals Asser. Ik begrijp hieruit dat je dat dus niet wist.'

Ze geeft geen antwoord.

'Nu spoel ik ongeveer tien minuten verder. Kijk hier eens naar.'

Fritze kijkt niet naar het scherm, maar staart met een intense blik naar Nabiha.

'Jij liep daar toch langs de auto?'

Ze knikt.

'Wat deed je daar?'

'Ik was naar Augusta's graf in Kalkgraven geweest. Ik kon niet slapen omdat ik voortdurend aan mijn dochtertje moest denken, dus ben ik naar het kerkhof gefietst. Dat doe ik vaak als ik niet kan slapen.'

'Je beweert dus dat je die avond laat bij het graf van je dochter was zonder de drie mannen tegen te komen? Dat klinkt… nogal onwaarschijnlijk, om het voorzichtig uit te drukken.'

'Maar dat is toch wat er gebeurd moet zijn.'

'Dus jij hebt Asser niet naar het graf van jullie gezamenlijke kind gelokt?'

'Ik heb jullie al eerder verteld dat ik niet weet waarom Asser daar op dat moment was.' Ze staat op. 'En nu heb ik helaas geen tijd meer om met jullie te praten, want ik moet werken.'

Juncker schudt zijn hoofd. 'Nee, we nemen je mee. Er zijn nog een aantal dingen waarover we graag willen praten.'

Fritze begint de tafel af te ruimen en loopt naar de keuken. Juncker weet niet wat er in haar omgaat. Ze heeft niet gehoord wat hij zei, of ze negeert het bewust. Ze komt terug naar de tafel en pakt het mes dat op de snijplank ligt, waarna ze haar armen slap langs haar zijden laat hangen met het mes in haar rechterhand.

'Je luistert niet naar wat ik zeg. Jullie moeten nu weggaan, want ik moet werken.'

Juncker en Nabiha staan op. Fritze heft haar arm en wijst met het mes naar hem.

'Fritze, leg het mes neer en loop bij de tafel vandaan,' zegt Juncker.

'Je luistert niet naar me. Hij deed dat ook niet.'

'Jawel, ik luister naar je. En we gaan je helpen, maar je moet het mes neerleggen.'

Nabiha doet een stap naar Fritze toe, die zich naar haar omdraait.

'Blijf bij me uit de buurt,' zegt ze met een trillende stem.

Nabiha doet nog een stap naar haar toe en staat nu op ongeveer een meter afstand van haar. Ze steekt haar hand uit, maar Fritze heft het mes langzaam naar haar keel.

Nabiha schudt haar hoofd. 'Nee, Fritze, dat wil je niet doen. Geef me het mes, zodat we je kunnen helpen.'

Het is doodstil in de kamer. Niemand beweegt. Dan laat Fritze haar arm langzaam zakken en geeft het mes aan Nabiha, die het voorzichtig met haar duim en wijsvinger bij het lemmet aanpakt en het achterwaarts aan Juncker geeft.

'Fritze, we moeten je arresteren,' zegt Nabiha.

De vrouw knikt.

'Je wordt gearresteerd wegens medeplichtigheid aan de moord op Asser Larsen en het bedreigen van ons met een mes. Je hebt het recht om te zwijgen, en daarnaast heb je recht op een advocaat. Als je zelf geen suggestie hebt voor wie dat moet worden, dan helpen wij je er een te vinden. Begrijp je dat?'

Fritze knikt opnieuw.

'Het is niet nodig om je handboeien om te doen, of wel soms?' zegt Nabiha.

'Nee.'

Ze lopen naar de auto. Nabiha opent het achterportier en Fritze gaat zitten.

Juncker blijft op een afstandje staan en Nabiha loopt naar hem toe.

'Het was niet helemaal volgens de regels om zo dicht bij haar te komen terwijl ze met een mes stond te zwaaien,' zegt Juncker zachtjes.

'Misschien niet, maar het werkte.'

'Wist je dat ze je niet zou aanvallen?'

'Ach, weten… Ik dacht dat het risico dat ze jou zou aanvallen groter was.'

'Waarom dat?'

'Omdat jij een man bent.'

76

Als ze terug zijn in Teglholmen is er goed nieuws. De technici hebben een vervaagde vingerafdruk op de envelop met de honderdduizend kronen gevonden. De afdruk is niet goed genoeg om te kunnen gebruiken, maar de resten rode verf die op de vingertop zaten toen de afdruk werd gemaakt zijn dat wel. Het bleek namelijk olieverf te zijn van het soort dat kunstschilders gebruiken.

'En die verf is afkomstig uit een van jouw tubes, hè?' vraagt Juncker aan Fritze als ze het verhoor hervatten.

Fritze reageert niet. Ze lijkt op het punt te staan om in te storten, denkt Nabiha, die zich zelf ook nogal wankel voelt. Sinds ze uit Herfølge terug zijn heeft ze al drie keer geprobeerd om haar broer te bereiken en het liefst zou ze nu de deur uit stormen en naar Nørrebro rijden om te controleren of Mussa in de koffiebar is. Ze heeft zijn vrouw gebeld en die heeft hem sinds de vorige dag niet meer gezien. Maar dit is niet het moment om weg te gaan. Het gaat tenslotte om een moordzaak die bijna opgelost is.

'Fritze, gisteren vroeg ik je of je last hebt van een psychische aandoening en of je daarvoor opgenomen geweest bent. Ik vraag het je nu opnieuw,' zegt Juncker.

De vrouw reageert niet. Nabiha twijfelt of ze überhaupt begrijpt wat er gezegd wordt.

'Luister, Fritze. Gisteren dacht ik niet dat we een gerechtelijk bevel zouden krijgen om je medisch dossier in te zien, maar met wat we nu ontdekt hebben ben ik er zeker van dat we dat bevel wel krijgen. Er is dus in principe geen reden voor je om het niet te vertellen. We komen er sowieso achter.'

'Ik wil een advocaat,' zegt Fritze.

Juncker knikt. 'Dat begrijp ik. Dan gaan we daarvoor zorgen.'

Nabiha en Juncker lopen de gang op. Het zal minstens een paar uur duren voordat de rechtbank een advocaat heeft toegewezen.

Nabiha neemt snel een beslissing. 'Ik ga er een uurtje tussenuit,' zegt ze tegen Juncker.

'Oké. Laat het me weten als ik iets voor je kan doen.'

'Dank je, maar dat is niet nodig.'

Ze moet zichzelf dwingen om niet alle snelheidslimieten te overschrijden tijdens de rit naar de Nørrebrogade. Ze belt Mussa voor de tiende keer terwijl ze bidt dat zijn telefoon gewoon op stil staat, zoals de vorige keer, of dat hij hem heeft uitgezet of in het toilet heeft laten vallen, en dat hij in de koffiebar is om haar boze reprimande met zijn gebruikelijke onnozele glimlach aan te horen, zoals hij altijd doet als hij iets stoms heeft gedaan. Ze rijdt langzaam langs de koffiebar en haar zenuwen nemen toe. Ze slaat af naar een zijstraat, parkeert illegaal voor een poort en rent terug. Ze duwt haar neus tegen het raam en schermt haar ogen af tegen het licht. Het is verlaten binnen. Ze probeert de deur, maar die is op slot. Ze blijft nog even staan in het besef dat er niets is wat ze kan doen. Dan loopt ze naar de auto terug. Een parkeerwachter maakt foto's met haar telefoon van de auto.

'Niet doen,' roept Nabiha. 'Dat is mijn auto.'

'Die illegaal geparkeerd staat,' zegt de parkeerwachter. Ze is een vrouw van Nabiha's leeftijd en is net als Nabiha niet van Deense afkomst. Er zijn inmiddels veel parkeerwachters met een migrantenachtergrond, een van de vele voordelen van het feit dat vluchtelingen en immigranten het werk doen dat witte Denen weigeren.

'Ik werk bij de politie,' zegt Nabiha terwijl ze haar legitimatie laat zien. 'Het was een... noodgeval.'

'Heb je geen kaart om achter de voorruit te leggen zodat we kunnen zien dat het een politieauto is?'

'Jawel, maar dat ben ik vergeten. Sorry,' mompelt ze. De parkeerwachter stopt haar telefoon in haar zak terug. 'Goed, je komt ermee weg. Nog een fijne dag.'

Een fijne dag? Nabiha overweegt te zeggen dat het tot nu toe een behoorlijk ellendige dag is geweest en dat het er niet op lijkt dat de rest van de dag veel beter zal worden, maar in plaats daarvan belt ze

Mussa weer en laat ze haar vijfde voicemailbericht achter, wat weinig zin lijkt te hebben. Maar ze moet iets doen om niet stapelgek te worden.

77

Fritze Bøgh heeft ingestemd met nog een verhoor, na overleg met de haar toegewezen advocaat, een enigszins verwarde man van middelbare leeftijd in een versleten tweed jasje met suède elleboogstukken, een bruine broek met vlekken, een blauw geruit overhemd en witte sokken in sandalen. Er hangt een lichte, maar onmiskenbare geur van okselzweet om hem heen. 'Mijn cliënt vertelt me dat jullie bijzonder graag willen weten of ze ooit in contact is geweest met het psychiatrische behandelsysteem. Daar wil ze graag iets over zeggen.'

'Ga je gang,' zegt Juncker.

'Ik heb al jarenlang periodes waarin ik last heb van zware depressies,' zegt Fritze Bøgh zachtjes.

'En daarvoor ben je opgenomen en behandeld?'

'Ja.'

'Wanneer had je voor het laatst last van een depressie?'

'Het grootste deel van dit jaar.'

'Ook toen je zwanger was?'

'In het begin niet. Toen was ik gelukkig, maar nadat ik erachter kwam dat Asser niet...' Ze stopt met praten.

'Dat hij niet bij zijn vrouw weg wilde? Zelfs niet toen jullie samen een kind zouden krijgen?'

Ze knikt. 'Het maakte me wanhopig. En ik ben er zeker van dat Augusta gestorven is omdat het zo slecht met mij ging.'

De advocaat verschuift onrustig op zijn stoel. Hij buigt zich naar Fritze toe en fluistert iets in haar oor.

'Dit is niet de richting waarin mijn cliënt wil gaan,' zegt hij. 'Op dit moment.'

'Laat mij dan vertellen wat ik denk dat er gebeurd is,' zegt Juncker.

De advocaat haalt zijn schouders op. *'By all means,'* zegt hij in perfect Engels.

Juncker gaat iets meer rechtop zitten. 'Laat op de avond van 12 juni had je met Asser bij het graf van jullie kind in Kalkgraven afgesproken. Je was verbitterd over alle ellende die hij je volgens jou had aangedaan. Je geloofde dat hij Augusta indirect had gedood en dat hij het daarom verdiende om ook te sterven. Hoe je hem zover gekregen hebt om daarnaartoe te komen weet ik niet, maar ik vermoed dat het gebeurde in het telefoongesprek dat je vrijdagavond met hem had. Hoe dan ook, hij verscheen. Net als je halfbroer Thor en een andere man. Er ontstond een worsteling en de twee mannen overmeesterden Asser, waarschijnlijk door hem met een vuurwapen te bedreigen, en dwongen hem mee te gaan. Ze reden in de auto van je broer naar het Hestehave-bos, waar ze Asser doodschoten. De honderdduizend kronen die we in Thors slaapkamer gevonden hebben waren jouw betaling aan je halfbroer voor het vermoorden van Asser.'

Juncker leunt naar achteren en kijkt Fritze doordringend aan. Ze ontmoet zijn blik en schudt haar hoofd.

'Hoe ben je trouwens aan die honderdduizend kronen in contanten gekomen?'

'Dat is niet zo moeilijk als je een redelijk succesvolle kunstenaar bent. Er zijn nogal wat kunstverzamelaars die graag contant en zonder factuur betalen.'

'Ik denk dat we hier nu stoppen,' onderbreekt de advocaat het verhoor. 'Ik adviseer mijn cliënt in elk geval om niets meer te zeggen totdat ik een persoonlijk gesprek met haar gehad heb. Bovendien is ze zo uitgeput dat het onverantwoord zou zijn om door te gaan.'

'Dat is geen probleem,' zegt Nabiha. 'Trouwens, omdat er geen plek in Vestre is, brengen we Fritze naar de gevangenis in Køge.'

'Dat is volgens mij vlak bij het dorp waar ze woont,' zegt de advocaat enigszins geïrriteerd.

'Ik geef toe dat het niet ideaal is, maar het is helaas niet anders. Als jullie hier even wachten, dan zoeken wij iemand om Fritze naar Køge te brengen.'

Juncker en Nabiha lopen samen door de gang.

'Is er nieuws?' vraagt hij.

Ze schudt haar hoofd.

‘Ik regel het papierwerk wel en zorg ervoor dat ze naar Køge gestuurd wordt, dan kun jij naar huis.’

‘Meen je dat?’

‘Op dit moment wel, maar dat kan van het ene op het andere moment veranderen. Dus als ik jou was, zou ik maar snel vertrekken.’

Ze kijkt hem dankbaar aan. ‘Ik sta bij je in het krijt.’

‘Daar is meer voor nodig,’ antwoordt hij met een glimlach.

78

Ze heeft haar brievenbus al wekenlang niet geleegd en die zit nu propvol. Ze neemt zich voor de zoveelste keer voor om een nee-neesticker te halen. Als ze in haar appartement is gooit ze haar tas en de stapel reclamefolders op de kleine keukentafel en gaat zitten. Ze voelt zich uitgeput. Eigenlijk heeft ze zin in een kop thee, maar ze heeft de energie niet om die te maken. Zelfs water opzetten lijkt een onoverkomelijke taak.

Ze staart naar de kleurige stapel papier op de tafel. Meer dan eens heeft ze per ongeluk belangrijke brieven weggegooid omdat ze niet tussen de reclamefolders had gekeken. Ze kijkt moedeloos naar de stapel en besluit toch een kop thee te maken. Als ze opstaat, ziet ze de envelop pas, misschien omdat die bijna dezelfde kleur als de keukentafel heeft. Ze heeft hem zelf niet mee naar boven genomen. Haar hartslag versnelt en ze krijgt plotseling het gevoel dat er iemand in het appartement is. Ze was vergeten haar pistool in het kluisje in Teglholmen te leggen, dus pakt ze haar zwarte Heckler & Koch en spant de haan.

'Hallo,' zegt ze zachtjes met een trillende stem en daarna iets harder: 'Is hier iemand?'

Ze pakt het pistool met twee handen vast en sluipt de woonkamer in. Niemand. Ze loopt naar de slaapkamer, waar ook niemand is. Ze twijfelt even of ze op haar knieën zal gaan zitten om te controleren of er iemand onder het bed ligt. Ontspan, zegt ze tegen zichzelf, maar ze doet het toch. Daarna komt ze overeind, gaat naar de gang en loopt langzaam naar de badkamerdeur, die ze met haar voet openduwt. Het douchegordijn is dicht. Ze loopt ernaartoe, laat haar linkerhand van het pistool glijden, pakt het gordijn vast en trekt het met een snelle beweging opzij. Vervolgens laat ze haar wapen zakken, stopt het in de holster terug en gaat naar de keuken.

Daar staart ze naar de envelop. Ze is de afgelopen dagen misschien een beetje van slag geweest, maar ze is verdomme niet dement. Ze heeft die envelop niet zelf meegenomen om dat vervolgens te vergeten.

Er is iemand in haar appartement geweest.

Ze loopt naar de hal, opent de voordeur en schijnt met de zaklamp van haar telefoon op het slot. Er zitten kleine krassen op, maar die kunnen net zo goed door een sleutel als door een lockpick zijn veroorzaakt. Ze denkt terug aan de keer dat ze zichzelf had buitengesloten en een slotenmaker had gebeld. Het kostte hem verbazingwekkend weinig tijd om de deur volkomen geruisloos te openen, dus waarschijnlijk is het op die manier gebeurd. Iemand heeft het slot opengebroken. En de portiekdeur van het gebouw? Je kunt gewoon aanbellen bij een paar appartementen, zeggen dat je een pakketbezorger bent of je sleutels bent vergeten en dan is er altijd wel iemand die je binnenlaat. Dat heeft ze zelf meerdere keren gedaan.

Ze pakt de envelop, voelt dat er iets anders in zit dan papier en opent hem.

Een langwerpig voorwerp, verpakt in huishoudfolie, rolt over de tafel. Het duurt een paar seconden voordat ze beseft wat het is. Ze voelt een hevige golf van misselijkheid opkomen en rent met een hand voor haar mond naar de badkamer, maar begint in de gang al over te geven.

79

Juncker is net klaar met het papierwerk voor de officier van justitie, die morgenochtend tijdens de zitting zal verzoeken om Fritze Bøgh in voorlopige hechtenis te nemen, als Signe binnenkomt. Ze pakt een stoel en rolt hem naar zijn bureau.

Hij kijkt haar vragend aan. 'Ja?'

'Ik heb niets bijzonders, maar ik had gewoon behoefte om –'

'Met een verstandig mens te praten?'

Ze glimlacht scheef. 'Zoiets. Ik heb de taak gekregen om Klement te vinden en heb iemand nodig om mee te overleggen.'

'Overleggen? Zo moeilijk is het toch niet? Als hij niet meer in het land is, dan zit hij waarschijnlijk in Kosovo. Het is gewoon een kwestie van daarnaartoe gaan.'

'Bedankt voor je advies. Dat is van onschatbare waarde. Heb je trouwens gehoord dat GC Silver Bullitt stopgezet heeft?'

'Nee, maar dat zat er wel aan te komen. We weten niet hoeveel Klement verraden heeft, maar waarschijnlijk is het voldoende voor de Albanezen om zich te herorganiseren.'

'Dat denk ik ook. Hoewel ik niet helemaal begrijp waarom iedereen zo neerslachtig is. Pagh loopt rond alsof hij een staatsbegrafenis bijwoont terwijl al het werk natuurlijk niet voor niets geweest is. Maar goed… Waar is Nabiha?'

'Ze is al naar huis.'

Juncker overweegt of hij Signe zal vertellen over de problemen die Nabiha met haar oudere broer heeft, maar Nabiha zou woedend zijn als hij zoiets vertrouwelijks zou delen, ook al is het met Signe.

'En ik ga er ook vandoor,' zegt hij.

Het is al vrij laat, maar toch rijdt hij op weg naar huis langs zijn zoon. Kasper heeft bezoek van zijn vriendin Cecilie. Ze waren in elk geval een stel toen Kasper in februari werd neergeschoten. Juncker ontmoette haar in het Rigshospitalet toen Kasper in coma lag. Voor zover Juncker weet, hebben ze elkaar niet vaak gezien toen het slecht ging met zijn zoon, maar aan de andere kant... Wat weet hij ervan? Kasper heeft er niets over gezegd en Juncker heeft er niet naar gevraagd.

Voorzichtig en aarzelend vraagt hij hoe het met hem gaat omdat hij niet zeker weet hoeveel Kasper aan haar heeft verteld, en of hij überhaupt wil dat ze iets weet. Maar het lijkt erop dat Kasper er geen bezwaar tegen heeft om in haar bijzijn over zijn toestand te praten. Hij vertelt dat hij is begonnen met antidepressiva, 'gelukspillen' zoals ze ooit onhandig werden genoemd, en dat hij het gevoel heeft dat de behandeling al werkt.

Juncker blijft maar tien minuten. Cecilie lijkt een lieve meid, maar toch hangt er een enigszins gespannen sfeer en Juncker is zich pijnlijk bewust van zijn gebrek aan sociale vaardigheden, een tekort dat des te duidelijker wordt als hij, zoals nu, zo moe is dat hij moeite heeft om zijn ogen open te houden.

Thuis dwingt hij zichzelf om zijn tanden te poetsen voordat hij naar bed gaat. Hij verwacht dat hij onmiddellijk in slaap valt en hoopt dat hij vannacht maar één keer wakker zal worden om te plassen. Toch lukt het hem niet om te slapen. Ten eerste omdat hij dolblij is, bijna euforisch, dat de behandeling die Kasper krijgt lijkt te werken. Dat gevoel verandert in vreugde omdat de bevalling van Karoline goed is gegaan en hij weer opa is geworden. Het duurt echter niet lang voordat de eeuwige pessimist in hem de overhand krijgt. Want opa worden betekent ook dat hij oud wordt. En zodra hij dat denkt komt al snel het besef dat de artsen, hoewel al zijn controles na de kankeroperatie goed zijn verlopen, nooit het woord 'genezen' gebruiken voor kankerpatienten, maar het veel minder definitieve 'kankervrij'. Het kan tenslotte altijd terugkomen.

Hij ligt anderhalf uur te woelen voordat hij uit bed komt, zich aankleedt en aan een nachtelijke wandeling begint: dezelfde route als twaalf dagen geleden. Het is warm en hij kan zich niet herinneren wanneer het voor het laatst heeft geregend, maar het is in elk geval al weken geleden. Hij slaat af naar Lygten en versnelt zijn pas als hij ongeveer honderd meter voor zich een dier ziet lopen. Hij tuurt in de schemering, maar realiseert zich teleurgesteld dat het een kat is. Het dier steekt de straat over en verdwijnt naar de parkeerplaats achter het winkelcentrum.

Een paar minuten later kruist hij de Tagensvej en loopt hij het Lersøpark in. Hij slaat links af naar het pad dat over het grote, enigszins glooiende grasveld loopt. Als hij bovenaan de heuvel is, slaat hij rechts af langs de rode bakstenen gebouwen van het Bispebjerg Hospital, hij slaat opnieuw rechts af en nadert de plek waar Kasper is neergeschoten. Hij blijft staan en kijkt naar de smalle bosstrook links van het pad. Een minuut lang staat hij stil te wachten. Waarop, denkt hij hoofdschuddend. Dan loopt hij verder.

Twintig minuten later ligt hij weer in zijn bed. Als hij eindelijk in slaap valt, is het al licht.

23 JUNI

80

Nabiha vecht om de controle over zichzelf niet kwijt te raken. Ze wordt gek van bezorgdheid over haar oudere broer terwijl ze tegelijkertijd een haat voelt waarvan ze helemaal niet wist dat ze die in zich had.

Die beesten martelen haar broer. Ze hebben zijn pink afgeknipt en naar haar opgestuurd. Ze probeert de verschrikkelijke beelden over wat er is gebeurd te verdringen, maar wordt er voortdurend door achtervolgd. Hoe Mussa eerst schreeuwt van angst als hij beseft wat ze van plan zijn en daarna van pijn.

Op dit moment wil ze hen allemaal vermoorden, de Vos en zijn hele smerige bende, maar ze heeft geen idee wat ze moet doen of hoe ze hen kan vinden.

Haar telefoon gaat. Ze herkent het nummer niet, maar de stem wel.

'Fijn dat je thuis bent,' zegt de kleine Albanees.

Ze houden haar in de gaten. Ze loopt naar het raam. Het gordijn is dichtgetrokken en ze kijkt voorzichtig door een kier naar buiten. Ze ziet niemand, wat niet vreemd is op dit tijdstip van de avond. Maar ze kunnen natuurlijk in een van de geparkeerde auto's zitten en dan zijn ze onzichtbaar voor haar.

'Ik moet je de groeten van je broer doen. Het gaat helaas niet zo goed met hem,' zegt hij.

Ze voelt haar vingers tintelen en staat op het punt haar zelfbeheersing te verliezen.

'Maar je kunt hem helpen om zich beter te voelen.'

Het liefst zou ze haar pistool pakken, naar buiten rennen, ontdekken waar die klootzak zich verstopt en hem neerknallen. Maar ze dwingt zichzelf in gesprek met hem te blijven omdat ze het angstaanjagende gevoel heeft dat als ze nu ophangt, ze Mussa's doodvonnis tekent.

'Hoe?'

'Je zou kunnen beginnen met het afbetalen van zijn schuld.'

'Ik heb geen miljoen.'

'Maar er is altijd een mogelijkheid om dat geld te verdienen. Ik weet zeker dat we een regeling kunnen treffen.'

'Mijn broer heeft dat geprobeerd en het heeft niet geholpen.'

'De betaling voor datgene waarmee hij ons heeft geholpen, heeft de rente gedekt. Hij is ons nog steeds maar een miljoen verschuldigd.'

'En wat voor werk zou ik voor jullie kunnen doen?'

'Dat is niet zo moeilijk te bedenken. We willen weten wat de politie van plan is om onze zaken te dwarsbomen. Bijvoorbeeld Operatie Silver Bullitt. Die is trouwens afgeblazen, horen we. Wist je dat?'

Daar geeft ze geen antwoord op. 'Ik zit bij Zware Criminaliteit, niet bij Georganiseerde Criminaliteit. Ik kan jullie niets vertellen waar jullie iets aan hebben.'

'Je zou kunnen overwegen om over te stappen naar Georganiseerde Criminaliteit.'

'Vergeet het maar. Ik ga niet weg bij Zware Criminaliteit en ik zal nooit een verrader worden.'

'Verrader is ook een lelijk woord. En we vragen niet van je dat je je collega's verraadt. We willen gewoon onze zaken zonder al te veel bemoeienis kunnen afhandelen. Maar goed, zoals ik al zei moet ik de groeten van je broer doen. Hij mist je. Ik denk ook dat je moeder je graag vaker wil zien dan gebeurt nu ze in Vallensbæk zit. Tja, dat heeft je broer ons verteld. Weten je collega's trouwens over de... betrokkenheid van je broer bij ons?'

'Nee,' liegt ze.

'Het zou ook heel slecht voor jou en je familie zijn als je er met iemand over zou praten. En trouwens, je hoeft geen pogingen te doen om deze telefoon te traceren. Bespaar je de moeite.'

'Als ik niet in jullie zak wil zitten, wat kan ik dan doen om ervoor te zorgen dat jullie Mussa vrijlaten?'

'Als je niet in staat bent zijn schuld te betalen en je niet met ons wilt samenwerken, dan vrees ik dat er geen andere mogelijkheden zijn.'

'Er is natuurlijk altijd een kans dat ik mijn collega's hierover vertel en dat we met alles wat we hebben achter jullie aan komen.'

'Dat mag je proberen, maar dan zie je je broer niet levend terug en dan kun je ook maar beter goed bedenken hoe je jezelf en je familie voor de rest van je leven gaat beschermen. We hebben een vrij goed geheugen.'

Nabiha heeft nog nooit zo'n bizar en angstaanjagend gesprek gevoerd. Het gaat over dood, marteling en bedreigingen, maar toch klinkt de kleine man alsof hij een goede vriend vertelt over de gezellige bijeenkomst waarbij hij aanwezig is geweest.

'Wat moet ik doen?' vraagt ze.

'Het is heel eenvoudig. Je hoeft ons alleen je woord te geven dat we een deal hebben.'

'En dan geloven jullie me zomaar?'

'Ja, want je weet dat we achter jou en je familie aan komen als je je woord niet houdt.'

Hij verbreekt de verbinding. Nabiha blijft als versteend zitten. Dit is volkomen surrealistisch. Ze is daarnet gerekruteerd door de Albanese maffia. Dat denken ze tenminste.

Je hoeft ons alleen je woord te geven dat we een deal hebben, had de kleine man gezegd, dus komen ze er waarschijnlijk op terug zodat ze de deal kan bevestigen en Mussa uit hun klauwen kan redden. Om de een of andere reden weet ze zeker dat ze hun woord houden. Als ze een deal met hen sluit, zijn zij en haar familie veilig. Ziek, denkt ze. Ze gaat op de bank liggen en doet haar ogen dicht.

81

Ze wordt met een bonkend hart wakker.

Het is licht buiten. Ze is op de bank in slaap gevallen. Ze pakt haar telefoon en ziet dat het 6.17 uur is. Een groep vogels houdt een energiek fluitconcert vlak achter haar raam, dus misschien heeft haar onderbewustzijn daarop gereageerd. Maar nee, die geluiden is ze gewend, dus daar wordt ze niet wakker van.

Het geluid, een zacht kloppen, komt uit de keuken.

Nabiha staat voorzichtig op, pakt het pistool dat op de salontafel naast haar telefoon ligt en sluipt op haar sokken naar de keuken. Ze blijft een paar meter bij de keukendeur vandaan staan.

'Is daar iemand?' vraagt ze zachtjes, bijna fluisterend. Ze heeft meteen spijt van de stomme vraag, want het is nogal duidelijk dat er iemand is. 'Wie is daar?'

'Klement.'

Ze verstijft. 'Wat wil je?'

'Met je praten. Mag ik binnenkomen?'

Zijn stem heeft een smekende klank. Ze denkt een paar seconden over de situatie na en besluit dan om de deur van het slot te doen.

Hij ziet er uitgeput uit, is haar eerste gedachte, erger dan zijzelf – en dat zegt op dit moment veel. Hij heeft ingevallen wangen, is ongeschoren en heeft een gejaagde blik in zijn ogen.

'Mag ik een glas water?' Zijn stem is schor.

Ze pakt een glas uit de bovenkast en vult het bij de kraan. Hij drinkt het met grote slokken leeg.

'Hoe ben je via de keukentrap binnengekomen?'

'Dat was makkelijk. De deur was niet op slot.'

De twee jonge vrouwen van de tweede verdieping zijn dus weer eens vergeten om de deur op slot te doen nadat ze beneden waren geweest om te roken.

'Waar ben je geweest?' vraagt ze.

'Overal en nergens,' zegt hij terwijl hij opstaat en het glas opnieuw vult.

'Heb je honger?'

Hij knikt.

'Ik heb alleen wat hummus, tomaten en brood.'

'Dat is prima.'

Ze haalt het eten tevoorschijn en zet het op de kleine eettafel. Hij eet een paar tomaten en smeert hummus op het brood.

'Je wordt intern gezocht,' zegt Nabiha.

'Denk je dat ik dat niet weet?'

'Waarom heb je je niet gemeld?'

'Zodat ik mijn straf kan ondergaan? Als een man?'

Nabiha lacht schamper. 'Ik heb niet de indruk dat mannen eerder dan vrouwen bereid zijn hun straf te accepteren voor de stomme dingen die ze doen, misschien is het juist andersom. Maar ja...'

Hij hoest. 'Wat ik heb gedaan betekent absoluut gevangenisstraf. En een agent in de gevangenis? Dat kan veel problemen opleveren, en dan moet ik er nog maar op hopen dat de Albanezen ervan overtuigd zijn dat ik ze niet verraden heb. Want als ze dat denken, moet ik de rest van mijn leven voortdurend doodsbang zijn voor hun wraak. Als je eenmaal voor ze hebt gewerkt, dan kom je er niet meer van af. Het is geen club waar je zomaar in en uit kunt stappen.'

Precies wat de kleine man een paar uur geleden benadrukte, maar dan met andere woorden. Nabiha huivert. 'Maar wat is het alternatief?'

'Dat ik me overgeef aan de Albanezen voor de politie me te pakken krijgt en ik naar een afgelegen gebied in Kosovo of Albanië word gesmokkeld en de rest van mijn leven in een dorp in de bergen in afzondering doorbreng zonder fatsoenlijk contact met mijn vrouw en kinderen. Tenzij zij ook daarnaartoe verhuizen, natuurlijk.'

'Een behoorlijk groot offer. Waarom heb je het trouwens gedaan? Je wist de risico's van wat je me daarnet hebt verteld van tevoren.'

Hij kijkt haar aan. 'Ik had geen keuze. Mijn familie in Kosovo stond in het krijt bij de Seferi-clan en als ze de schuld niet inlosten, zou mijn vader vermoord worden. Ik had de keuze tussen een man in Kosovo vermoorden of –'

'De maffia voorzien van informatie over de plannen van de politie?'

'Ja.' Hij wrijft over zijn voorhoofd. 'De man die ik moest vermoorden is van mijn leeftijd en heeft vier kinderen. Begrijp je waarom ik deze keuze gemaakt heb?'

Nabiha geeft geen antwoord.

'Ze hebben je broer ontvoerd, toch?' gaat Klement verder. 'En ze dreigen hem te vermoorden. Hebben ze hem gemarteld?'

Nabiha zwijgt.

'Waarom ik eigenlijk?' vraagt ze even later.

'Wat bedoel je?'

'Waarom meld je je niet bij je collega's van GC?'

'Wie zegt dat ik me meld? Die keuze heb ik nog niet gemaakt. En waarom jij... Ik denk dat ik mijn verhaal wil vertellen aan iemand die weet hoe het voelt om gebonden te zijn en geen keuze te hebben. Aan iemand die zich in een situatie bevindt die op de mijne lijkt. Er is op dit moment niemand anders in het Deense politiekorps die aan die omschrijving voldoet.'

'Ben je katholiek?'

Hij kijkt haar verbaasd aan. 'Nee, ik ben moslim, net als jij. Waarom vraag je dat?'

'Omdat het klinkt alsof je denkt dat je in een biechtstoel zit waar je je zonden kunt opbiechten en zonder voorbehoud vergiffenis krijgt, maar zo werkt het bij mij niet. Er is namelijk nog een optie die je niet genoemd hebt, namelijk dat ik je arresteer en naar Teglholmen breng.'

'Waarom zou je dat doen? Dan loop je namelijk het risico dat ik vertel wat ik weet over de rotzooi waarin jij tot over je oren zit. Als ik dat doe, moet de politie natuurlijk reageren en proberen je broer te bevrijden, wat bijna hetzelfde zou zijn als hem vermoorden.'

Ze knikt. 'Dat risico moet ik dan maar nemen. Je zei eerder dat je geen keuze had, maar daar ben ik het niet mee eens. Ik begrijp dat het moeilijk is, maar het is wel degelijk mogelijk om een andere keuze te maken dan jij hebt gedaan... Om het juiste te doen.'

'En het leven van mijn kinderen riskeren?'

'Ja. Want als je dat niet doet, eindigen we in een wereld waarin maffia's en bendes het voor het zeggen hebben. Ik heb zelf geen kinderen, maar als ik die had, zou ik niet willen dat ze in zo'n samenleving opgroeien. Ik vermoed dat jij in principe een goed mens bent en dat jij dat ook niet wilt voor je kinderen.'

'Ik hoor de violen bijna spelen en besef dat de geruchten over jou waar zijn. Je bent een heilig boontje.'

'Dank je, dat is fijn om te horen,' zegt Nabiha terwijl ze opstaat. 'Klement Kosta, je bent gearresteerd en zult worden aangeklaagd wegens het onthullen van vertrouwelijke informatie over politiewerk aan derden, een aanklacht die mogelijk wordt uitgebreid met andere strafbare feiten. Je hebt het recht om te zwijgen en je hebt het recht op een advocaat. Ik wil je vragen om je wapen aan mij te overhandigen.'

Hij glimlacht kil. 'En wat ben je van plan te doen als ik weiger mijn wapen te overhandigen? Als ik me verzet tegen mijn arrestatie?'

'Dan ben ik van plan om het noodzakelijke geweld te gebruiken en je te overmeesteren. Door alles wat je blijkbaar over mij gehoord hebt, weet je vermoedelijk ook dat ik meen wat ik zeg. Ik neem dus aan dat je geen weerstand biedt.'

Klement schudt zijn hoofd.

Ze staat op en steekt haar hand uit. 'Je pistool, alsjeblieft.'

Hij haalt het onder zijn windjack achter zijn broeksband vandaan en houdt het even in zijn hand voordat hij het, met de kolf naar voren, aan haar overhandigt. Ze pakt het aan, schuift het in haar tas en stopt haar eigen pistool in de holster terug.

'Mooi, laten we gaan,' zegt ze en ze loopt naar de hal.

Hij aarzelt even, waarna hij achter haar aan loopt.

82

Het gerucht dat Nabiha Klement heeft gearresteerd en naar Teglholmen heeft gebracht, verspreidt zich als een Californische bosbrand en bereikt de afdeling Zware Criminaliteit eveneens. Ze gaat op haar plek tegenover Juncker zitten, die over de rand van zijn leesbril naar haar kijkt.

'Wat is er aan de hand?' vraagt hij.

Ze kijkt om zich heen en ziet vijf collega's die allemaal uiterst geconcentreerd op hun scherm kijken maar ongetwijfeld met gespitste oren meeluisteren.

'Ga je even mee naar de keuken?' vraagt ze.

Juncker staat op en loopt met haar mee.

Ze pakt een beker uit de kast. 'Wil jij ook?' vraagt ze.

Hij schudt zijn hoofd. 'Nou?' dringt hij aan.

Ze overweegt hoeveel ze Juncker kan vertellen en realiseert zich al snel dat het niet veel is. Bijna niets. Zo algemeen mogelijk, maar zonder de kern van het verhaal volledig los te laten vertelt ze over de gebeurtenissen van die ochtend.

Als ze klaar is, knikt Juncker. 'Dat is allemaal geweldig,' zegt hij. 'Maar één vraag dringt zich op. Waarom heeft hij zich juist bij jou gemeld?'

Ze neemt een slok van de hete koffie en staat op het punt hem weer uit te spugen, maar dwingt zichzelf de bittere vloeistof door te slikken. Ze heeft iets nodig om zichzelf in elk geval een paar uur overeind te houden. Ze overweegt om Juncker een leugentje om bestwil te vertellen, maar beseft dat ze hem niet voor de gek kan houden. Dat zou hij meteen doorhebben.

'Juncker, ik kan je nu echt niets vertellen. Dat moet je accepteren...'

'Heb je contact met je broer gehad?'

'Ja,' liegt ze toch. 'Hij had zijn telefoon in het toilet laten vallen, die idioot.'

'Hm. En gaat het goed met hem?'

'Het gaat prima met hem.'

'Zijn er verder geen problemen met de Albanezen geweest?'

'Nee,' zegt ze, waarna ze snel van onderwerp verandert. 'Hoe zit het met de hoorzitting van Fritze Bøgh?'

'Die is om 9.00 uur. We vertrekken zo. En zodra ze in voorlopige hechtenis genomen is gaan we verder met het verhoor.'

'Mag ik dat overslaan? Je kunt Laust in mijn plaats meenemen. Ik heb vannacht een paar keer overgegeven en toen dook Klement ook nog eens op en... Om een lang verhaal kort te maken, ik voel me niet zo geweldig dus...'

Juncker kijkt haar aan en zoals gewoonlijk heeft ze geen idee wat hij denkt. 'Je vergeet dat jij de onderzoeksleider bent, dus kun je het gewoon zelf aan Laust vragen. Moeilijker dan dat is het niet.'

'O ja,' mompelt ze.

Laust zit in het kantoor ernaast achter zijn bureau. Nabiha ergert zich vaak aan de jonge onderzoeker vanwege zijn schaamteloze manier om zichzelf ten koste van anderen te profileren, maar nu is ze dankbaar omdat hij bijna opspringt als een jachthond die zijn baas het geweer uit de kast ziet halen als ze vraagt of hij haar wil vervangen.

'Natuurlijk,' zegt hij enthousiast, om meteen daarna een bezorgd gezicht te trekken. 'Denk je dat je misschien corona hebt?'

'Nee, hoor.'

'Ben je getest? Ze zeggen dat je dat moet doen als je –'

'Het is geen corona,' kapt ze hem af. 'Voor zover ik weet krijg je daar geen braakneigingen van. Het is vast iets wat ik gegeten heb.' Ze probeert haar irritatie niet te laten merken.

'Maar misschien moet je toch een test doen. Gewoon voor alle zekerheid...'

'Juncker is al onderweg naar de hoorzitting. Als je opschiet kun je hem misschien nog inhalen.'

Laust stormt het kantoor uit en Nabiha gaat terug naar haar plek. Ze zet haar computer aan, logt in op de interne systemen en zoekt naar specifieke informatie die ze binnen enkele minuten vindt. Ze maakt een foto van het scherm met haar telefoon, zet de computer uit, loopt naar haar auto, gaat achter het stuur zitten en staart even door de voorruit zonder iets te zien. Ze is nog steeds moe, maar de cafeïne en adrenaline die door haar lichaam stromen hebben de scherpe rand van de uitputting weggenomen. Ze kijkt naar de foto op haar telefoon, voert een adres in op Google Maps, zet haar telefoon in de houder en drukt op de startknop van de routebeschrijving. Ze haalt diep adem en begint te rijden.

83

De officier van justitie had vier weken voorlopige hechtenis geëist tegen Fritze Bøgh en zo luidde het vonnis van de rechter ook. Een uur nadat de hoorzitting is afgerond, opent Juncker de deur naar verhoorkamer 1, waar de verdachte en haar advocaat wachten. Laust en hij gaan zitten.

De advocaat draagt dezelfde kleding als de vorige dag en de zweetgeur is er niet minder op geworden.

'Ik wil beginnen met aangeven dat ik mijn cliënt geadviseerd heb om niets te zeggen, maar ze is niet van plan dat advies op te volgen. Er is iets wat ze graag wil vertellen.'

Fritze, die naar het tafelblad heeft zitten staren, kijkt op. Ze ziet er bleker en doorzichtiger uit dan tijdens het laatste verhoor. Toen ze enkele uren geleden tijdens de hoorzitting verklaarde dat ze onschuldig was aan moord en subsidiaire medeplichtigheid aan moord, praatte ze zo zachtjes dat de rechter haar vroeg om te herhalen wat ze had gezegd. Ze had niet één keer opgekeken tijdens de zitting.

'Het was niet de bedoeling dat Asser dood zou gaan,' zegt ze tegen Juncker.

'Wat was dan wel de bedoeling?' vraagt hij.

'Dat hij doodsbang zou zijn. Dat hij gestraft zou worden.'

'Waarom wilde je hem straffen?'

'Voor de manier waarop hij me behandeld had. Hij heeft me zoveel jaren aan het lijntje gehouden... Hij beloofde dat hij zijn vrouw zou verlaten en met mij zou trouwen. Toen ik zwanger werd... liet hij me in de steek en zei hij dat hij bij me wegging. Dat brak me. En het doodde Augusta. Ik zei tegen hem dat als hij het echt meende, als hij me echt wilde verlaten na alles wat we samen hadden meegemaakt, hij me dat maar moest vertellen bij het graf van ons kind.'

'Was dat de reden dat hij naar Kalkgraven kwam?'

Ze knikt. 'Ik wilde hem een kans geven om zich te bedenken... om te zeggen dat hij van me hield en dat we samen zouden blijven, maar dat deed hij niet. Integendeel, hij zei dat het de laatste keer was dat we elkaar zouden zien.'

En daar had hij absoluut gelijk in, denkt Juncker.

'Daarna liet je hem over aan je halfbroer en zijn vriend. Wat voor opdracht had je ze gegeven?'

'Dat ze hem moesten meenemen en een pak slaag moesten geven, zodat hij doodsbang zou zijn, maar het was niet de bedoeling dat hij dood zou gaan.'

'Wat is er gebeurd waardoor het toch zo eindigde?'

De advocaat, die tot dat moment in gedachten verzonken leek, gaat rechtop zitten. 'Mijn cliënt is niet de juiste persoon om die vraag te beantwoorden, aangezien zij niet aanwezig was toen Asser Larsen vermoord werd. Ik stel voor dat je die vraag aan de andere twee verdachten stelt.'

Juncker weet van de collega's die de twee motorclubleden verhoren dat ze tot nu toe geen woord hebben gezegd.

'Je zou kunnen zeggen dat honderdduizend kronen een flink bedrag is om iemand een pak slaag te geven,' zegt Juncker. 'En misschien zou je ook kunnen zeggen dat je voorzichtig moet zijn met het uitbesteden van dat soort taken aan een beruchte geweldpleger die bovendien eerder veroordeeld is voor moord.'

'Dood door schuld, als ik het me goed herinner,' onderbreekt de advocaat hem. 'Misschien was ik even niet bij de les, maar was dat een vraag die je stelde of deel je gewoon je eigen overwegingen met ons?'

Het laatste, denkt Juncker, maar voordat hij iets kan zeggen gaat de advocaat verder.

'In elk geval is mijn advies aan mijn cliënt dat ze niet meer zegt dan ze al gedaan heeft, en dat we het hier dus bij laten.'

84

De weg naar het water eindigt abrupt, letterlijk tegen de lage duinen van het strand. Ze zijn niet hoog genoeg om het uitzicht over de Baai van Køge en de skyline van Kopenhagen – een van de mooiste uitzichten in de hele hoofdstad – te bederven. Daarom lijkt het een paradox dat het laatste huis aan de weg omgeven is door een hoge muur. Maar dat is waarschijnlijk een van de nadelen die je moet accepteren als je ervoor kiest om in die branche te werken, denkt Nabiha. Ze heeft haar auto een paar honderd meter voor het eind van de weg geparkeerd en heeft het laatste stuk gelopen. Alle huizen hier lijken grote eengezinswoningen te zijn die op relatief kleine percelen staan, behalve de door een muur omgeven villa van de Vos, die op een perceel staat dat twee keer zo groot is als dat van de buren. Niet bepaald een gemakkelijke taak voor GC om het huis ongemerkt in de gaten te houden, maar haar collega's zijn daar waarschijnlijk mee gestopt nu Silver Bullitt is afgeblazen. Dat hoopt ze in elk geval, want ze wil niet dat haar bezoek aan de maffiabaas bekend wordt bij haar collega's, althans niet voordat ze er zelf voor kiest het te vertellen, en wanneer dat moment gekomen is weet ze nu nog niet.

De enige manier om het huis binnen te komen is via een grote dubbele poort die door camera's wordt bewaakt. Beide deuren zijn versierd met een tweekoppige adelaar. De zon brandt en Nabiha's handpalmen zijn nat van het zweet, maar toch voelt ze een koude rilling door haar lichaam gaan, alsof ze op het punt staat griep te krijgen. Ze haalt haar telefoon uit haar zak en controleert uit voorzorg of die aan staat zodat ze, als er iets met haar gebeurt, getraceerd kan worden. Dan loopt ze naar de intercom en drukt op de knop. Er verstrijken tien seconden, twintig, een halve minuut zonder dat er iets gebeurt. Ze staat op het punt nog een keer op de knop te drukken als de poort met een zacht gebrom opengaat. Er is geen teken van leven rond het huis, dat groot is, aanzienlijk groter dan de andere huizen in de straat. Een betegeld pad leidt over een groen, goed onderhouden gazon naar een deur, waarschijnlijk de voordeur. Er is geen deurbel of intercom, dus ze heft haar hand om te kloppen, maar voordat ze dat kan doen gaat de deur bijna geruisloos open en een door airco gekoelde windvlaag raakt haar gezicht.

'Kom binnen,' klinkt het vanuit de schemering.

Ze herkent de stem van de kleine Albanees meteen. Een combinatie van woede en angst stroomt door haar heen en ze staat op het punt om te draaien en terug te rennen over het pad, maar er is geen weg terug. Ze doet een paar stappen naar binnen, blijft staan en probeert zich te oriënteren terwijl haar ogen langzaam aan het halfduister wennen.

'Welkom in Villa Skanderbeg,' zegt hij op een vriendelijke toon, alsof ze een gast is op een gezellige bijeenkomst en hij de gastvrije gastheer.

Nu ziet ze dat hij ongeveer vijf meter bij haar vandaan staat en vlak achter hem torent zijn grote metgezel.

'Ik moet toegeven dat het ons een beetje verrast dat je hier komt opdagen, maar ik neem aan dat je hier bent om onze afspraak te bevestigen.'

'Ik ben hier om met de Vos te praten,' zegt Nabiha.

'De Vos, inderdaad. Ik denk dat hij liever met zijn echte naam, Mert Seferi, aangesproken wordt. De Vos is... hoe zal ik het zeggen... een beetje vulgair, vind je niet? Een beetje roddelbladachtig.'

'Het kan me geen reet schelen hoe ik hem moet noemen. Ik wil gewoon je baas spreken.'

'Dat kan. Maar ik neem aan dat je gewapend bent en ik moet erop aandringen dat je je wapen inlevert. Je krijgt het natuurlijk terug als je vertrekt. Je telefoon wil ik ook.'

Nabiha aarzelt even, maar haalt dan haar pistool uit de holster en overhandigt zowel het wapen als haar telefoon aan de forse man, die naar haar toe is gelopen. De twee voorwerpen verdwijnen bijna in zijn gigantische handen. Ze voelt zich naakt.

'Volg me,' zegt de kleine man.

Als ze vijf kamers verder zijn, stopt Nabiha met tellen. De man slaat af naar een lange gang en nu is ze volkomen gedesoriënteerd. Aan het eind van de gang is een gesloten deur, waarop hij klopt en die hij vervolgens opent.

De man achter het grote bureau staat op zodra Nabiha binnenkomt. Hij ziet er verrassend jong uit. Hij is niet veel ouder dan zij, of hij ziet er gewoon veel jonger uit dan hij is. De Vos heeft een gemiddelde lengte, is slank en gebruind, en heeft een messcherpe scheiding in zijn pikzwarte haar. Met zijn lichtgele poloshirt en grijze linnen broek lijkt hij eerder op een Hollywoodster dan op het stereotiepe beeld van een drugscrimineel. Hij glimlacht breed en loopt met een uitgestoken hand naar haar toe. Ze is zo overrompeld dat ze niet nadenkt en hem schudt. Zijn handdruk is stevig en droog. Haar handen zijn bezweet en trillen een beetje.

'Nabiha Khalid... fijn om je te ontmoeten,' zegt hij.

De absurditeit van de situatie bereikt nieuwe hoogten. Er is een lichtjaar verschil tussen de smerige praktijken die hij leidt, waarbij de vingers van mensen zonder aarzeling worden afgeknipt en er wordt gehandeld in producten die het leven van talloze mensen verwoesten, en het steriele, gepolijste plaatje waarin ze zich nu bevindt.

'Ga zitten,' zegt hij.

'Nee, bedankt. Ik blijf staan.'

Zijn glimlach blijft onveranderd, maar ze ziet een flits van woede in zijn ogen vanwege haar afwijzing. Vlak daarna is die verdwenen. Ze huivert. De man tegenover haar is in staat om haar met dezelfde onverschilligheid als waarmee hij een pluisje van zijn schouder veegt te vermoorden, als hij dat zou willen.

'Zoals je wilt. Volgens Roni ben je hier om een deal met ons te sluiten.'

'Jullie moeten mijn broer vrijlaten.'

'Dat spreekt voor zich. Ik begrijp dat het slecht met hem gaat.'

'En jullie laten mijn familie met rust.'

'Natuurlijk. Zolang jij je aan jouw deel van de overeenkomst houdt, houden wij ons aan het onze.'

'Hoe gaat het praktisch in zijn werk?'

'We nemen contact met je op zodra de tijd daarvoor gekomen is.'

'En mijn broer?'

'Ik verwacht dat je later vandaag een sms krijgt waar je hem kunt ophalen. Roni regelt de praktische zaken.'

Ze kijkt recht in zijn ogen. 'Oké. Dan wil ik nu weg.'

'Dat kan, maar mag ik nog zeggen dat het heel moedig van je is om hier zomaar onaangekondigd te verschijnen? Dat durven niet veel mensen.'

'Ik wil weg. Nu.'

Hij knikt. 'Roni,' roept hij zonder zijn stem noemenswaardig te verheffen.

De deur gaat open en de kleine man komt binnen.

'Zorg jij ervoor dat Nabiha naar buiten begeleid wordt?' vraagt hij, waarna hij zich naar Nabiha omdraait en opnieuw zijn hand uitsteekt.

Deze keer schudt ze hem niet. Zijn glimlach verdwijnt.

'Vaarwel, Nabiha. We zullen elkaar waarschijnlijk nooit meer zien,' zegt hij. Ze weet niet of het een dreigement of een achteloze opmerking is.

85

Ze kan niets anders doen dan wachten, en de machteloosheid vreet aan haar.

Ze was rond zes uur thuis. Dat is nu twee uur geleden. Elke vijf minuten kijkt ze op de klok. Ze loopt als een zombie door haar kleine appartement en gaat af en toe op de bank zitten en doet pogingen om te analyseren wat er is gebeurd, waarin ze zich heeft gestort, maar haar vermogen om helder na te denken is verdwenen. Het bezoek aan de Vos voelt onwerkelijk, als een nare droom, bevolkt door mensen die hun misdaden niet alleen plegen vanwege het geld, maar ook omdat ze het kunnen. Omdat ze genieten van hun macht om anderen pijn te doen.

Nabiha heeft nooit onderscheid gemaakt tussen de misdaden waarmee ze zich bezighoudt. Moord is moord, en ze stort zich met dezelfde toewijding op alle onderzoeken, of het nu gaat om een man die zijn vrouw na een ruzie heeft vermoord of een moord als gevolg van een *drive-by shooting* in Nørrebro. En zo hoort het ook. Maar de ervaringen van de afgelopen dagen hebben haar in een universum gebracht waar gewone menselijkheid totaal afwezig is. Natuurlijk wist ze al dat de bendes een groot probleem vormen en dat er steeds meer middelen nodig zijn om ze aan te pakken, maar wat zij en haar familie nu meemaken is van een heel andere orde. Als dit zich nog verder verspreidt dan het nu al heeft gedaan, zal de samenleving er uiteindelijk door instorten.

Is het overdreven om zo te denken? Verliest ze haar gevoel voor proporties omdat ze nu zelf is blootgesteld aan iets waaronder anderen al jaren lijden? Misschien. Ze kan het alleen hopen. Maar ze begrijpt nu beter waarom GC-chef Kristian Pagh zo verbitterd is dat Silver Bullitt terug bij af is.

Haar telefoon trilt. Ze pakt hem en laat hem bijna op de grond vallen.

Nu bij je portiekdeur, leest ze.

Ze staat op en rent op blote voeten het portaal in en de trap af. Ze smijt de portiekdeur open en botst bijna tegen Mussa aan, die ineengezakt op de stoep zit. Ze heeft zich het ergst mogelijke scenario voorgesteld, maar dit is nog veel erger en ze schrikt zich dood.

Zijn linkerhand is in een met bloed doorweekte doek gewikkeld. Ook zijn witte T-shirt zit vol bruine vlekken. Hij lijkt verdoofd en trilt over zijn hele lichaam. In eerste instantie lijkt hij niet te weten wie ze is, maar dan herkent hij haar en begint te huilen.

Ze helpt hem overeind, beseft dat ze haar sleutels is vergeten, belt aan bij de buurvrouw om naar binnen te kunnen en ondersteunt haar broer terwijl ze de trap op lopen. De buurvrouw gluurt door haar halfopen deur en kijkt geschrokken naar Mussa.

'Lieve hemel, wat is er gebeurd?' vraagt ze.

'Mijn broer heeft een ongeluk gehad,' legt Nabiha uit.

'Kan ik iets doen?'

'We redden het wel, maar bedankt,' zegt ze, waarna ze Mussa naar binnen helpt en meeneemt naar de woonkamer, waar ze hem bij de eettafel neerzet.

Hij lijkt verward. Ze vraagt of hij iets heeft gegeten of gedronken, maar dat kan hij zich niet herinneren. Ze haalt een glas water uit de keuken. Hij trilt zo erg dat ze het glas moet vasthouden terwijl hij drinkt. Vervolgens gaat ze naar de keuken en haalt een kom lauw water en een washandje. Ze wast zijn gezicht en trekt voorzichtig zijn T-shirt uit, waarna ze het opgedroogde bloed van zijn borstkas veegt. Daarna verzamelt ze voldoende moed om de doek van zijn linkerhand te wikkelen. Ze haalt diep adem. Zijn pink is net onder het tweede kootje afgeknipt. De wond rond het bot is roze terwijl de rest van zijn pink en een groot deel van zijn hand blauw, geel en rood verkleurd zijn. Ze beseft al snel dat alleen water en zeep niet voldoende zijn.

'Mussa, we moeten naar de spoedeisende hulp,' zegt ze. Ze gaat naar de slaapkamer om een van haar grote T-shirts die ze normaal gesproken als slaapshirt draagt te halen en trekt hem dat aan. Het moet verschrikkelijk veel pijn doen, maar hij lijkt nu iets minder verward. Hij was waarschijnlijk uitgedroogd.

'Kun je zelf lopen?' vraagt ze.

Hij knikt. 'Nabiha?' zegt hij met een hese stem.

'Hm.'

'Dank je wel.'

Ze voelt dat ze in tranen zal uitbarsten als ze nu iets zegt.

'Ik was zo bang dat ik jullie nooit meer zou zien,' gaat hij verder.

Ze klemt haar tanden op elkaar.

'Ik hou van je,' zegt hij.

'Ik hou ook van jou,' mompelt ze.

De spoedeisende hulp is een chaos vol huilende kinderen, klagende volwassenen en veel te weinig personeel dat zijn best doet om alles onder controle te houden. De verpleegkundige bij de balie bekijkt Mussa's hand sceptisch. 'Een cirkelzaag, zeg je? Daar is de wond wel heel egaal voor,' zegt ze.

'Dat is mogelijk,' antwoordt Nabiha.

'Voor mij ziet het eruit alsof hij afgeknipt is. Met een scherpe tang of zo.'

'Dat is niet zo.'

'En jullie zeggen dat dit vandaag gebeurd is? Een uur geleden?'

Nabiha knikt.

'Vreemd,' zegt de verpleegkundige wantrouwend. 'De wond is namelijk al ontstoken. Weet je zeker dat ik de politie niet moet bellen?'

'Dat is niet nodig,' antwoordt Nabiha en ze laat haar politiepenning zien.

De verpleegkundige bekijkt hem zorgvuldig en kijkt vervolgens naar Nabiha. 'Oké, Nabiha Khalid, ik heb alleen nog de zorgpas van je broer nodig.'

'Die hebben we niet meegenomen. Is zijn burgerservicenummer voldoende?'

'Ja, dat kan ook.'

De verpleegkundige zorgt ervoor dat Mussa als eerstvolgende aan de beurt is en twee uur later ligt hij op de operatietafel. De artsen staan erop hem een nacht te houden omdat hij veel bloed heeft verloren en er over het algemeen slecht aan toe is. In eerste instantie protesteert hij, maar Nabiha overtuigt hem ervan om te doen wat de artsen aanraden en belooft later terug te komen.

Het verkeer is rustig en het kost Nabiha maar een kwartier om naar Teglholmen te rijden. Ze gaat meteen naar Merlins kantoor en klopt op de deur. Het lijkt erop dat haar chef op het punt staat om naar huis te gaan. Hij kijkt haar verbaasd aan. 'Ben je weer beter?' vraagt hij.

'Wat bedoel je?'

'Juncker zei dat je ziek was en overgegeven had.'

'O ja. Ik voel me weer helemaal goed en wil graag met je praten.'

'Oké. Is het iets wat tot morgen kan wachten?'

'Nee,' zegt ze en ze gaat zitten.

27 JUNI

86

Juncker schakelt de cruisecontrol in en haalt zijn voet van het gaspedaal. Hoewel de zwarte Volvo bijna honderdduizend kilometer heeft gereden, spint hij nog steeds als een tevreden kat als hij snelheid mag maken. Hij leunt met zijn hoofd tegen de hoofdsteun en voelt de gebruikelijke rust in zijn lichaam die hij altijd ervaart als een zaak goed is afgerond. Hoewel afgerond misschien een te groot woord is voor het onderzoek naar de moord op Asser Larsen, want Fritze Bøgh ontkent nog steeds schuld aan de moord en beweert dat ze alleen schuldig is aan het betalen van haar halfbroer en zijn bikervriend om Asser doodsbang te maken, met inbegrip van een pak slaag. De twee bikers hebben nog geen woord gezegd, behalve dat ze alle schuld ontkennen. Wat er de nacht waarin Asser werd vermoord echt in het bos is gebeurd blijft voorlopig onduidelijk. Maar de bewijzen tegen hen zijn zo sterk dat zowel de officier van justitie als Juncker geen enkele twijfel heeft dat ze voor de moord veroordeeld zullen worden. Of Fritze Bøgh schuldig wordt bevonden aan medeplichtigheid aan moord, of dat de rechters en de jury haar verklaring zullen geloven, zal blijken als de zaak voor de rechter komt.

'Heb je er zin in?' vraagt Malene.

Hij is elf dagen geleden voor de tweede keer opa geworden en natuurlijk kijkt hij ernaar uit om zijn kleindochter Miriam, Karoline en de rest van het gezin te zien.

Hij knikt. 'Jazeker.'

'Kasper en Charlotte zijn er toch pasgeleden geweest?'

'Ja, ze zijn gisteren teruggekomen.'

'Was dat de tweede keer dat Charlotte de kleine zag?'

Hij voelt een steek van schuld, maar die verdwijnt snel weer. Hij weet dat ze het niet zegt om hem een schuldgevoel te geven. Zo is ze helemaal niet.

'Ja.'

Hij zet de radio aan en samen luisteren ze naar het nieuws dat bijna uitsluitend gaat over de verwoestende gevolgen van de coronapandemie.

Malene pakt twee winegums uit de zak gemengde snoepjes die tussen de twee stoelen ligt en stopt ze in haar mond. Dan zet ze de radio uit.

'Juncker, wat denk je ervan om te gaan trouwen?' zegt ze onduidelijk.

Eerst denkt hij dat hij het verkeerd verstaan heeft door de winegums in haar mond.

'Wat zeg je?' vraagt hij.

Ze lacht. 'Dat is schrikken, hè? Je krijgt toch geen hartaanval?'

'Meen je dat serieus?' vraagt hij verbijsterd.

'Natuurlijk meen ik het. Ik ben gek op je. En jij beweert regelmatig dat je ook gek op mij bent. We hebben het goed samen, dus denk ik dat het tijd wordt om de volgende stap in onze relatie te zetten.'

'We kunnen ook eerst samenwonen. Of wil je echt direct trouwen?'

'Ja. Ik ben een ouderwets meisje, Juncker. Ik wil niet samenwonen.'

Hij probeert zich te vermannen en ze glimlacht terwijl ze een hand op zijn dijbeen legt.

'Je hoeft nu nog geen beslissing te nemen. Denk er gewoon over na.'

Maar is er eigenlijk wel iets om over na te denken?

WOORD VAN DANK

Jens Møller Jensen, Hans Petter Hougen, Nikolaj Aarø-Hansen, Bettina Wøhlk, Steen Honoré Pedersen, Flemming Kjærside, Charlotte Kappel, Christian Dinesen, Sanne Bræstrup Kirstein, Steffen Martiena, Mette Grith Stage, Jesper Stein, Lotte Thorsen, Tina Ellekjær, Finn Nielsen, Jørn Jeppesen en Politikens Forlag. En bijzonder veel dank aan onze redacteur Anders Wilhelm Knudsen.

Lees meer van Faber & Pedersen met detectiveduo Juncker en Kristiansen in de hoofdrol

ISBN: 978 94 027 1271 1

ISBN: 978 94 027 0964 3

ISBN: 978 94 027 1222 3

ISBN: 978 94 027 1288 9

Over eerder werk:

'Een Scandi-thriller zoals een Scandi-thriller moet zijn.'
VN Detective en Thrillergids ★ ★ ★ ★

Voor meer informatie: **www.harpercollins.nl**

harpercollinsholland harpercollins_holland